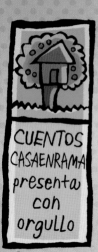

CUENTOS CASAENRAMA presenta con orgullo

HOMBRE PERRO
SE DESATA

ESCRITO E ILUSTRADO POR **DAV PILKEY**

COMO JORGE BETANZOS Y BERTO HENARES

CON COLOR DE JOSE GARIBALDI

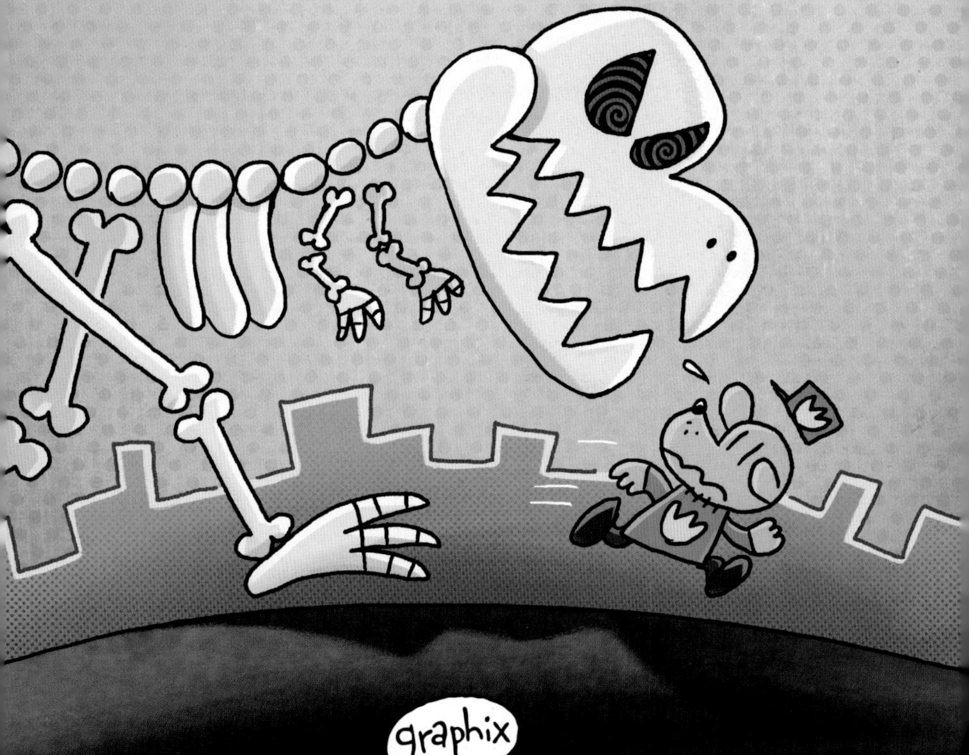

graphix

UN SELLO EDITORIAL DE

SCHOLASTIC

A PHIL FALCO

Originally published in English as Dog Man Unleashed

Translated by Nuria Molinero

Copyright © 2017 by Dav Pilkey
www.pilkey.com

Translation copyright © 2018 by Scholastic Inc.

ISBN 978-1-338-23348-3

10 9 8 7   21 22 23 24 25

Printed in China   62
First Spanish printing, January 2018

Original edition edited by Anamika Bhatnagar
Book design by Dav Pilkey and Phil Falco
Color by Jose Garibaldi
Creative Director: Phil Falco
Publisher: David Saylor

Capítulos

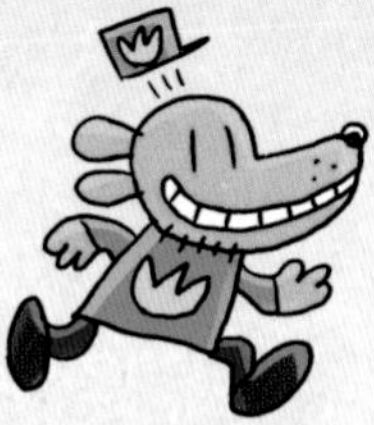

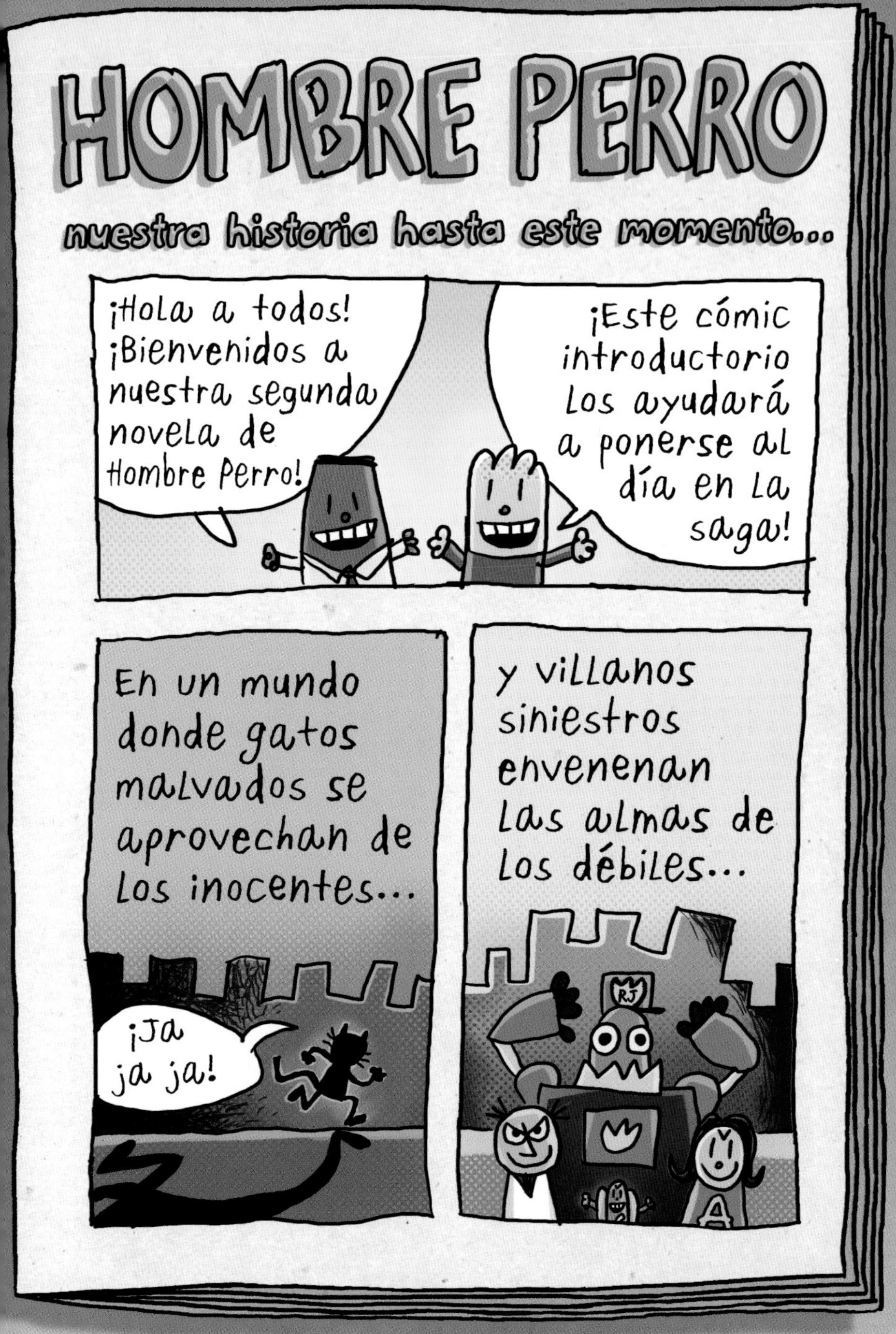
HOMBRE PERRO
nuestra historia hasta este momento...
¡Hola a todos! ¡Bienvenidos a nuestra segunda novela de Hombre Perro!
¡Este cómic introductorio los ayudará a ponerse al día en la saga!
En un mundo donde gatos malvados se aprovechan de los inocentes...
¡Ja ja ja!
y villanos siniestros envenenan las almas de los débiles...

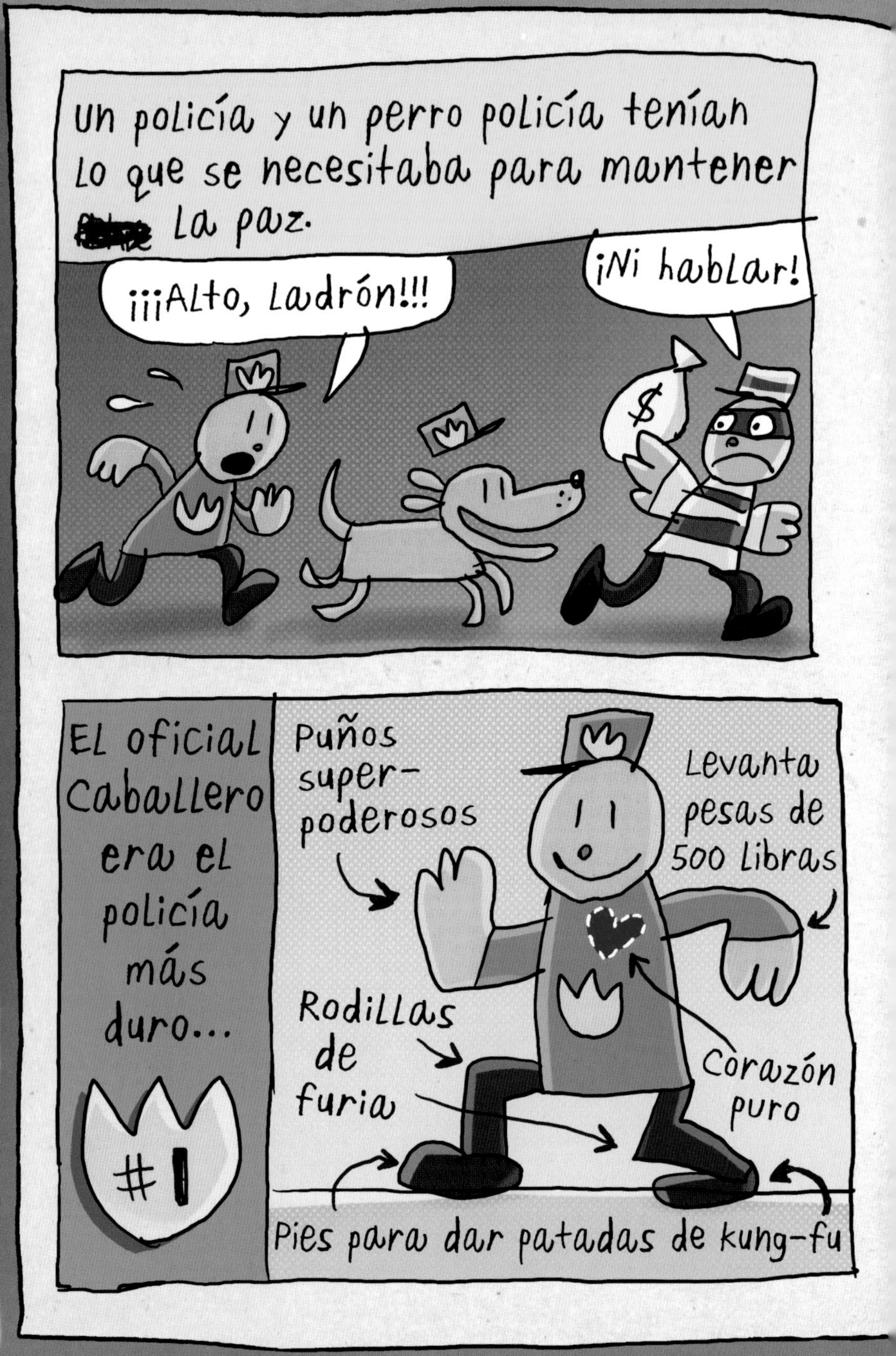
Un policía y un perro policía tenían lo que se necesitaba para mantener [redacted] la paz.
¡¡¡Alto, ladrón!!!
¡Ni hablar!
$
El oficial Caballero era el policía más duro...
#1
Puños superpoderosos
Levanta pesas de 500 libras
Rodillas de furia
Corazón puro
Pies para dar patadas de kung-fu

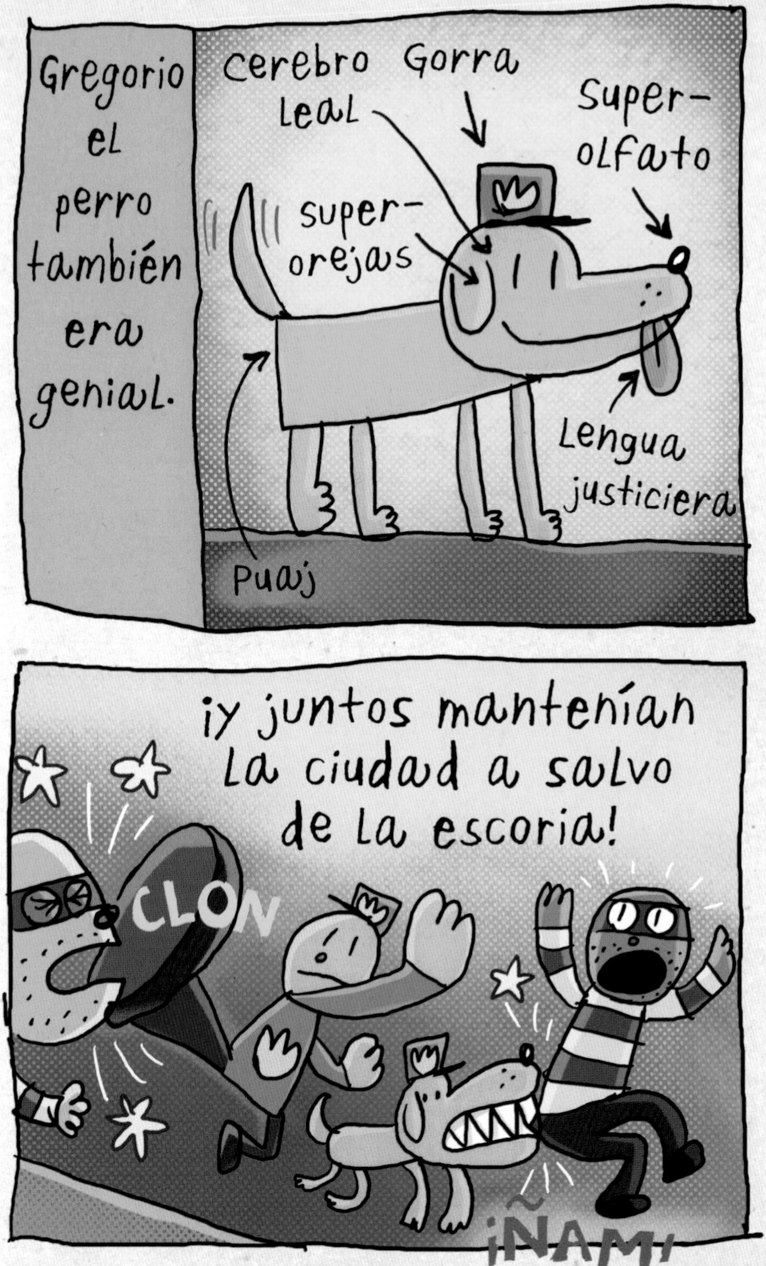
Gregorio el perro también era genial.
Cerebro leal
Gorra
Super-olfato
Super-orejas
Lengua justiciera
Puaj
¡Y juntos mantenían la ciudad a salvo de la escoria!
CLON
¡ÑAM!

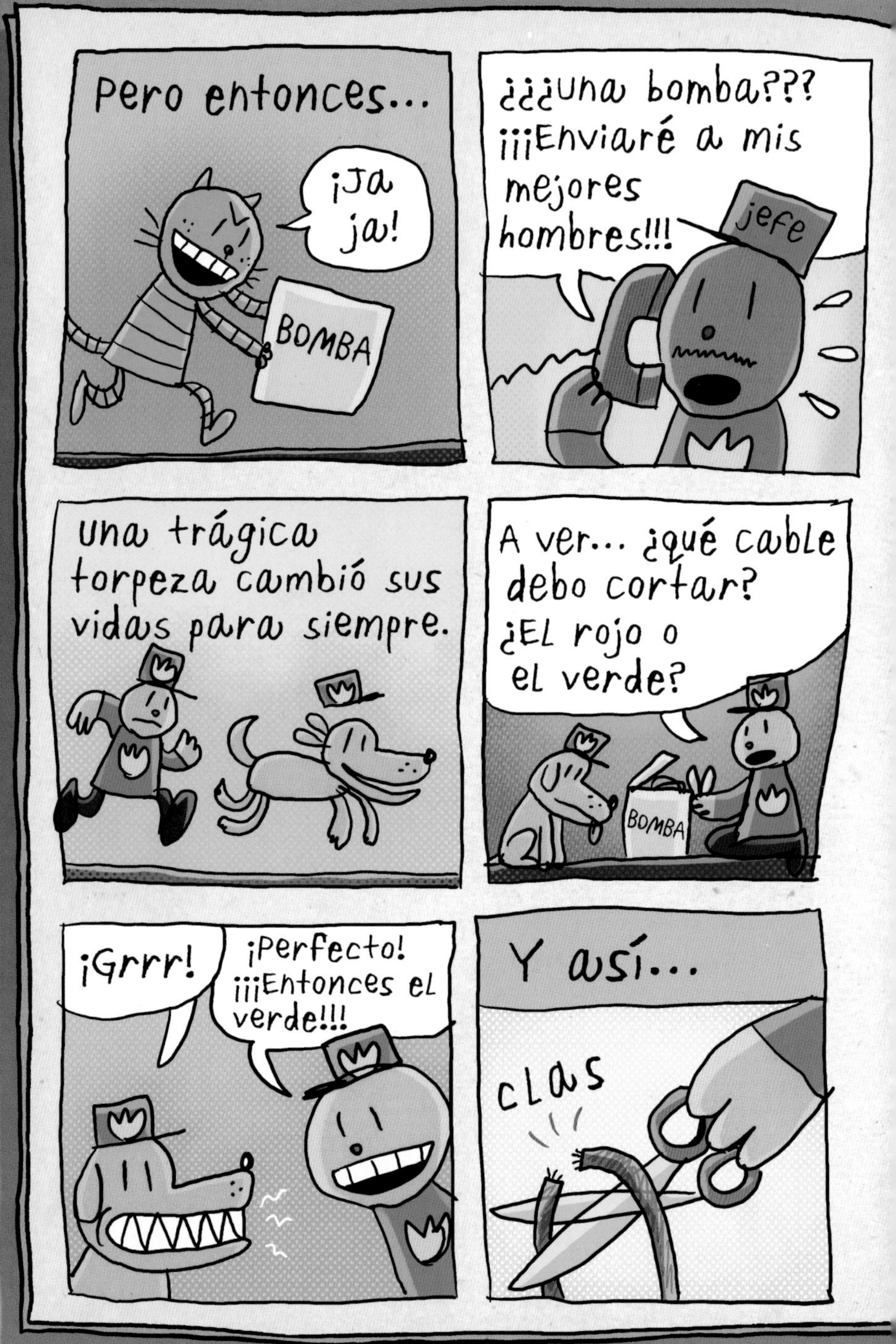
Pero entonces...
¡Ja ja!
BOMBA
¿¿¿Una bomba???
¡¡¡Enviaré a mis mejores hombres!!!
jefe
Una trágica torpeza cambió sus vidas para siempre.
A ver... ¿qué cable debo cortar? ¿El rojo o el verde?
BOMBA
¡Grrr!
¡Perfecto! ¡¡¡Entonces el verde!!!
Y así...
CLAS

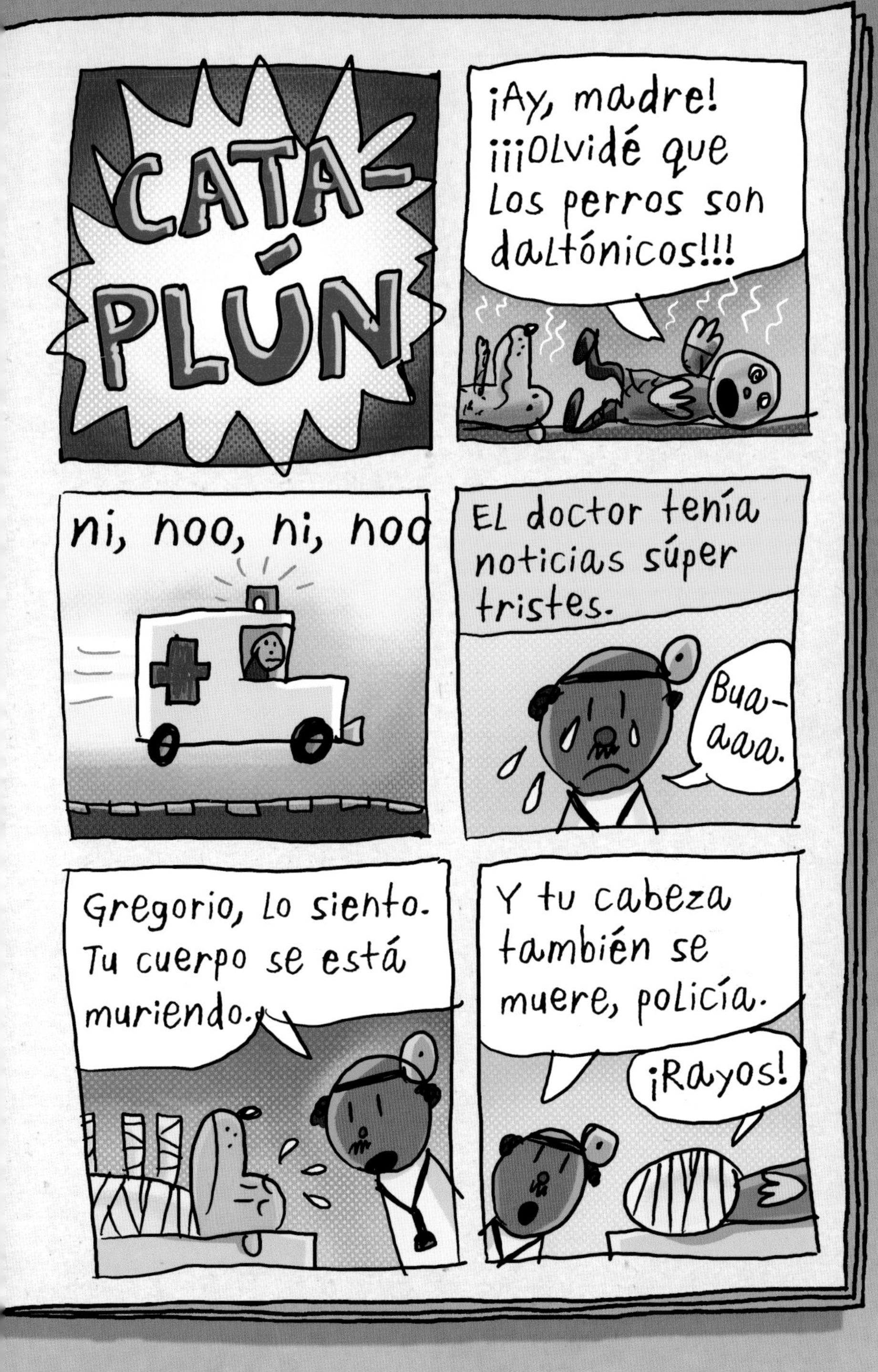
CATA-PLÚN
¡Ay, madre! ¡¡¡Olvidé que los perros son daltónicos!!!
ni, noo, ni, noo
El doctor tenía noticias súper tristes.
Bua-aaa.
Gregorio, lo siento. Tu cuerpo se está muriendo.
Y tu cabeza también se muere, policía.
¡Rayos!

Pero cuando parecía que todo estaba perdido...

¡Oye!

← señorita enfermera

¿Por qué no cosemos la cabeza de Gregorio al cuerpo del policía?

¡Buena idea, señorita enfermera! ¡¡¡Eres un genio!!!

Lo sé.

Muy pronto, había nacido un nuevo luchador contra el crimen.

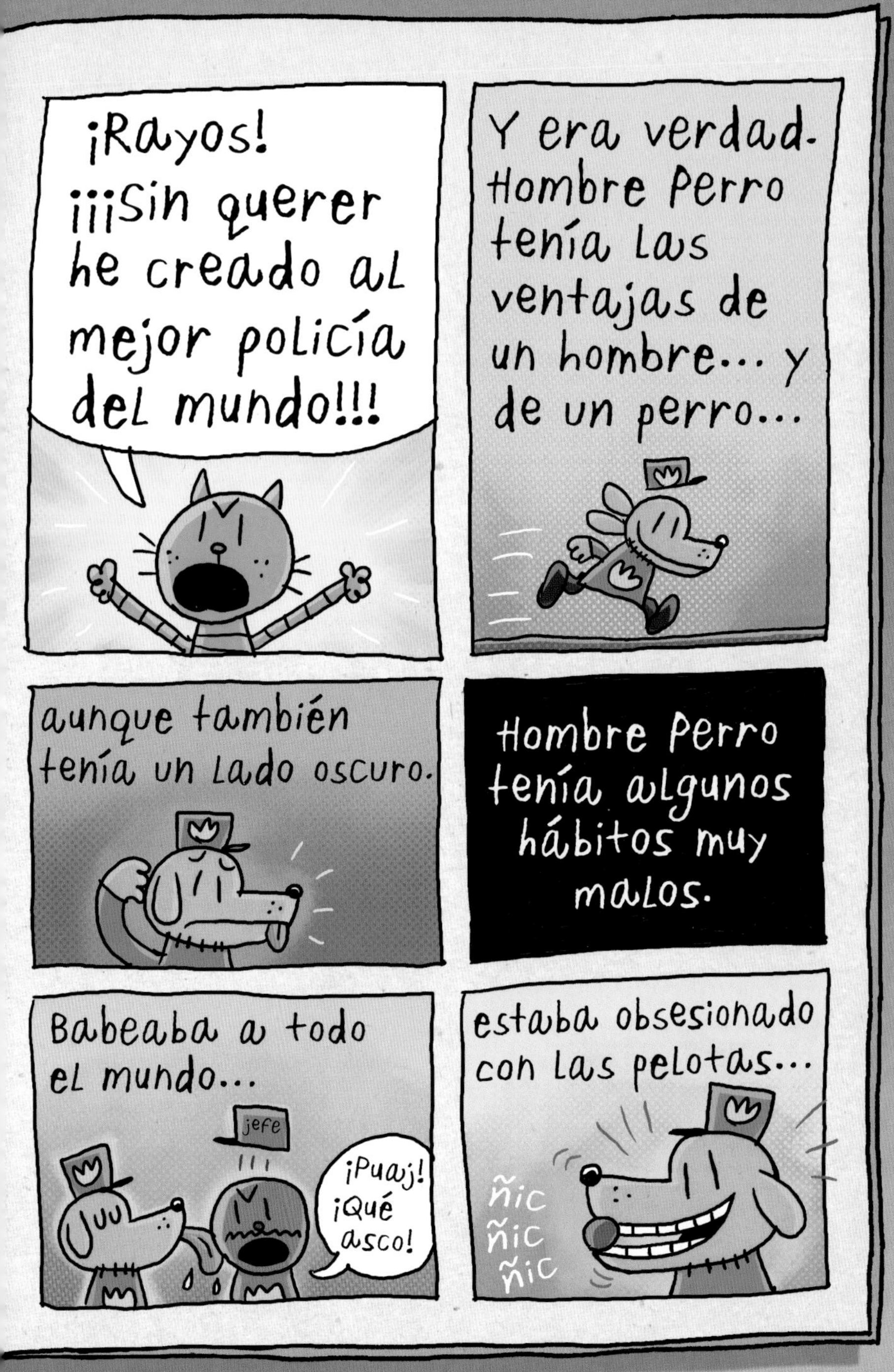
¡Rayos! ¡¡¡Sin querer he creado al mejor policía del mundo!!!
Y era verdad. Hombre Perro tenía las ventajas de un hombre... y de un perro...
aunque también tenía un lado oscuro.
Hombre Perro tenía algunos hábitos muy malos.
Babeaba a todo el mundo...
jefe
¡Puaj! ¡Qué asco!
estaba obsesionado con las pelotas...
ñic
ñic
ñic

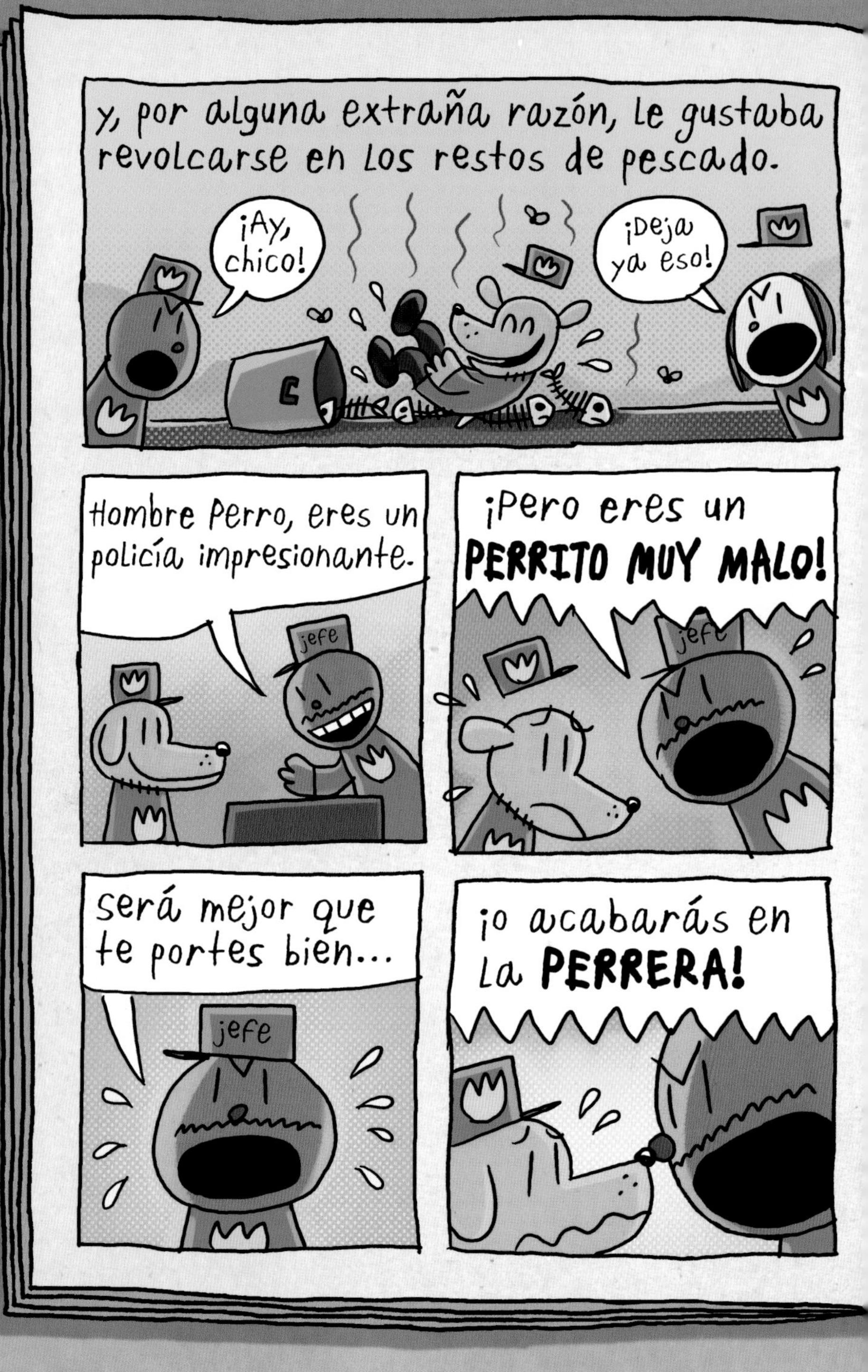
y, por alguna extraña razón, le gustaba revolcarse en los restos de pescado.
¡Ay, chico!
¡Deja ya eso!
Hombre Perro, eres un policía impresionante.
jefe
¡Pero eres un PERRITO MUY MALO!
jefe
será mejor que te portes bien...
jefe
¡o acabarás en la PERRERA!

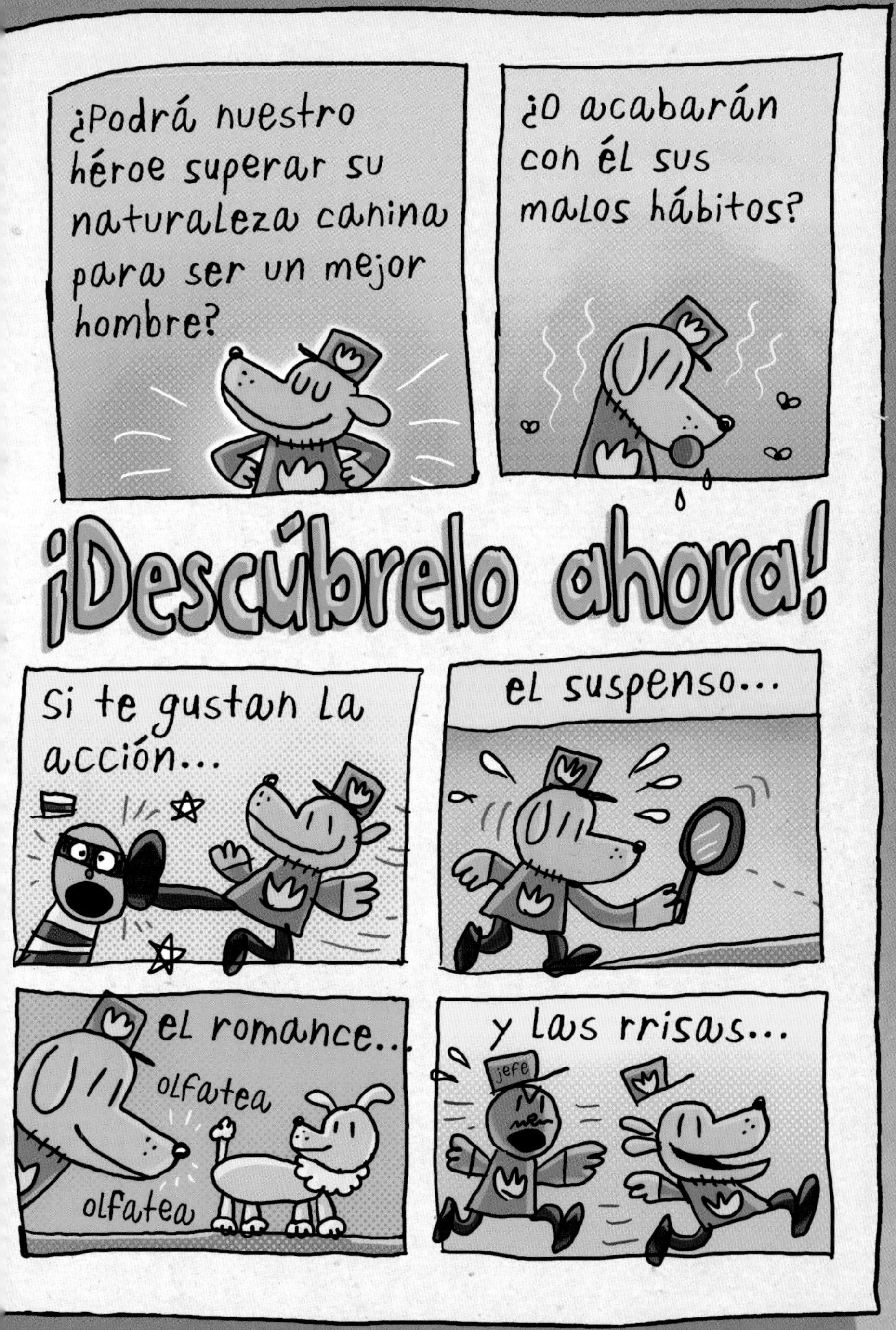
¿Podrá nuestro héroe superar su naturaleza canina para ser un mejor hombre?
¿O acabarán con él sus malos hábitos?
¡Descúbrelo ahora!
Si te gustan la acción...
el suspenso...
el romance...
olfatea
olfatea
y las rrisas...
jefe

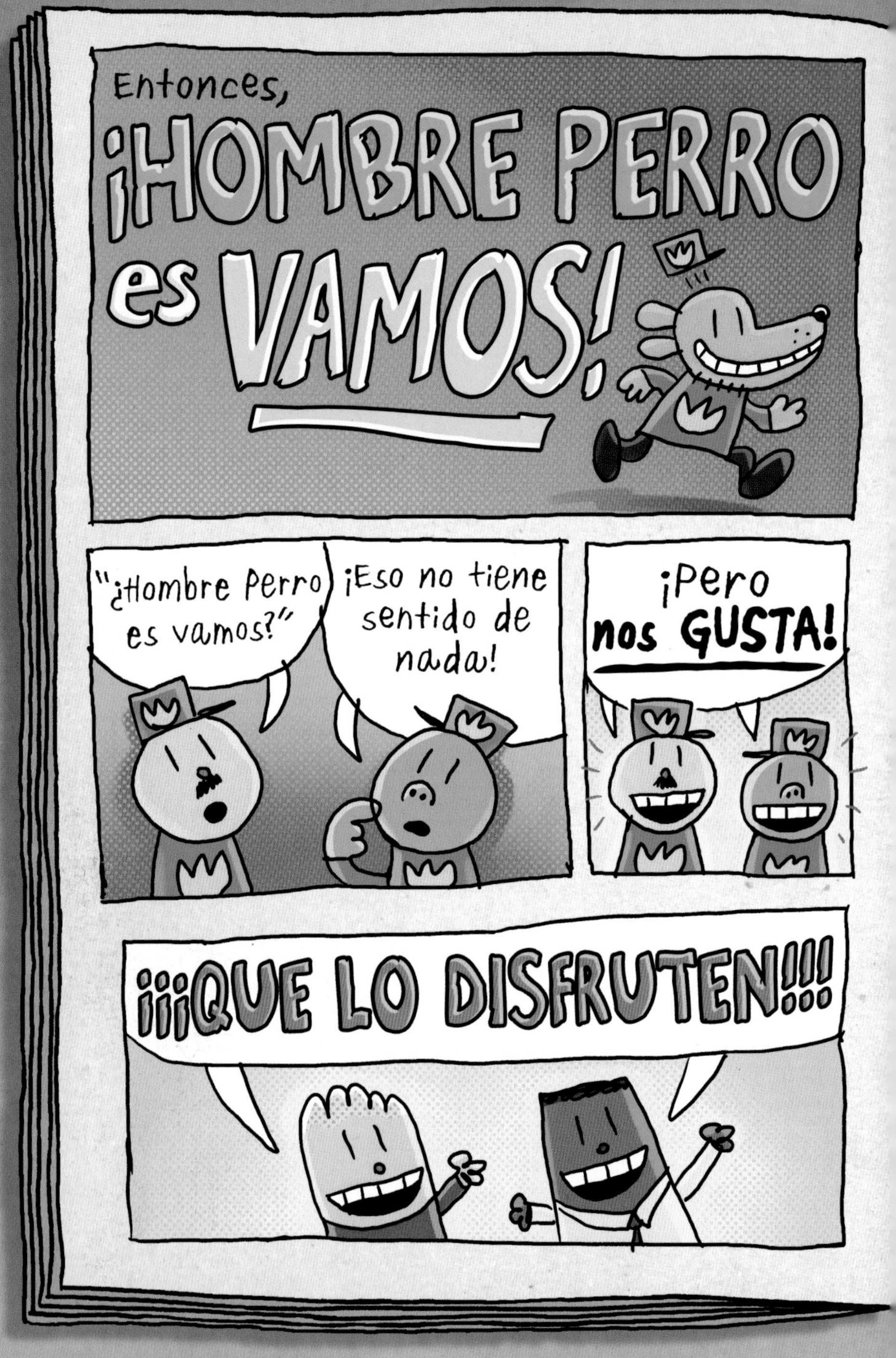
Entonces,
¡HOMBRE PERRO es VAMOS!
"¿Hombre Perro es vamos?"
¡Eso no tiene sentido de nada!
¡Pero nos GUSTA!
¡¡¡QUE LO DISFRUTEN!!!

CUENTOS CASAENRAMA presenta con orgullo

Capítulo 1
La reunión secreta

por Jorge y Berto

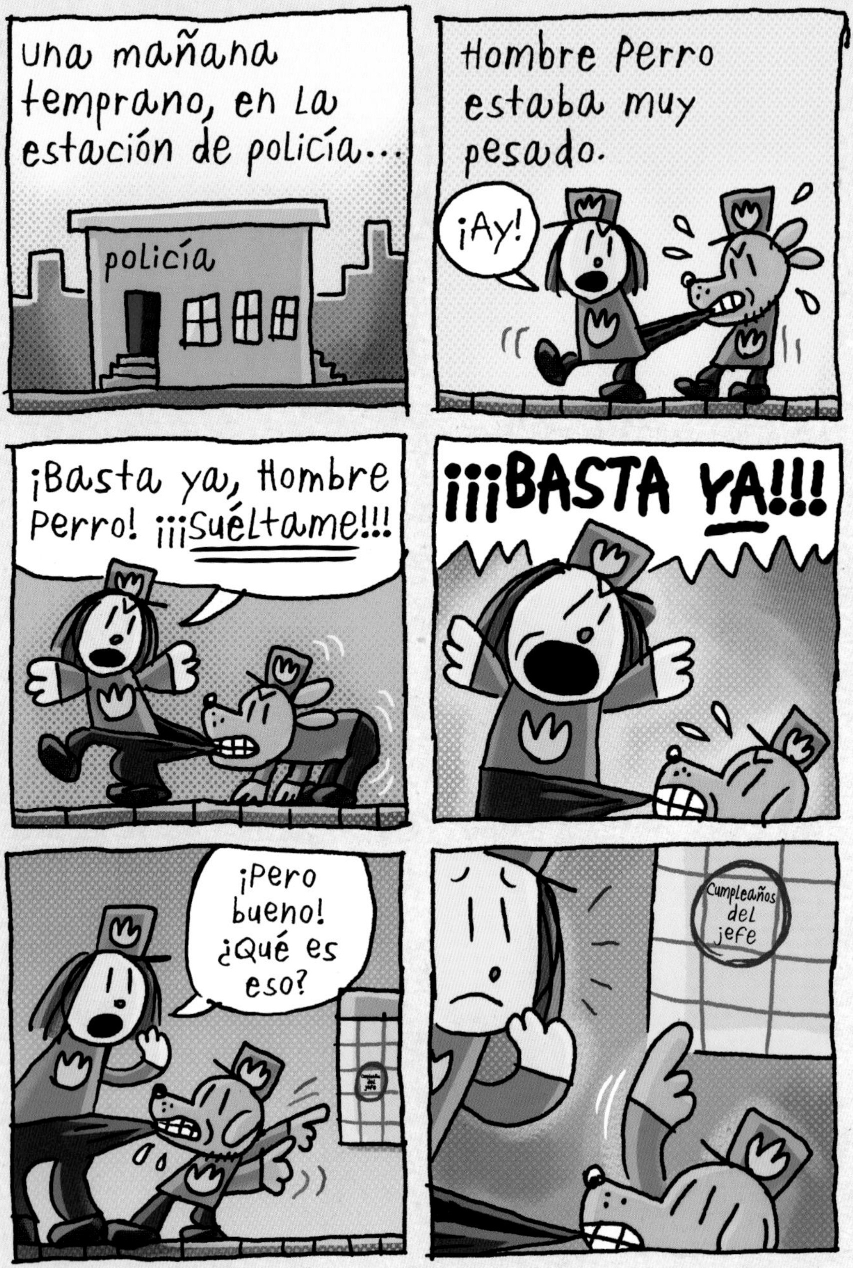

Una mañana temprano, en la estación de policía...
policía
Hombre Perro estaba muy pesado.
¡Ay!
¡Basta ya, Hombre Perro! ¡¡¡Suéltame!!!
¡¡¡BASTA YA!!!
¡Pero bueno! ¿Qué es eso?
Cumpleaños del jefe

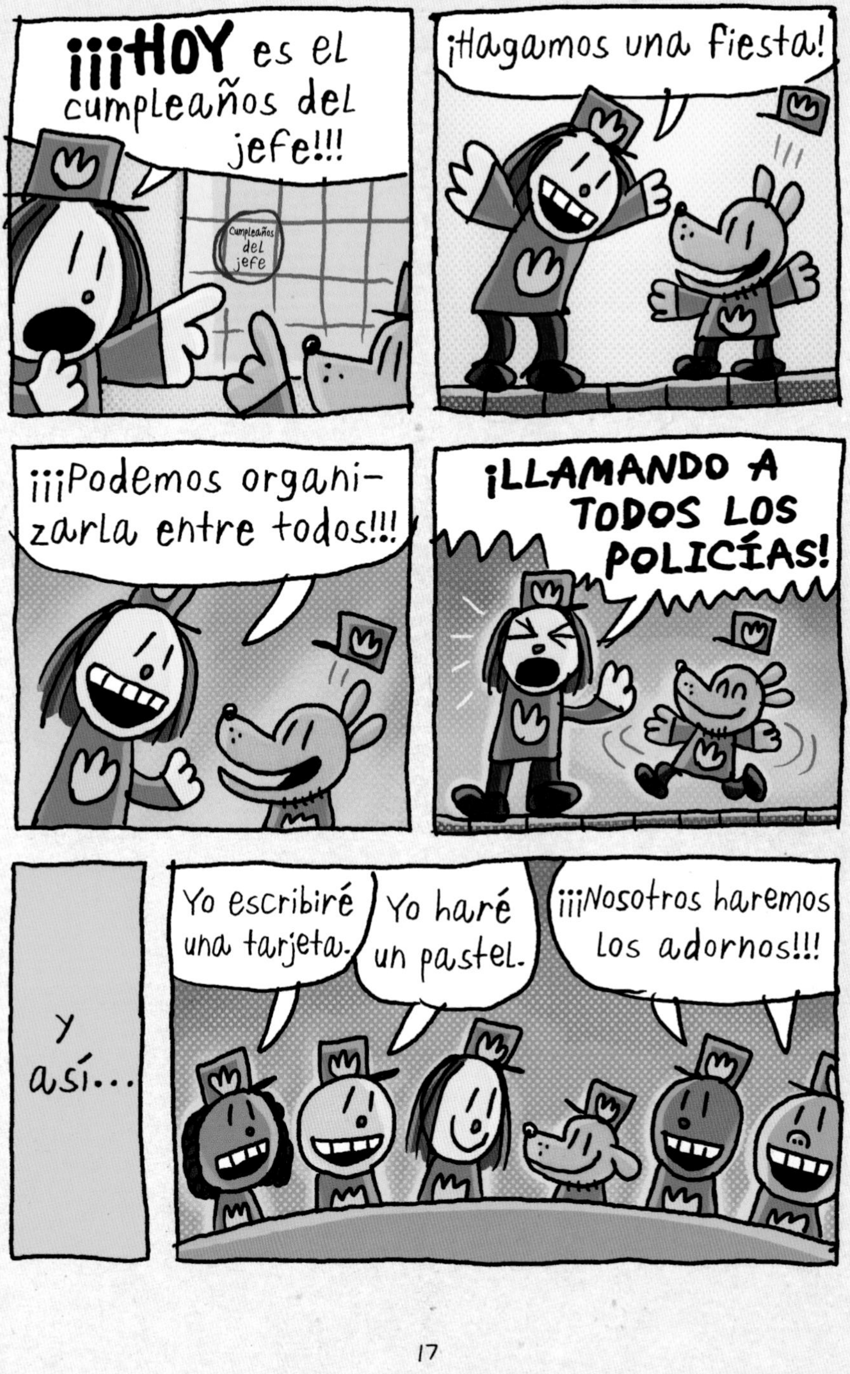
¡¡¡HOY es el cumpleaños del jefe!!!
Cumpleaños del jefe
¡Hagamos una fiesta!
¡¡¡Podemos organizarla entre todos!!!
¡LLAMANDO A TODOS LOS POLICÍAS!
Y así...
Yo escribiré una tarjeta.
Yo haré un pastel.
¡¡¡Nosotros haremos los adornos!!!

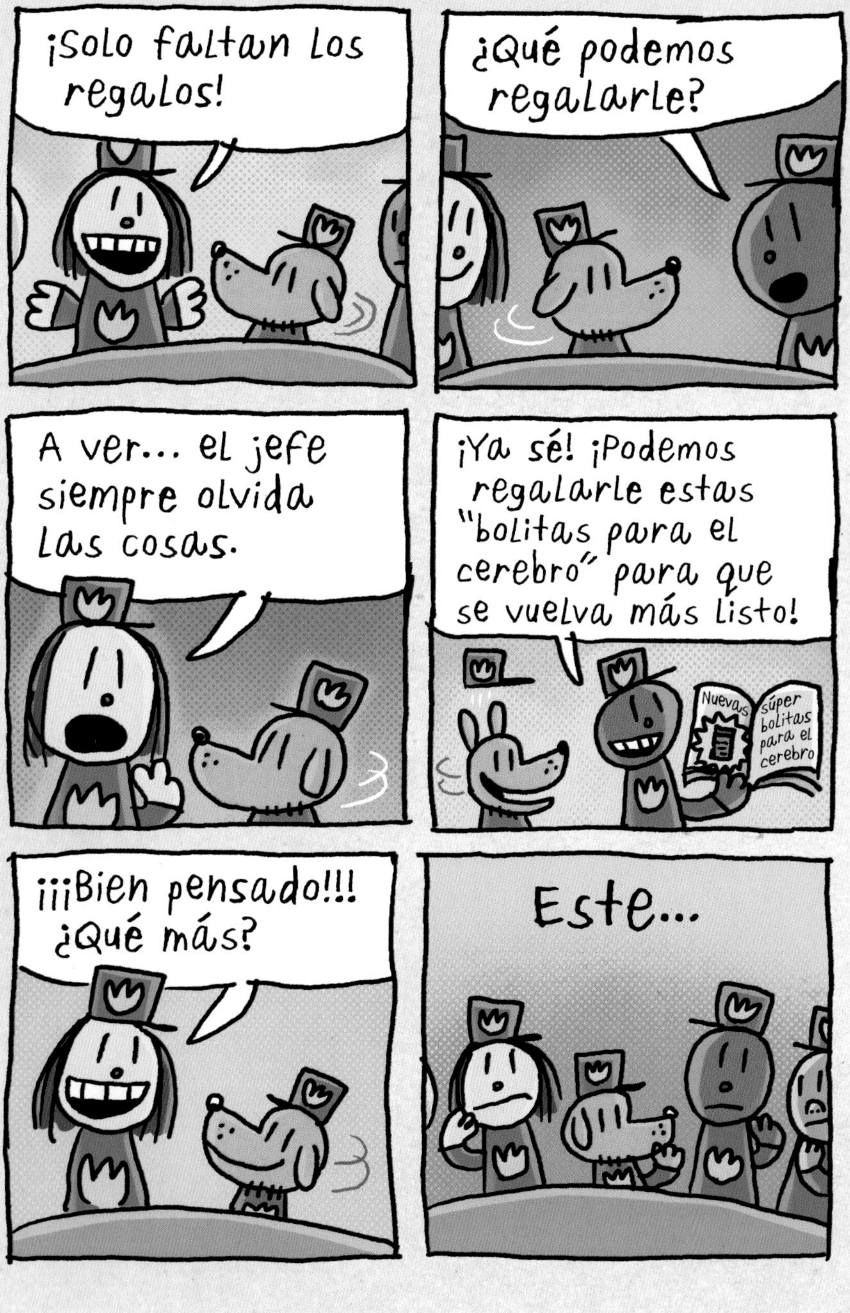
¡Solo faltan los regalos!
¿Qué podemos regalarle?
A ver... el jefe siempre olvida las cosas.
¡Ya sé! ¡Podemos regalarle estas "bolitas para el cerebro" para que se vuelva más listo!
Nuevas súper bolitas para el cerebro
¡¡¡Bien pensado!!! ¿Qué más?
Este...

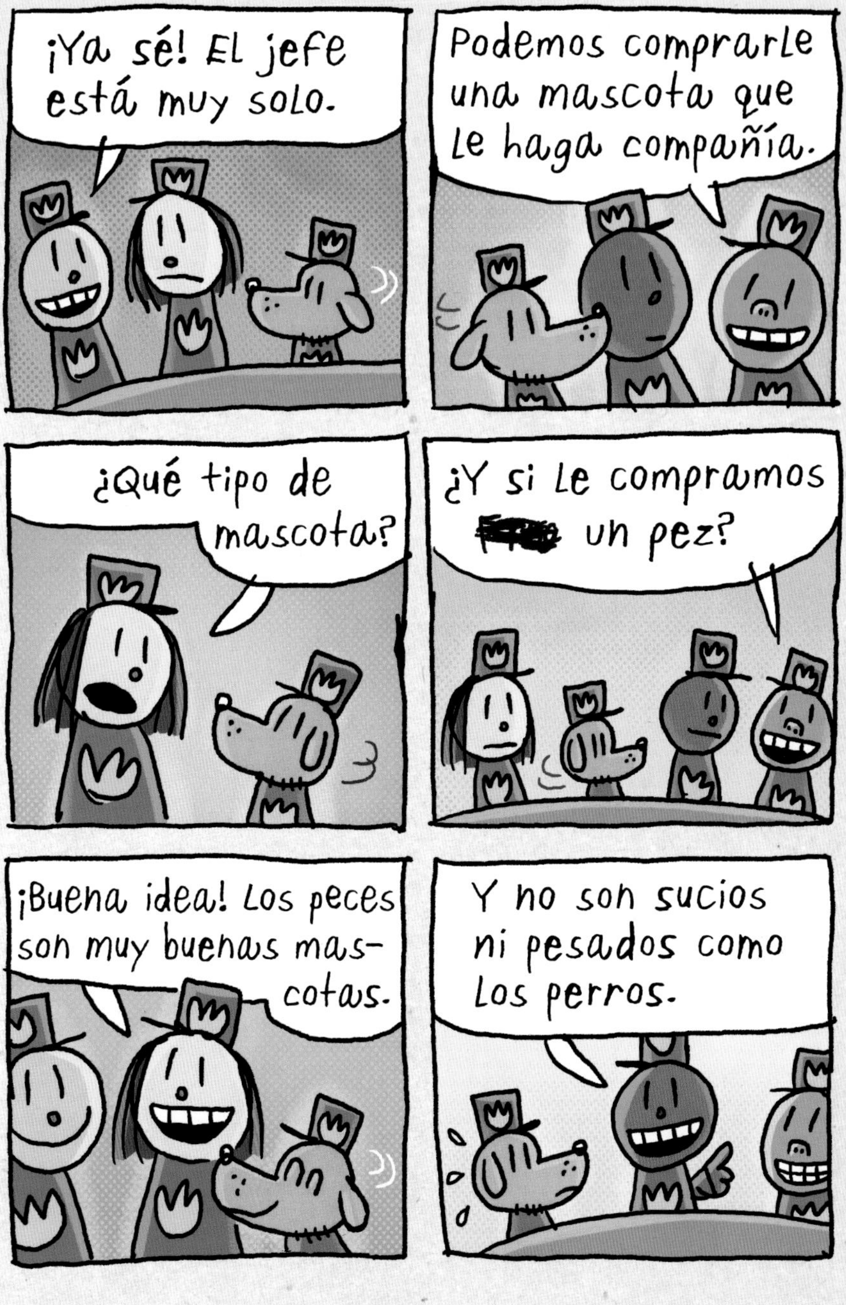
¡Ya sé! El jefe está muy solo.
Podemos comprarle una mascota que le haga compañía.
¿Qué tipo de mascota?
¿Y si le compramos [redacted] un pez?
¡Buena idea! Los peces son muy buenas mascotas.
Y no son sucios ni pesados como los perros.

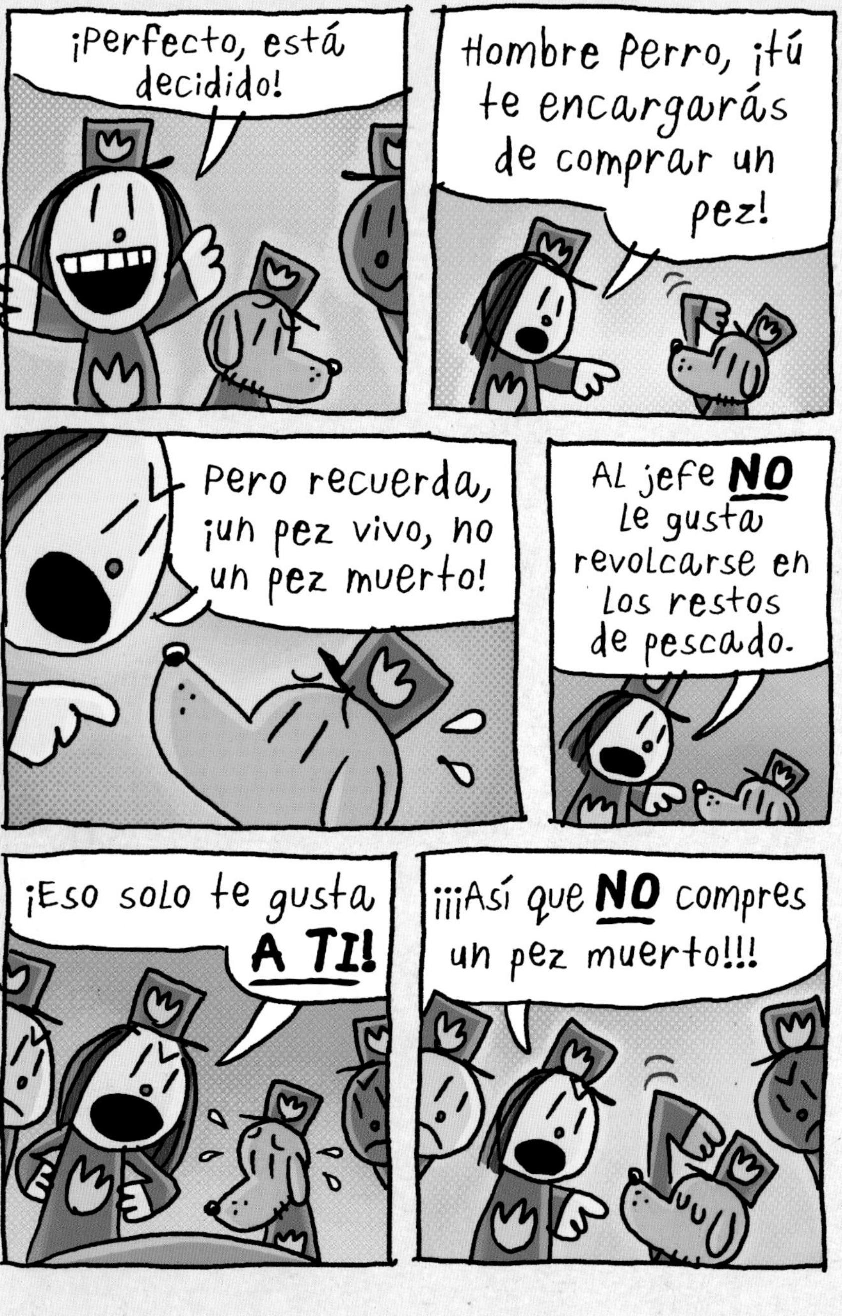
¡Perfecto, está decidido!
Hombre Perro, ¡tú te encargarás de comprar un pez!
Pero recuerda, ¡un pez vivo, no un pez muerto!
AL jefe NO Le gusta revolcarse en Los restos de pescado.
¡Eso solo te gusta A TI!
¡¡¡Así que NO compres un pez muerto!!!

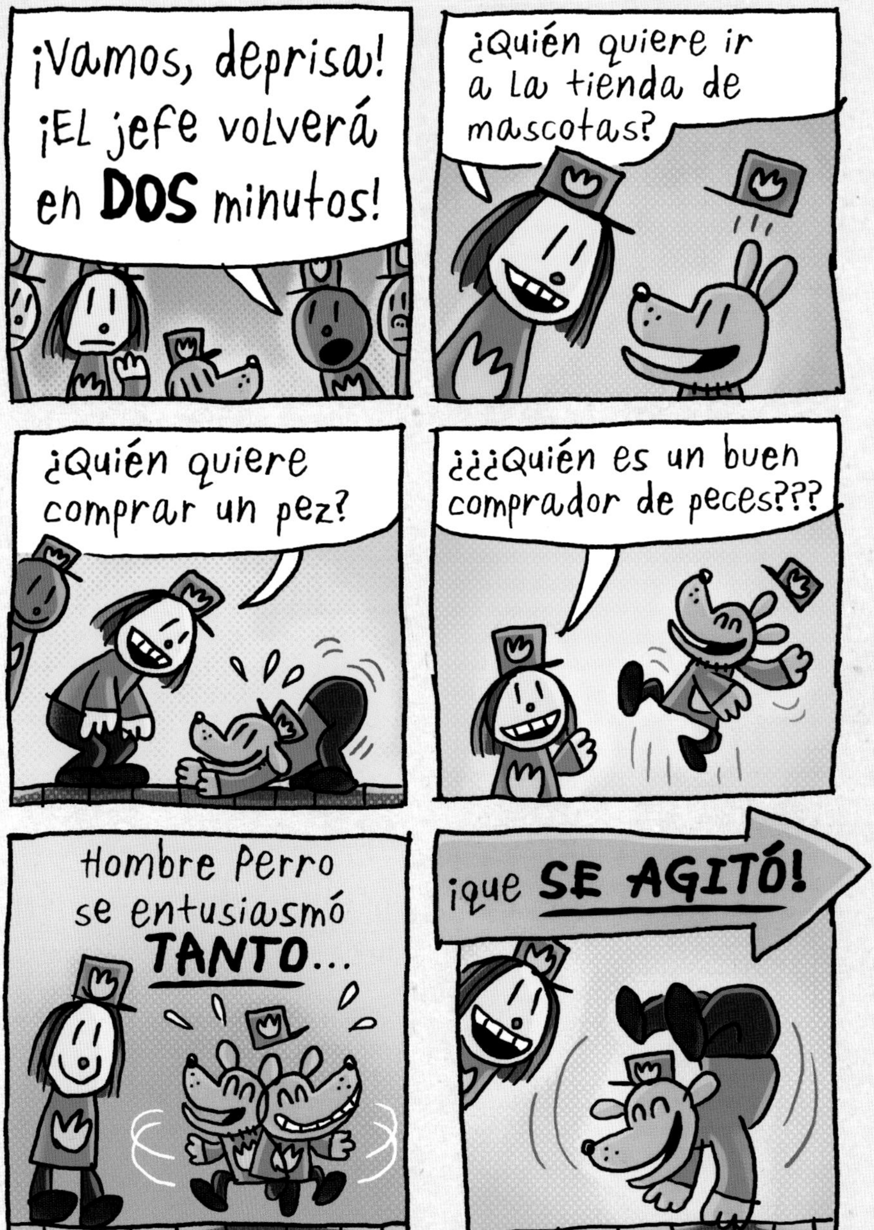
¡Vamos, deprisa! ¡El jefe volverá en DOS minutos!
¿Quién quiere ir a la tienda de mascotas?
¿Quién quiere comprar un pez?
¿¿¿Quién es un buen comprador de peces???
Hombre Perro se entusiasmó TANTO...
¡que SE AGITÓ!

presentamos el FLiPO

¡APRENDE A SER UN MAESTRO!

EL Fliporama es fácil

si sigues las reglas:

¡Agítalo, no lo rompas!

un haiku
de
Hombre
Perro.

Extra cursi

RAMA

¡ASÍ ES COMO FUNCIONA!

Paso 1

Primero, coloca la mano izquierda dentro de las líneas de puntos donde dice "mano izquierda aquí". ¡Sujeta el libro abierto DEL TODO!

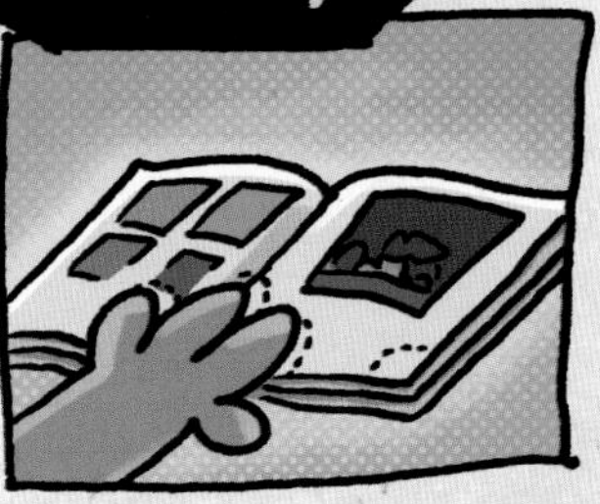

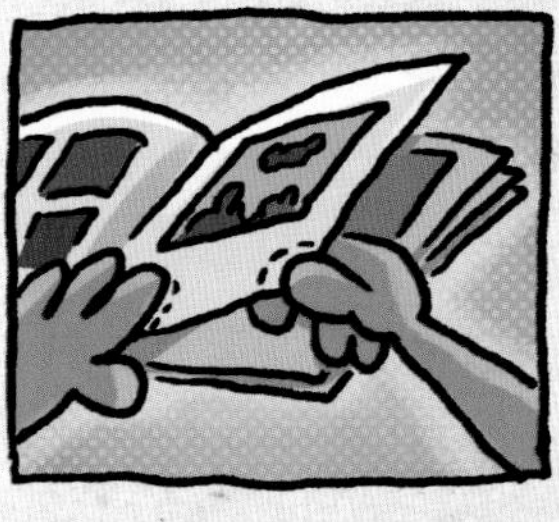

Paso 2

Sujeta la página de la derecha entre el pulgar y el índice de la mano derecha (dentro de las líneas que dicen "Pulgar derecho aquí").

Paso 3

Ahora agita rápidamente la página de la derecha hasta que parezca que la imagen está animada.

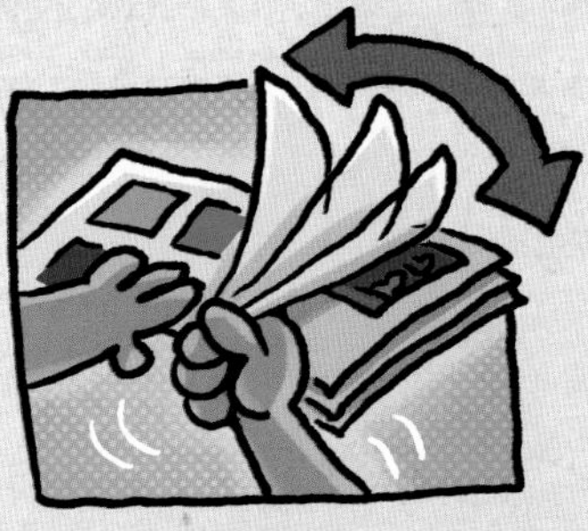

(¡Diversión asegurada con la incorporación de efectos sonoros personalizados!)

Recuerden,

mientras agitan la página, asegúrense de que pueden ver las ilustraciones de la página 25 Y las de la página 27.

Si agitan la página rápidamente, ¡parecerán dibujos **ANIMADOS!**

¡No olviden incorporar sus efectos sonoros personalizados!

Mano izquierda aquí

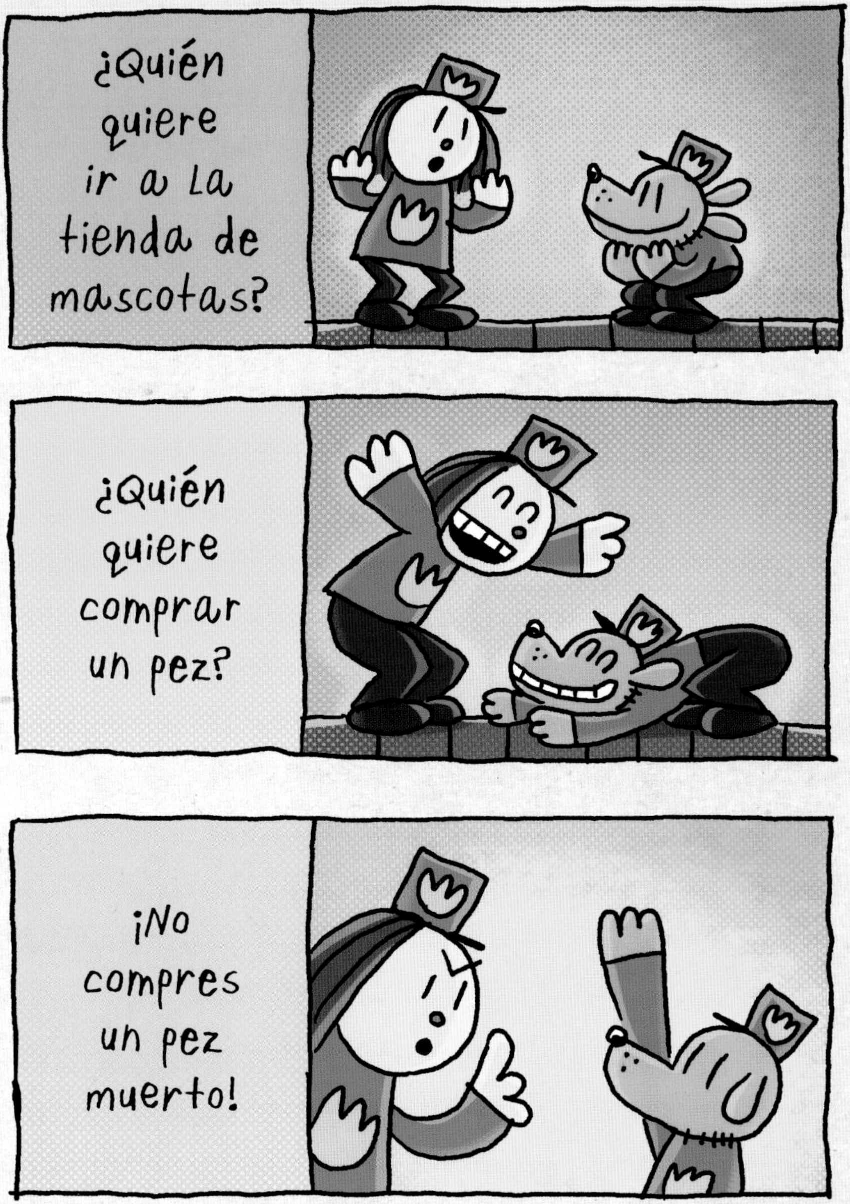
¿Quién quiere ir a la tienda de mascotas?
¿Quién quiere comprar un pez?
¡No compres un pez muerto!

Pulgar derecho aquí.

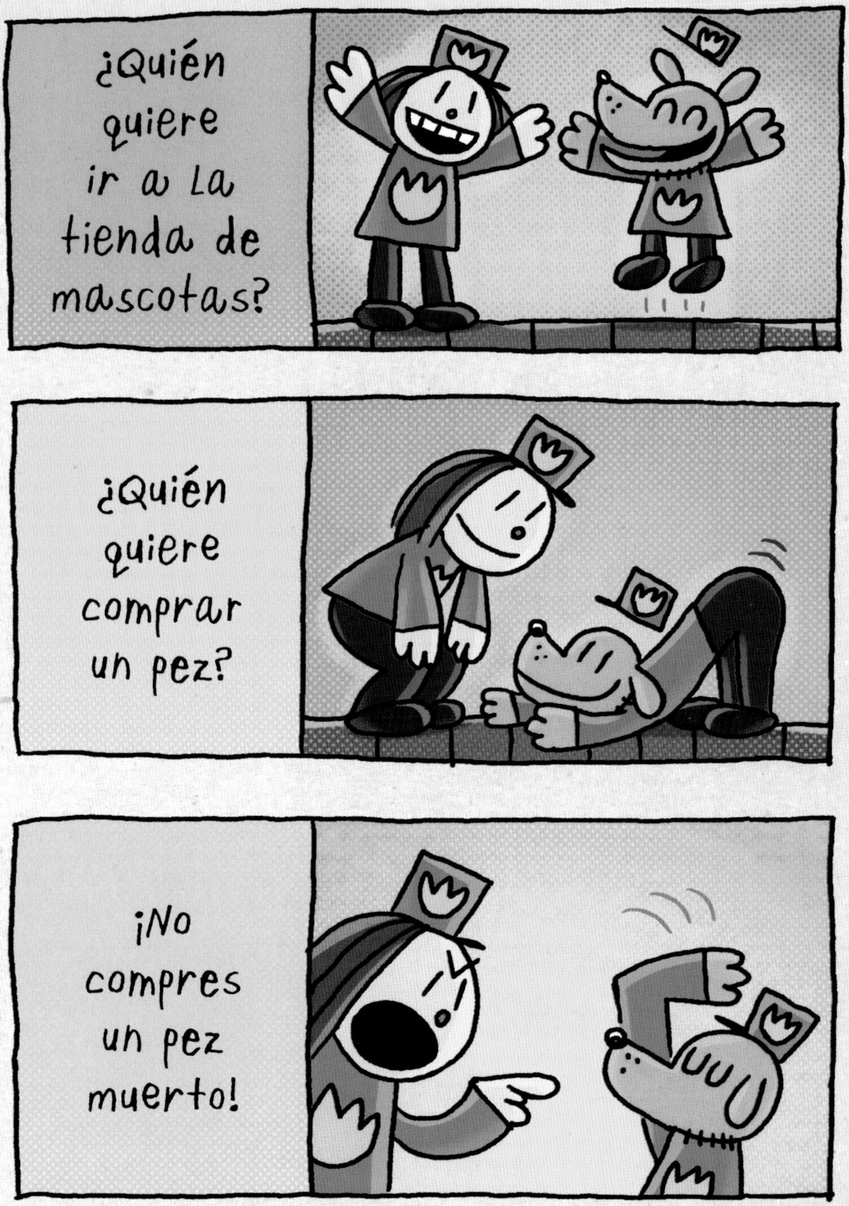
¿Quién quiere ir a la tienda de mascotas?
¿Quién quiere comprar un pez?
¡No compres un pez muerto!

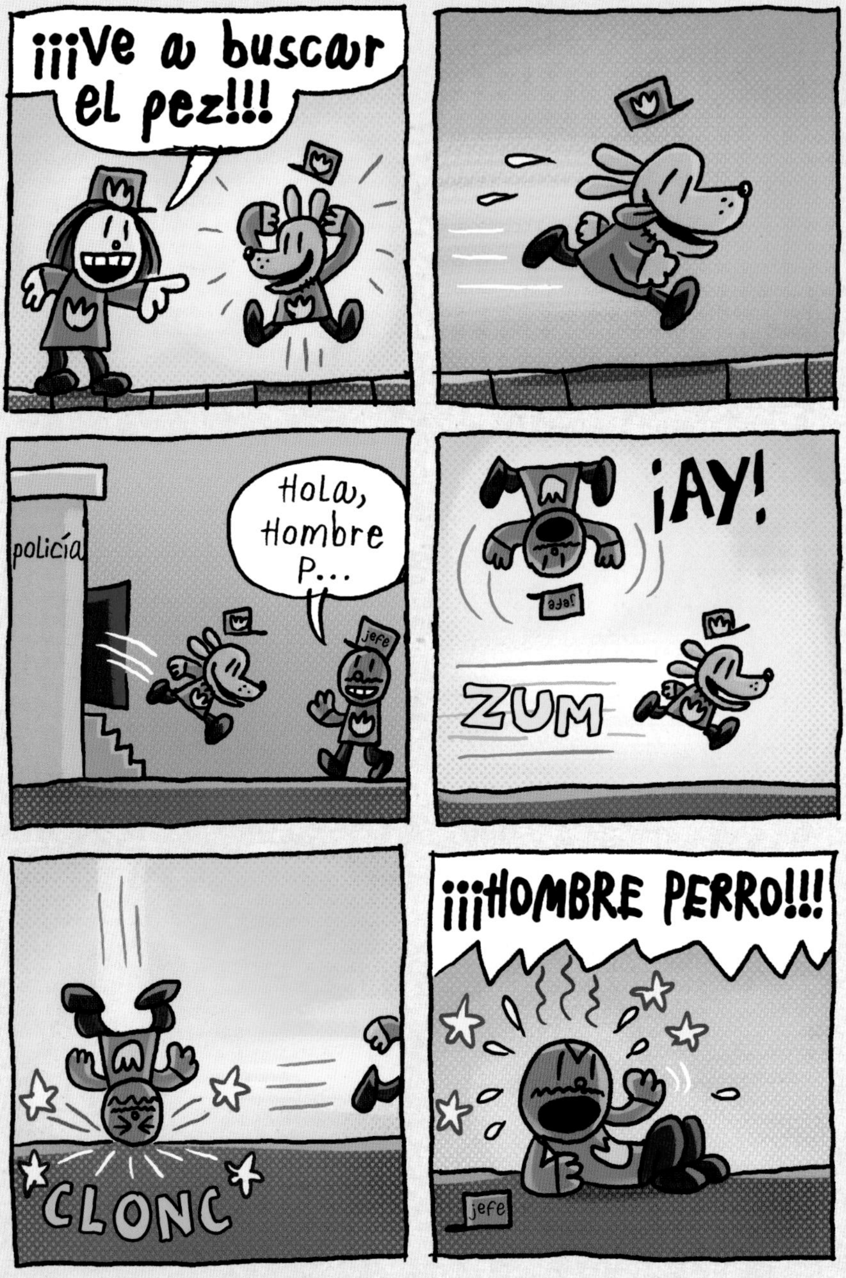
¡¡¡Ve a buscar el pez!!!
policía
Hola, Hombre P...
jefe
¡AY!
jefe
ZUM
CLONC
¡¡¡HOMBRE PERRO!!!
jefe

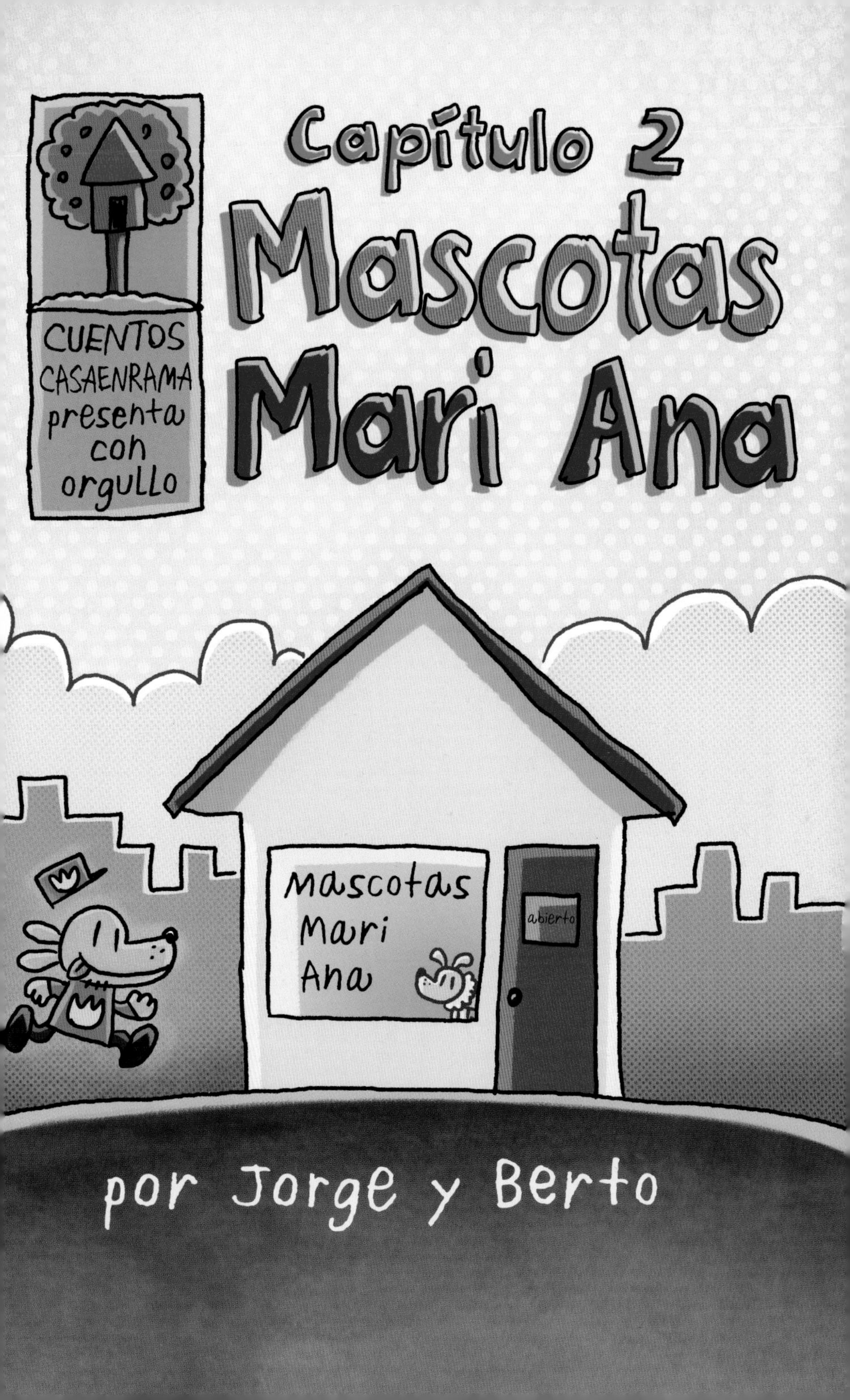

Capítulo 2
Mascotas Mari Ana
CUENTOS CASAENRAMA presenta con orgullo
Mascotas Mari Ana
abierto
por Jorge y Berto

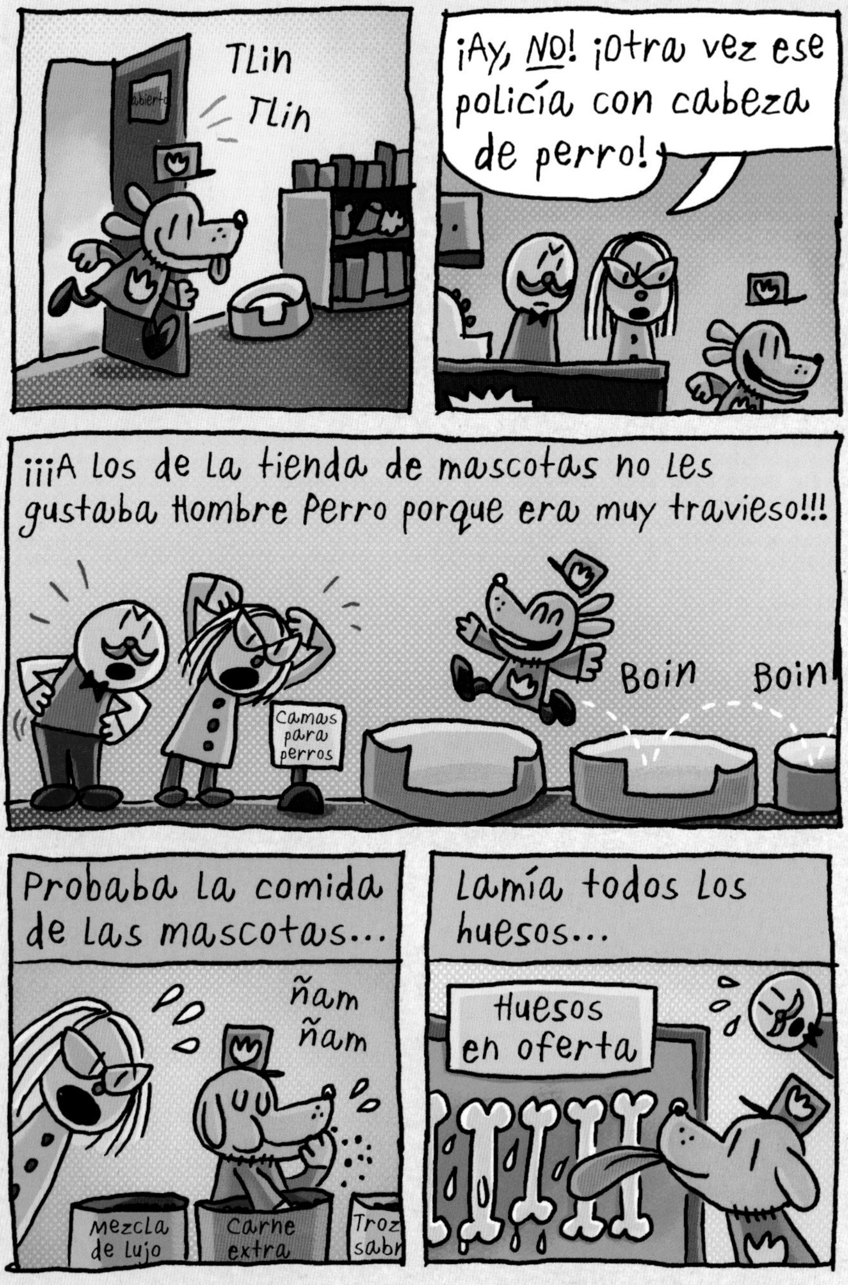
abierto
TLin
TLin
¡Ay, NO! ¡Otra vez ese policía con cabeza de perro!
¡¡¡A los de la tienda de mascotas no les gustaba Hombre Perro porque era muy travieso!!!
Camas para perros
Boin
Boin
Probaba la comida de las mascotas...
ñam
ñam
Mezcla de lujo
Carne extra
Lamía todos los huesos...
Huesos en oferta

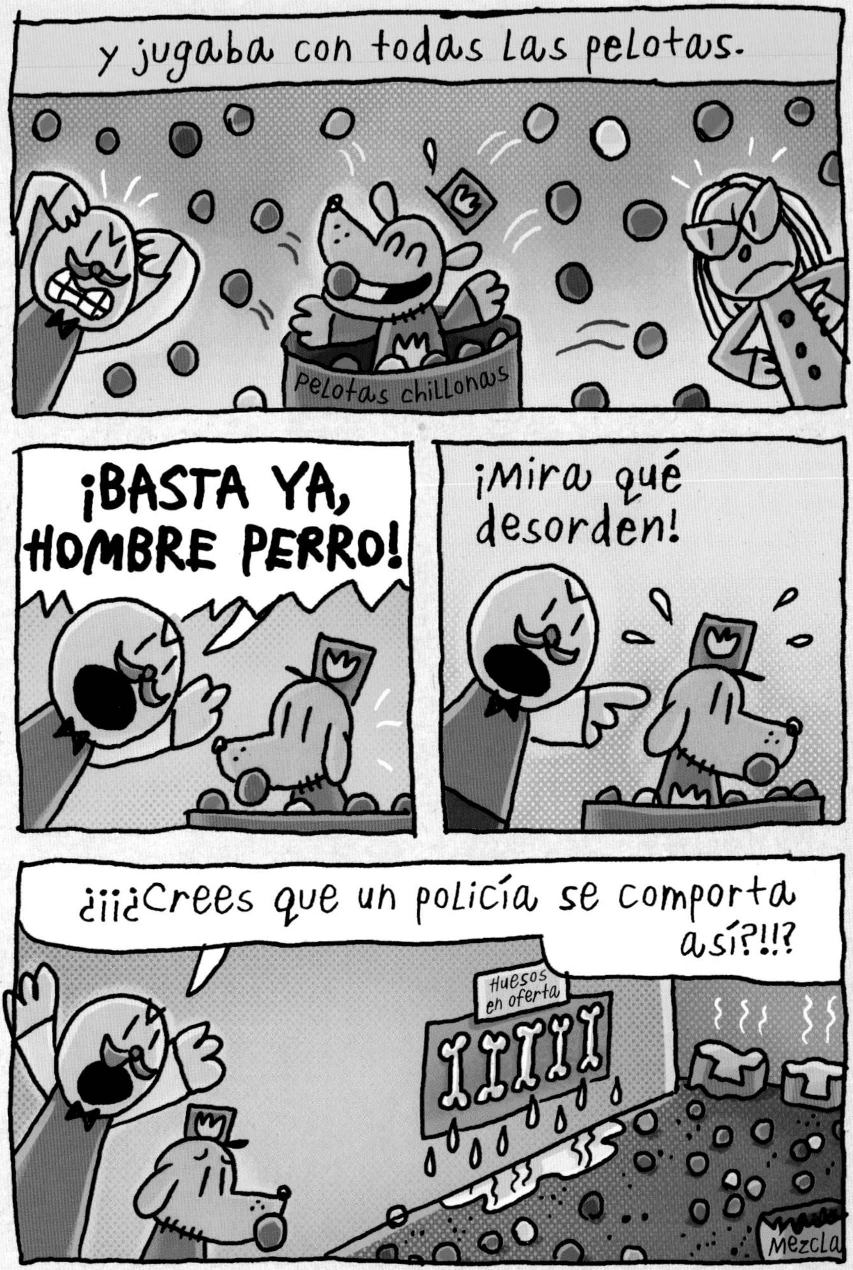
y jugaba con todas las pelotas.
Pelotas chillonas
¡BASTA YA, HOMBRE PERRO!
¡Mira qué desorden!
¿¡¡¿Crees que un policía se comporta así?!!?
Huesos en oferta
Mezcla

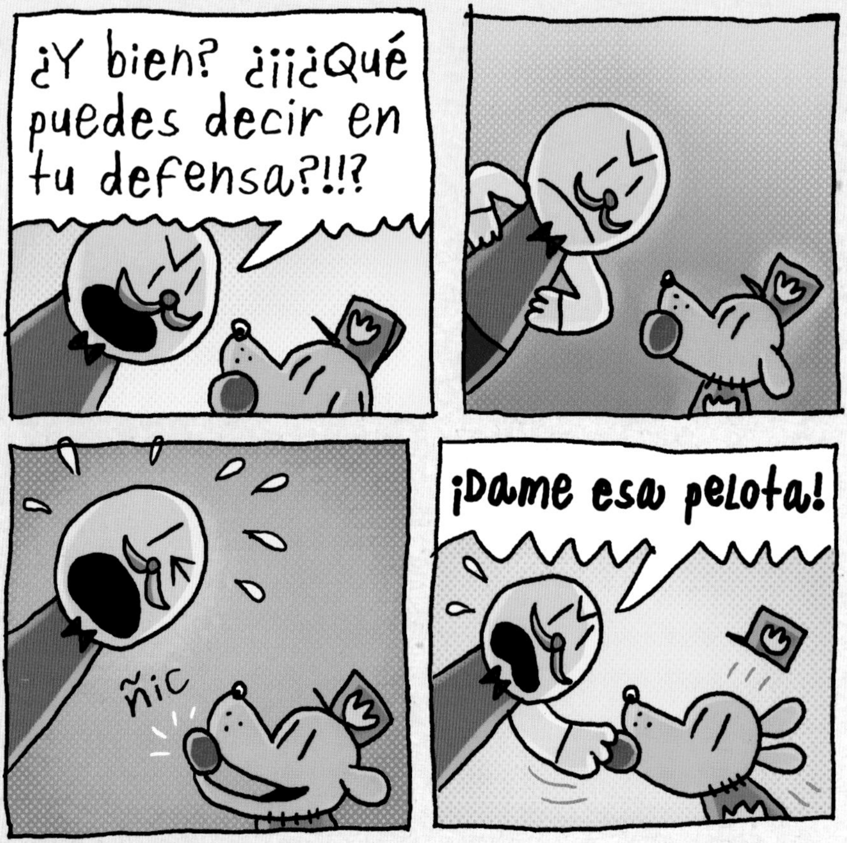
¿Y bien? ¿¡¡¿Qué puedes decir en tu defensa?!!?
ñic
¡Dame esa pelota!

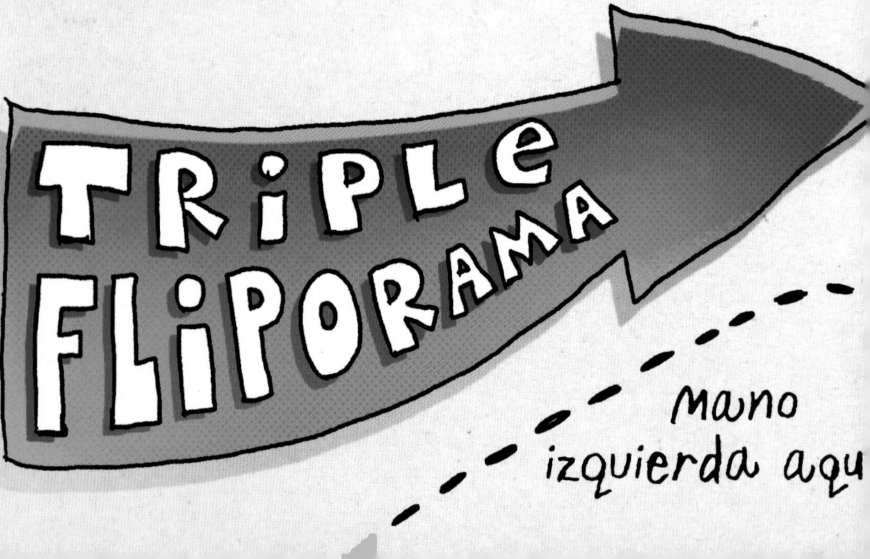
TRIPLE FLIPORAMA
Mano izquierda aqu

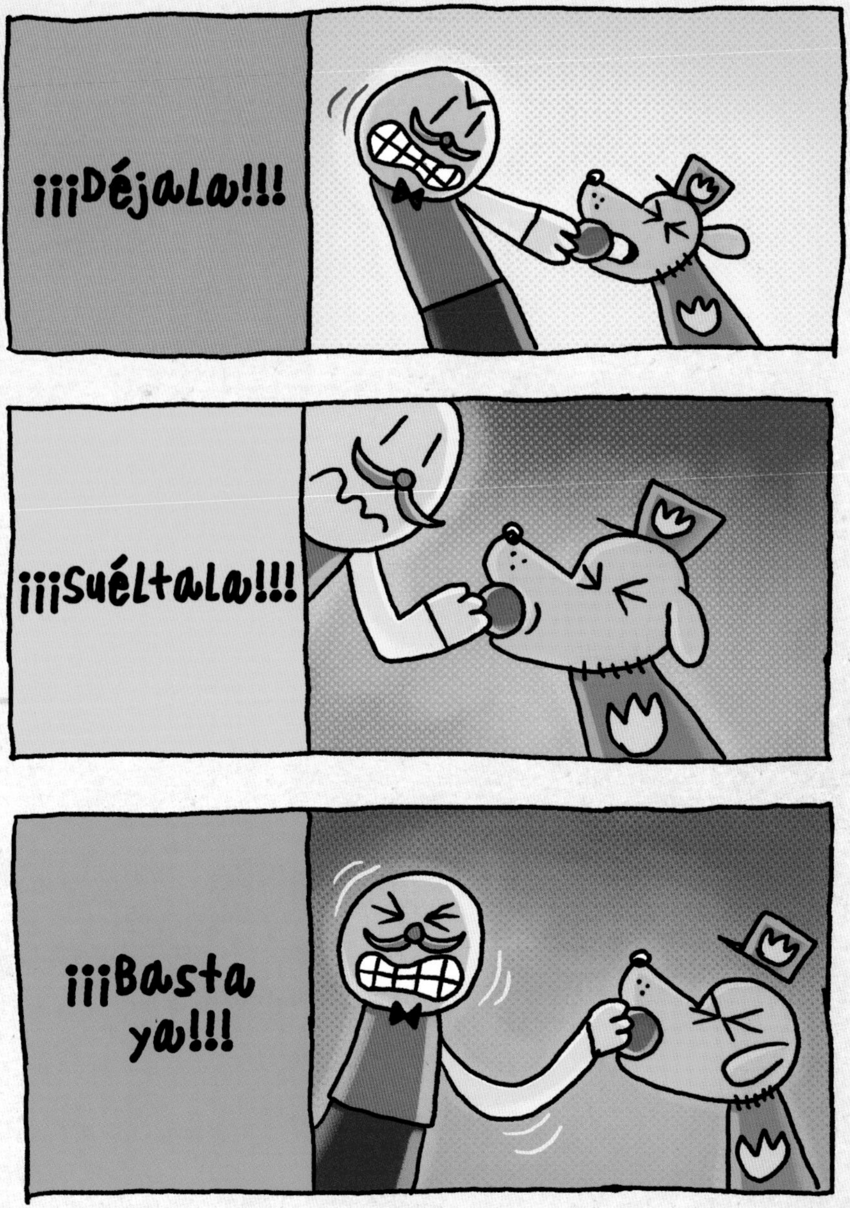
¡¡¡Déjala!!!
¡¡¡Suéltala!!!
¡¡¡Basta ya!!!

Pulgar derecho aquí.

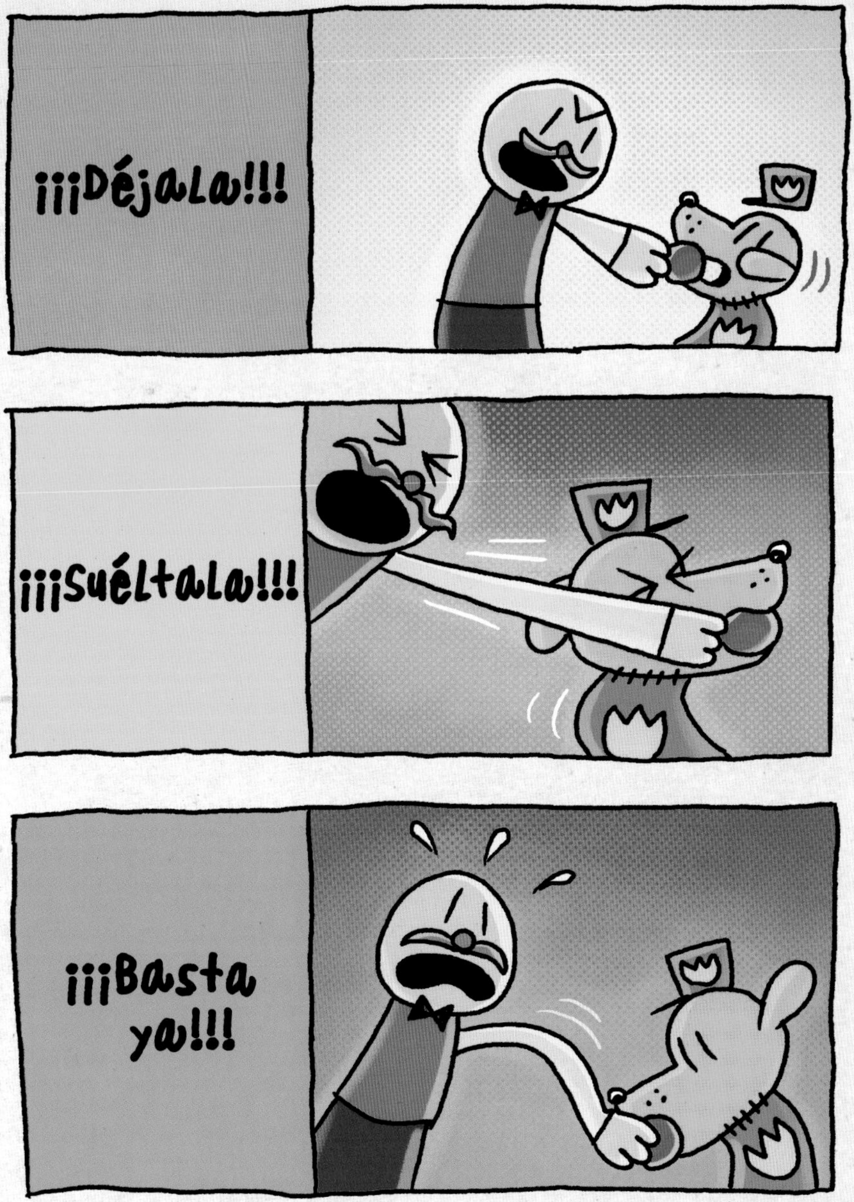
¡¡¡DéjaLa!!!
¡¡¡SuéLtaLa!!!
¡¡¡Basta ya!!!

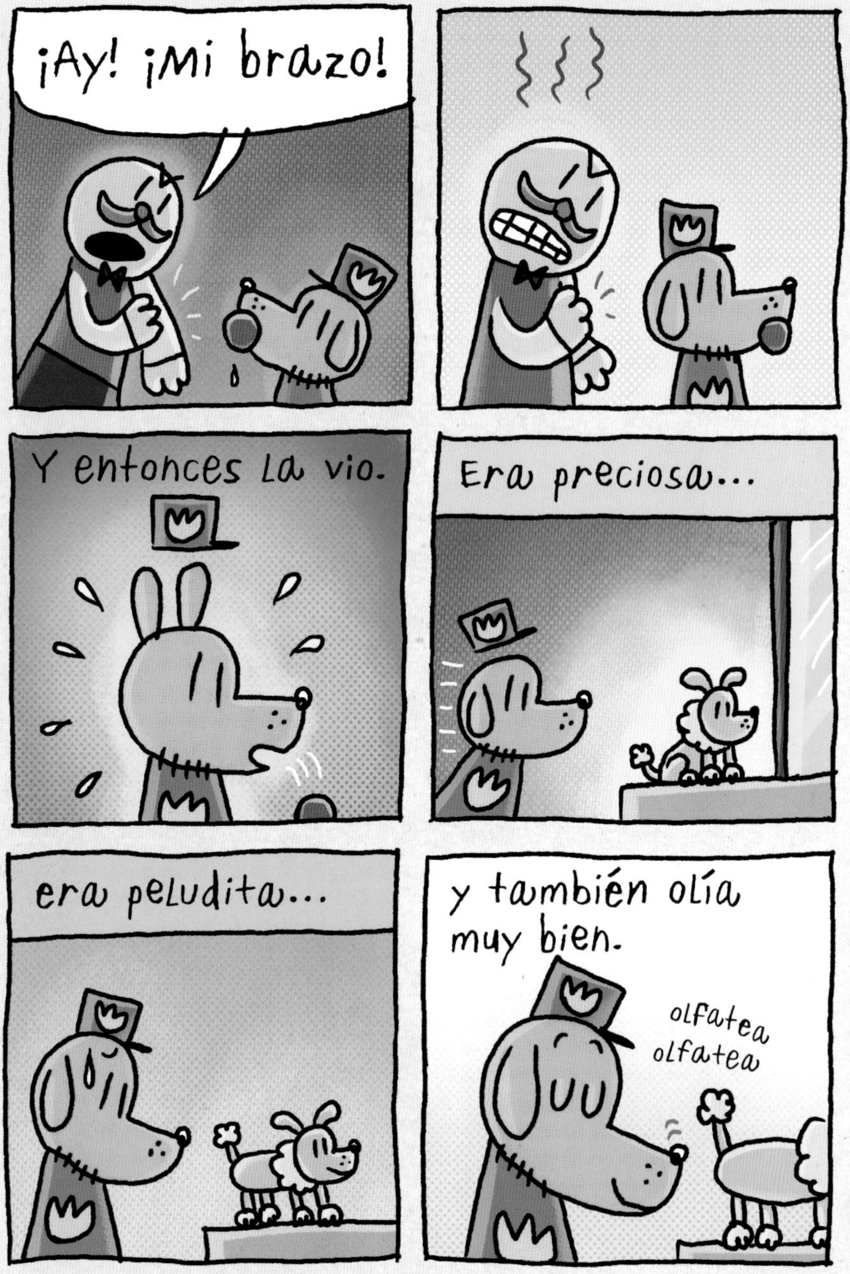
¡Ay! ¡Mi brazo!
Y entonces la vio.
Era preciosa...
era peludita...
y también olía muy bien.
olfatea
olfatea

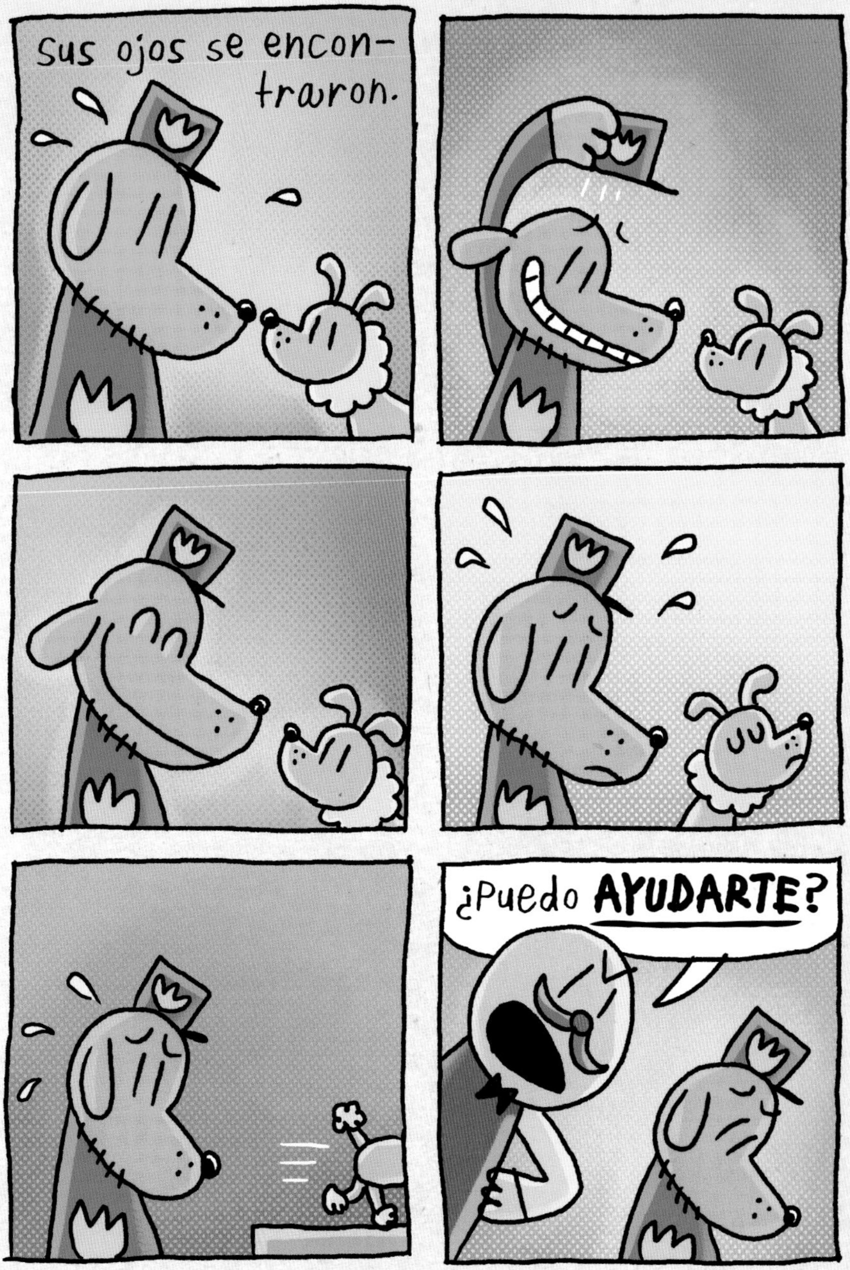
Sus ojos se encontraron.
¿Puedo AYUDARTE?

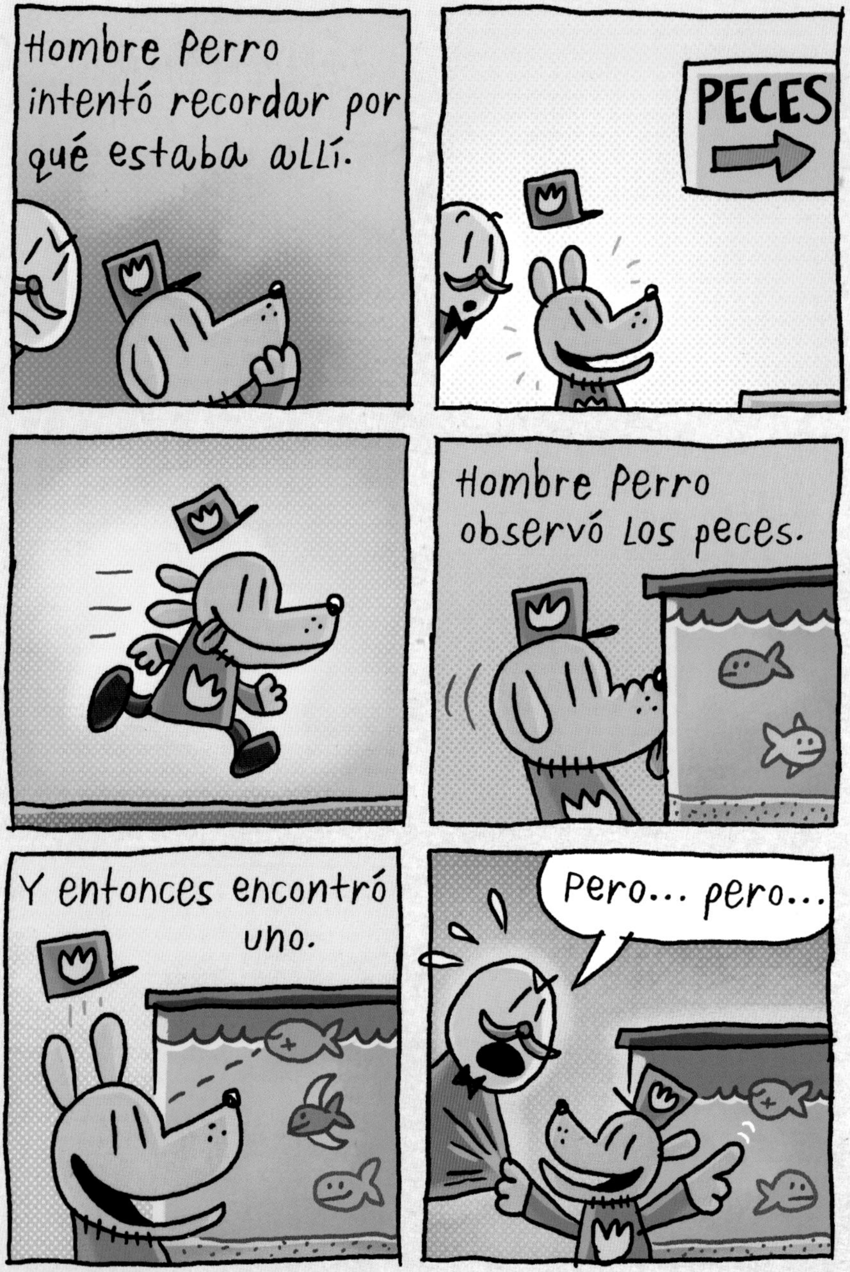
Hombre Perro intentó recordar por qué estaba allí.
PECES
Hombre Perro observó los peces.
Y entonces encontró uno.
Pero... pero...

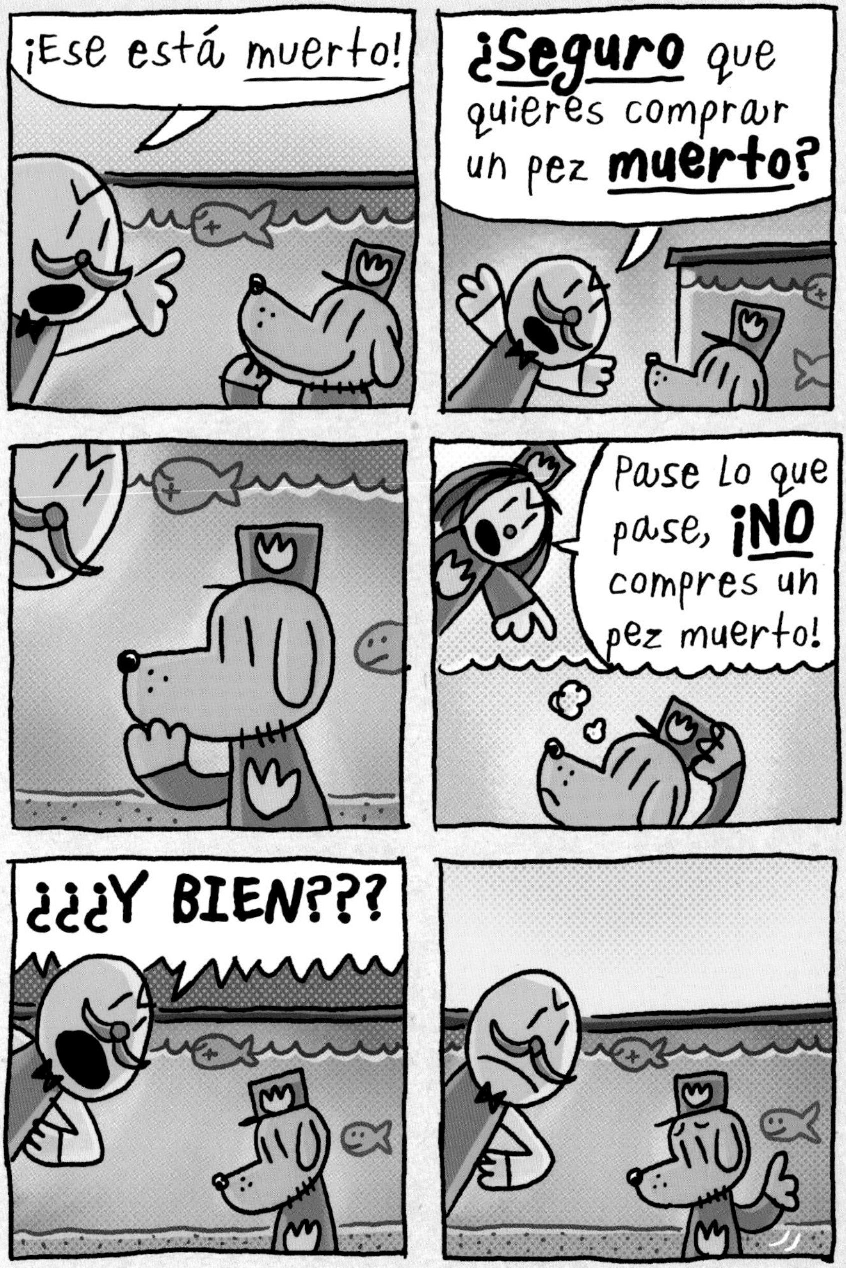
¡Ese está muerto!
¿Seguro que quieres comprar un pez muerto?
Pase lo que pase, ¡NO compres un pez muerto!
¿¿¿Y BIEN???

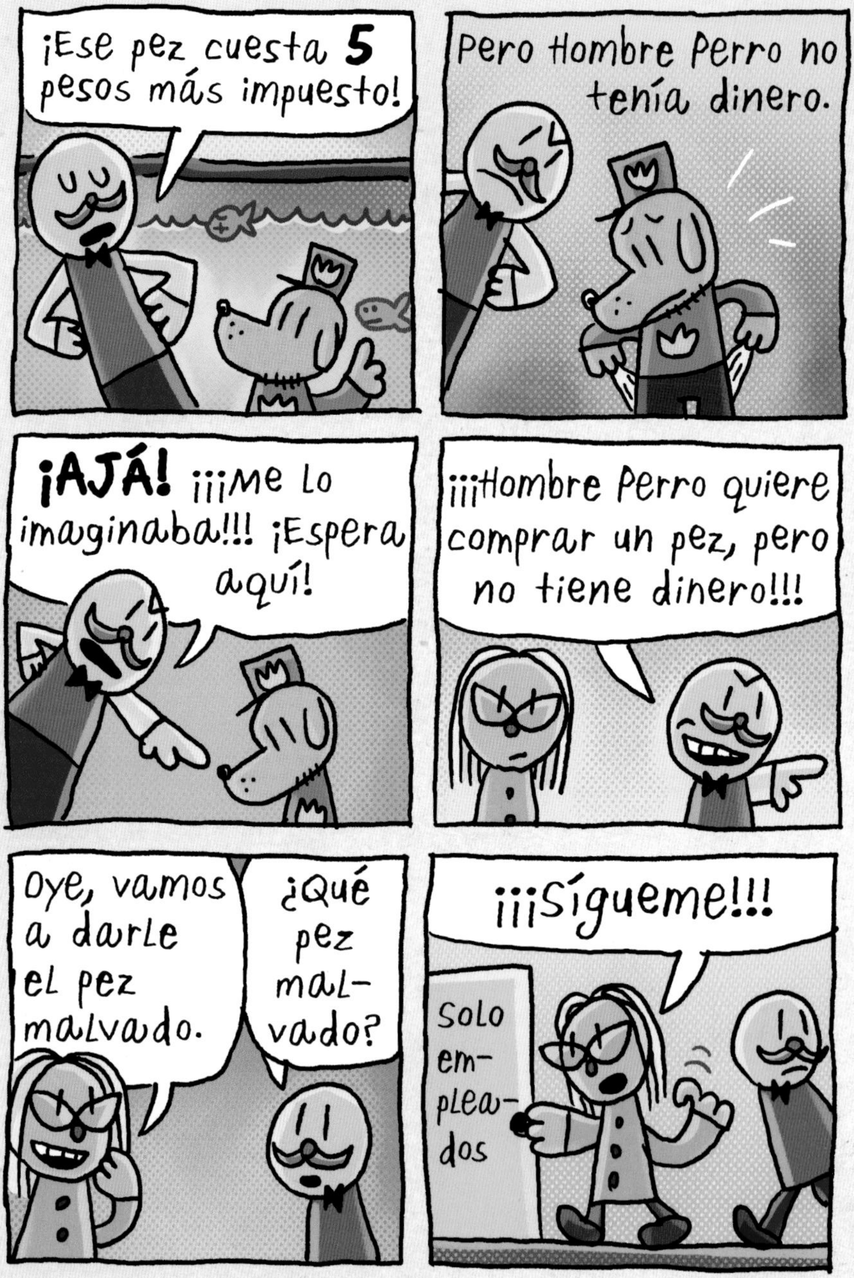
¡Ese pez cuesta 5 pesos más impuesto!
Pero Hombre Perro no tenía dinero.
¡AJÁ! ¡¡¡Me lo imaginaba!!! ¡Espera aquí!
¡¡¡Hombre Perro quiere comprar un pez, pero no tiene dinero!!!
Oye, vamos a darle el pez malvado.
¿Qué pez mal-vado?
¡¡¡Sígueme!!!
Solo em-plea-dos

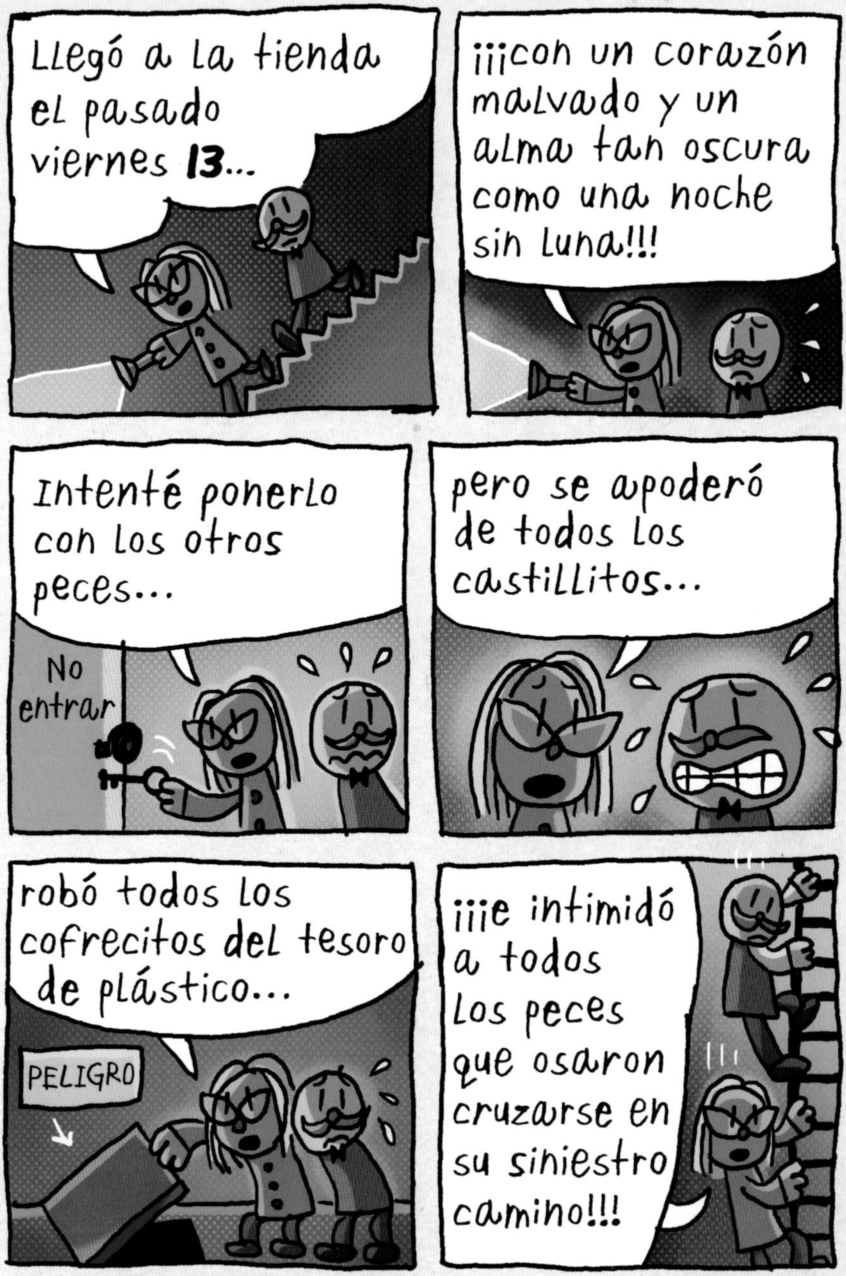
Llegó a la tienda el pasado viernes 13...
¡¡¡con un corazón malvado y un alma tan oscura como una noche sin luna!!!
Intenté ponerlo con los otros peces...
No entrar
pero se apoderó de todos los castillitos...
robó todos los cofrecitos del tesoro de plástico...
PELIGRO
¡¡¡e intimidó a todos los peces que osaron cruzarse en su siniestro camino!!!

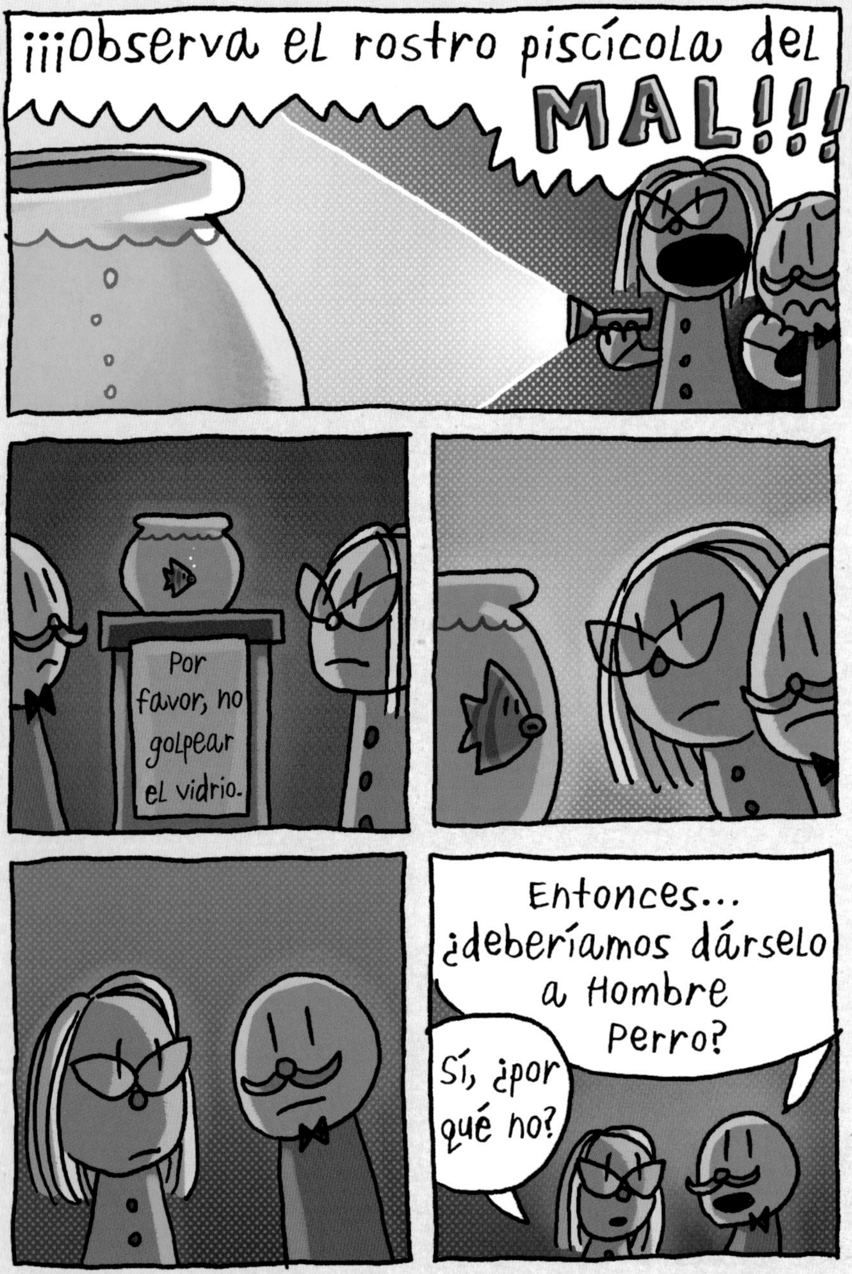
¡¡¡Observa el rostro piscícola del
MAL!!!
Por favor, no golpear el vidrio.
Entonces... ¿deberíamos dárselo a Hombre Perro?
Sí, ¿por qué no?

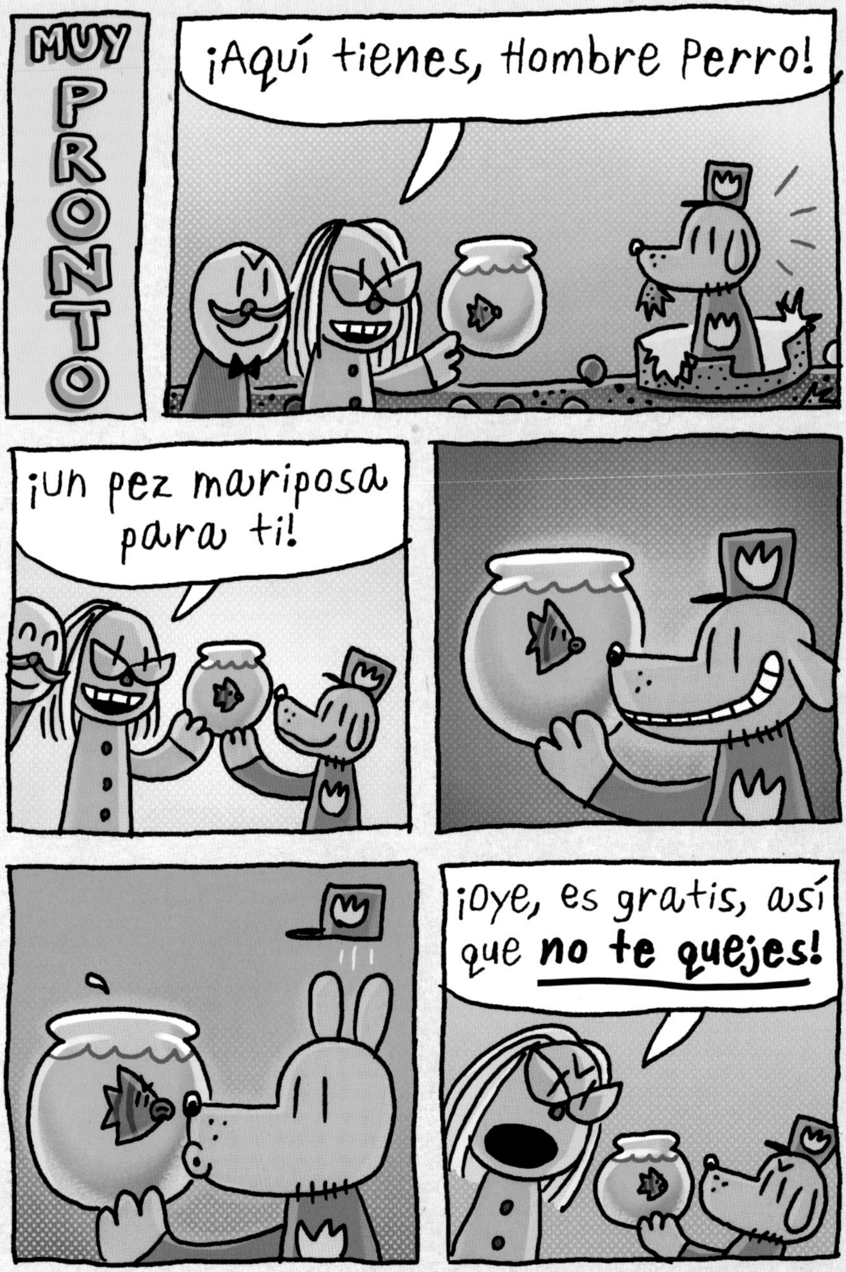
MUY PRONTO
¡Aquí tienes, Hombre Perro!
¡Un pez mariposa para ti!
¡Oye, es gratis, así que **no te quejes!**

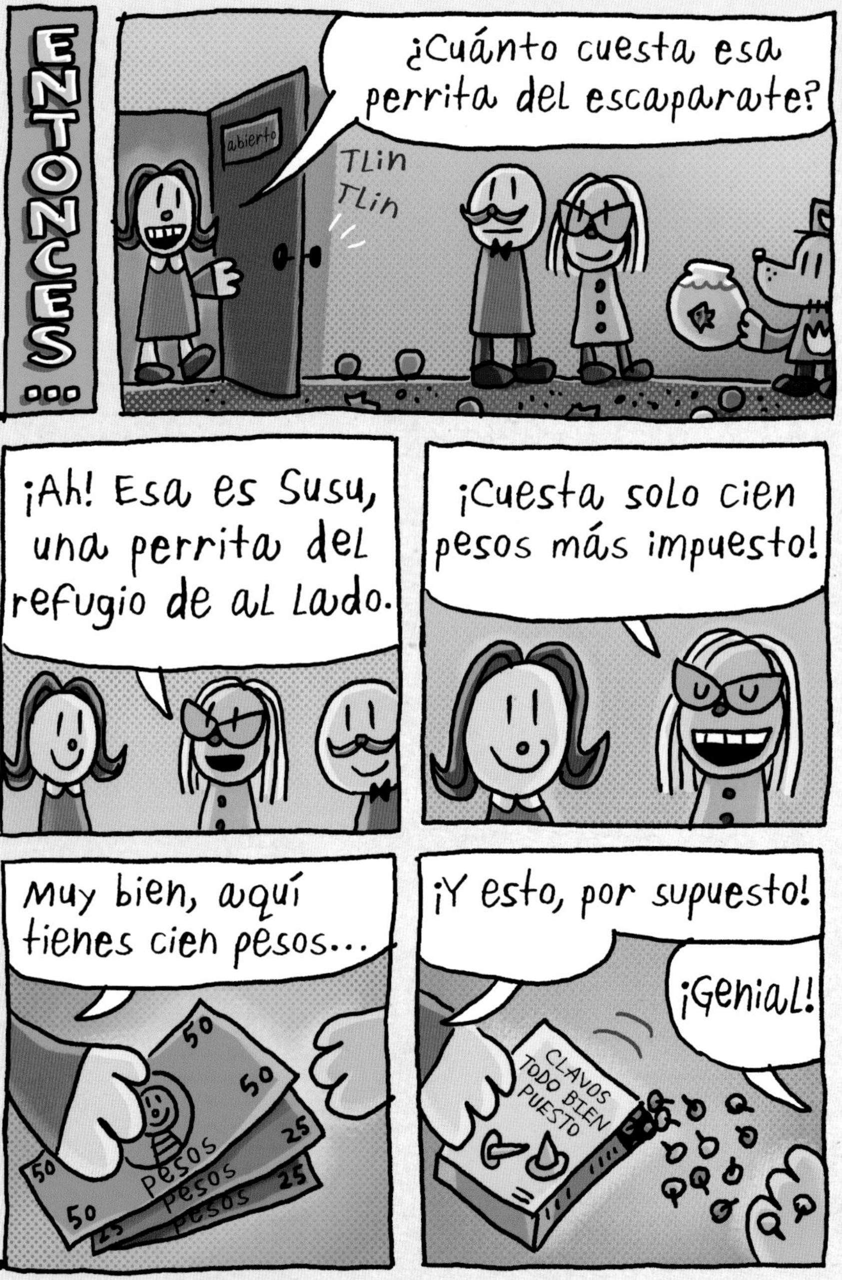
ENTONCES...
¿Cuánto cuesta esa perrita del escaparate?
abierto
TLIN TLIN
¡Ah! Esa es Susu, una perrita del refugio de al lado.
¡Cuesta solo cien pesos más impuesto!
Muy bien, aquí tienes cien pesos...
50
PESOS
25
¡Y esto, por supuesto!
¡Genial!
CLAVOS TODO BIEN PUESTO

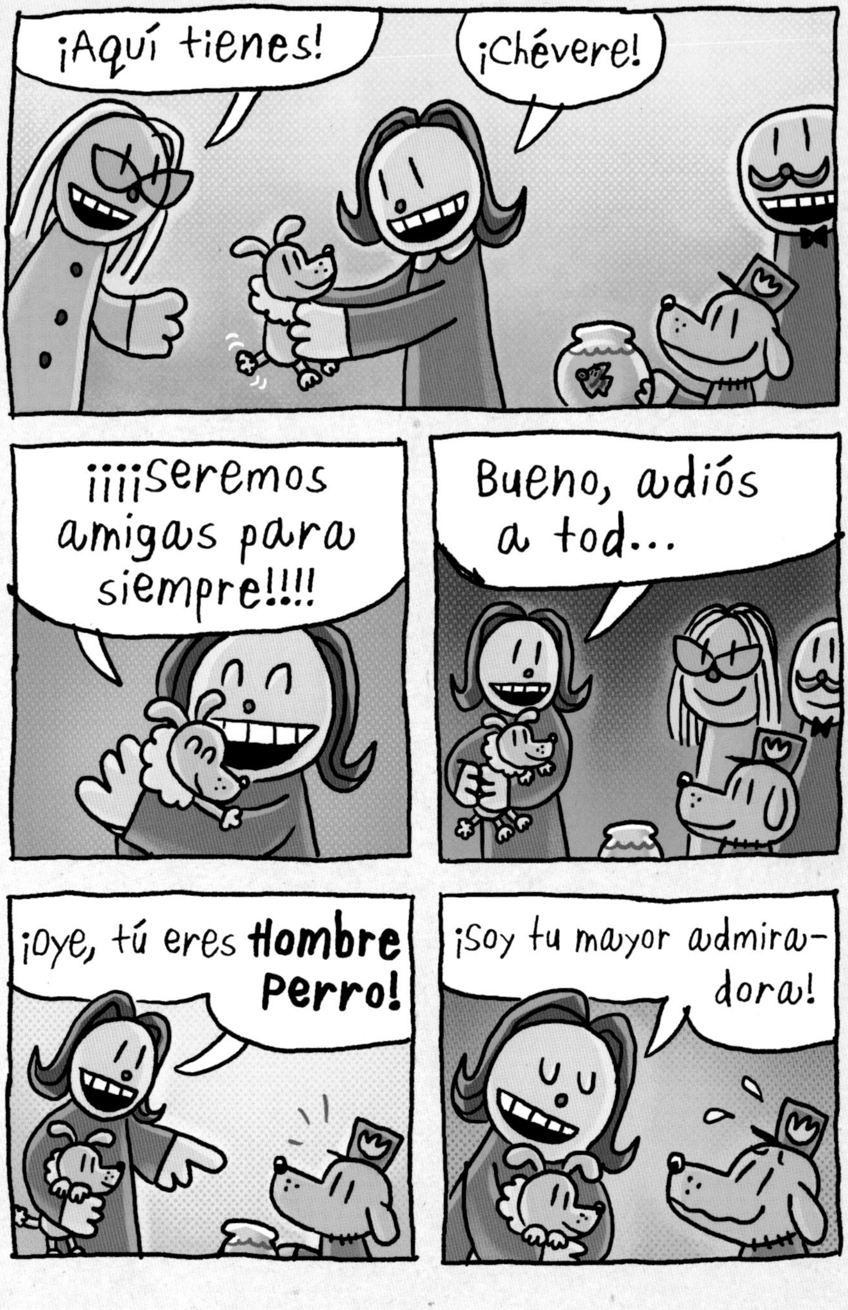
¡Aquí tienes!
¡Chévere!
¡¡¡¡Seremos amigas para siempre!!!!
Bueno, adiós a tod…
¡Oye, tú eres Hombre Perro!
¡Soy tu mayor admira-dora!

Te dejo mi tarjeta.
Sara Guerra
La mejor reportera del mundo
¡Hasta Luego!
ñam ñam
¡Adiós!

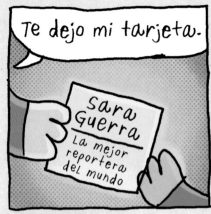

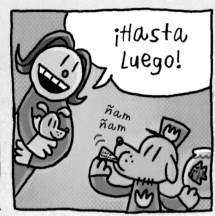

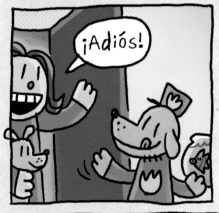

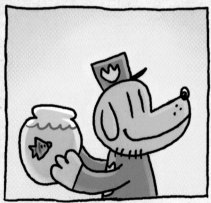

Capítulo 3

Feliz cumpleaños, jefe

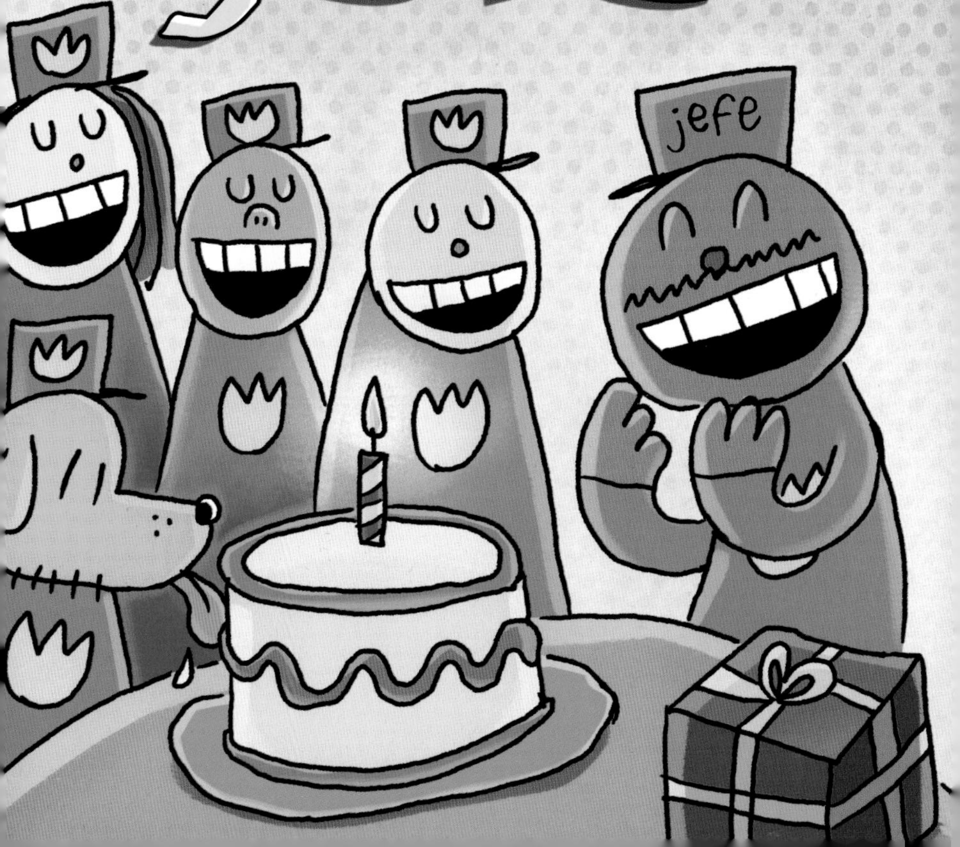
jefe

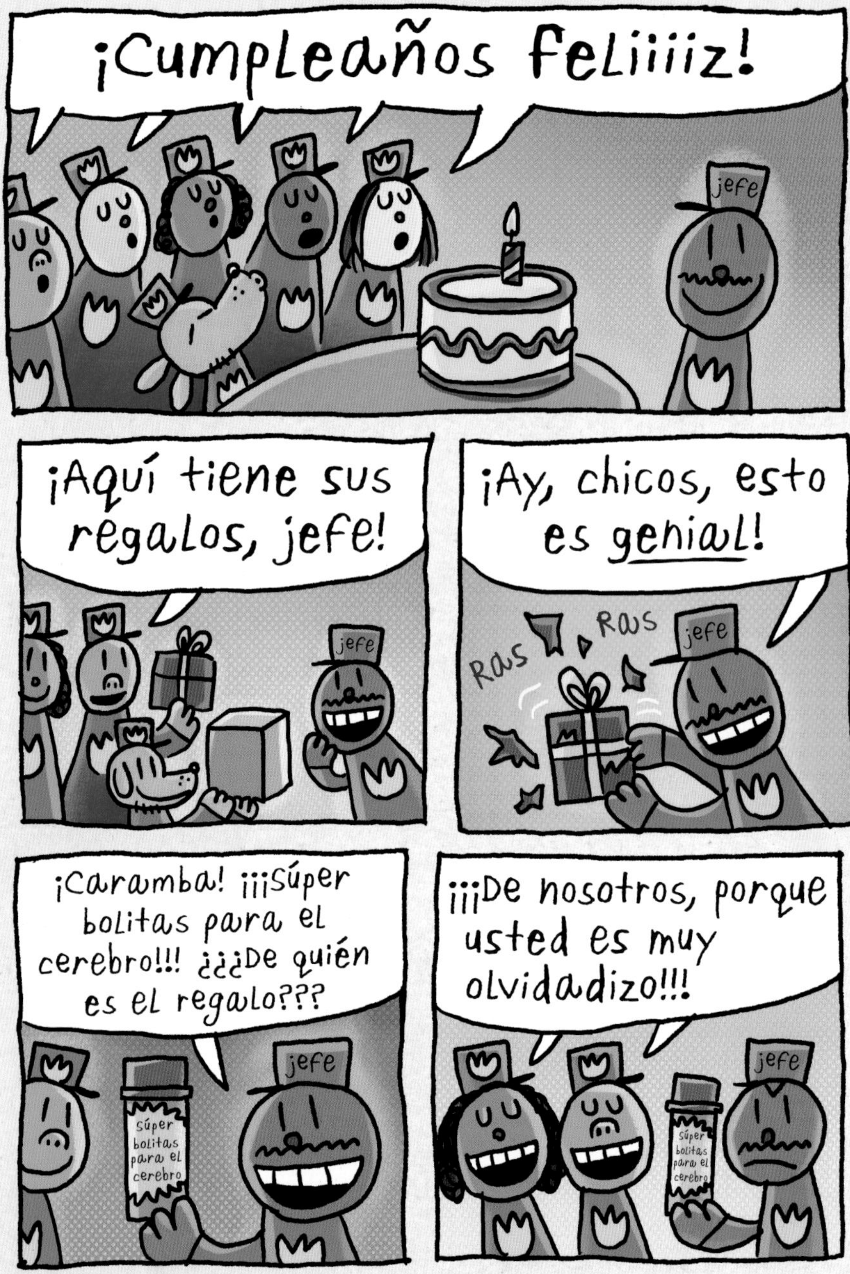
¡Cumpleaños feliiiiiz!
jefe
¡Aquí tiene sus regalos, jefe!
jefe
¡Ay, chicos, esto es genial!
Ras
Ras
jefe
¡Caramba! ¡¡¡Súper bolitas para el cerebro!!! ¿¿¿De quién es el regalo???
jefe
Súper bolitas para el cerebro
¡¡¡De nosotros, porque usted es muy olvidadizo!!!
jefe
Súper bolitas para el cerebro

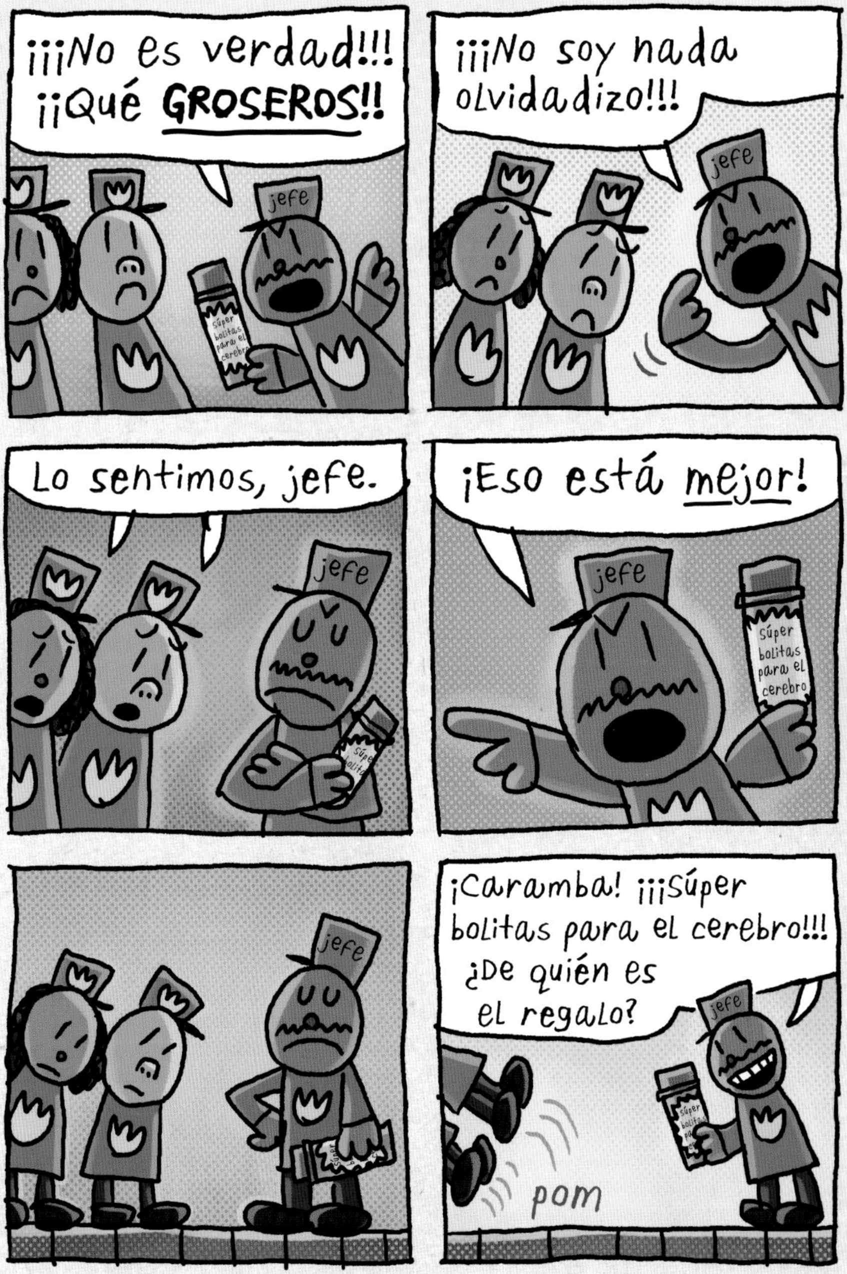
¡¡¡No es verdad!!! ¡¡Qué GROSEROS!!
jefe
Súper bolitas para el cerebro
¡¡¡No soy nada olvidadizo!!!
jefe
Lo sentimos, jefe.
jefe
¡Eso está mejor!
jefe
Súper bolitas para el cerebro
jefe
¡Caramba! ¡¡¡Súper bolitas para el cerebro!!! ¿De quién es el regalo?
jefe
pom

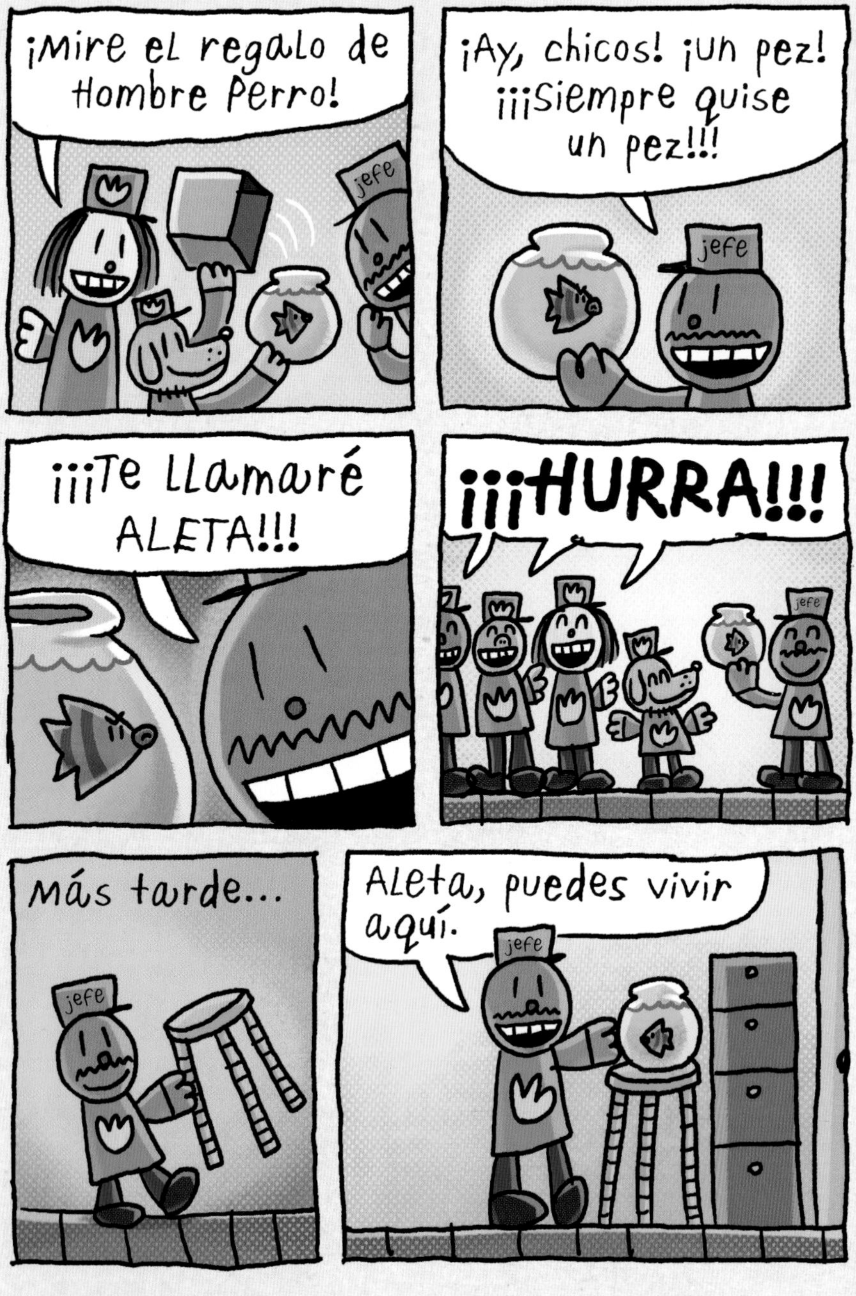
¡Mire el regalo de Hombre Perro!
jefe
¡Ay, chicos! ¡Un pez! ¡¡¡Siempre quise un pez!!!
jefe
¡¡¡Te llamaré ALETA!!!
¡¡¡HURRA!!!
jefe
Más tarde...
jefe
Aleta, puedes vivir aquí.
jefe

Jefe, no olvide tomar las bolitas para el cerebro.

jefe

¡Ah, sí!

A ver...

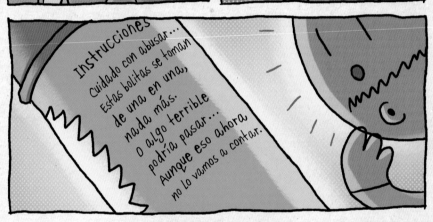

Instrucciones
Cuidado con abusar...
Estas bolitas se toman de una en una, nada más.
O algo terrible podría pasar...
Aunque eso ahora no lo vamos a contar.

POP

Súper bolitas para el cerebro

ZAS

Súper bolitas para el cerebro

jefe

Súper bolitas para el ce

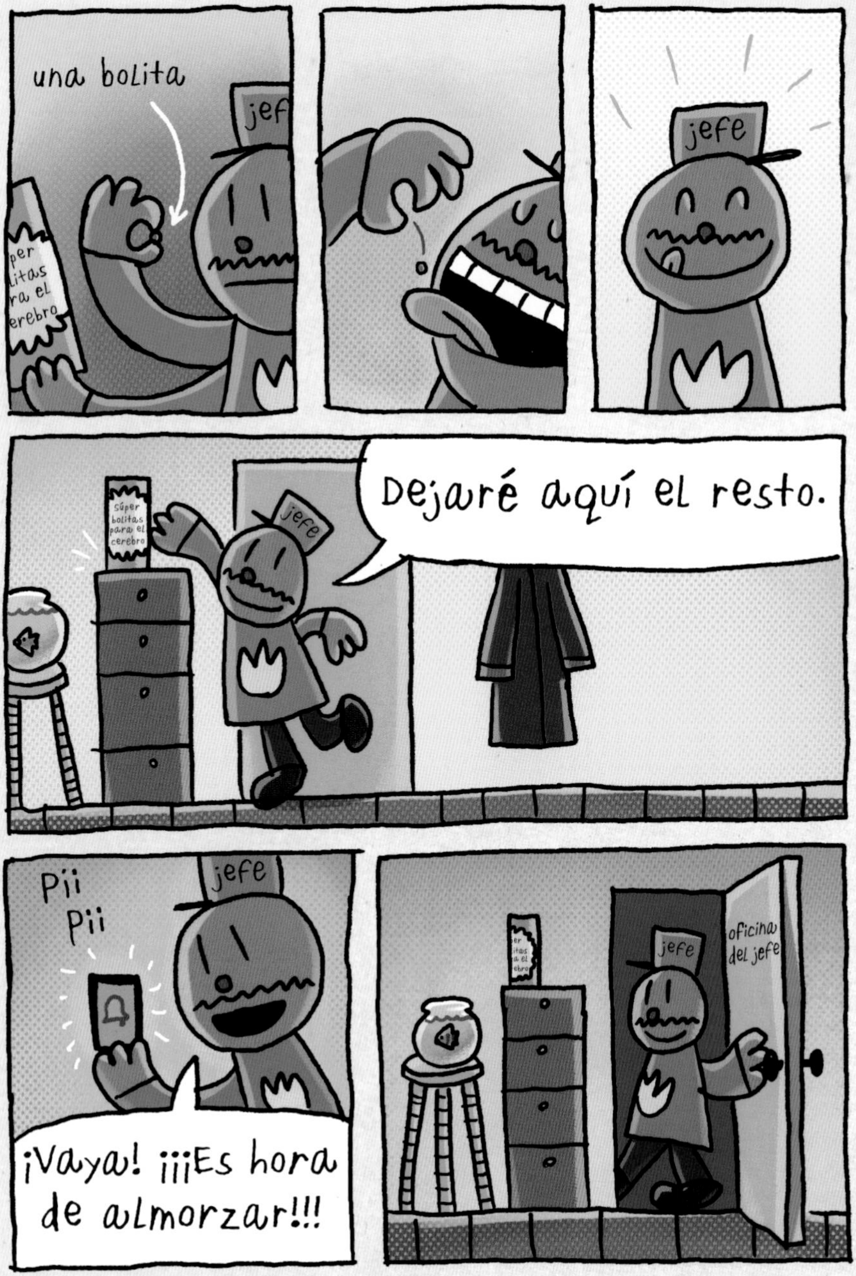
una bolita
per
litas
ra el
erebro
jefe
jefe
Súper
bolitas
para el
cerebro
jefe
Dejaré aquí el resto.
Pii
Pii
jefe
¡Vaya! ¡¡¡Es hora de almorzar!!!
jefe
oficina
del jefe

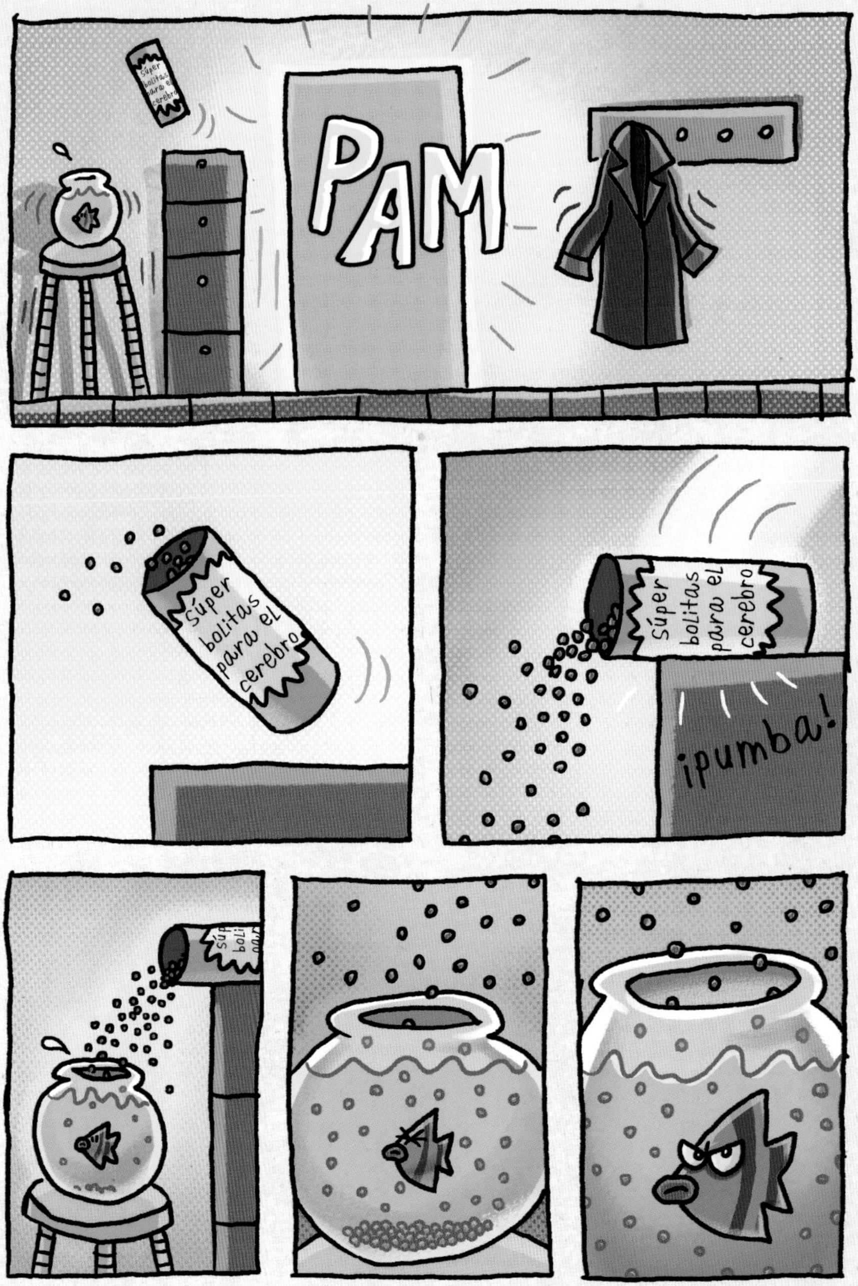
Súper bolitas para el cerebro
PAM
Súper bolitas para el cerebro
Súper bolitas para el cerebro
¡pumba!

Y entonces, ¿qué ocurrió?

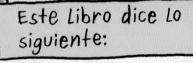

Este libro dice lo siguiente:

El cerebro de Aleta creció...

once tallas en solo un día.

Capítulo 4
El gran robo

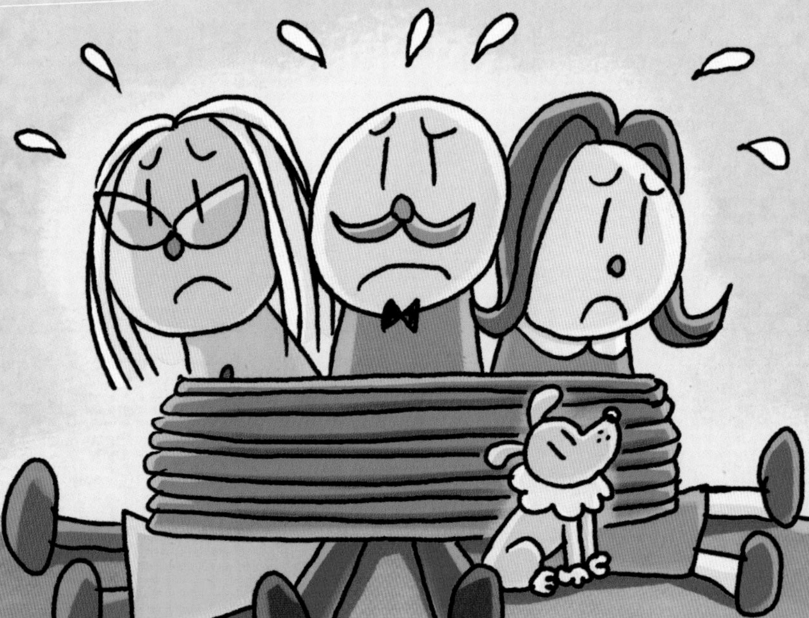

Por Jorge y Berto

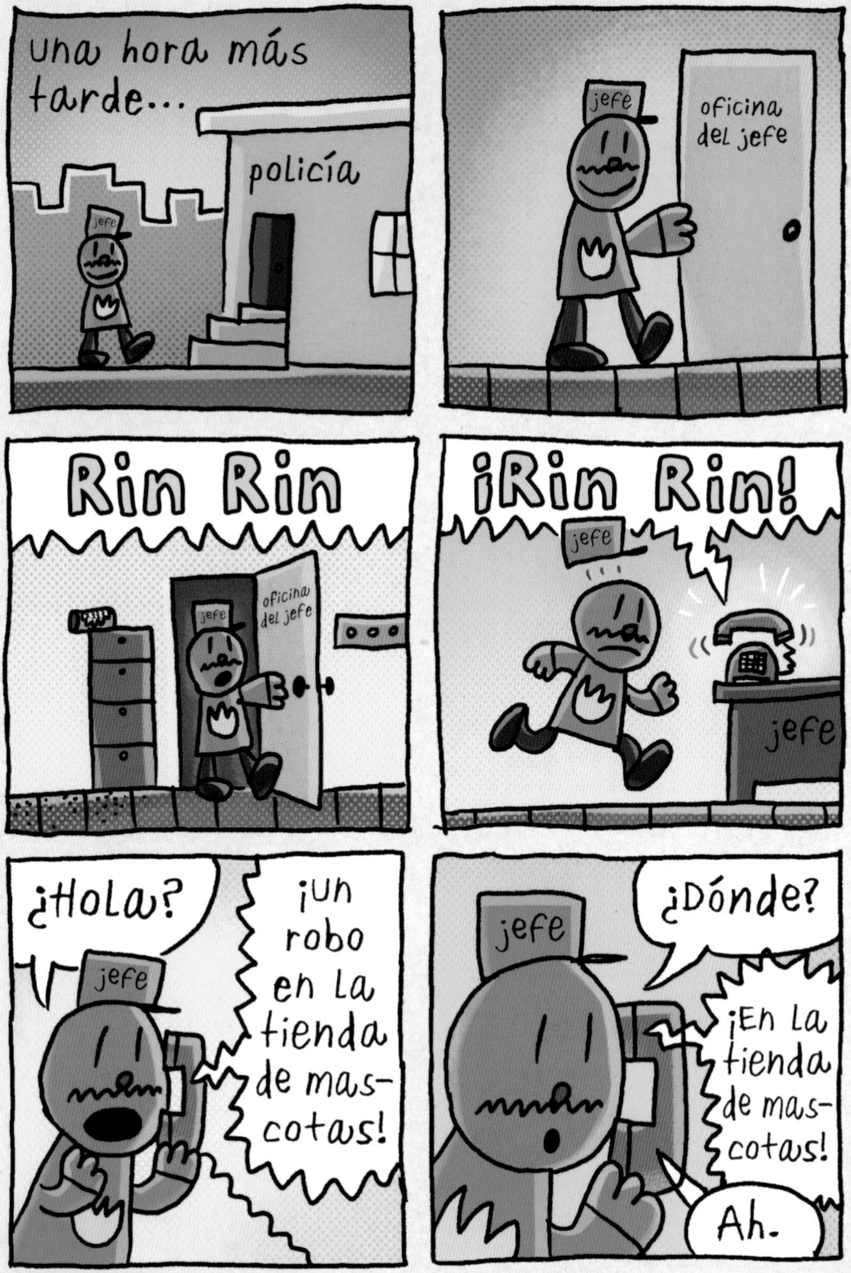
una hora más tarde...
policía
jefe
oficina del jefe
Rin Rin
oficina del jefe
¡Rin Rin!
jefe
¿Hola?
¡Un robo en la tienda de mascotas!
jefe
¿Dónde?
¡En la tienda de mascotas!
Ah.

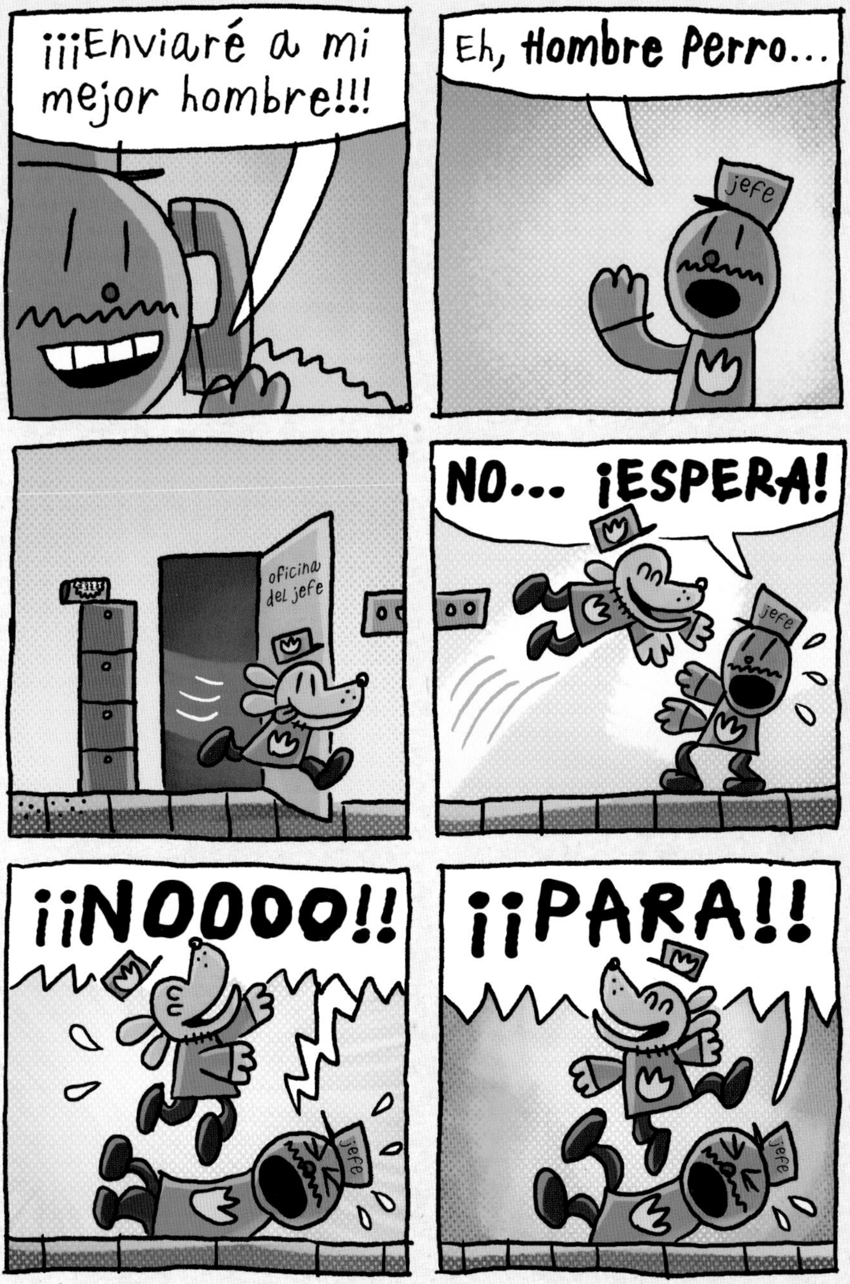
¡¡¡Enviaré a mi mejor hombre!!!
Eh, Hombre Perro...
jefe
oficina del jefe
NO... ¡ESPERA!
jefe
¡¡NOOOO!!
jefe
¡¡PARA!!
jefe

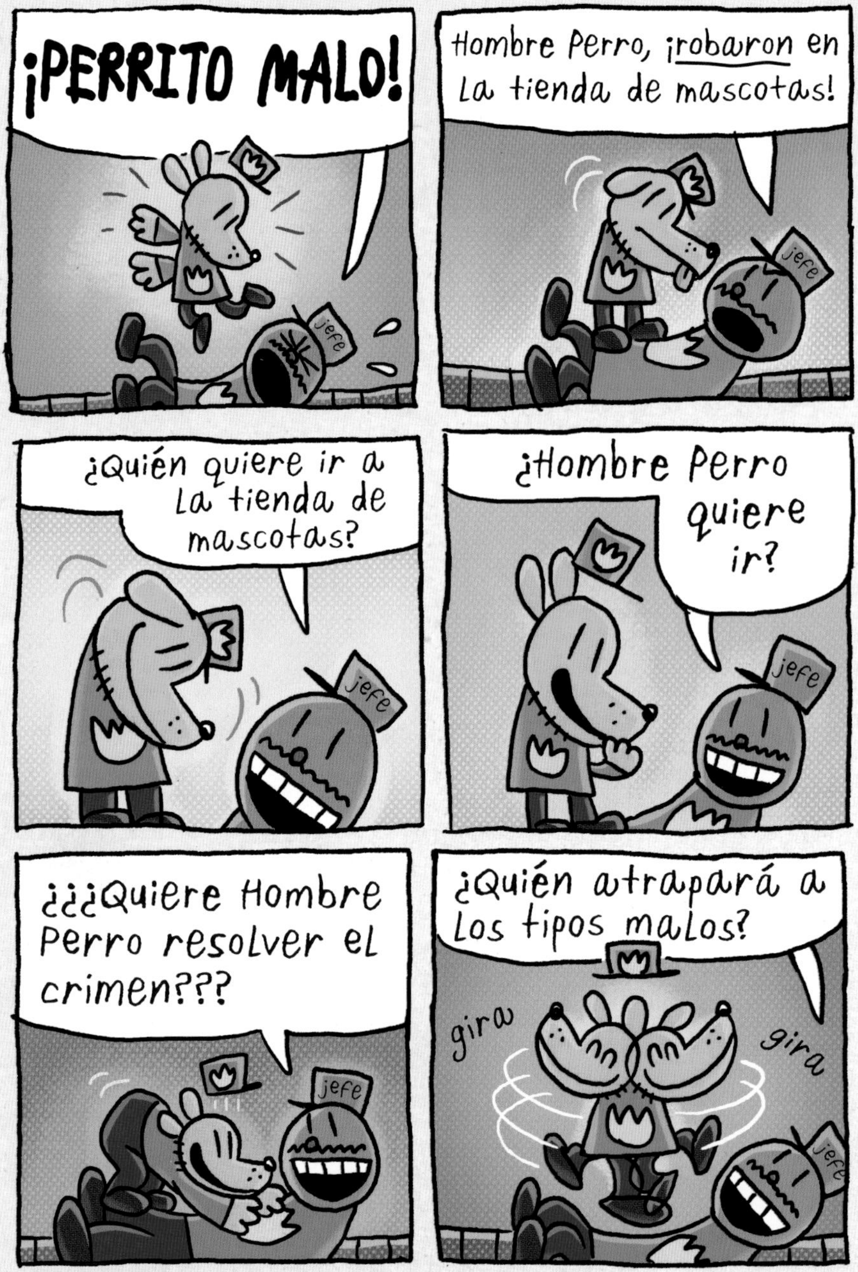
¡PERRITO MALO!
jefe
Hombre Perro, ¡robaron en La tienda de mascotas!
jefe
¿Quién quiere ir a La tienda de mascotas?
jefe
¿Hombre Perro quiere ir?
jefe
¿¿¿Quiere Hombre Perro resolver eL crimen???
jefe
¿Quién atrapará a Los tipos maLos?
gira
gira
jefe

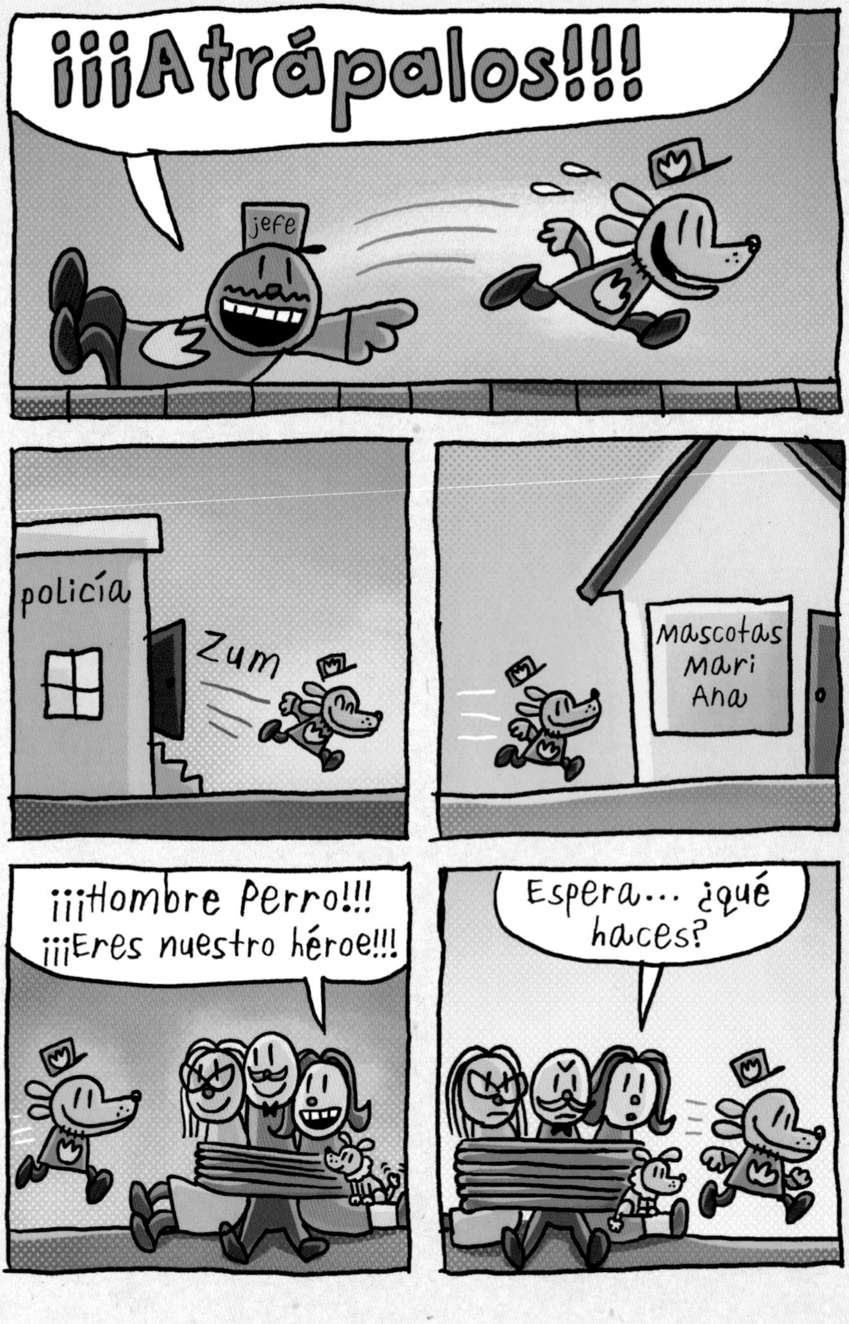
¡¡¡Atrápalos!!!
jefe
policía
Zum
Mascotas Mari Ana
¡¡¡Hombre Perro!!! ¡¡¡Eres nuestro héroe!!!
Espera... ¿qué haces?

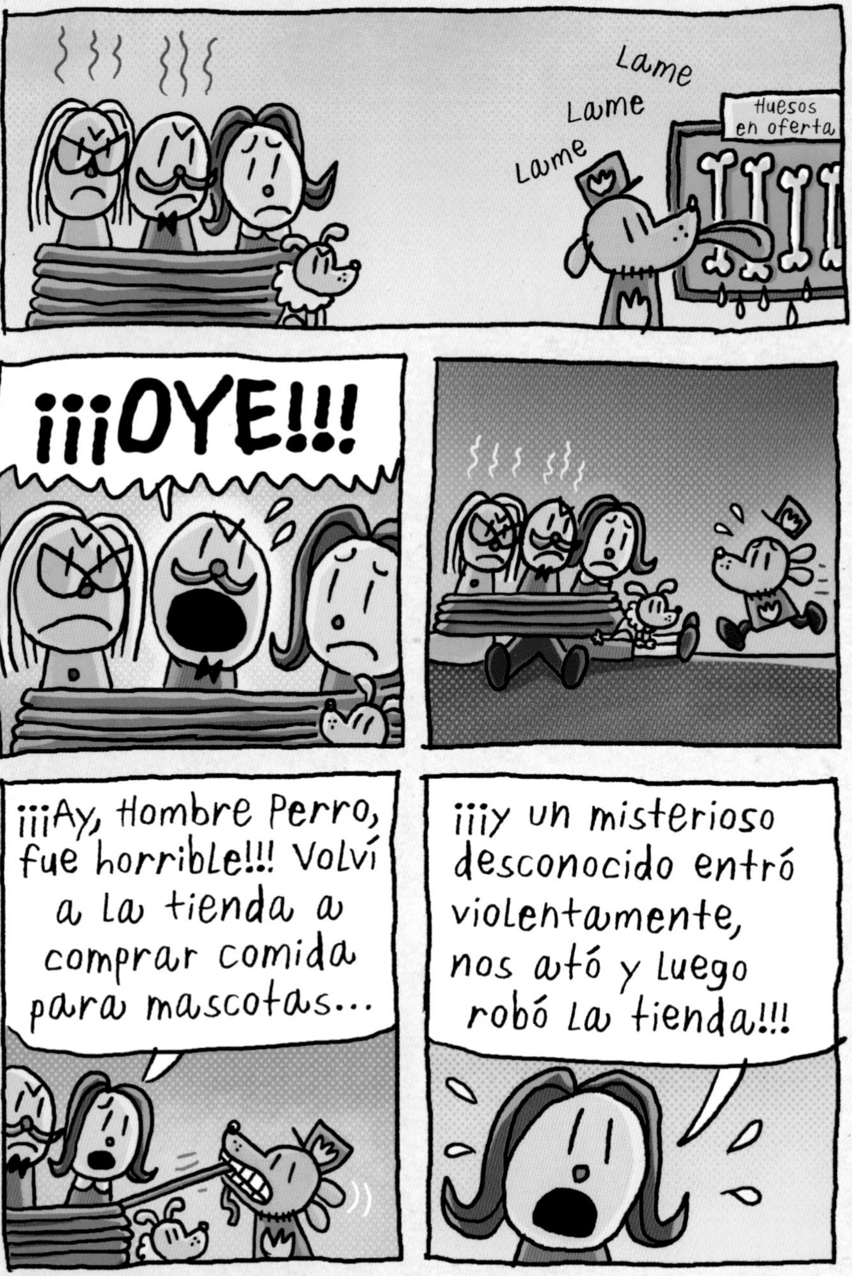
Lame
Lame
Lame
Huesos en oferta
¡¡¡OYE!!!
¡¡¡Ay, Hombre Perro, fue horrible!!! Volví a la tienda a comprar comida para mascotas...
¡¡¡y un misterioso desconocido entró violentamente, nos ató y luego robó la tienda!!!

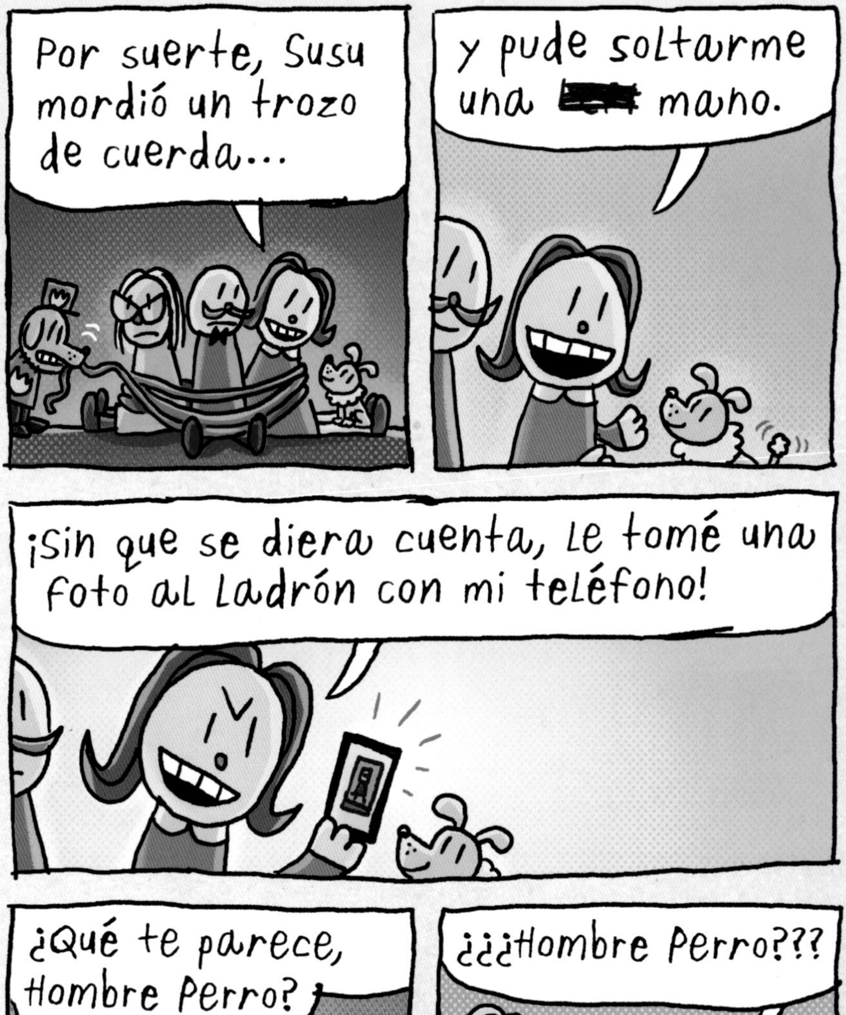
Por suerte, Susu mordió un trozo de cuerda...
y pude soltarme una [redacted] mano.
¡Sin que se diera cuenta, le tomé una foto al ladrón con mi teléfono!
¿Qué te parece, Hombre Perro?
¿¿¿Hombre Perro???

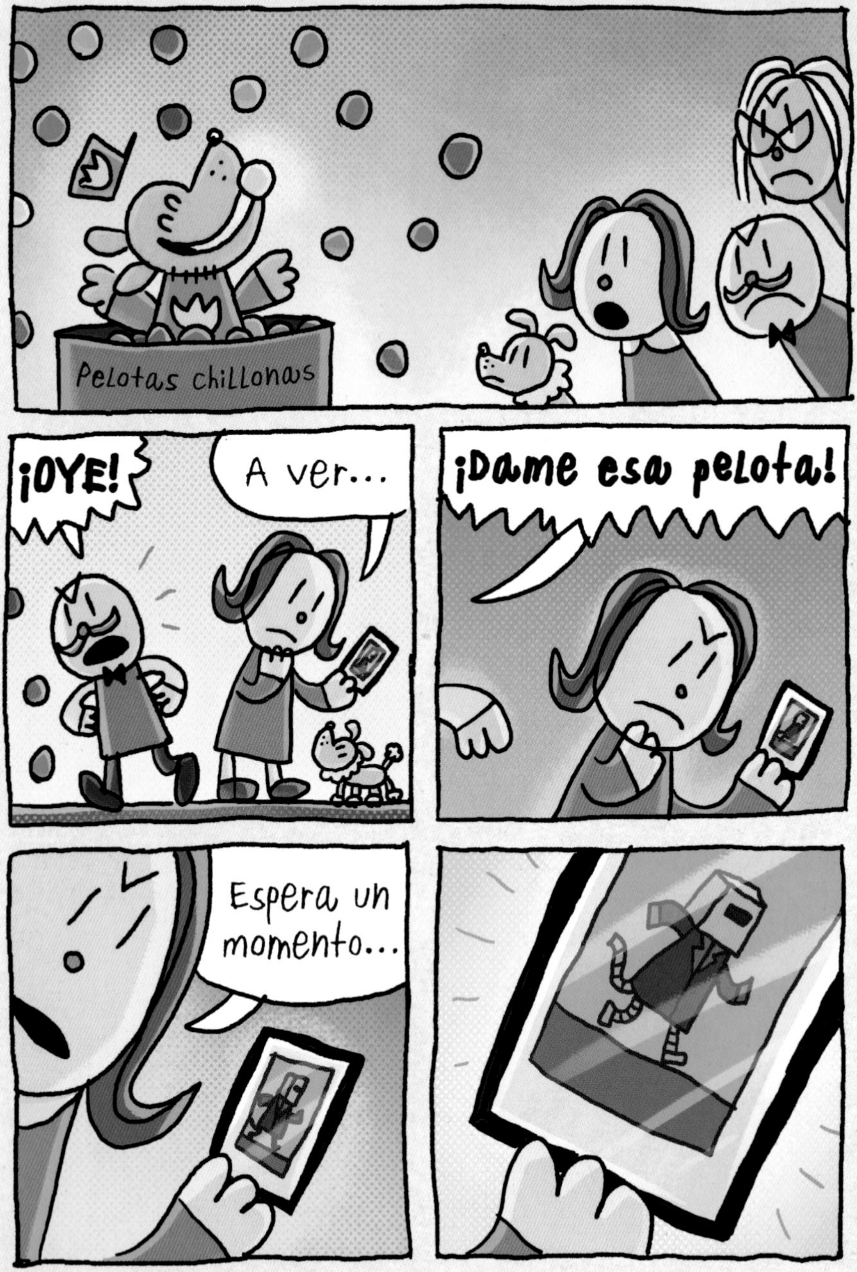
Pelotas chillonas
¡OYE!
A ver...
¡Dame esa pelota!
Espera un momento...

Capítulo 5
La gran fuga de Pedrito

cárcel de gatos

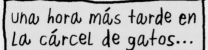
Una hora más tarde en la cárcel de gatos...

Robo en la tienda de mascotas
Por Sara Guerra

¡Vaya, reconozco a ese tipo!

¡¡¡Es **Pedrito**!!!

¡Pedrito, voy a encerrarte en la cárcel!

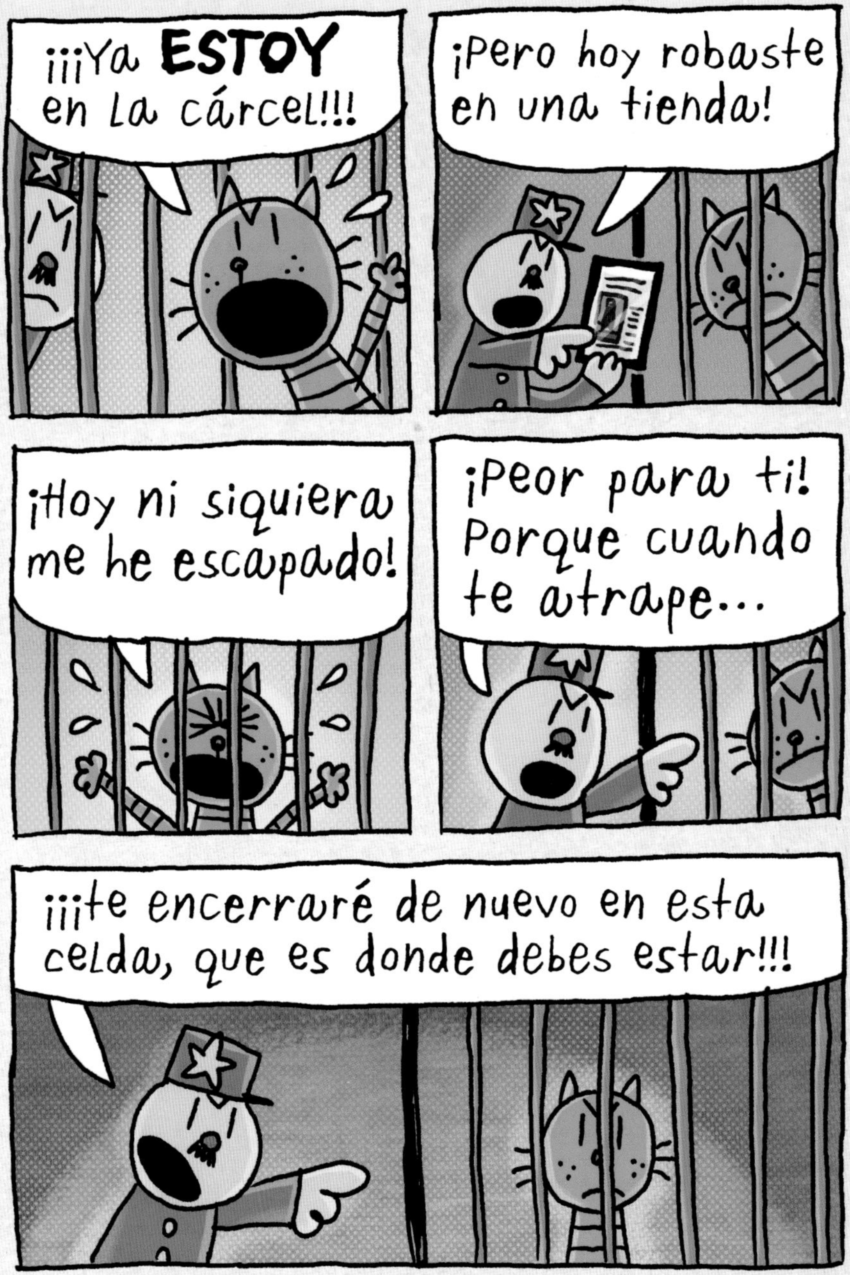
¡¡¡Ya ESTOY en la cárcel!!!
¡Pero hoy robaste en una tienda!
¡Hoy ni siquiera me he escapado!
¡Peor para ti! Porque cuando te atrape...
¡¡¡te encerraré de nuevo en esta celda, que es donde debes estar!!!

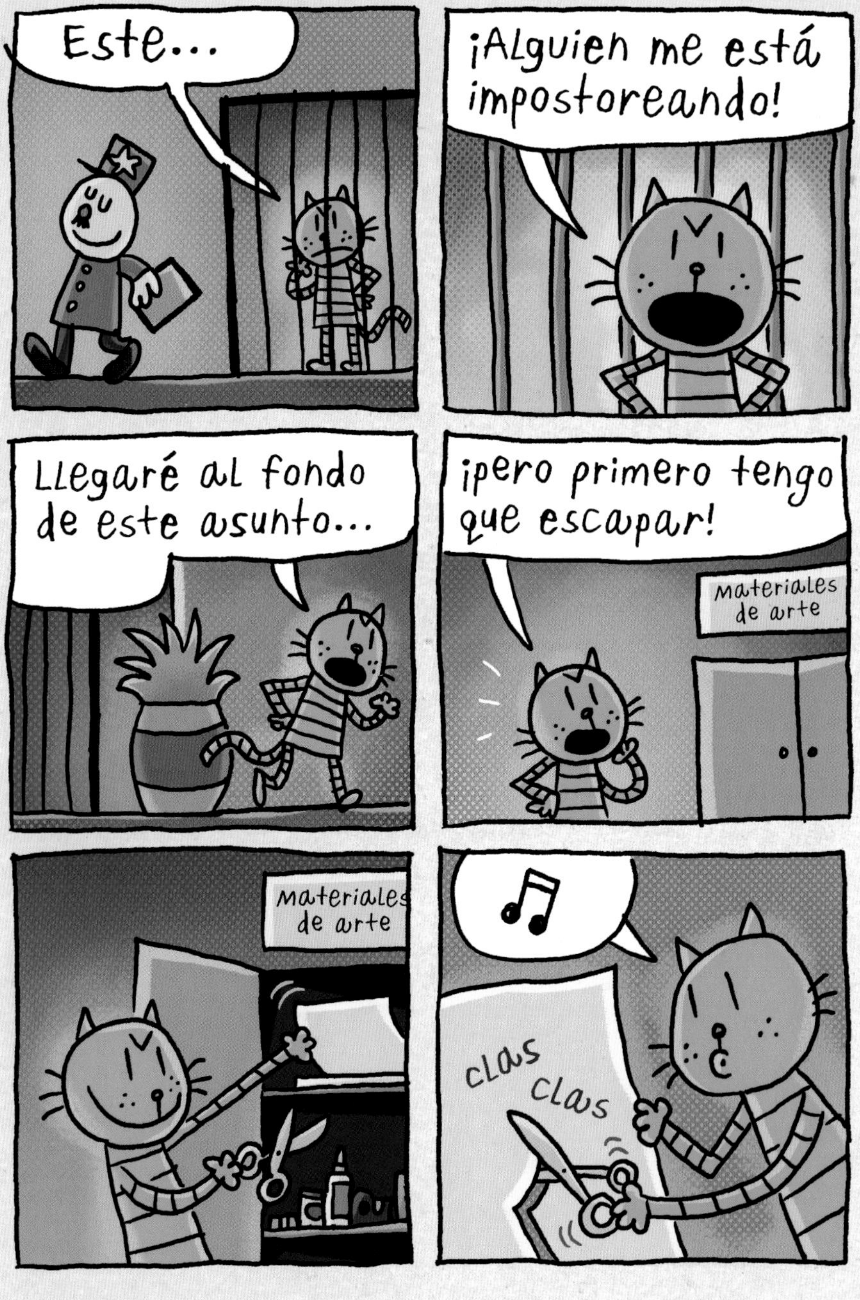
Este...
¡Alguien me está impostoreando!
Llegaré al fondo de este asunto...
¡pero primero tengo que escapar!
Materiales de arte
Materiales de arte
♫
clas
clas

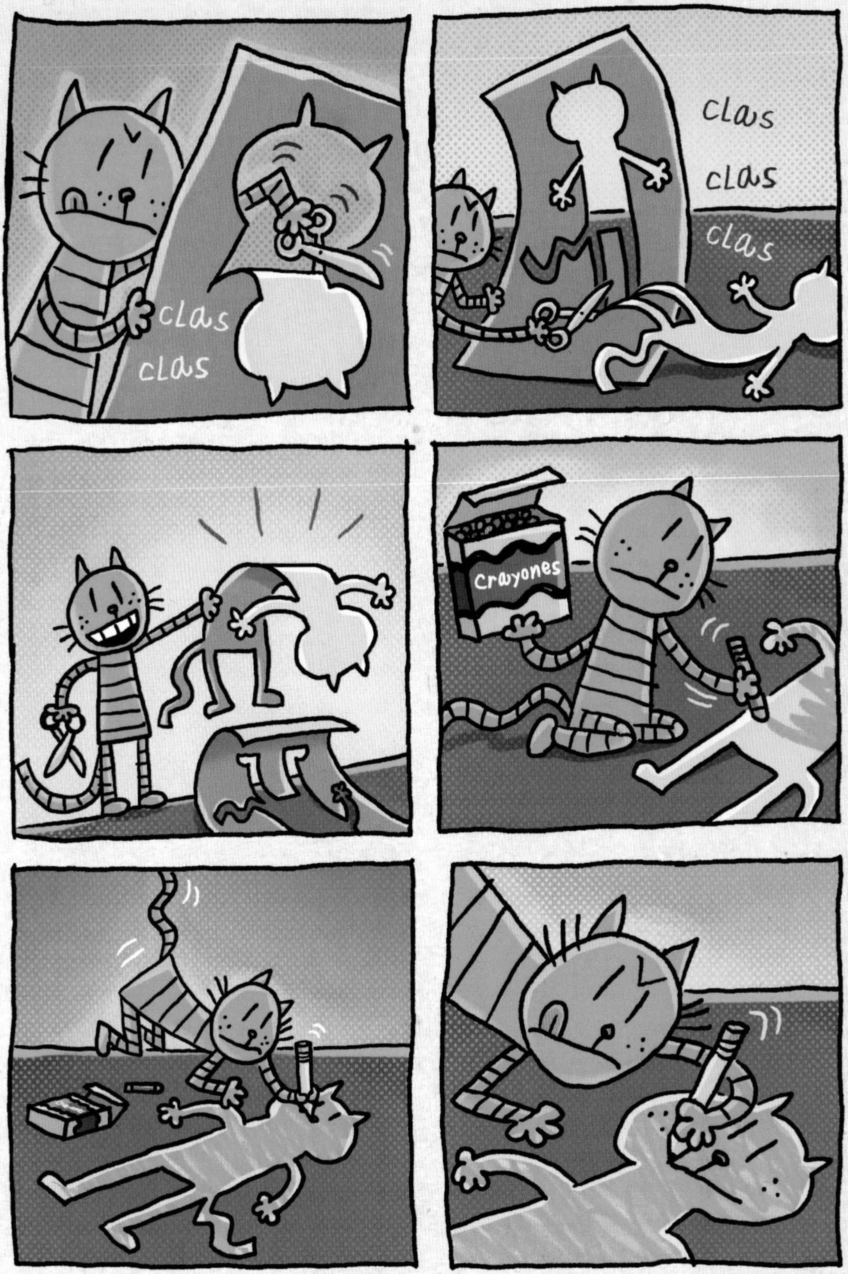

clas
clas
clas
clas
clas
Crayones

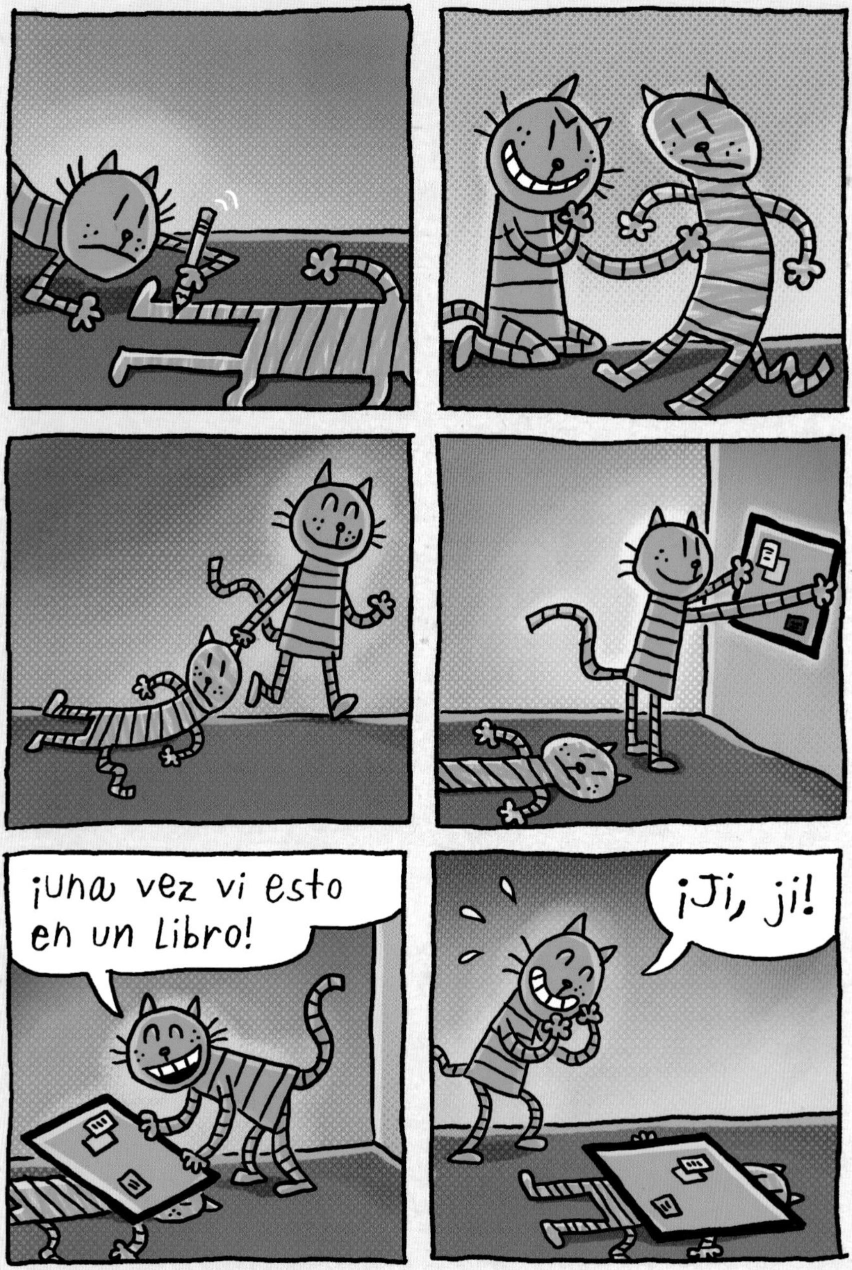
¡Una vez vi esto en un libro!
¡Ji, ji!

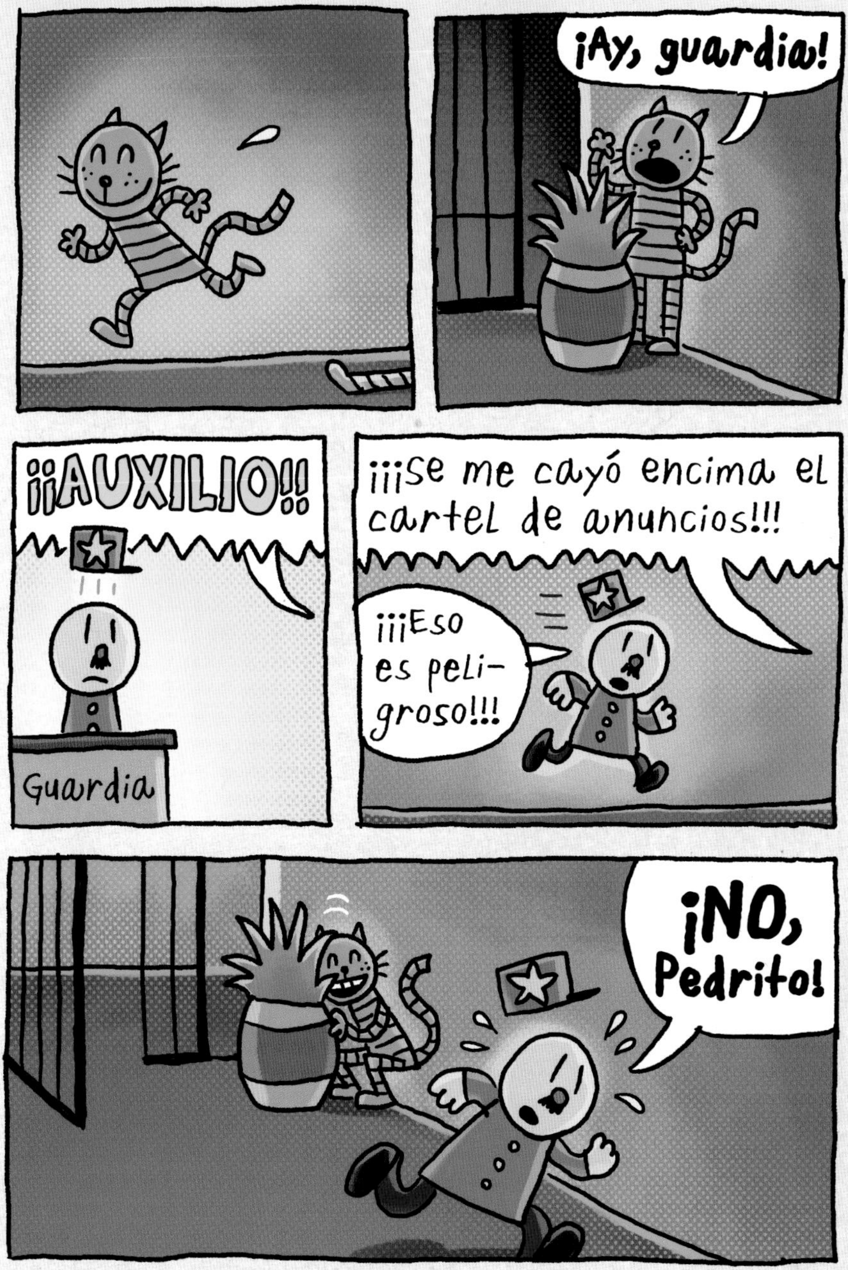
¡Ay, guardia!
¡¡AUXILIO!!
Guardia
¡¡¡Se me cayó encima el cartel de anuncios!!!
¡¡¡Eso es peligroso!!!
¡NO, Pedrito!

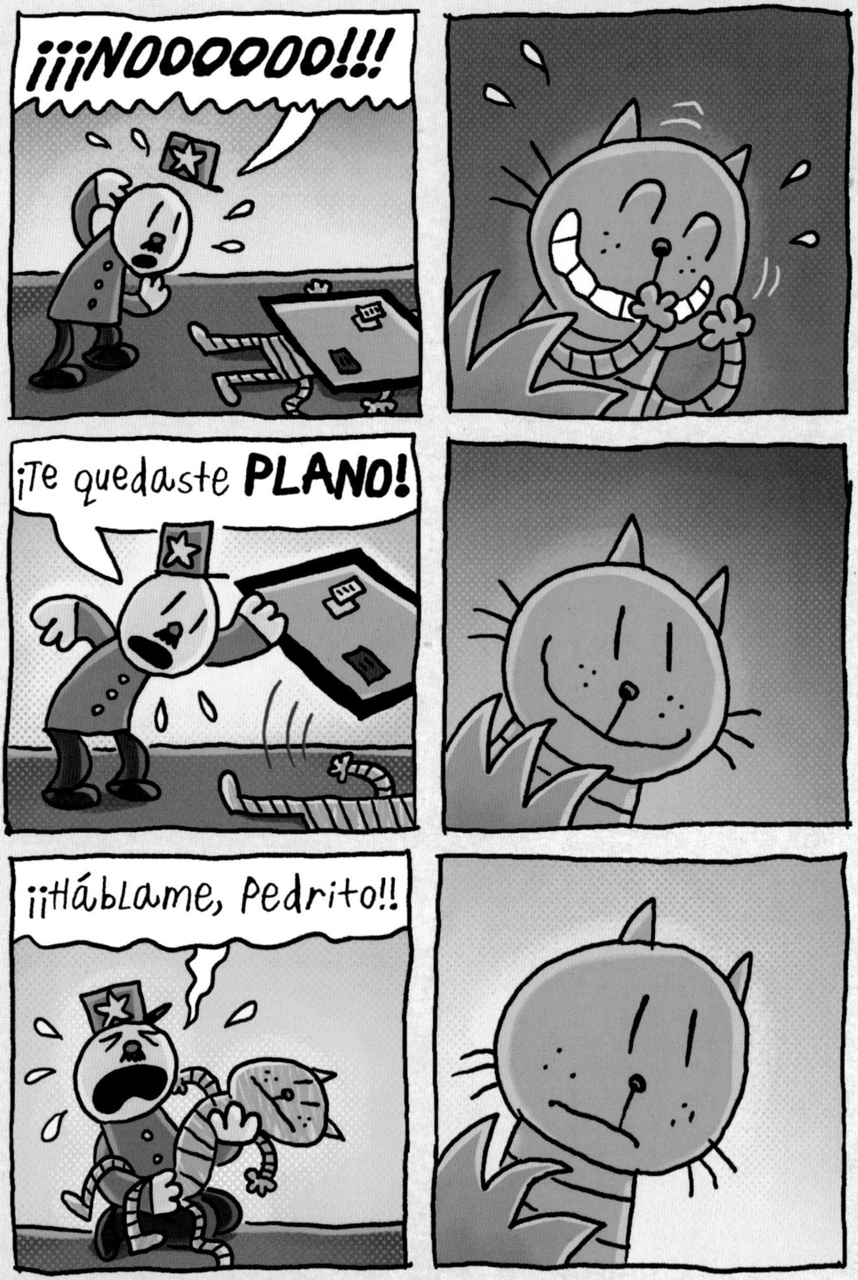
¡¡¡NOOOOOO!!!
¡Te quedaste PLANO!
¡¡Háblame, Pedrito!!

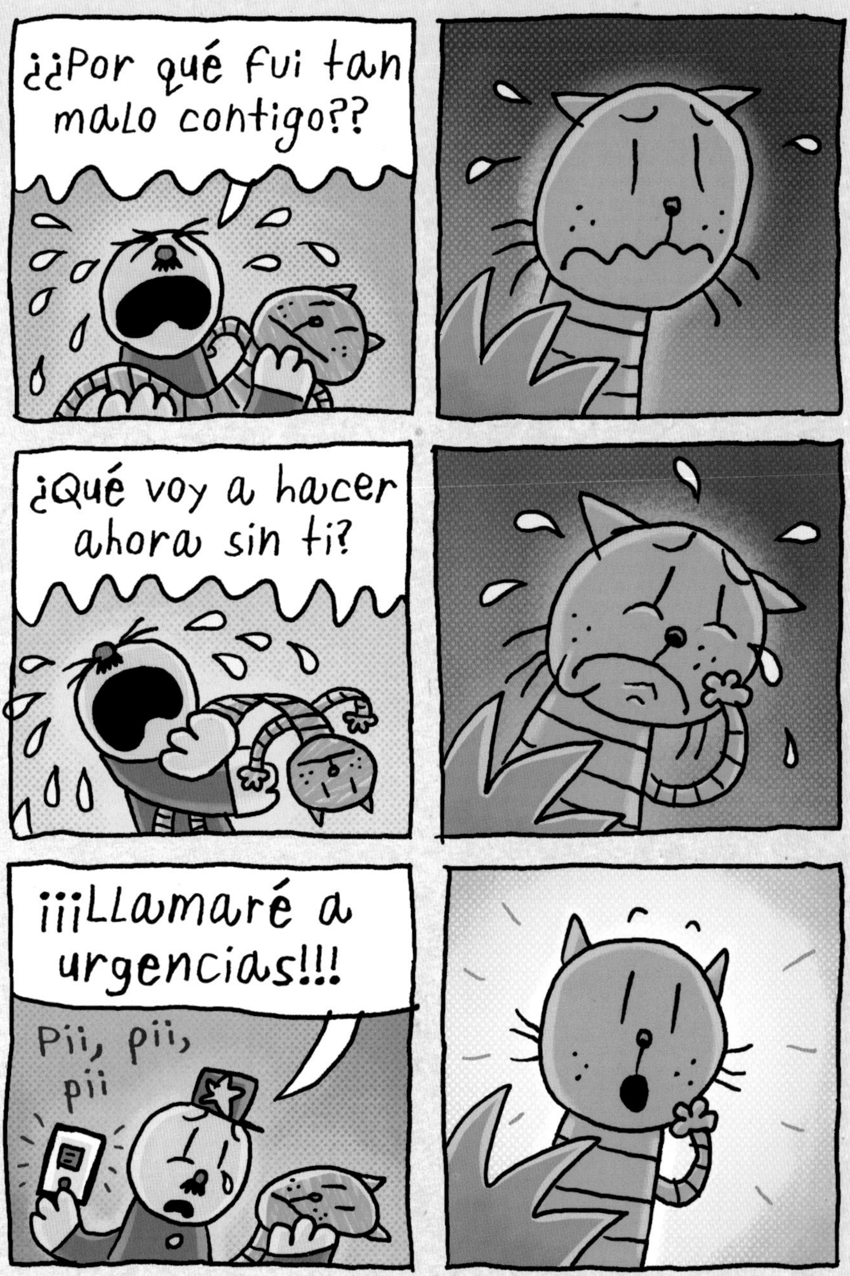
¿¿Por qué fui tan malo contigo??
¿Qué voy a hacer ahora sin ti?
¡¡¡Llamaré a urgencias!!!
Pii, pii, pii

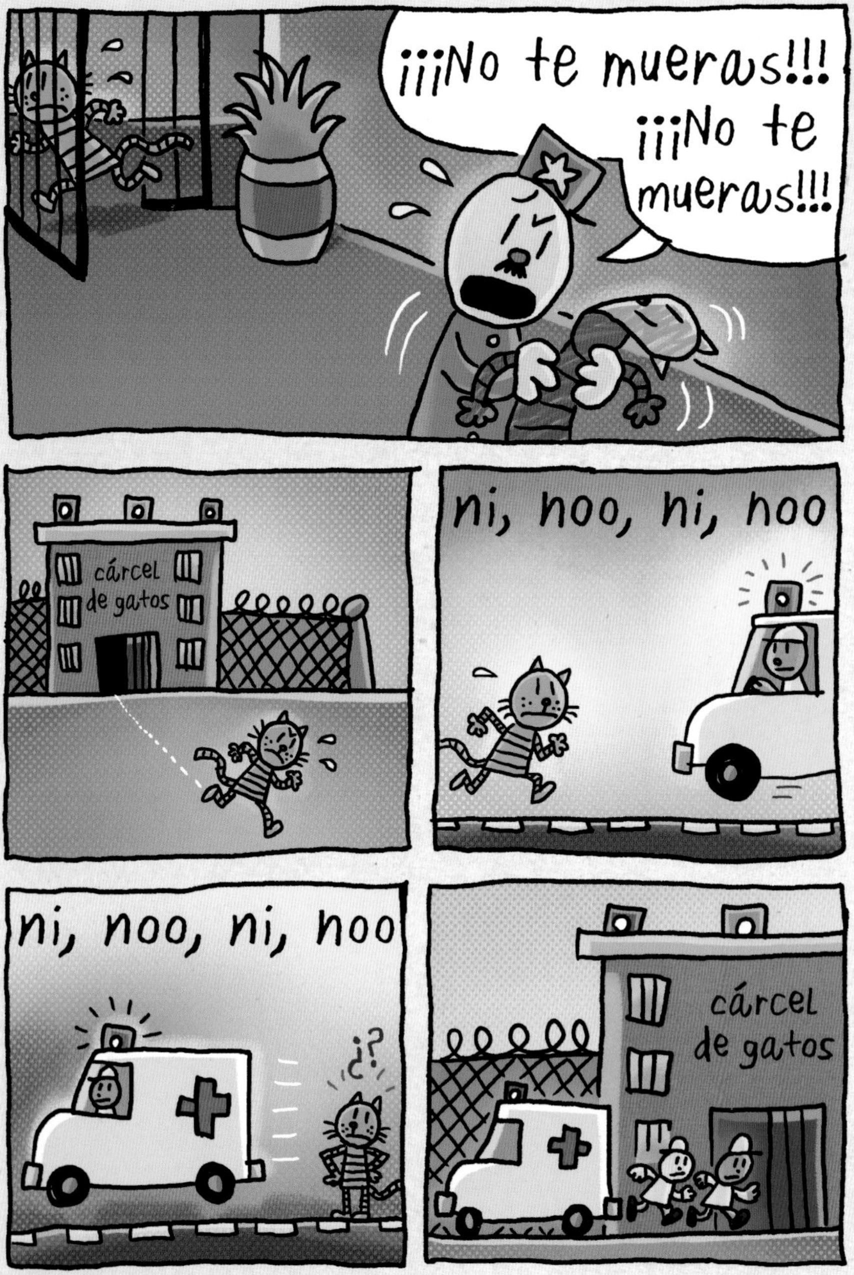
¡¡¡No te mueras!!! ¡¡¡No te mueras!!!
cárcel de gatos
ni, noo, ni, noo
ni, noo, ni, noo
¿?
cárcel de gatos

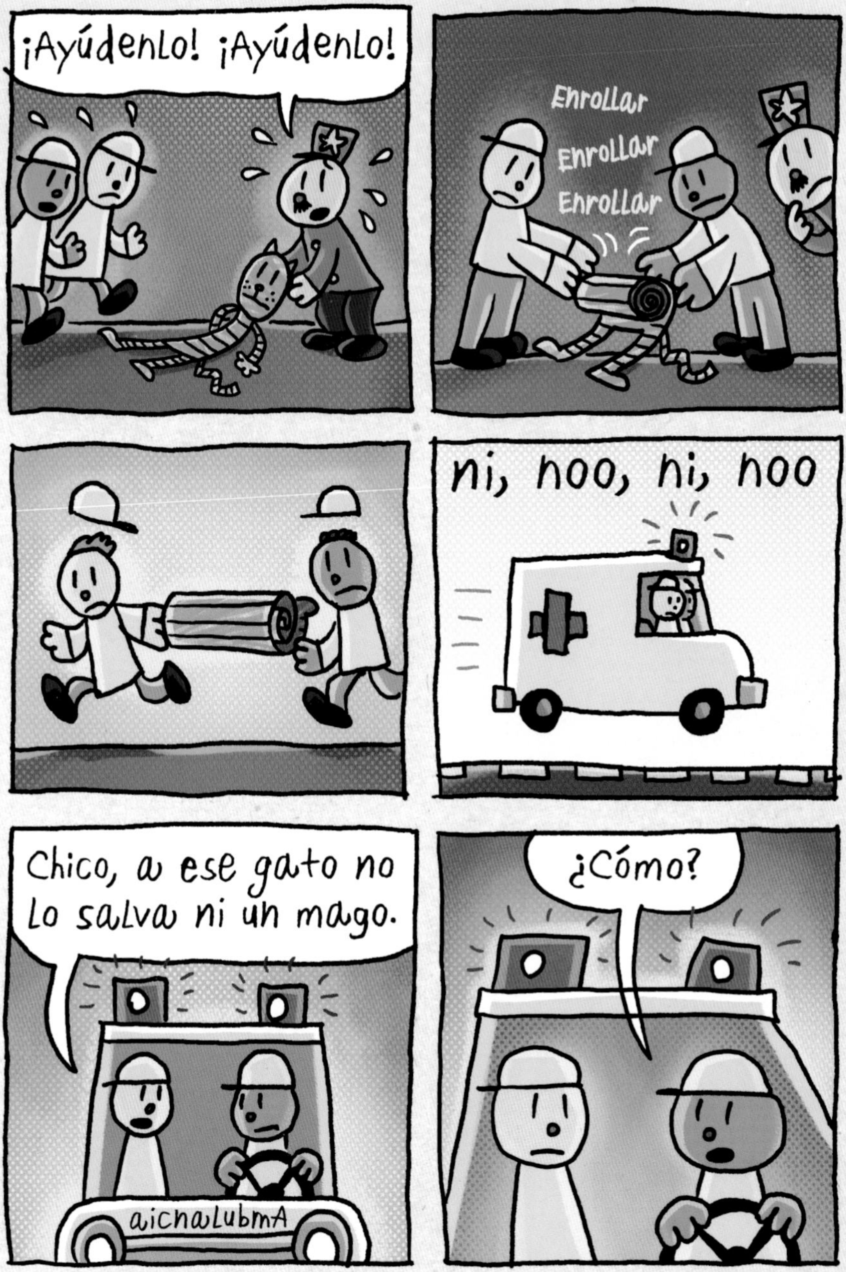
¡Ayúdenlo! ¡Ayúdenlo!
Enrollar
Enrollar
Enrollar
ni, noo, ni, noo
Chico, a ese gato no lo salva ni un mago.
aicnalubmA
¿Cómo?

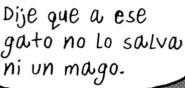

Dije que a ese gato no lo salva ni un mago.
¿Un mago?
¡SÍ, un MAGO!
Ya, pero no grites.
aichaLubmA
Mago
Doctor

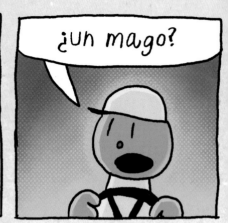

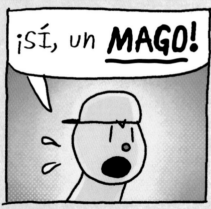

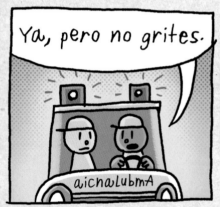

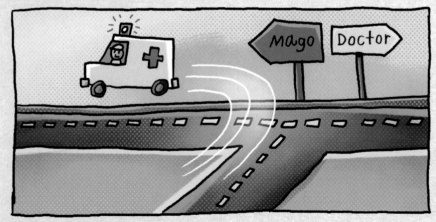

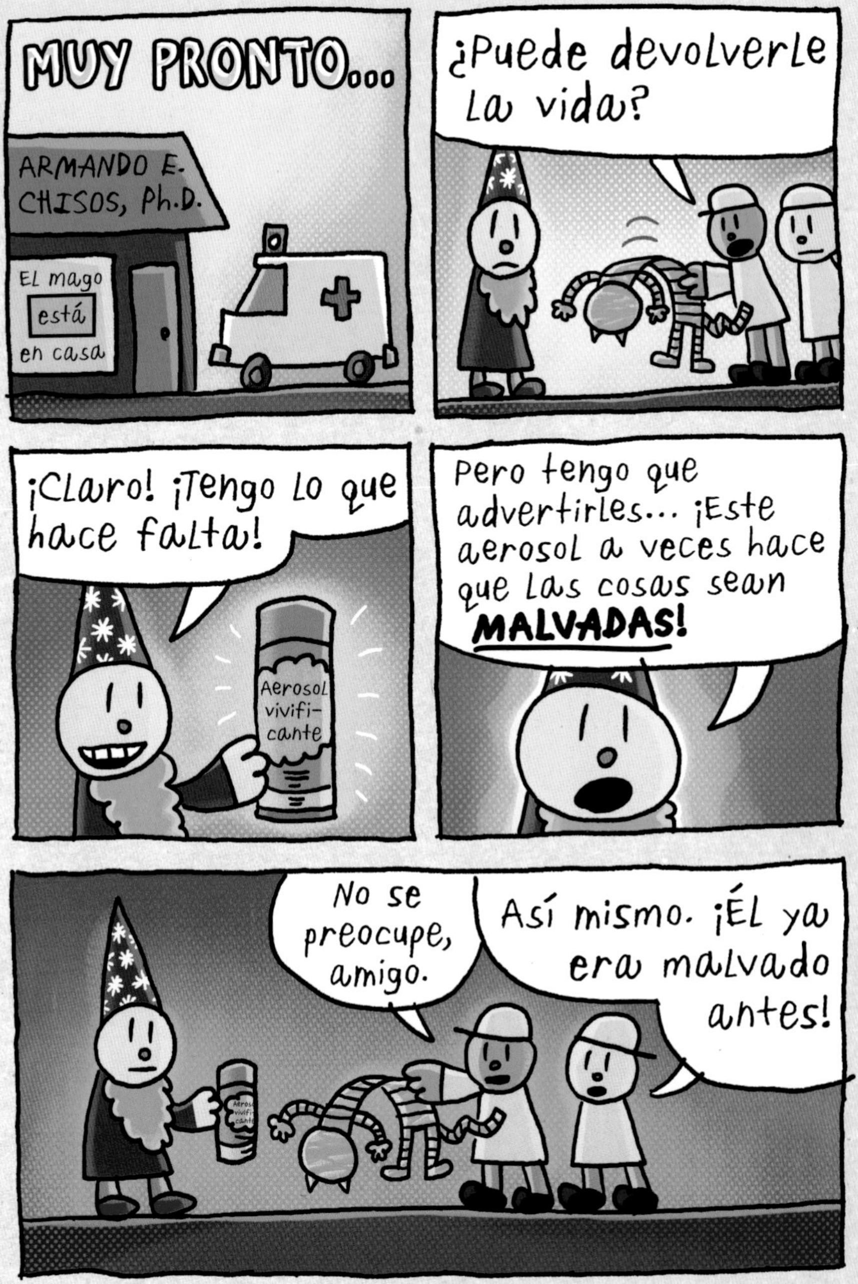
MUY PRONTO...
ARMANDO E. CHISOS, Ph.D.
El mago está en casa
¿Puede devolverle la vida?
¡Claro! ¡Tengo lo que hace falta!
Aerosol vivificante
Pero tengo que advertirles... ¡Este aerosol a veces hace que las cosas sean MALVADAS!
No se preocupe, amigo.
Así mismo. ¡Él ya era malvado antes!

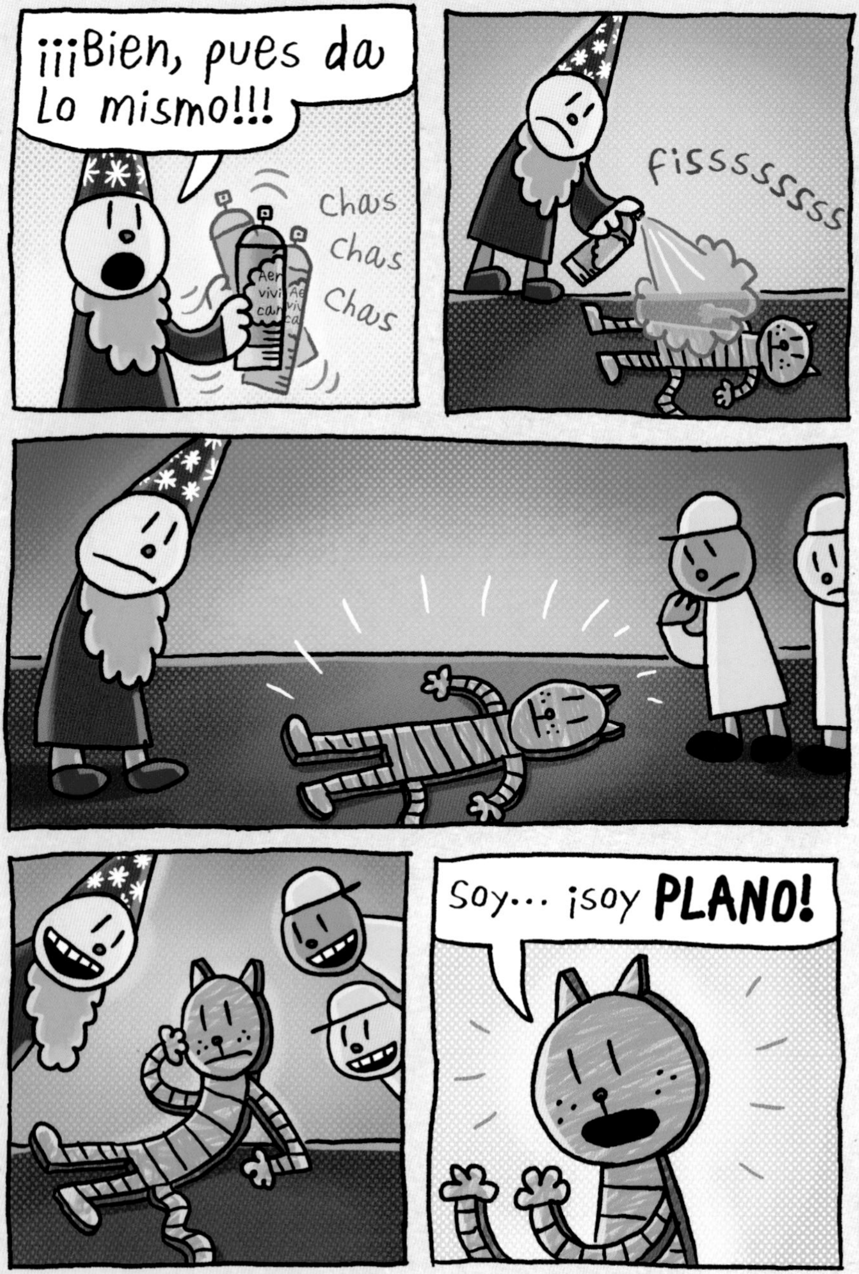
¡¡¡Bien, pues da lo mismo!!!
Chas
Chas
Chas
fissssssss
Soy... ¡soy PLANO!

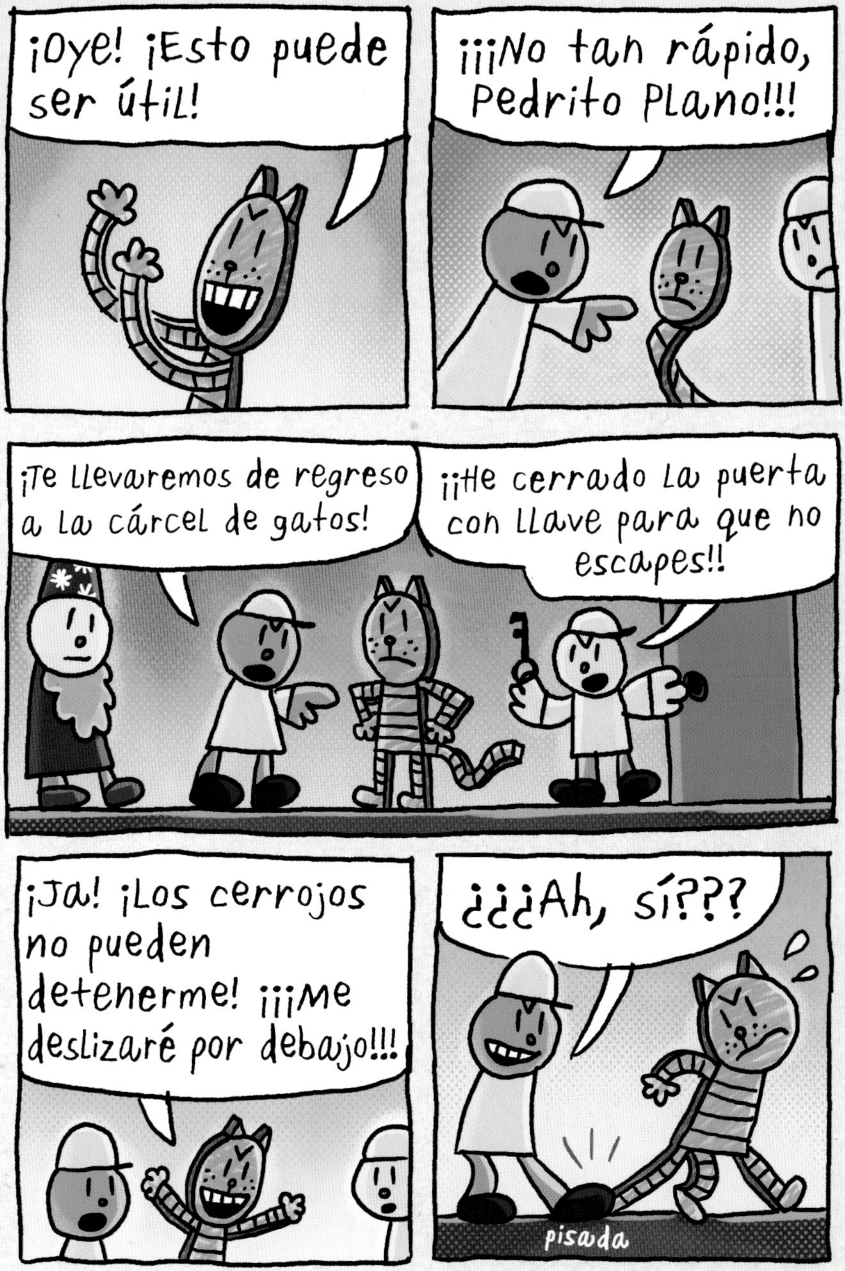
¡Oye! ¡Esto puede ser útil!
¡¡¡No tan rápido, Pedrito Plano!!!
¡Te llevaremos de regreso a la cárcel de gatos!
¡¡He cerrado la puerta con llave para que no escapes!!
¡Ja! ¡Los cerrojos no pueden detenerme! ¡¡¡Me deslizaré por debajo!!!
¿¿¿Ah, sí???
pisada

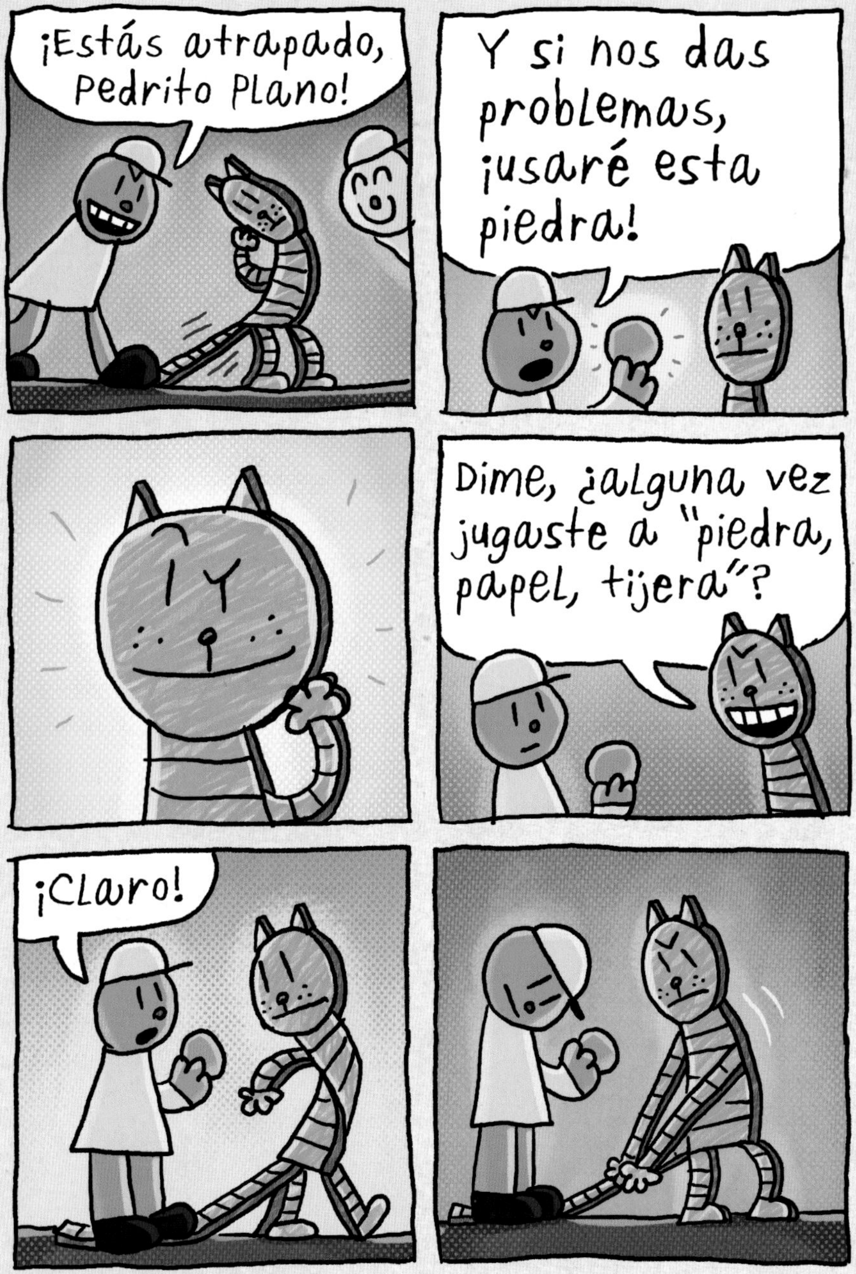
¡Estás atrapado, Pedrito Plano!
Y si nos das problemas, ¡usaré esta piedra!
Dime, ¿alguna vez jugaste a "piedra, papel, tijera"?
¡Claro!

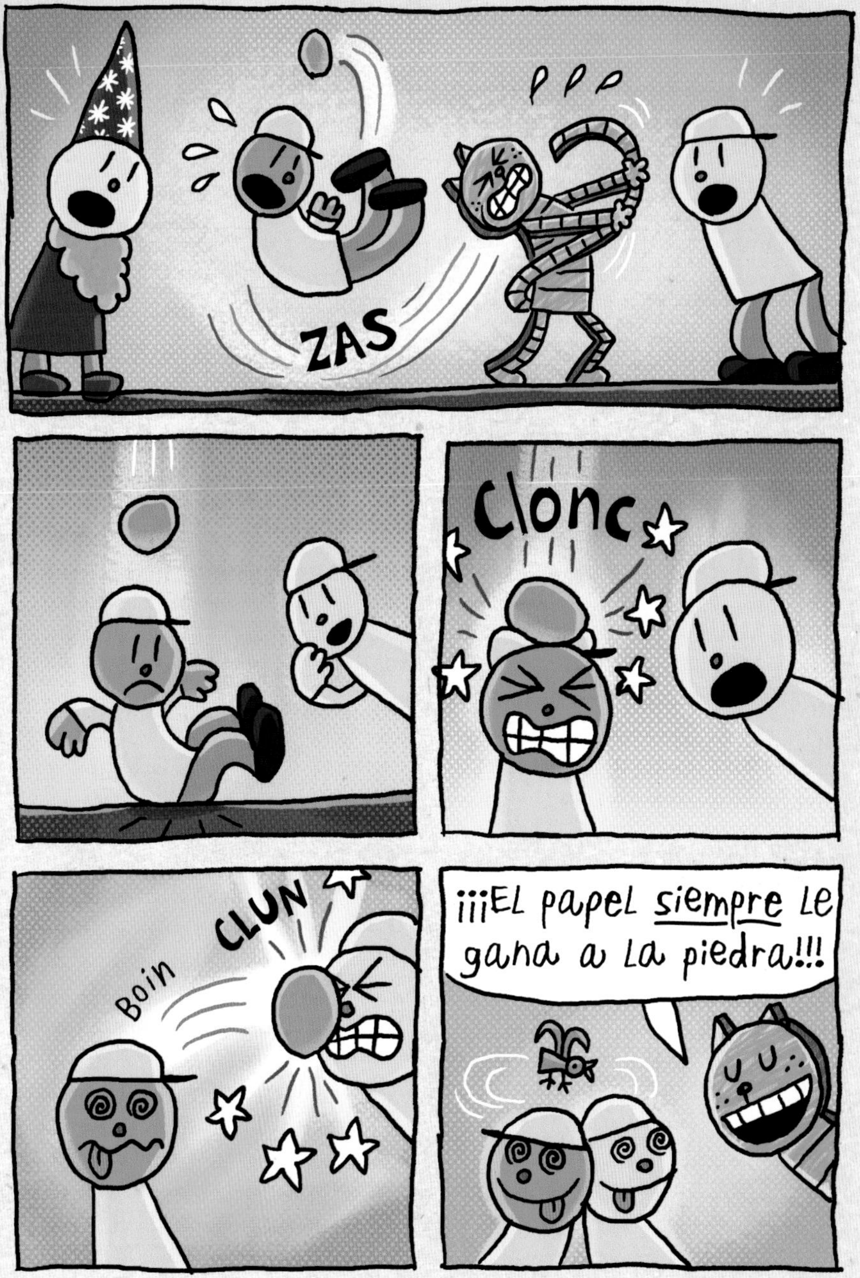
ZAS
Clonc
CLUN
Boin
¡¡¡EL papeL siempre Le gana a La piedra!!!

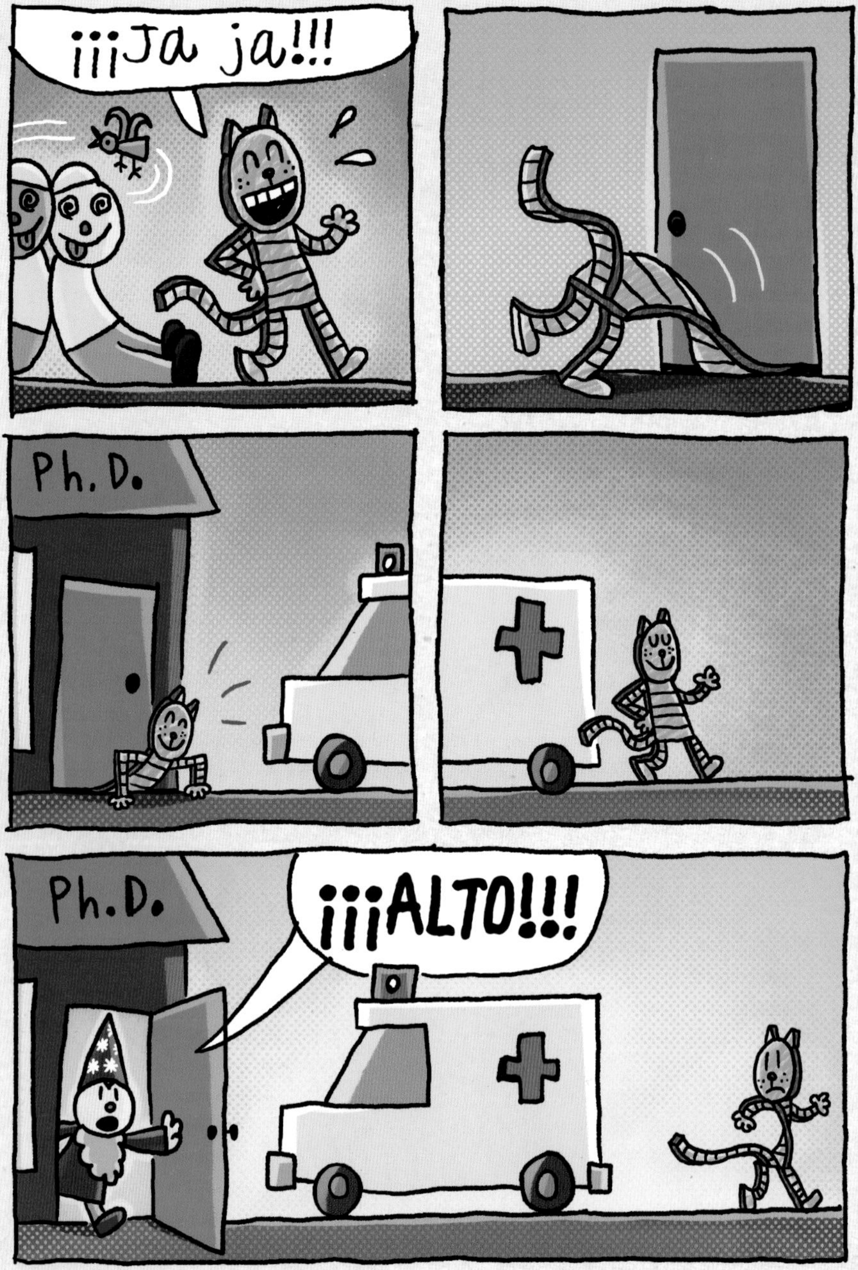
¡¡¡Ja ja!!!
Ph. D.
Ph. D.
¡¡¡ALTO!!!

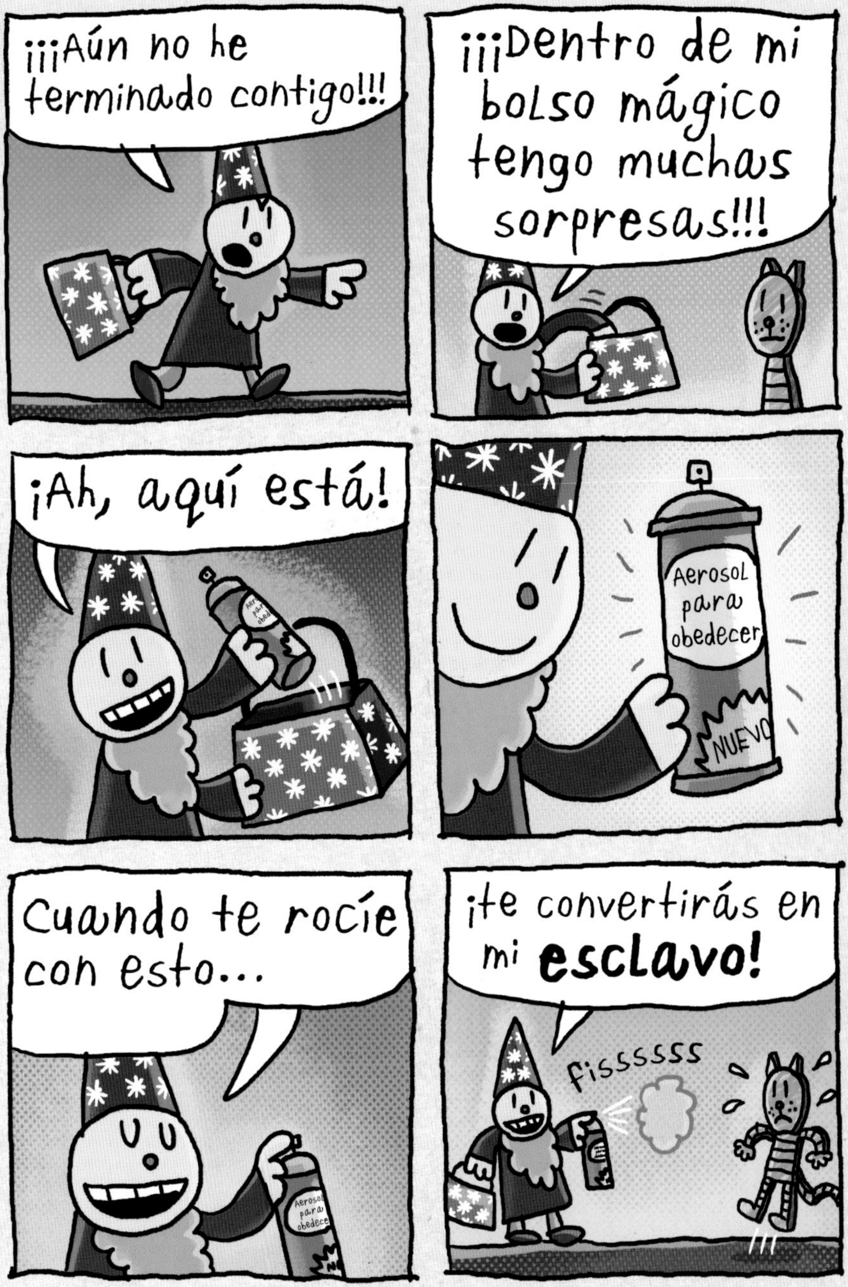
¡¡¡Aún no he terminado contigo!!!
¡¡¡Dentro de mi bolso mágico tengo muchas sorpresas!!!
¡Ah, aquí está!
Aerosol para obedecer
NUEVO
Cuando te rocíe con esto...
¡te convertirás en mi **esclavo**!
fissssss

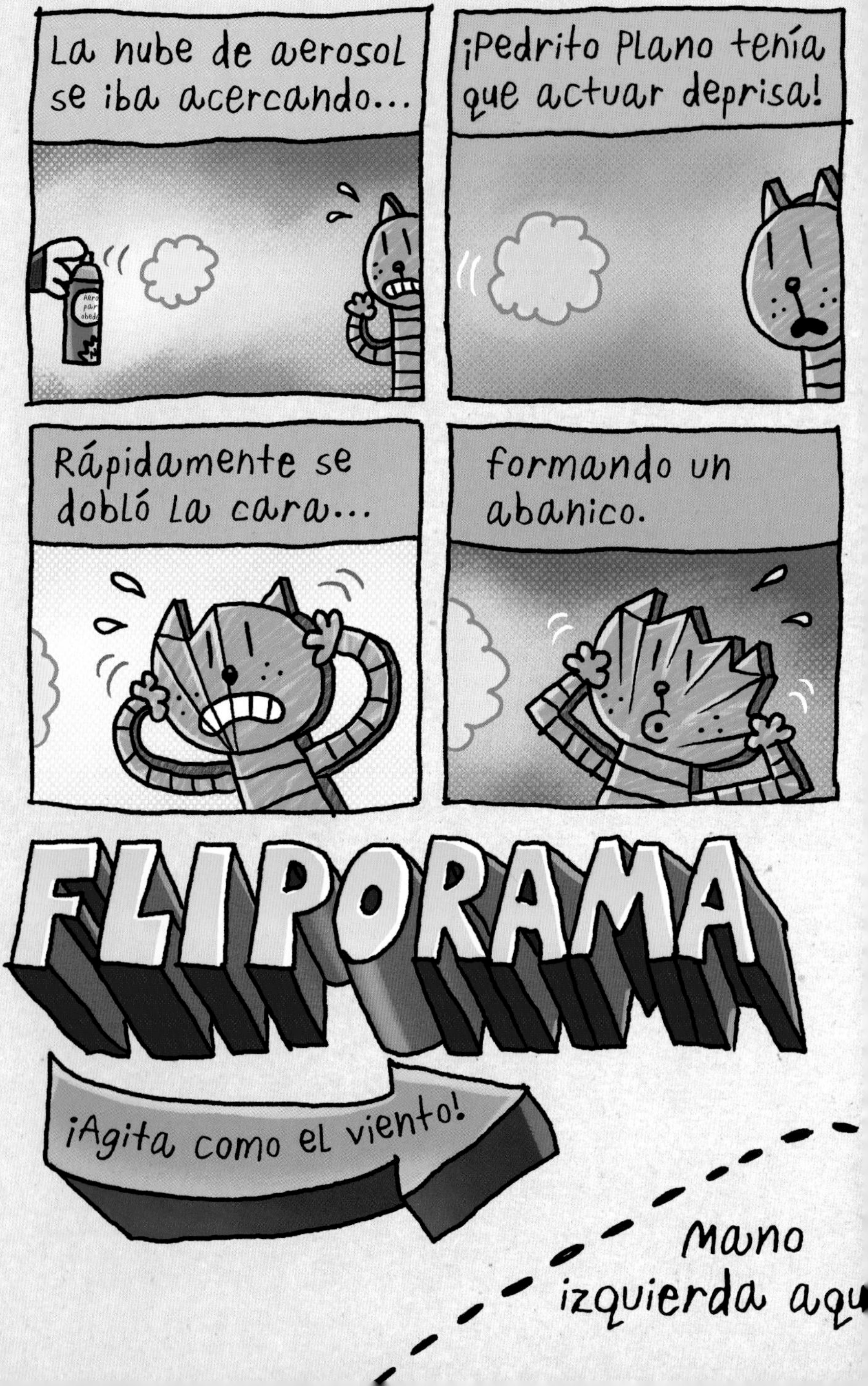
La nube de aerosol se iba acercando...
¡Pedrito Plano tenía que actuar deprisa!
Rápidamente se dobló la cara...
formando un abanico.
FLIPORAMA
¡Agita como el viento!
Mano izquierda aqu

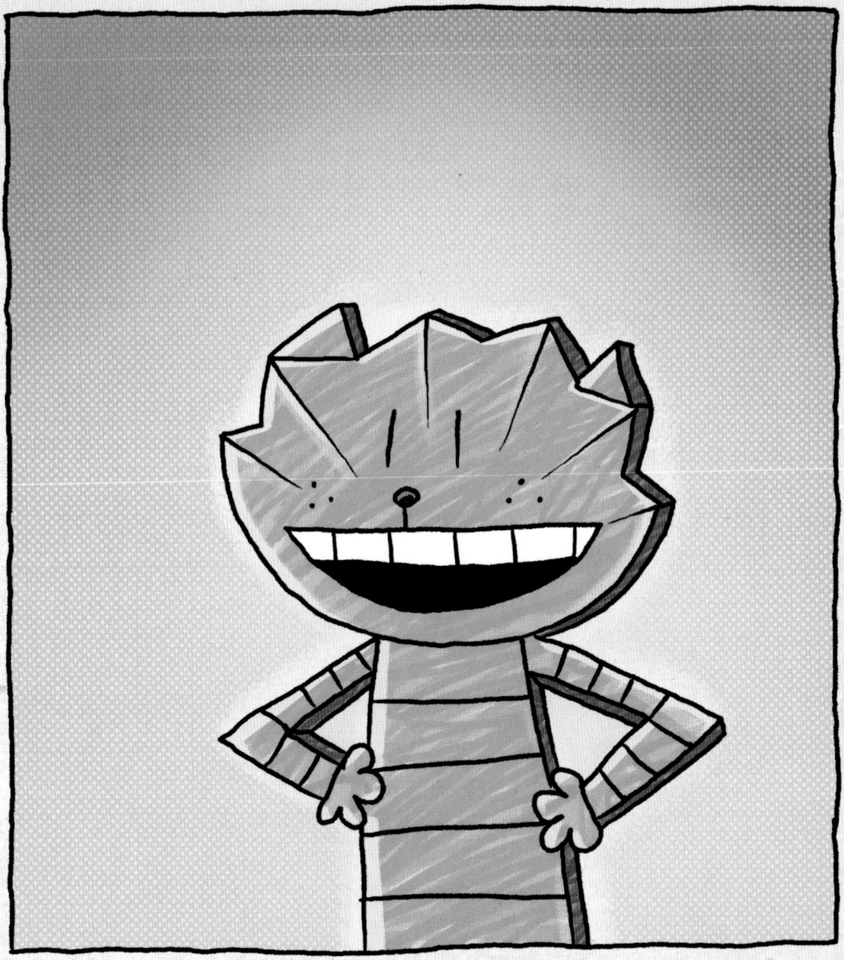

¡Un abanico
con un plan magnífico!

Pulgar
derecho
aquí.

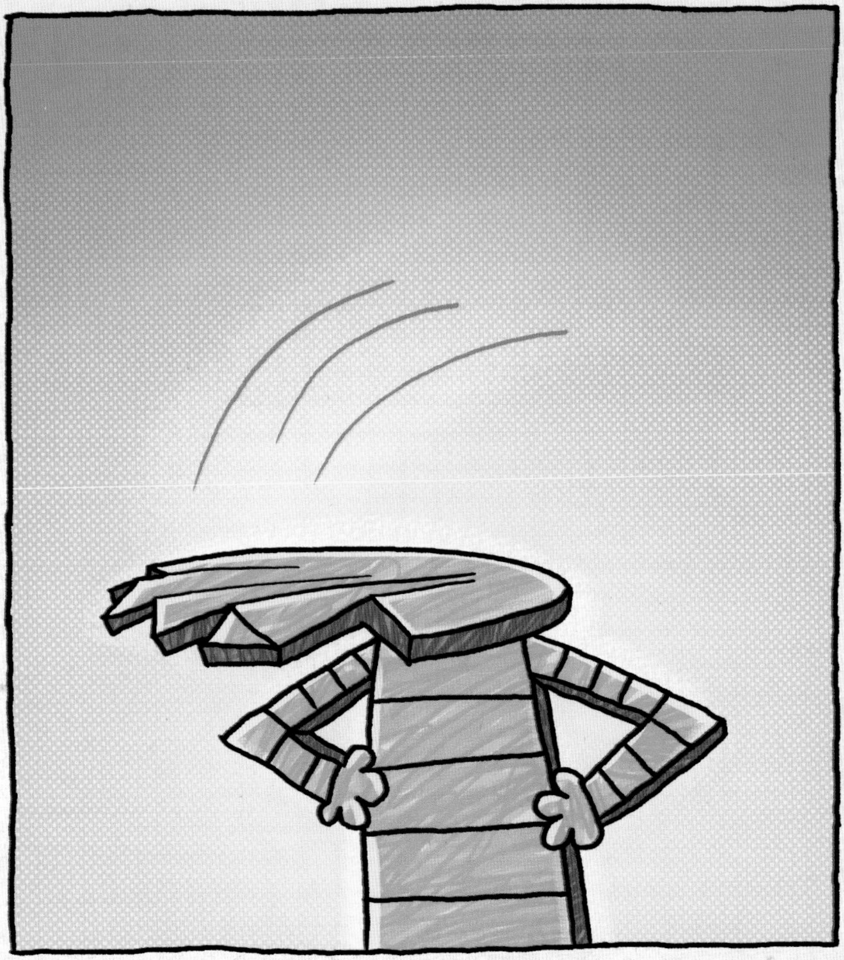

¡Un abanico
con un plan magnífico!

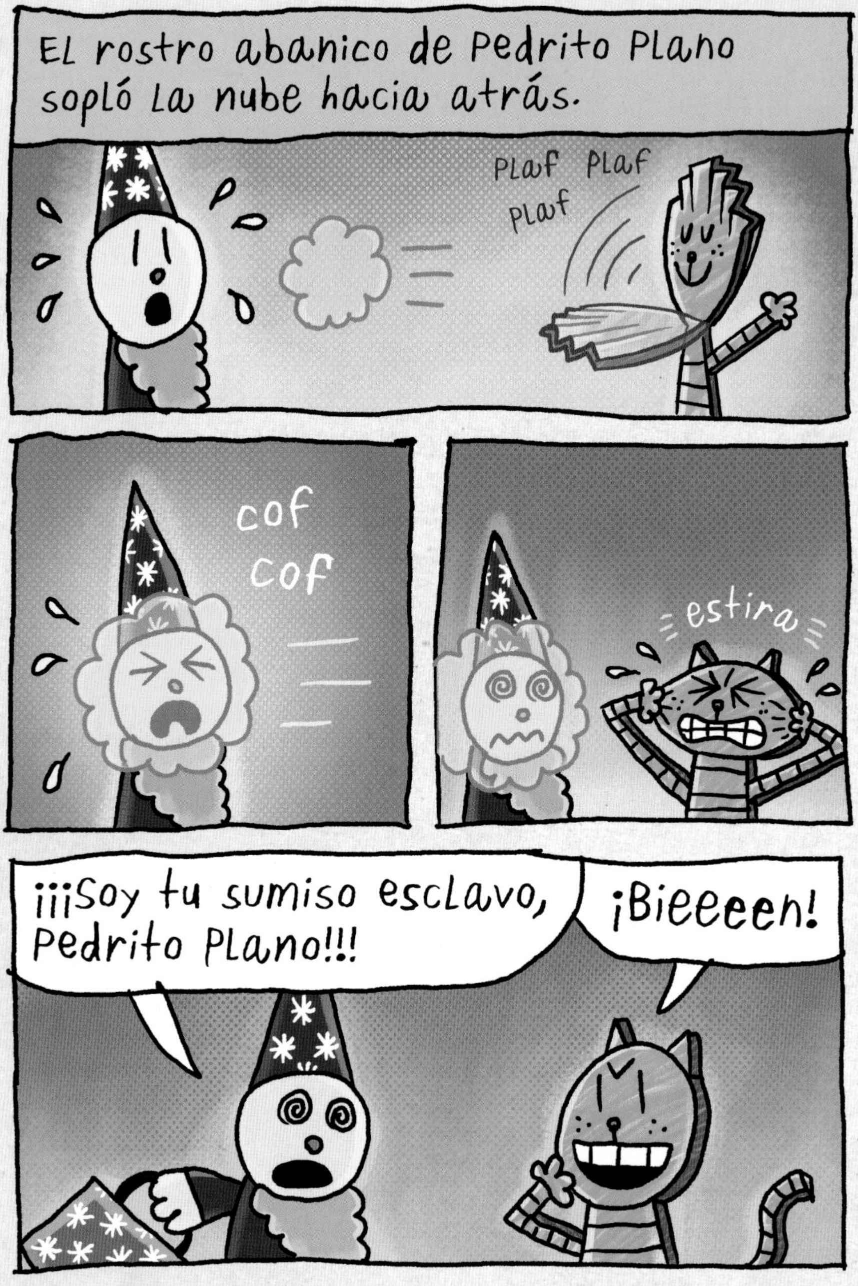
El rostro abanico de Pedrito Plano sopló la nube hacia atrás.
Plaf Plaf Plaf
cof cof
estira
¡¡¡Soy tu sumiso esclavo, Pedrito Plano!!!
¡Bieeeen!

Capítulo 6

Muchas cosas que pasaron después

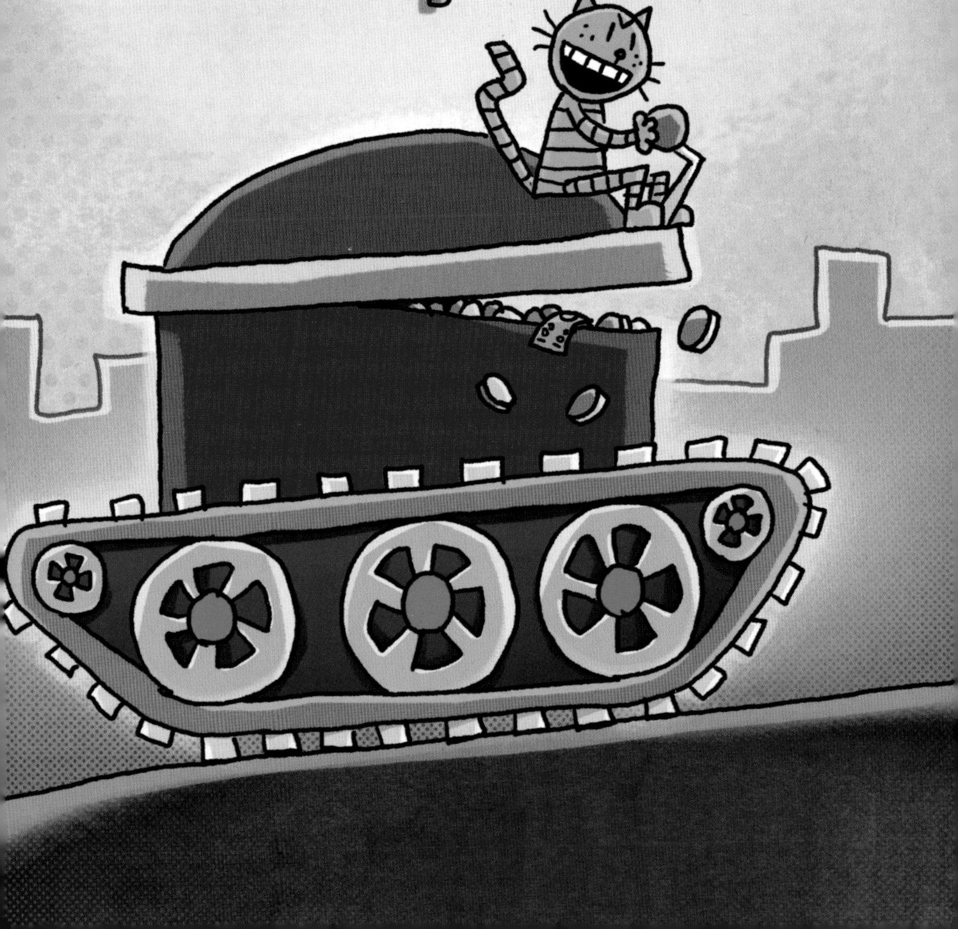

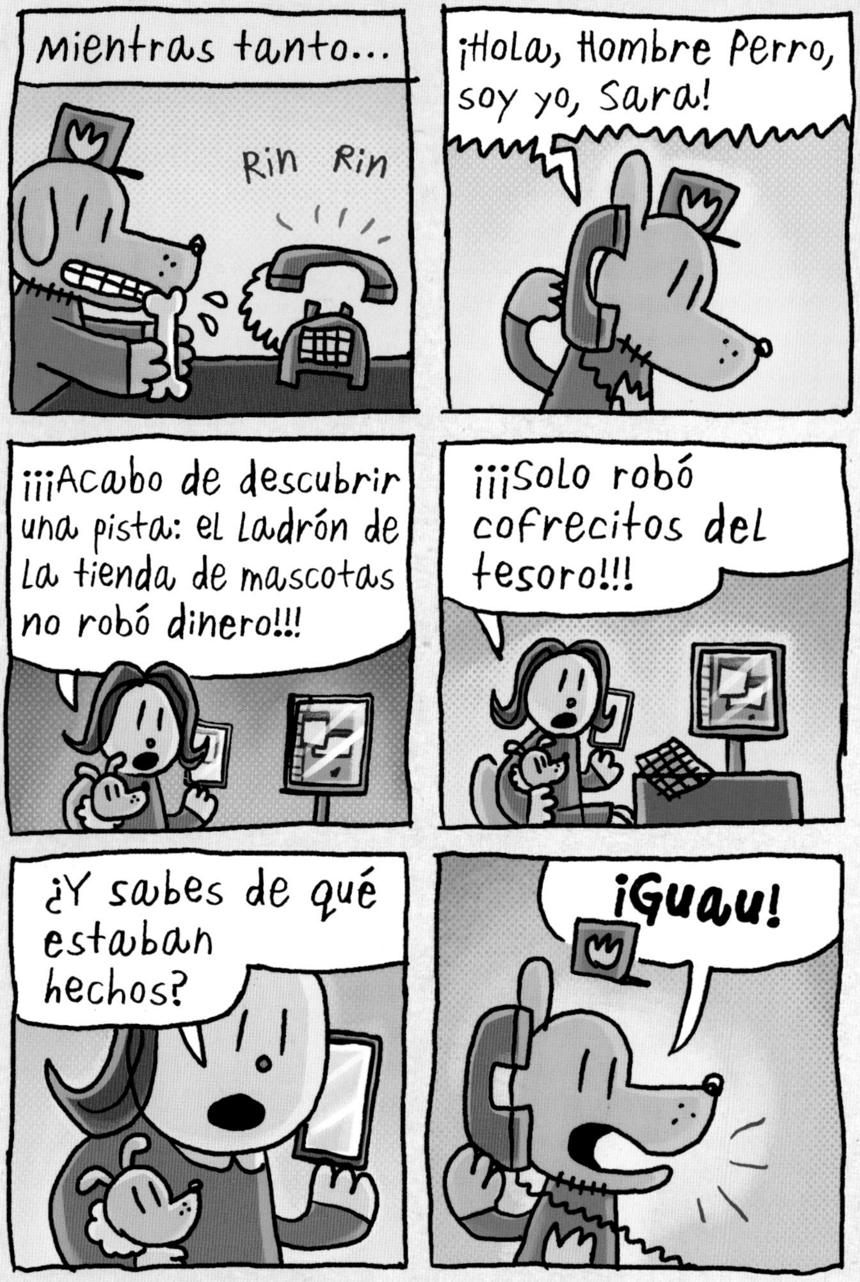
Mientras tanto...
Rin Rin
¡Hola, Hombre Perro, soy yo, Sara!
¡¡¡Acabo de descubrir una pista: el ladrón de la tienda de mascotas no robó dinero!!!
¡¡¡Solo robó cofrecitos del tesoro!!!
¿Y sabes de qué estaban hechos?
¡Guau!

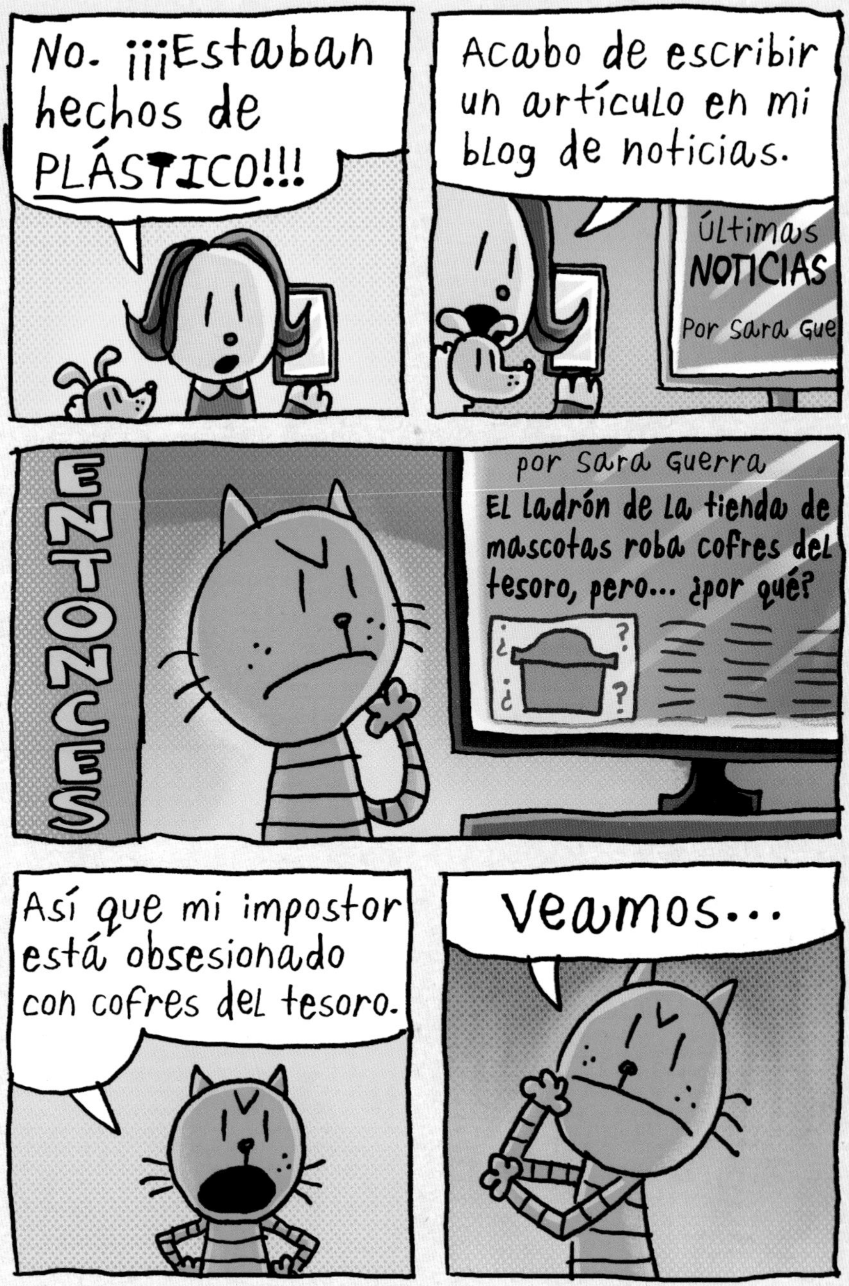
No. ¡¡¡Estaban hechos de PLÁSTICO!!!
Acabo de escribir un artículo en mi blog de noticias.
ÚLtimas NOTICIAS
Por Sara Gue
ENTONCES
por Sara Guerra
EL Ladrón de La tienda de mascotas roba cofres deL tesoro, pero... ¿por qué?
¿ ? ¿ ?
Así que mi impostor está obsesionado con cofres deL tesoro.
Veamos...

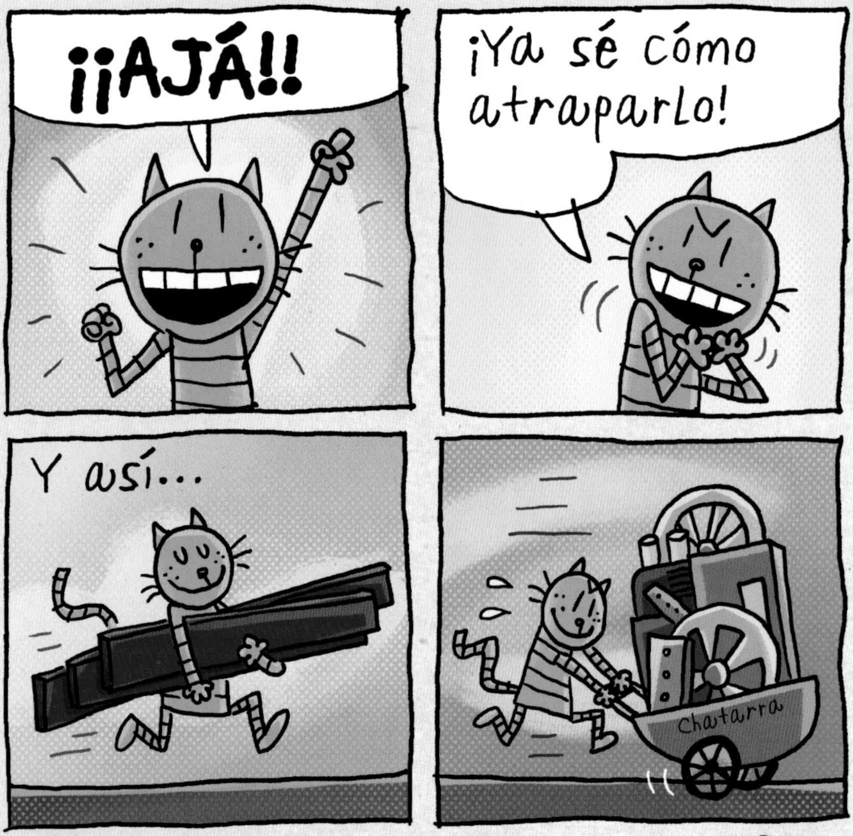
¡¡AJÁ!!
¡Ya sé cómo atraparlo!
Y así...
Chatarra

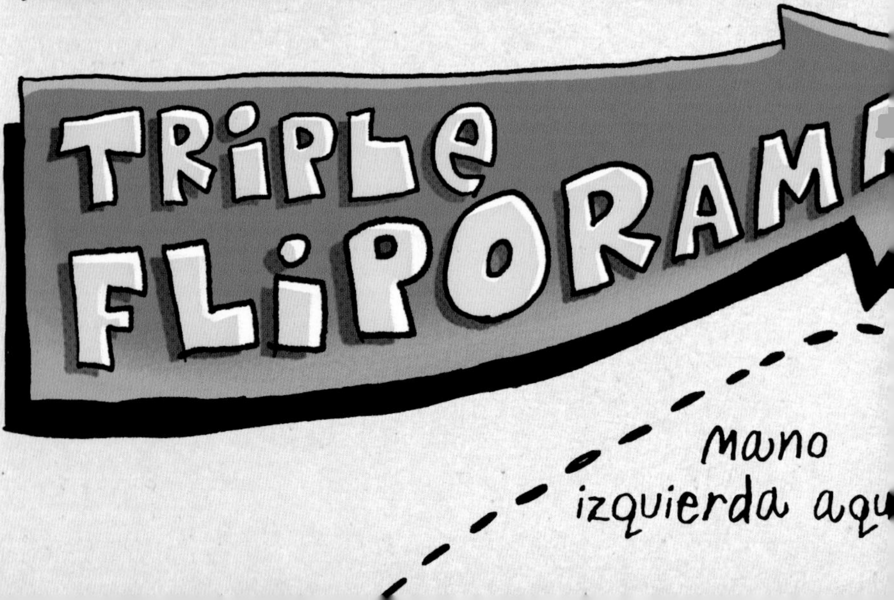
TRIPLE FLIPORAM
Mano izquierda aqu

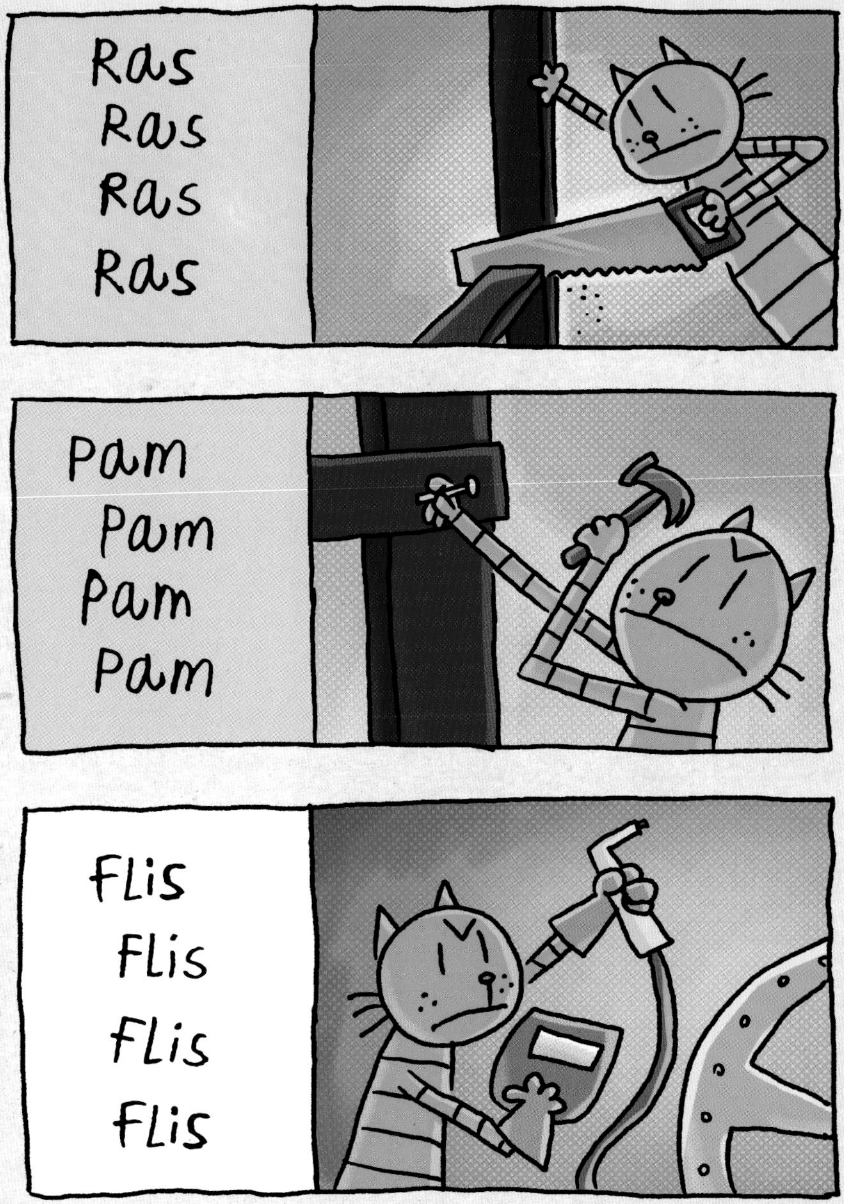
Ras
Ras
Ras
Ras
Pam
Pam
Pam
Pam
Flis
Flis
Flis
Flis

Pulgar derecho aquí.

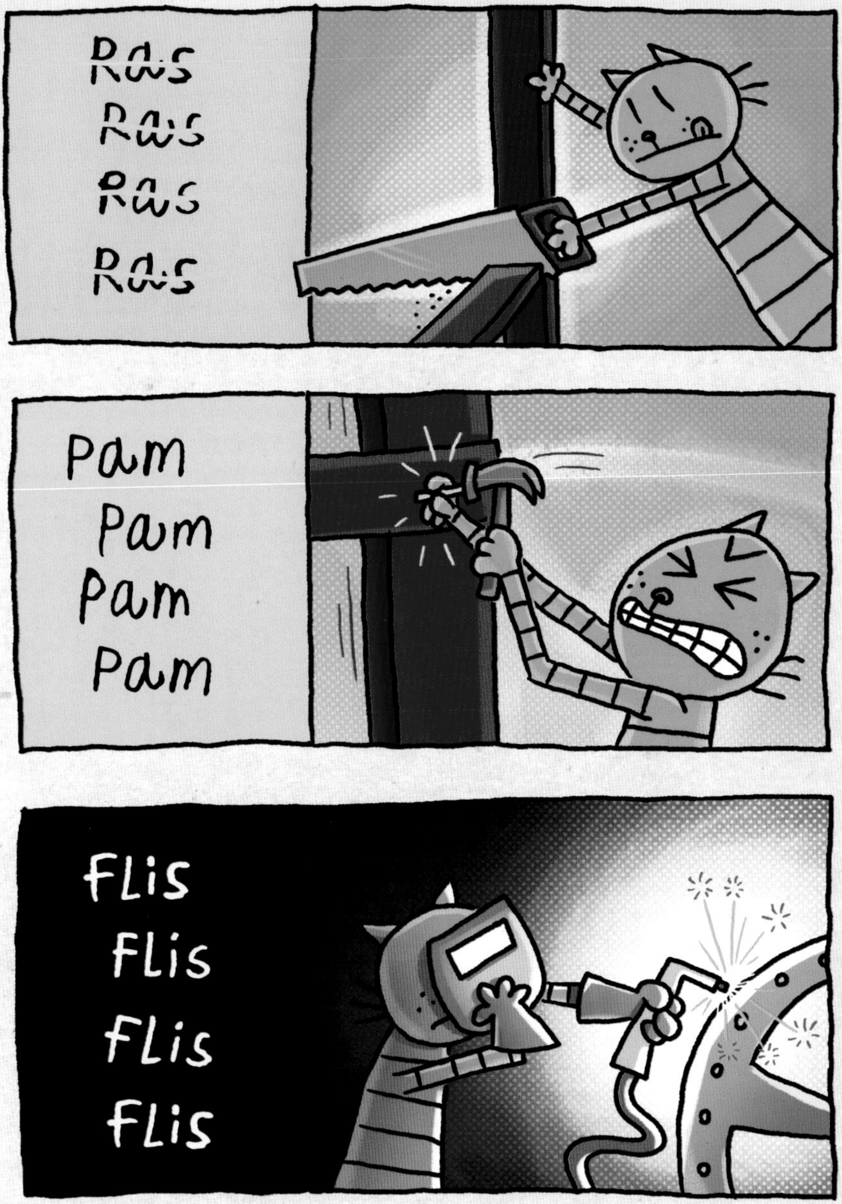
Ras
Ras
Ras
Ras
Pam
Pam
Pam
Pam
Flis
Flis
Flis
Flis

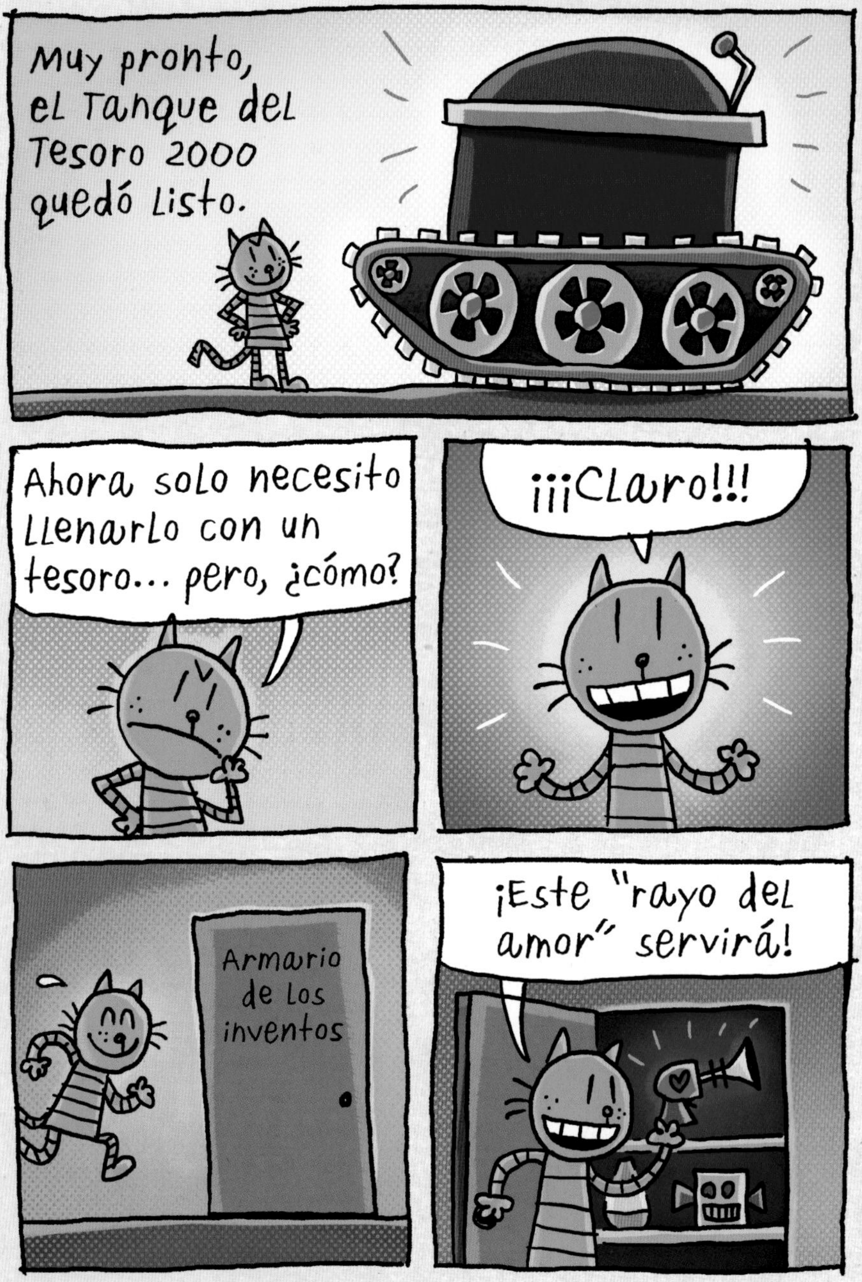
Muy pronto, el Tanque del Tesoro 2000 quedó listo.
Ahora solo necesito llenarlo con un tesoro... pero, ¿cómo?
¡¡¡Claro!!!
Armario de los inventos
¡Este "rayo del amor" servirá!

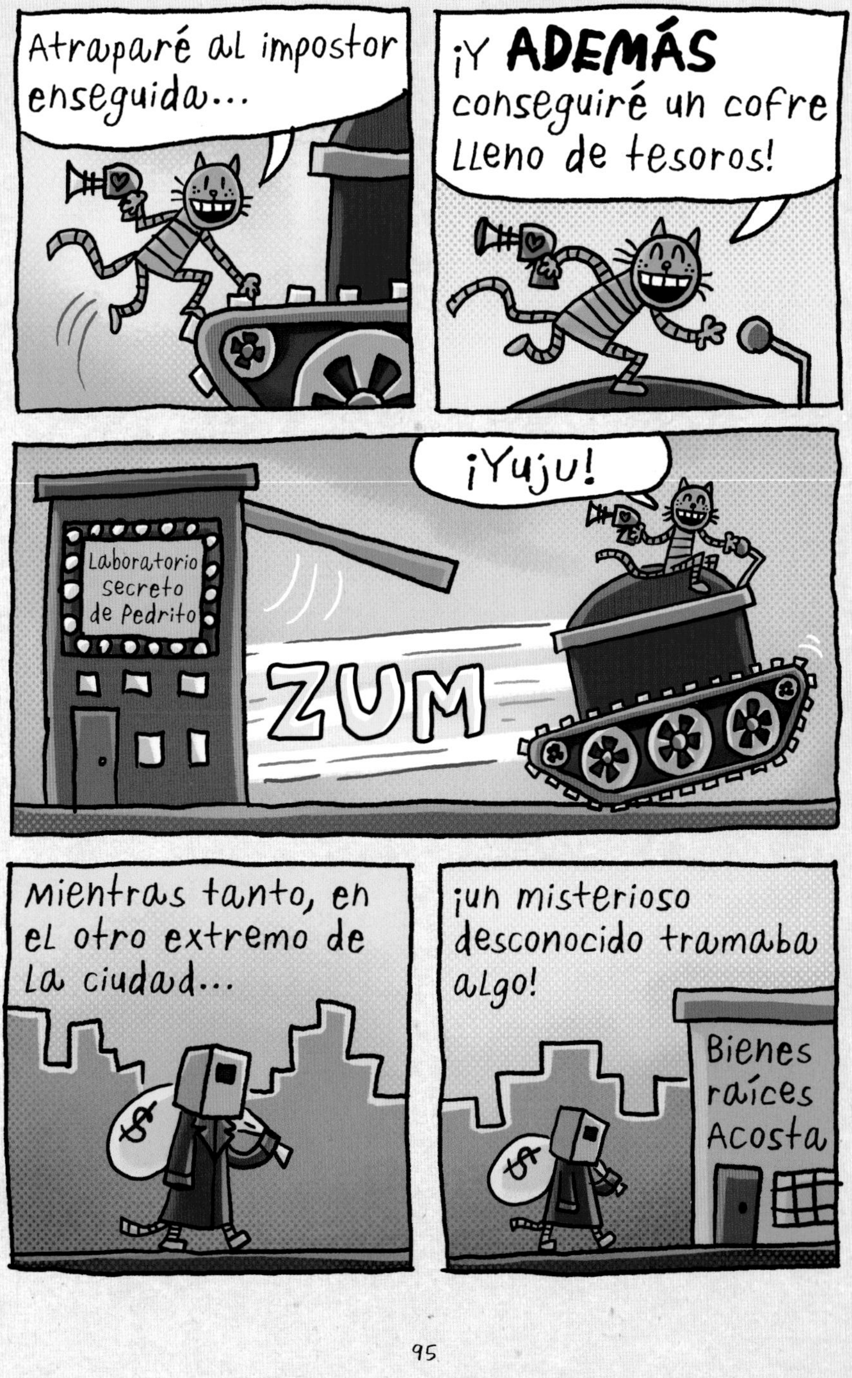
Atraparé al impostor enseguida...
¡Y **ADEMÁS** conseguiré un cofre lleno de tesoros!
¡Yuju!
Laboratorio secreto de Pedrito
ZUM
Mientras tanto, en el otro extremo de la ciudad...
¡un misterioso desconocido tramaba algo!
Bienes raíces Acosta

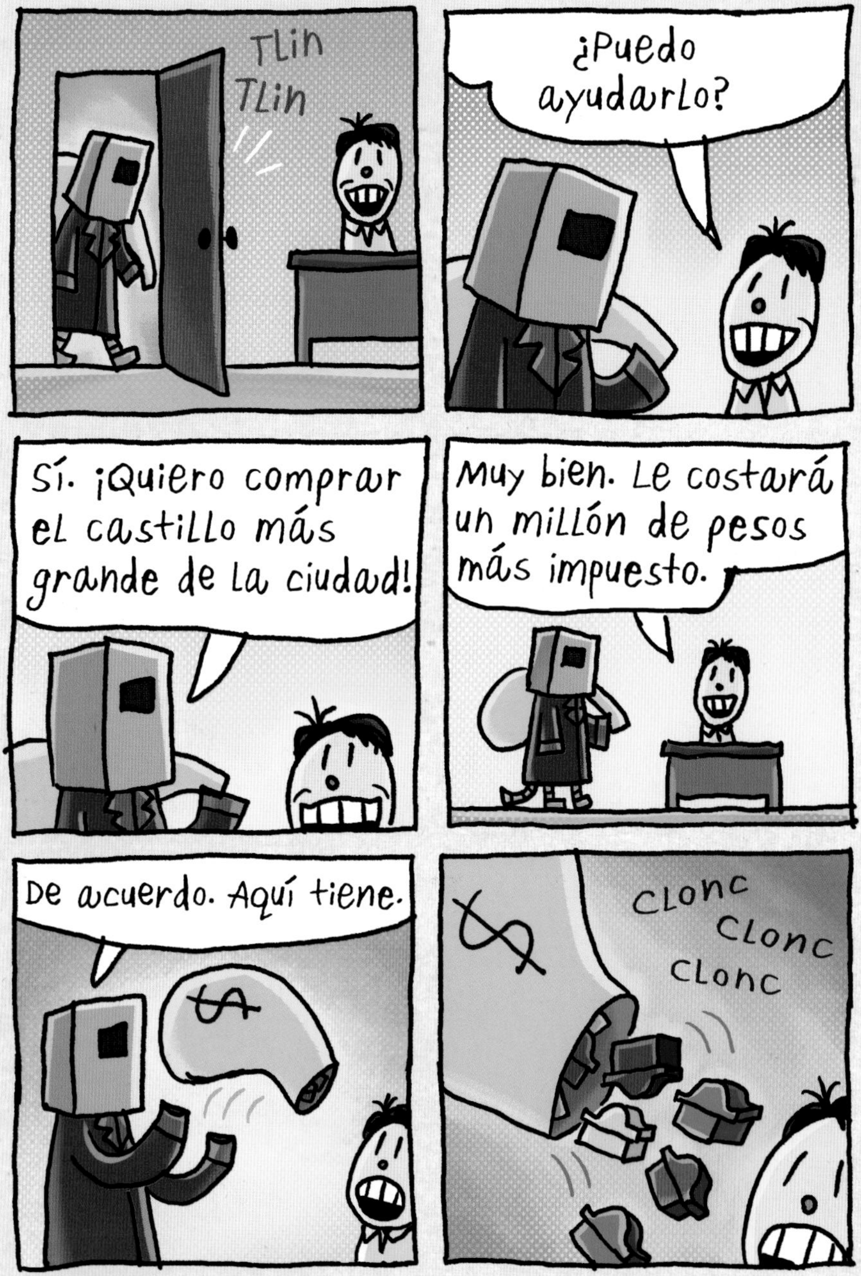
TLin
TLin
¿Puedo ayudarlo?
Sí. ¡Quiero comprar el castillo más grande de la ciudad!
Muy bien. Le costará un millón de pesos más impuesto.
De acuerdo. Aquí tiene.
CLONC
CLONC
CLONC

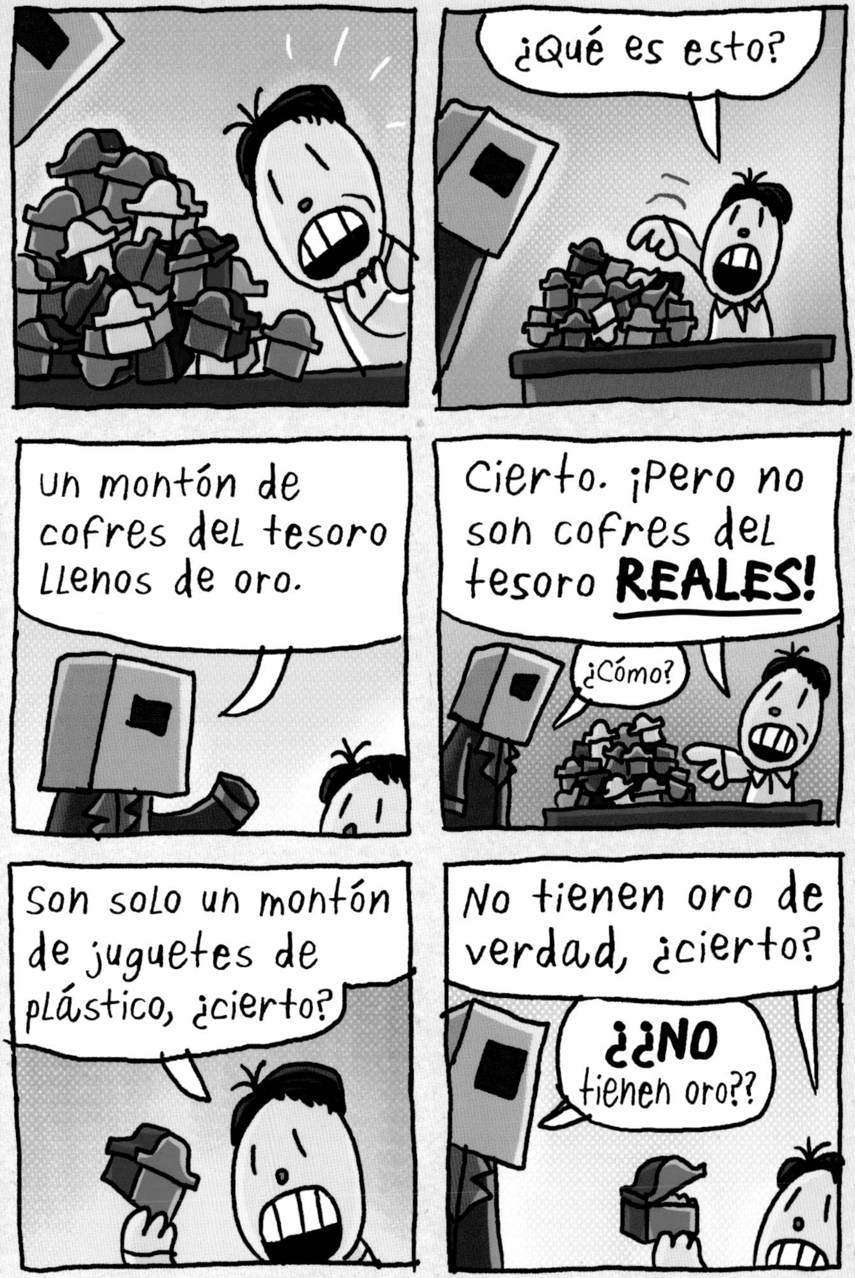
¿Qué es esto?
Un montón de cofres del tesoro llenos de oro.
Cierto. ¡Pero no son cofres del tesoro **REALES**!
¿Cómo?
Son solo un montón de juguetes de plástico, ¿cierto?
No tienen oro de verdad, ¿cierto?
¿¿NO tienen oro??

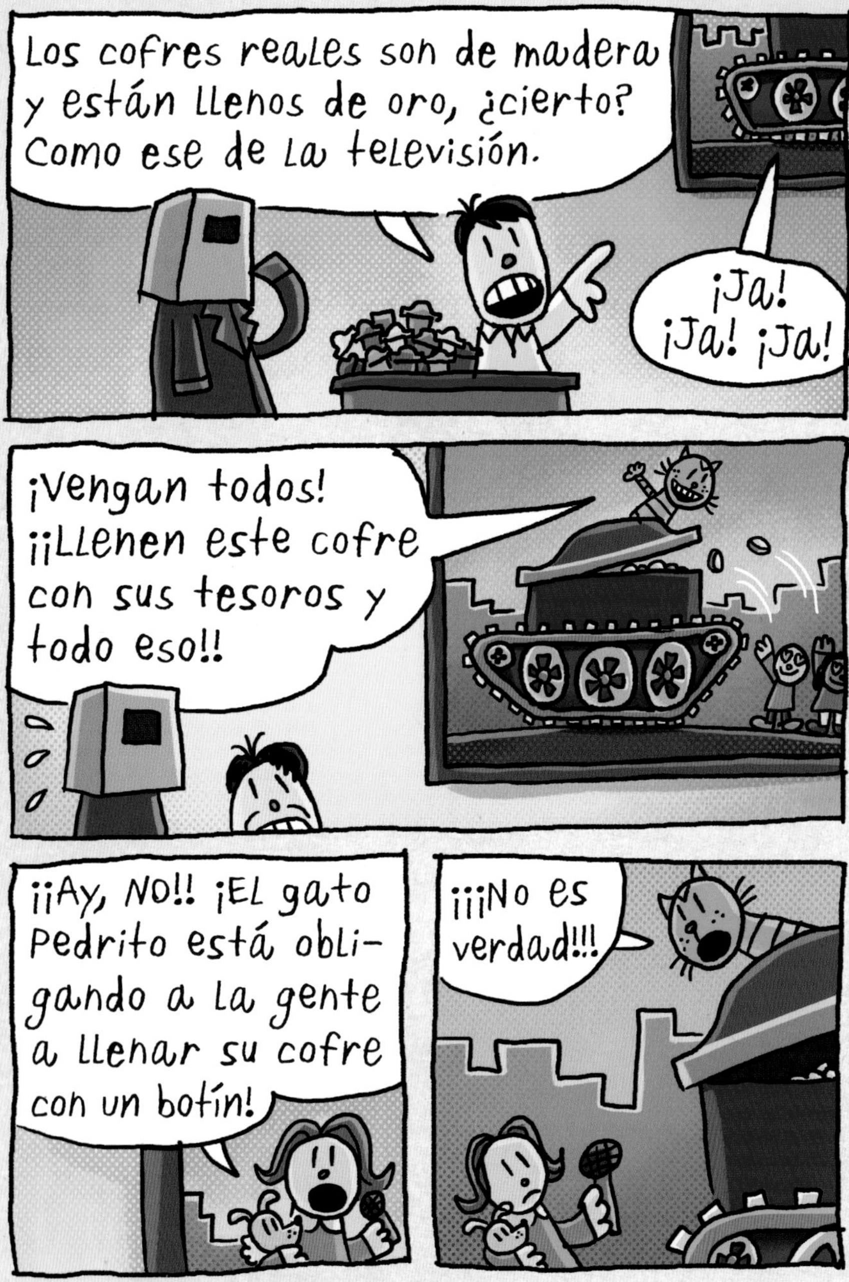
Los cofres reales son de madera y están llenos de oro, ¿cierto? Como ese de la televisión.
¡Ja! ¡Ja! ¡Ja!
¡Vengan todos! ¡¡Llenen este cofre con sus tesoros y todo eso!!
¡¡Ay, NO!! ¡El gato Pedrito está obligando a la gente a llenar su cofre con un botín!
¡¡¡No es verdad!!!

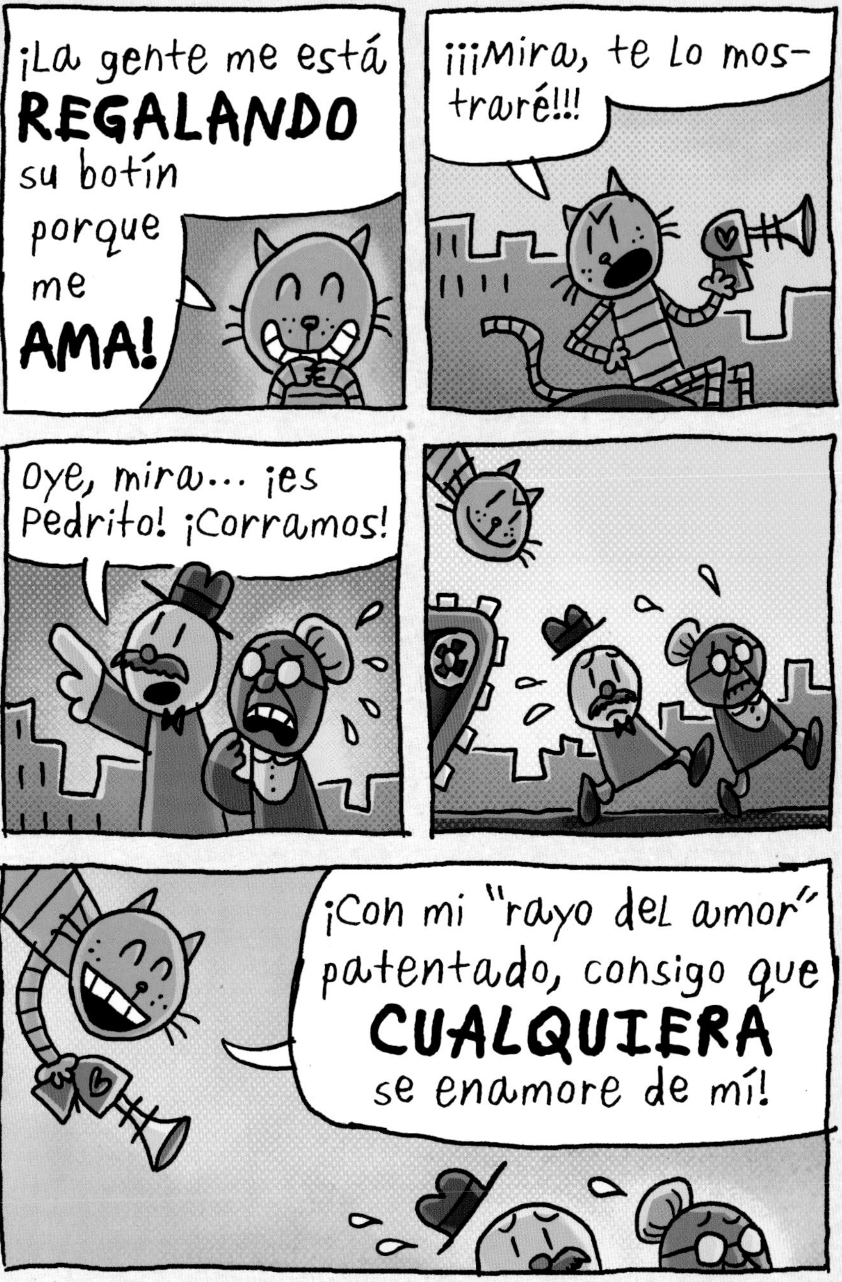
¡La gente me está REGALANDO su botín porque me AMA!
¡¡¡Mira, te lo mostraré!!!
Oye, mira… ¡es Pedrito! ¡Corramos!
¡Con mi "rayo del amor" patentado, consigo que CUALQUIERA se enamore de mí!

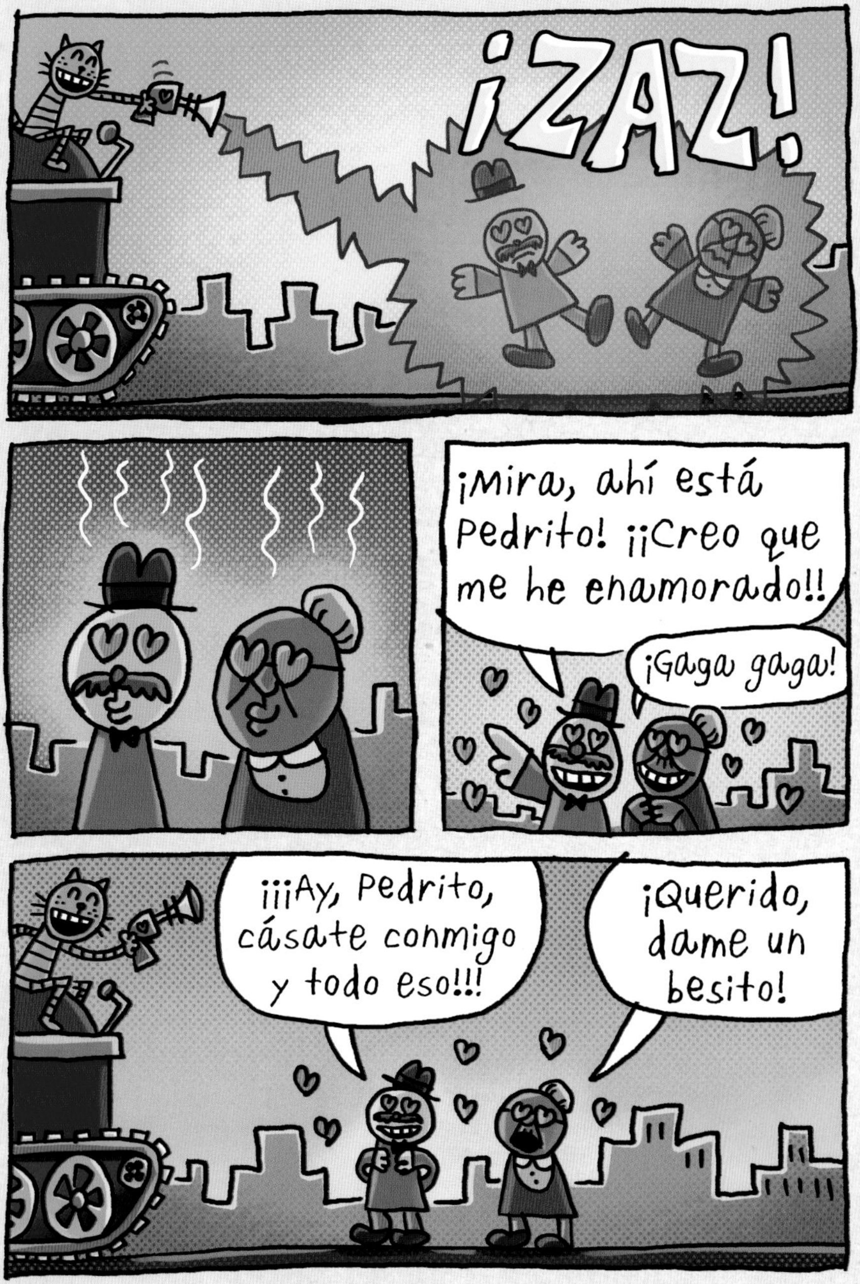
¡ZAZ!
¡Mira, ahí está Pedrito! ¡¡Creo que me he enamorado!!
¡Gaga gaga!
¡¡¡Ay, Pedrito, cásate conmigo y todo eso!!!
¡Querido, dame un besito!

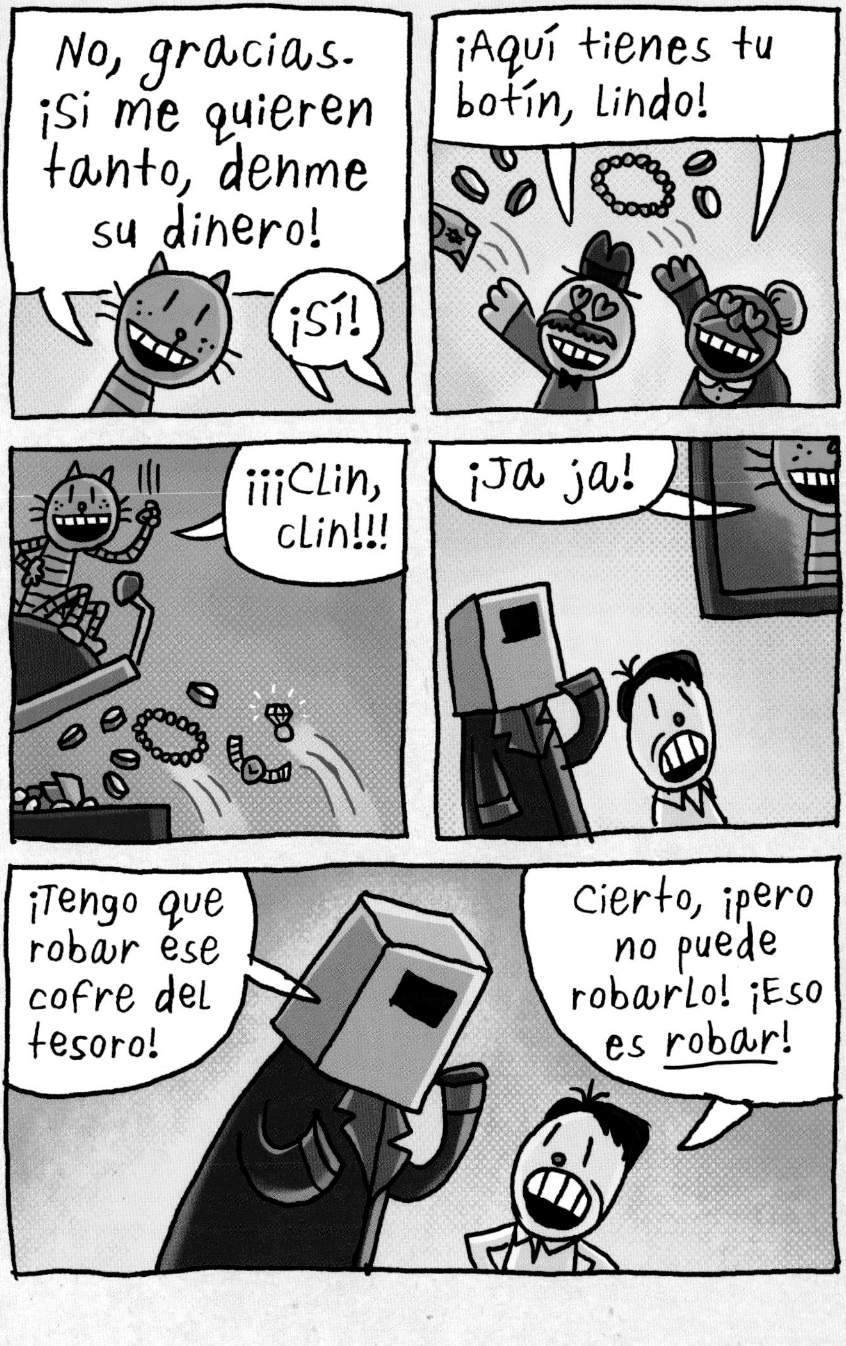
No, gracias. ¡Si me quieren tanto, denme su dinero!
¡SÍ!
¡Aquí tienes tu botín, Lindo!
¡¡¡CLin, cLin!!!
¡Ja ja!
¡Tengo que robar ese cofre deL tesoro!
Cierto, ¡pero no puede robarLo! ¡Eso es robar!

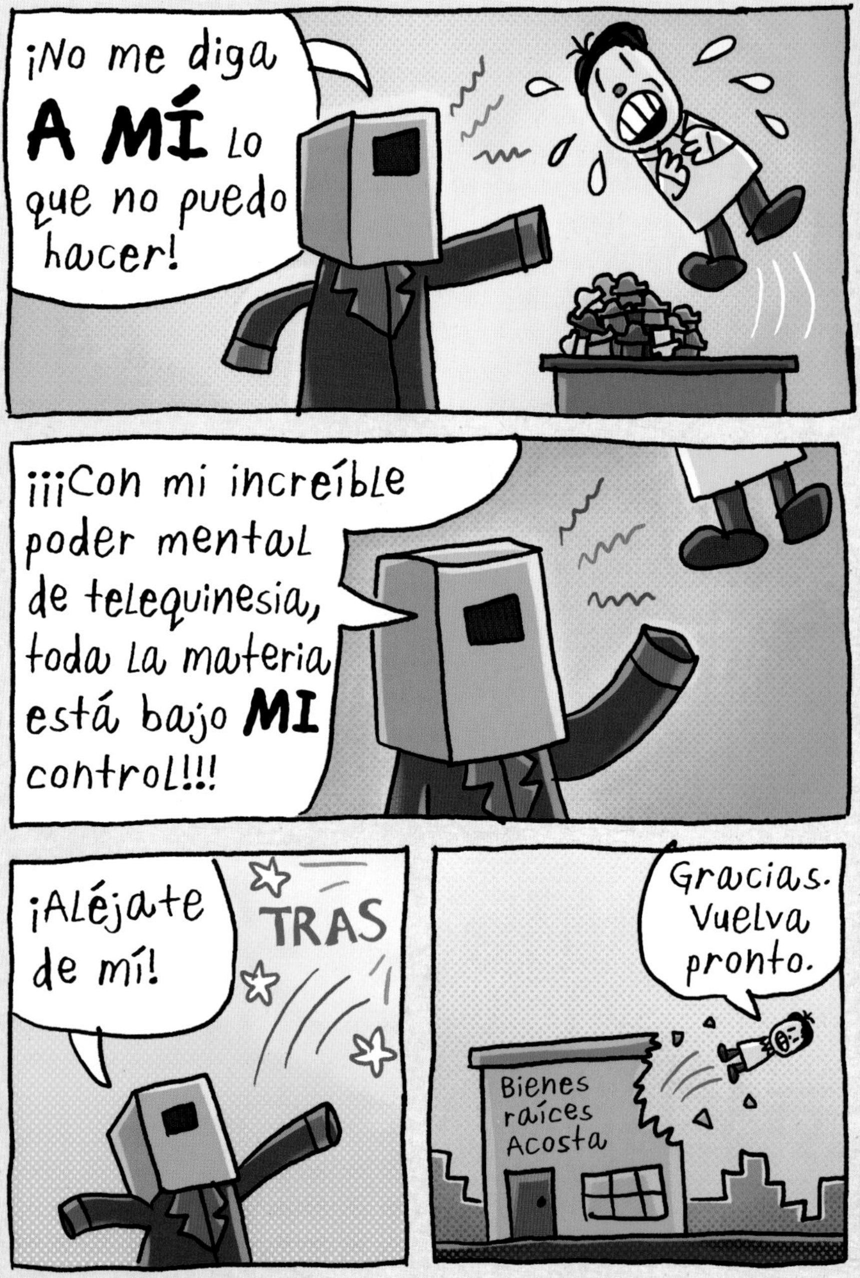
¡No me diga **A MÍ** lo que no puedo hacer!
¡¡¡Con mi increíble poder mental de telequinesia, toda la materia está bajo **MI** control!!!
¡Aléjate de mí!
TRAS
Gracias. Vuelva pronto.
Bienes raíces Acosta

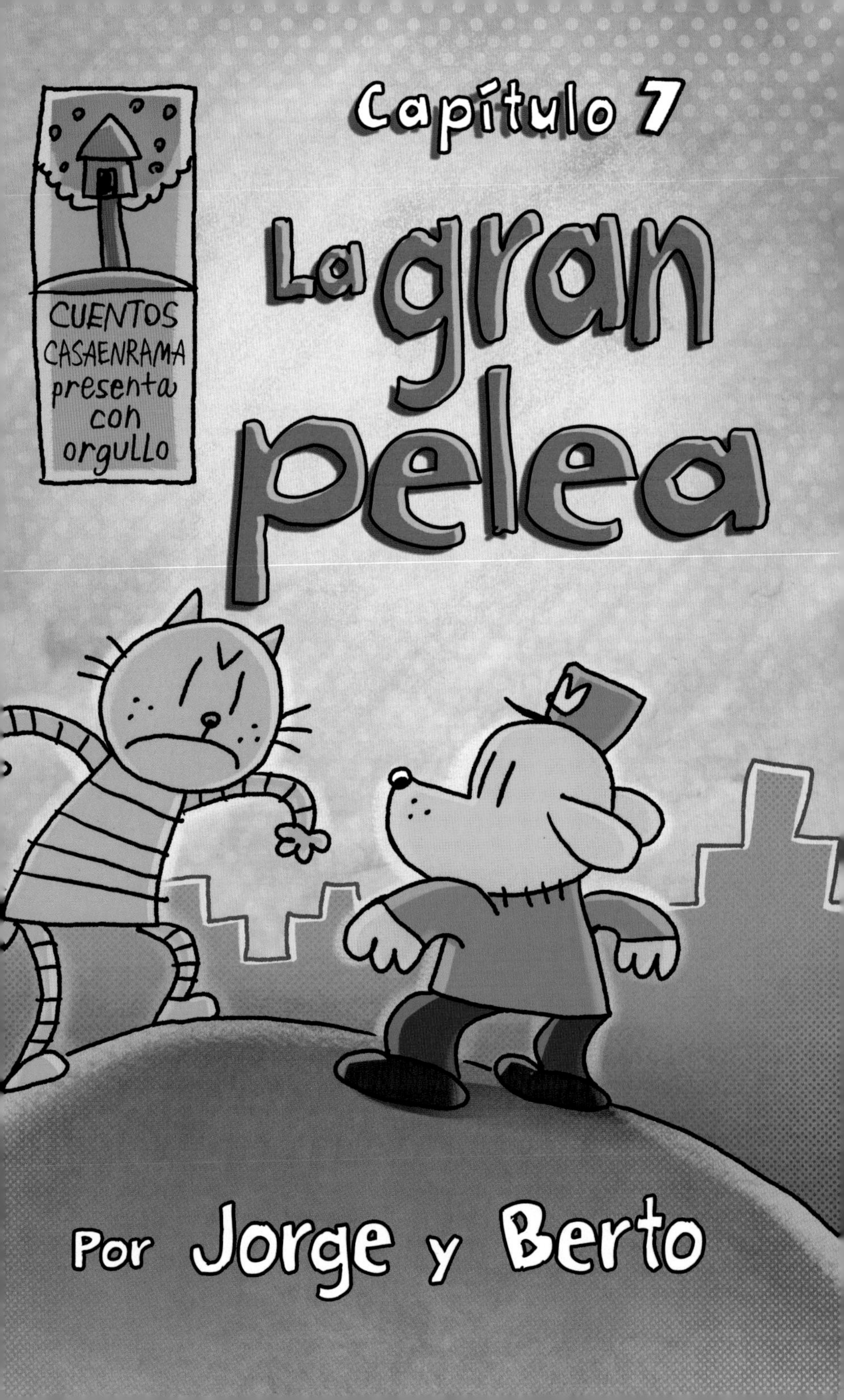
CUENTOS CASAENRAMA presenta con orgullo
Capítulo 7
La gran pelea
Por Jorge y Berto

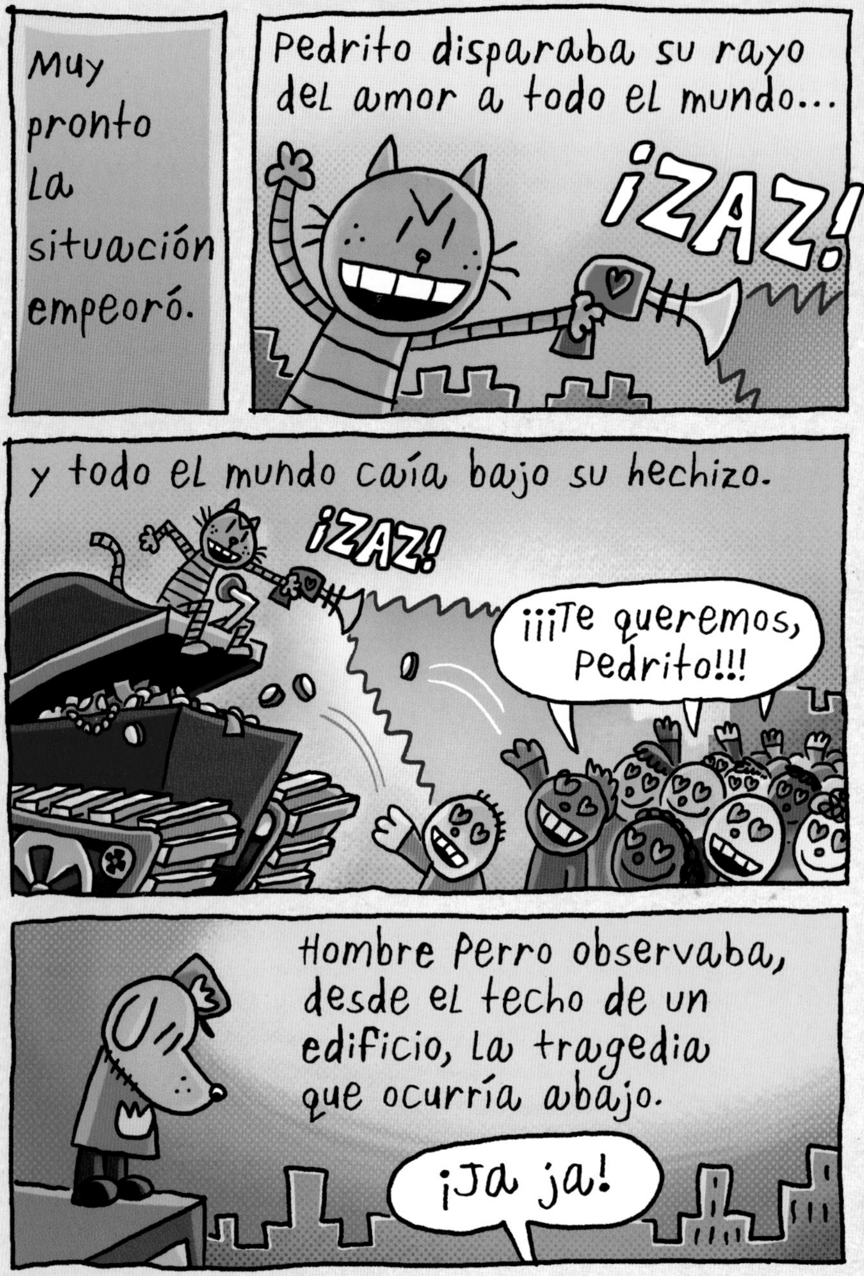
Muy pronto la situación empeoró.
Pedrito disparaba su rayo del amor a todo el mundo...
¡ZAZ!
y todo el mundo caía bajo su hechizo.
¡ZAZ!
¡¡¡Te queremos, Pedrito!!!
Hombre Perro observaba, desde el techo de un edificio, la tragedia que ocurría abajo.
¡Ja ja!

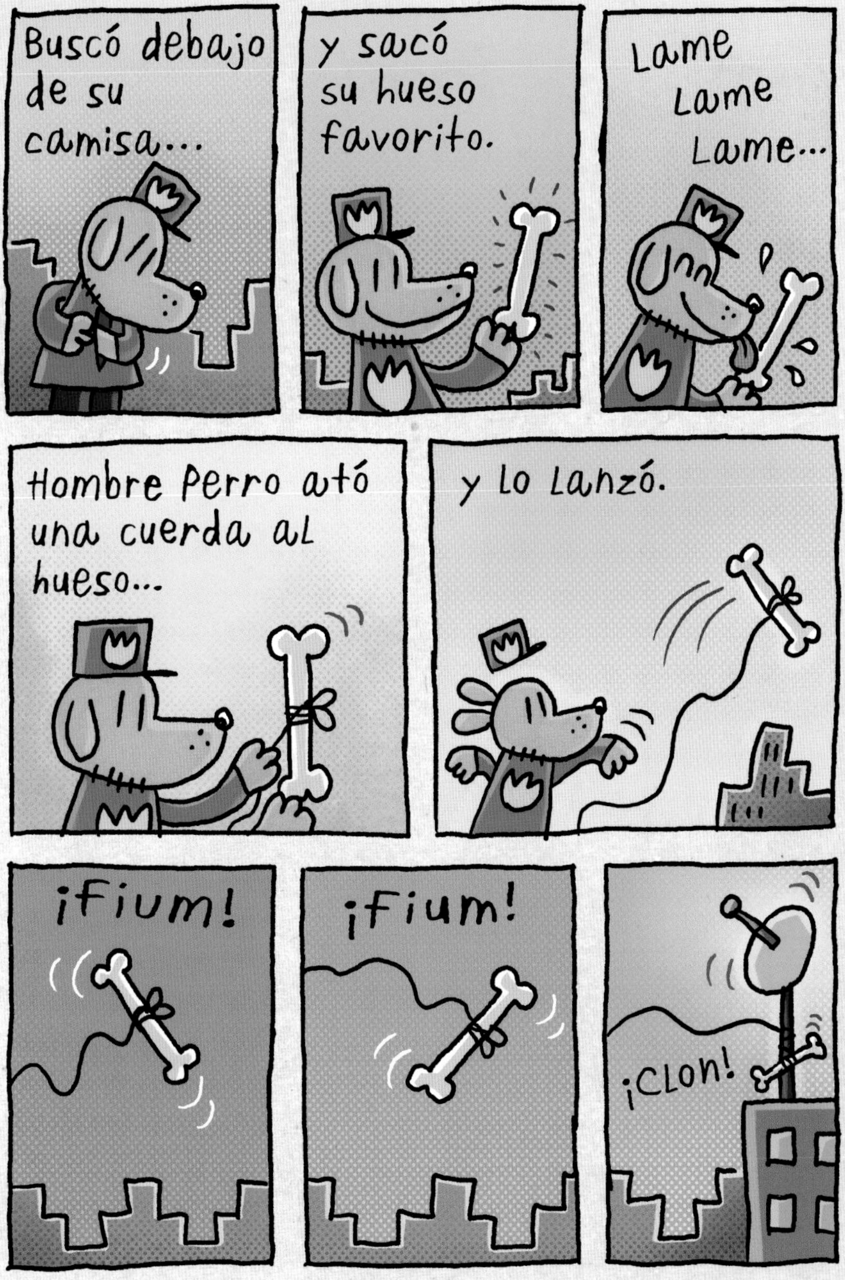
Buscó debajo de su camisa...
y sacó su hueso favorito.
Lame Lame Lame...
Hombre Perro ató una cuerda al hueso...
y lo lanzó.
¡Fium!
¡Fium!
¡Clon!

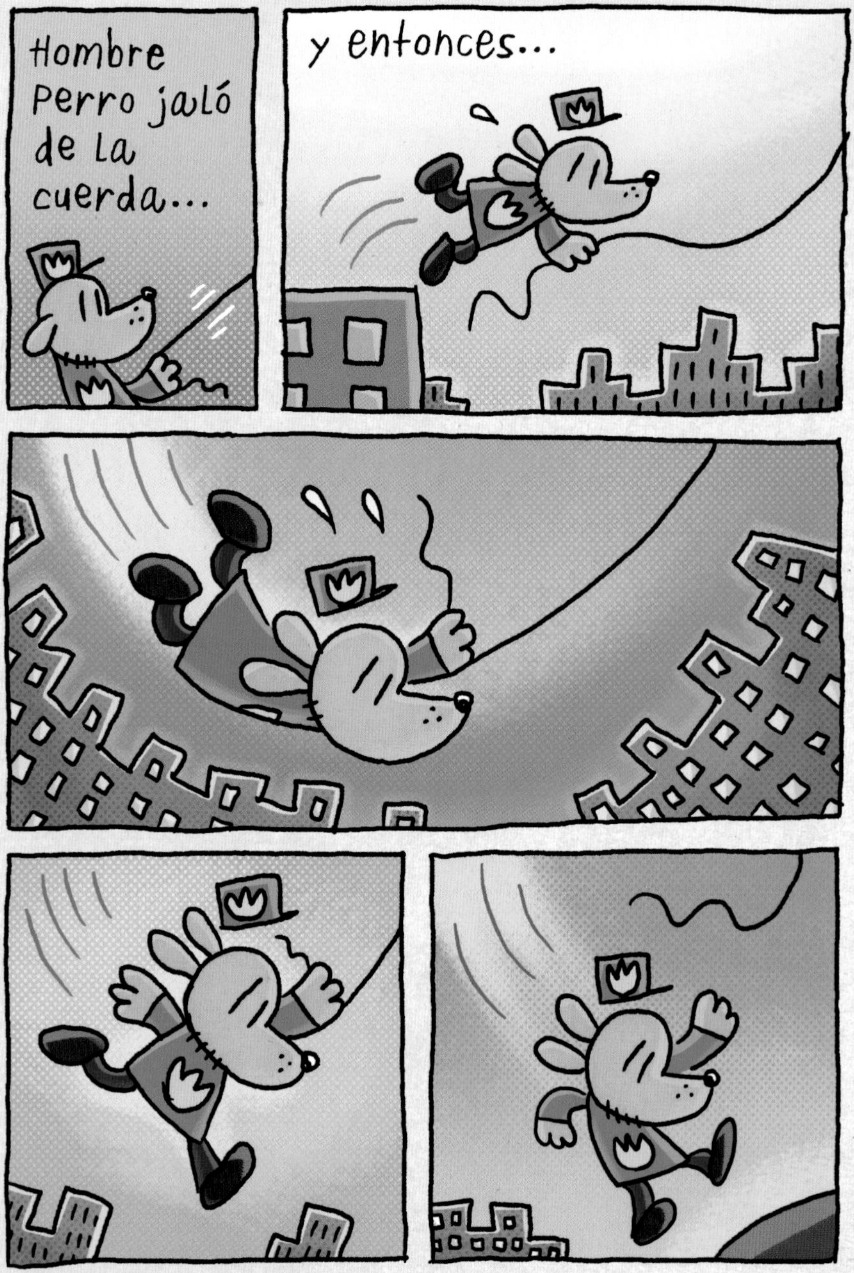
Hombre Perro jaló de la cuerda...
y entonces...

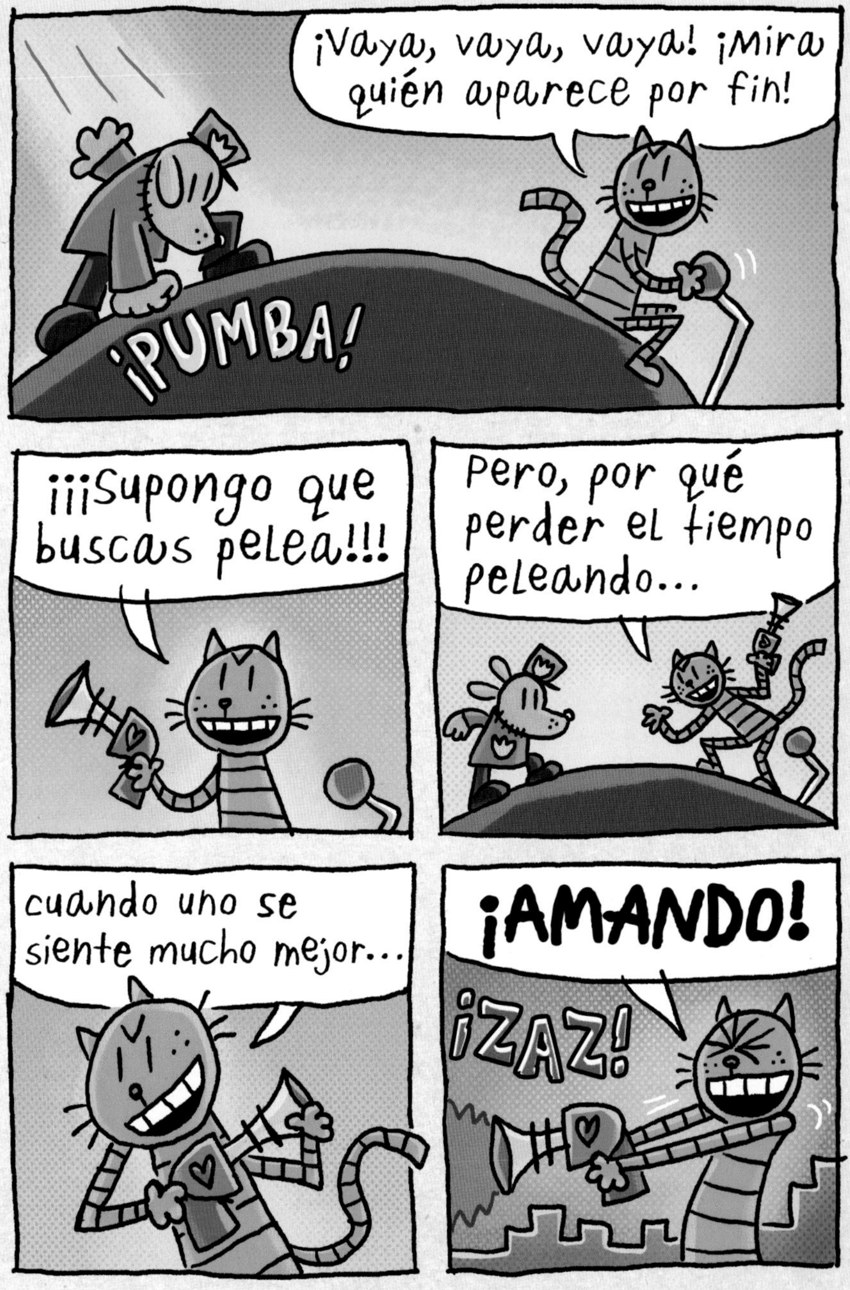
¡Vaya, vaya, vaya! ¡Mira quién aparece por fin!
¡PUMBA!
¡¡¡Supongo que buscas pelea!!!
Pero, por qué perder el tiempo peleando...
cuando uno se siente mucho mejor...
¡AMANDO!
¡ZAZ!

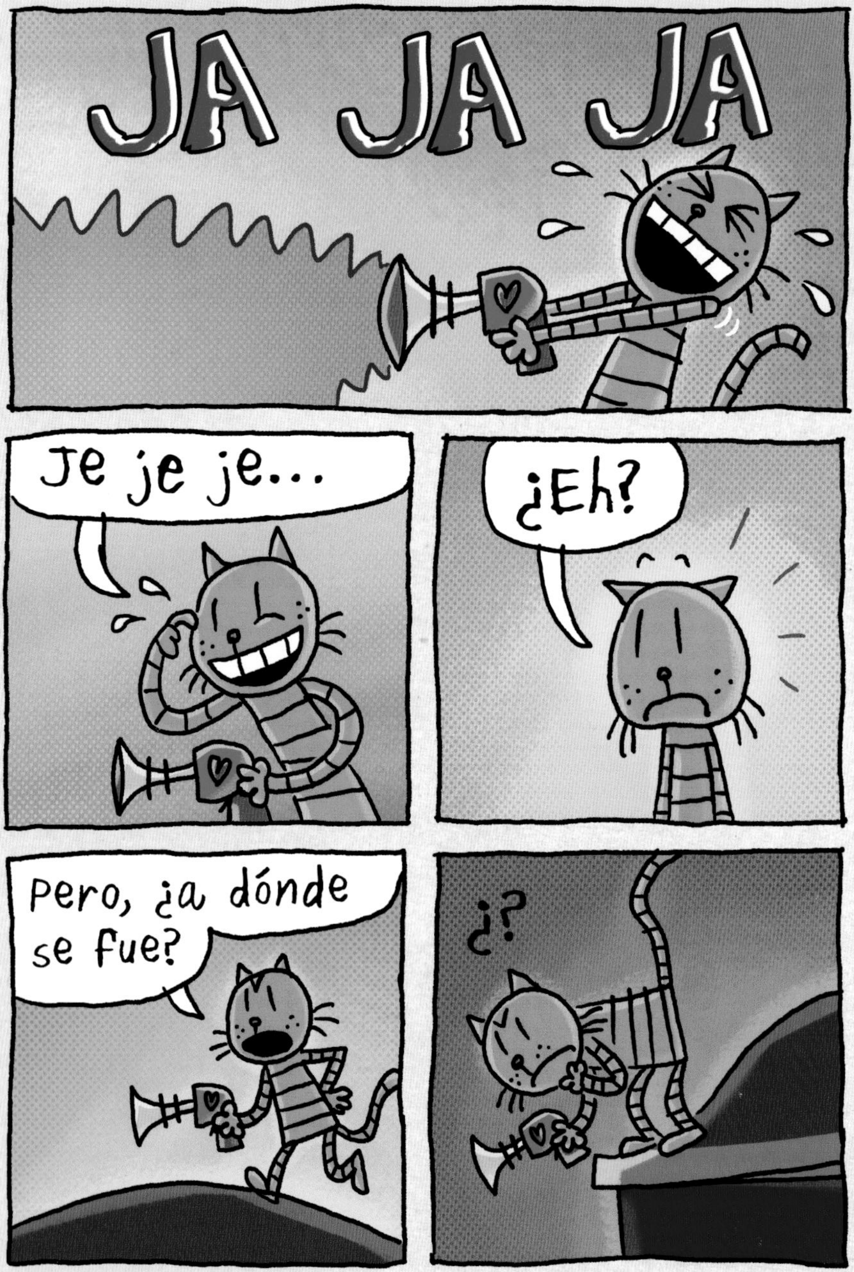
JA JA JA
Je je je...
¿Eh?
Pero, ¿a dónde se fue?
¿?

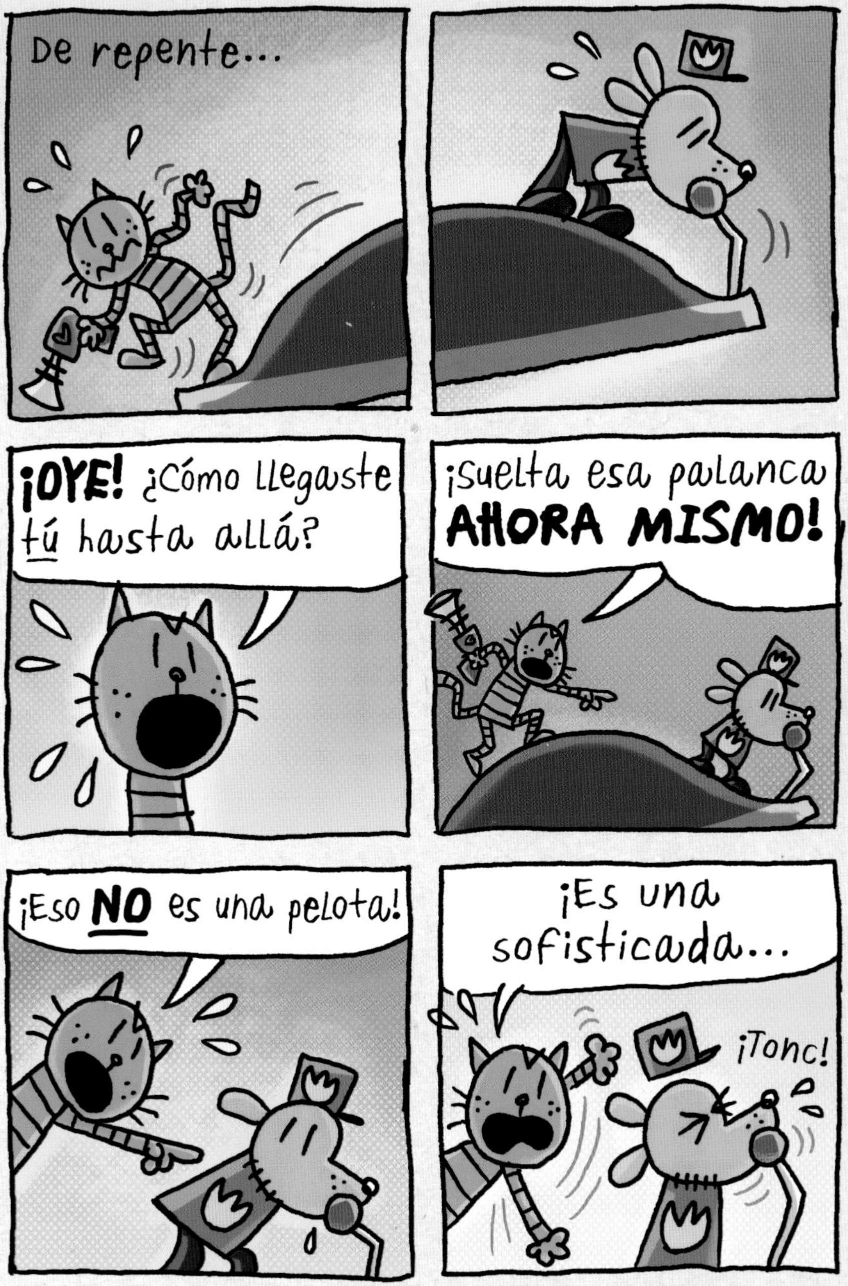
De repente...
¡OYE! ¿Cómo llegaste tú hasta allá?
¡Suelta esa palanca AHORA MISMO!
¡Eso NO es una pelota!
¡Es una sofisticada...
¡Tonc!

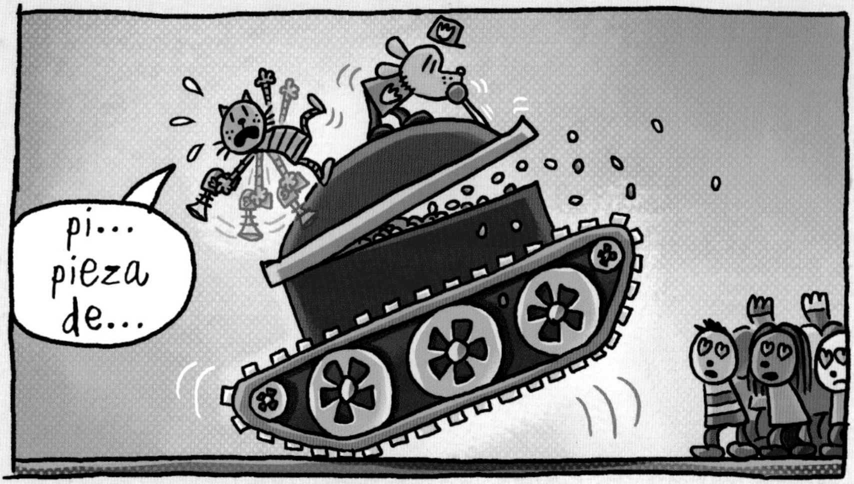
pi... pieza de...

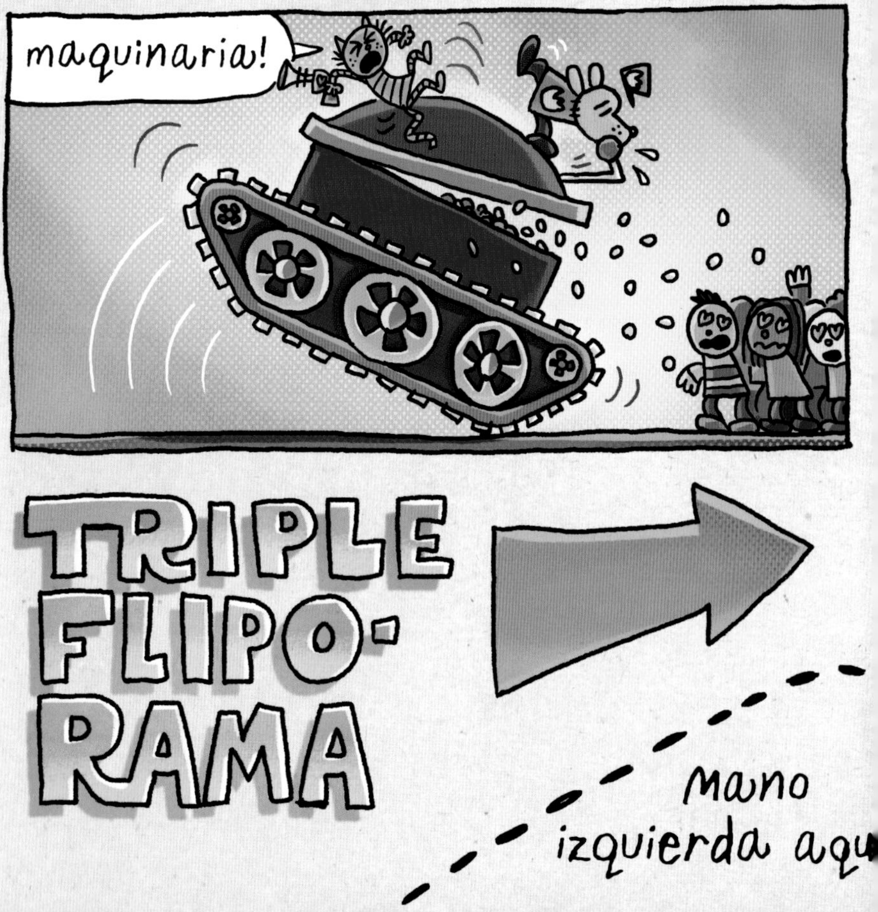
maquinaria!

TRIPLE FLIPO-RAMA

Mano
izquierda aqu

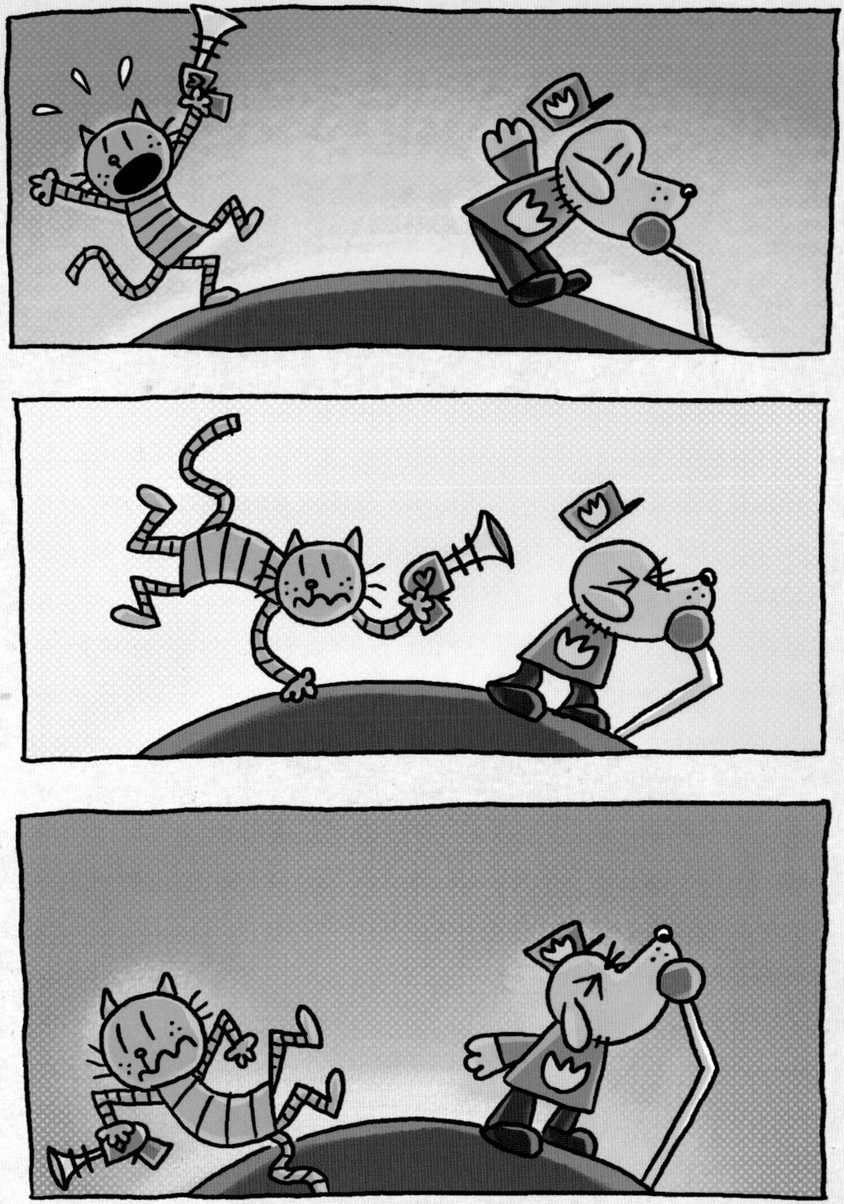

Pulgar derecho aquí.

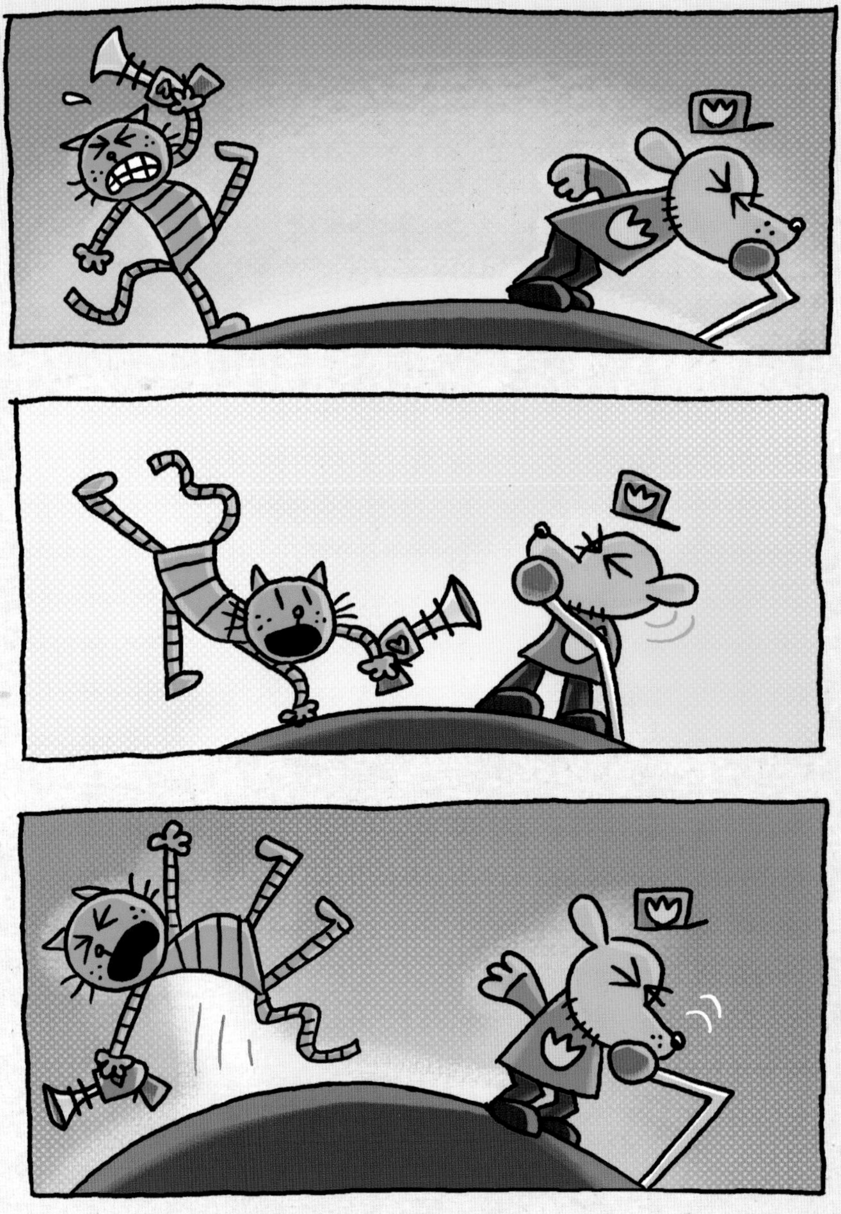

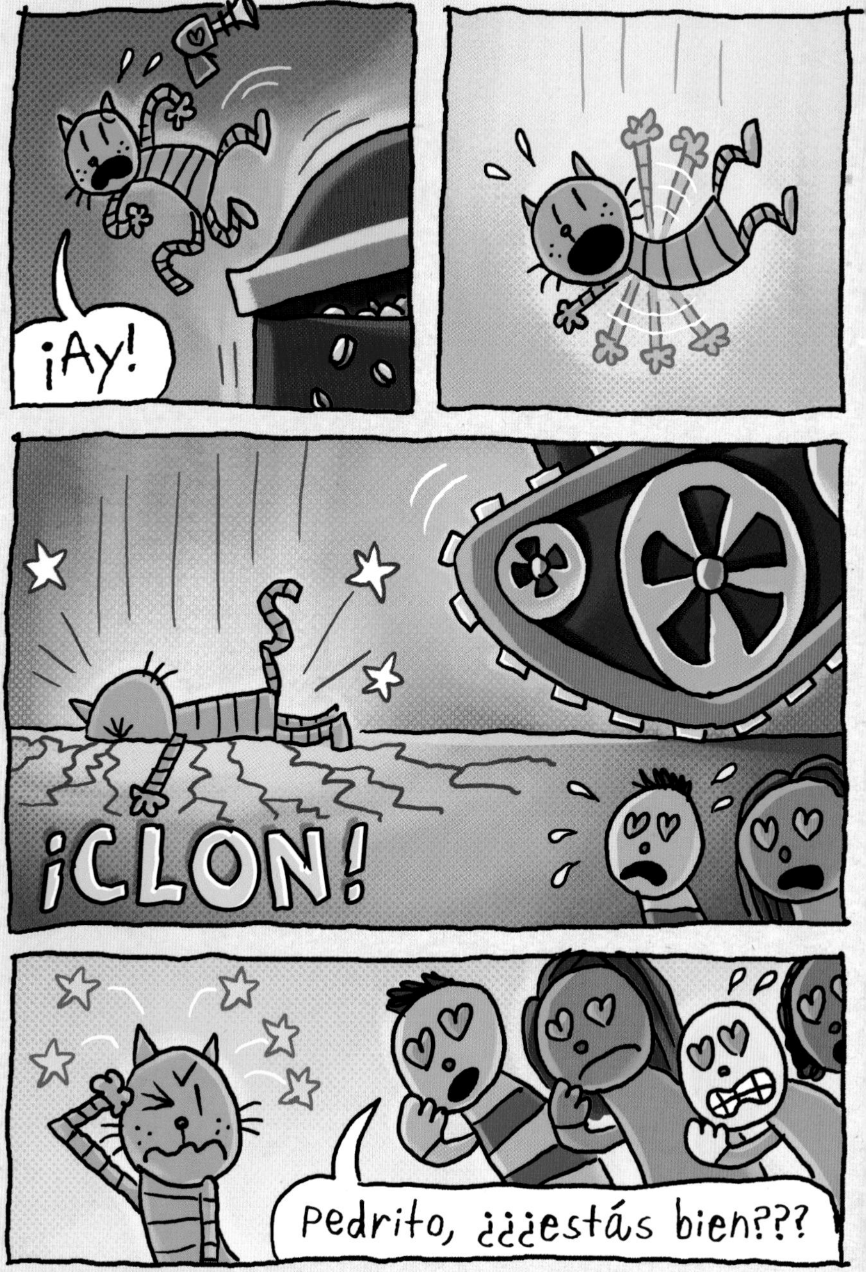
¡Ay!
¡CLON!
Pedrito, ¿¿¿estás bien???

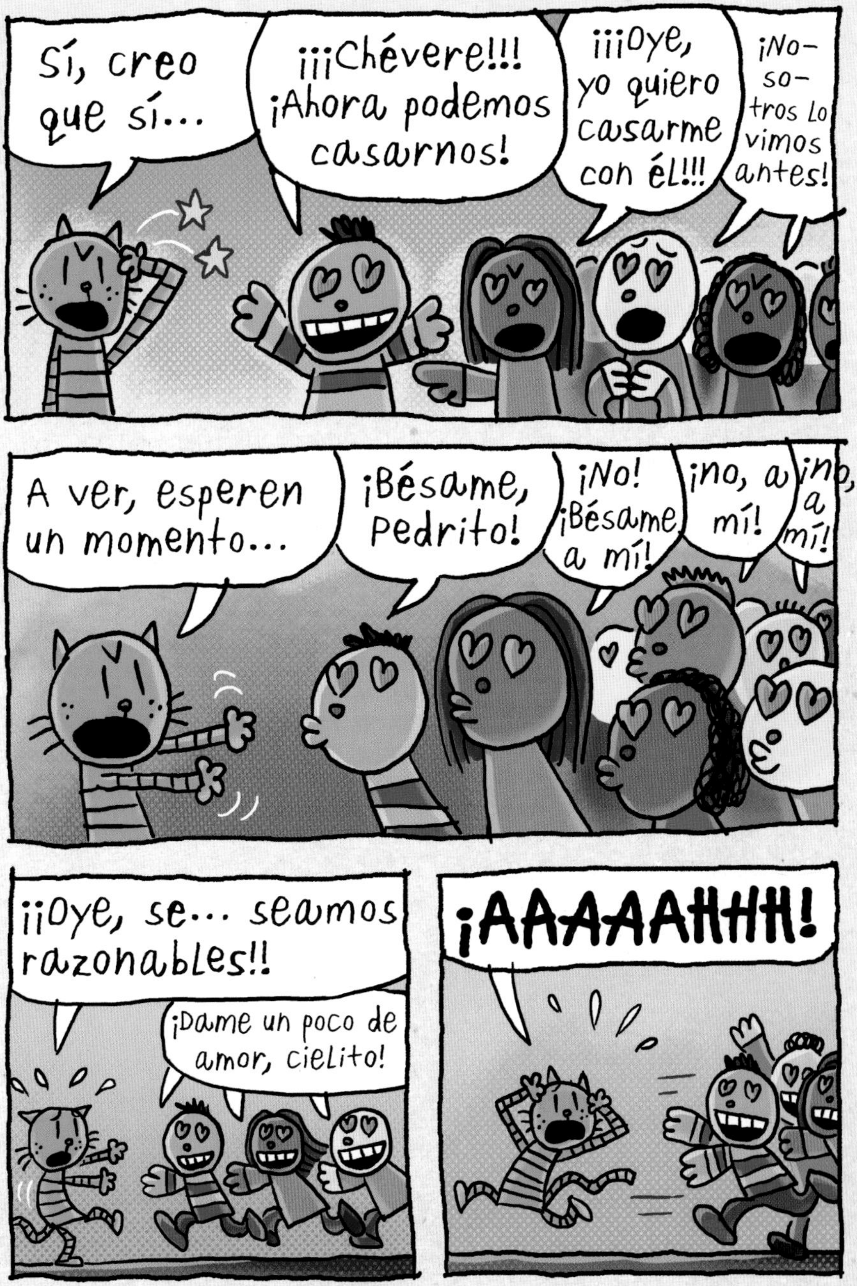
Sí, creo que sí...
¡¡¡Chévere!!! ¡Ahora podemos casarnos!
¡¡¡Oye, yo quiero casarme con él!!!
¡Nosotros lo vimos antes!
A ver, esperen un momento...
¡Bésame, Pedrito!
¡No! ¡Bésame a mí!
¡no, a mí!
¡no, a mí!
¡¡Oye, se... seamos razonables!!
¡Dame un poco de amor, cielito!
¡AAAAAHHH!

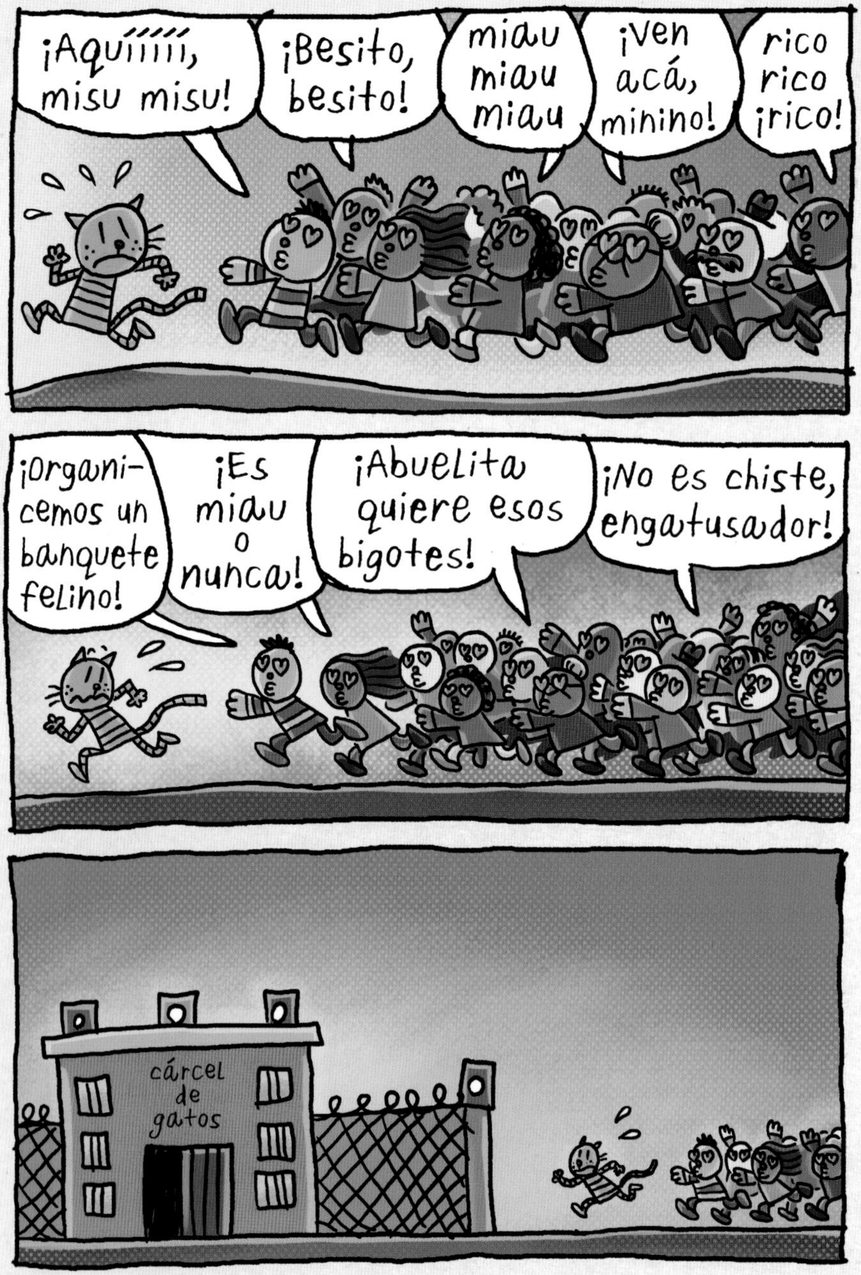
¡Aquííííí, misu misu!
¡Besito, besito!
miau miau miau
¡Ven acá, minino!
rico rico ¡rico!
¡Organicemos un banquete felino!
¡Es miau o nunca!
¡Abuelita quiere esos bigotes!
¡No es chiste, engatusador!
cárcel de gatos

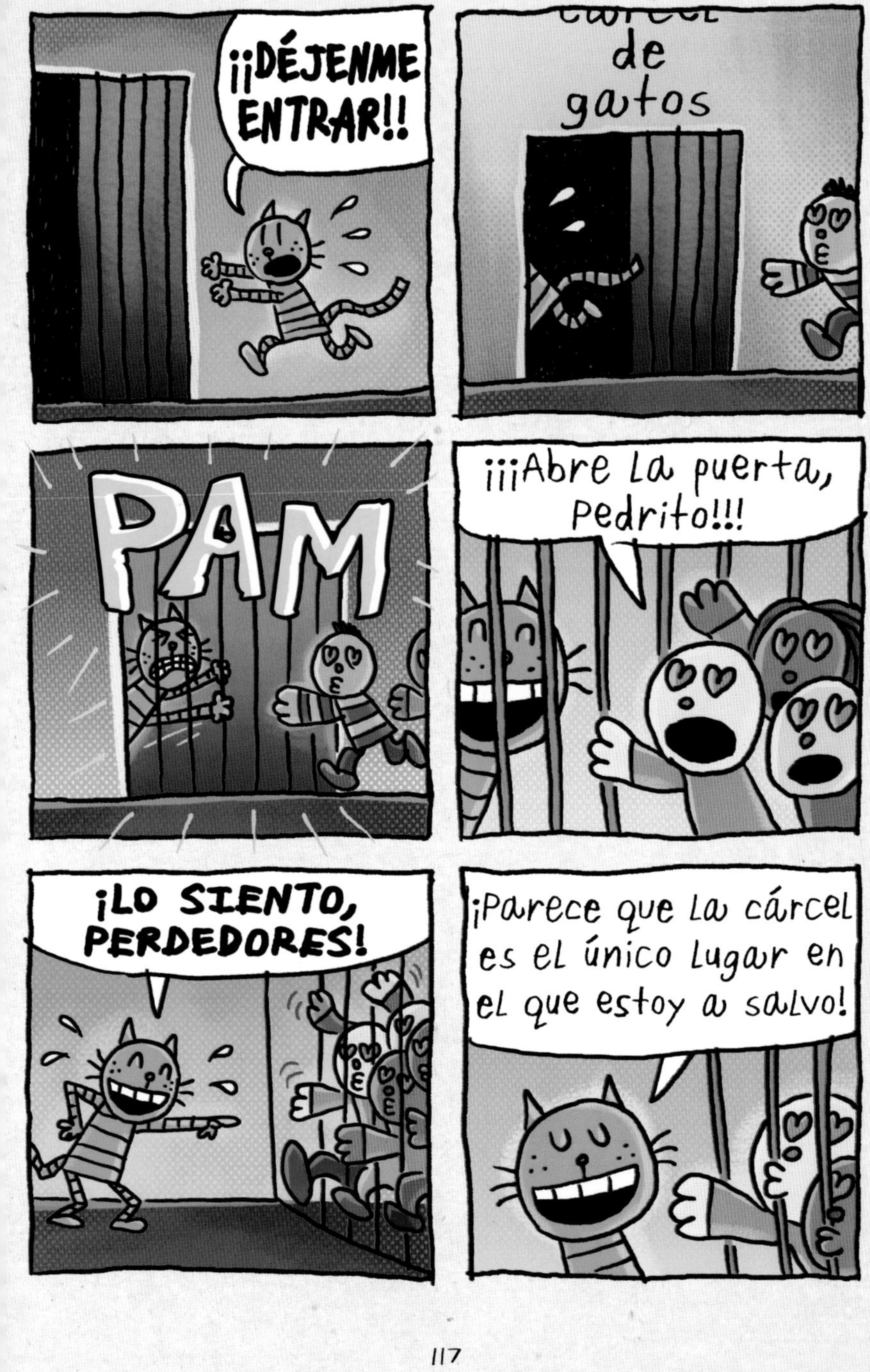
¡¡DÉJENME ENTRAR!!
de gatos
PAM
¡¡¡Abre la puerta, Pedrito!!!
¡LO SIENTO, PERDEDORES!
¡Parece que la cárcel es el único lugar en el que estoy a salvo!

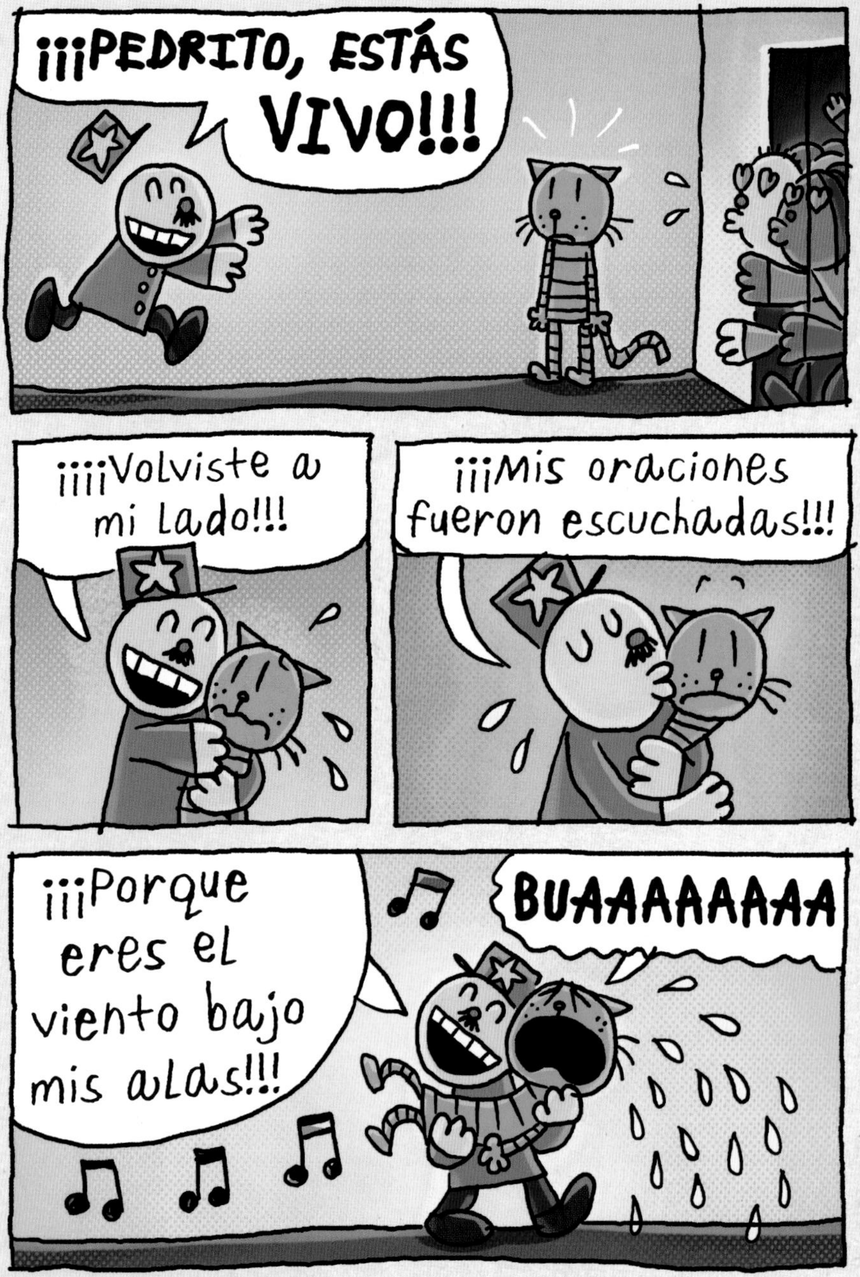
¡¡¡PEDRITO, ESTÁS VIVO!!!
¡¡¡¡Volviste a mi lado!!!
¡¡¡Mis oraciones fueron escuchadas!!!
¡¡¡Porque eres el viento bajo mis alas!!!
BUAAAAAAAA

Capítulo 8

LA FIEBRE DEL GATO PLANO

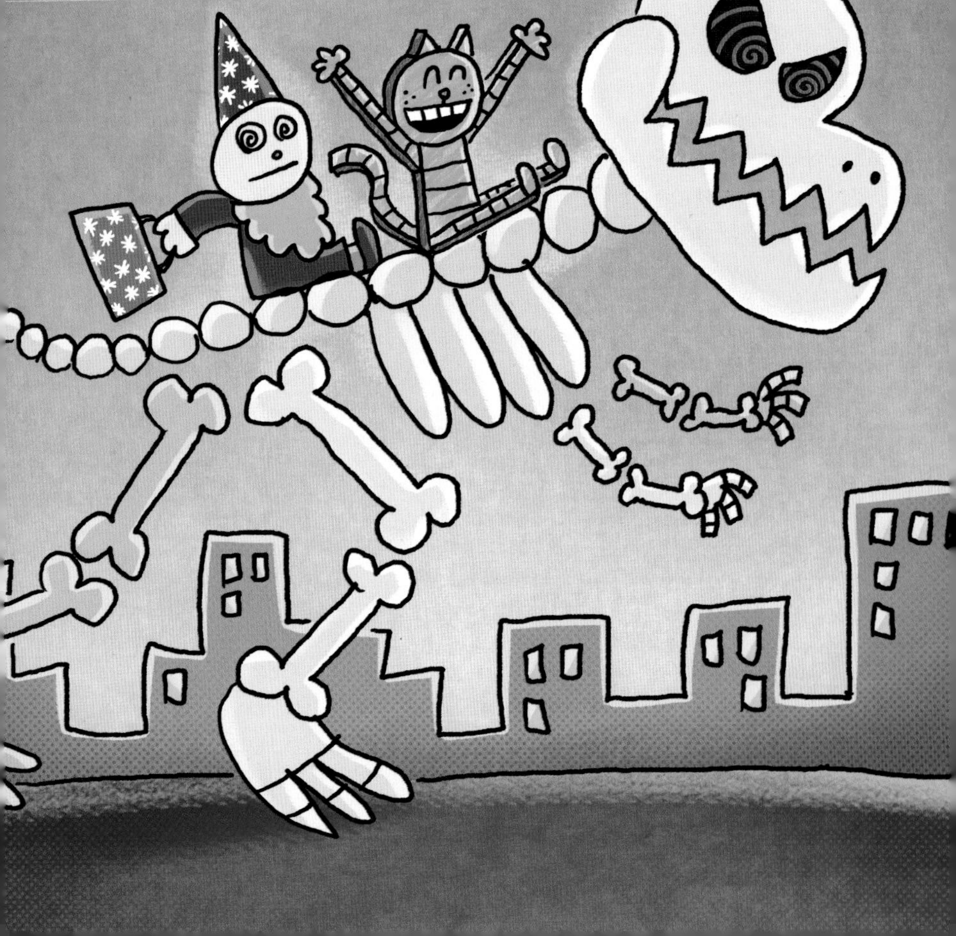

Mientras tanto, en la ciudad aún había mucha tensión...

Hombre Perro no soltaba la pelota.

Sara intentó convencerlo...

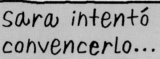

¡¡¡Suelta la pelota, Hombre Perro!!!

¡Susu también lo intentó!

¡Guau! ¡Guau! ¡Guau!

Ni siquiera el jefe consiguió que Hombre Perro entrara en razón.

PERRITO MALO

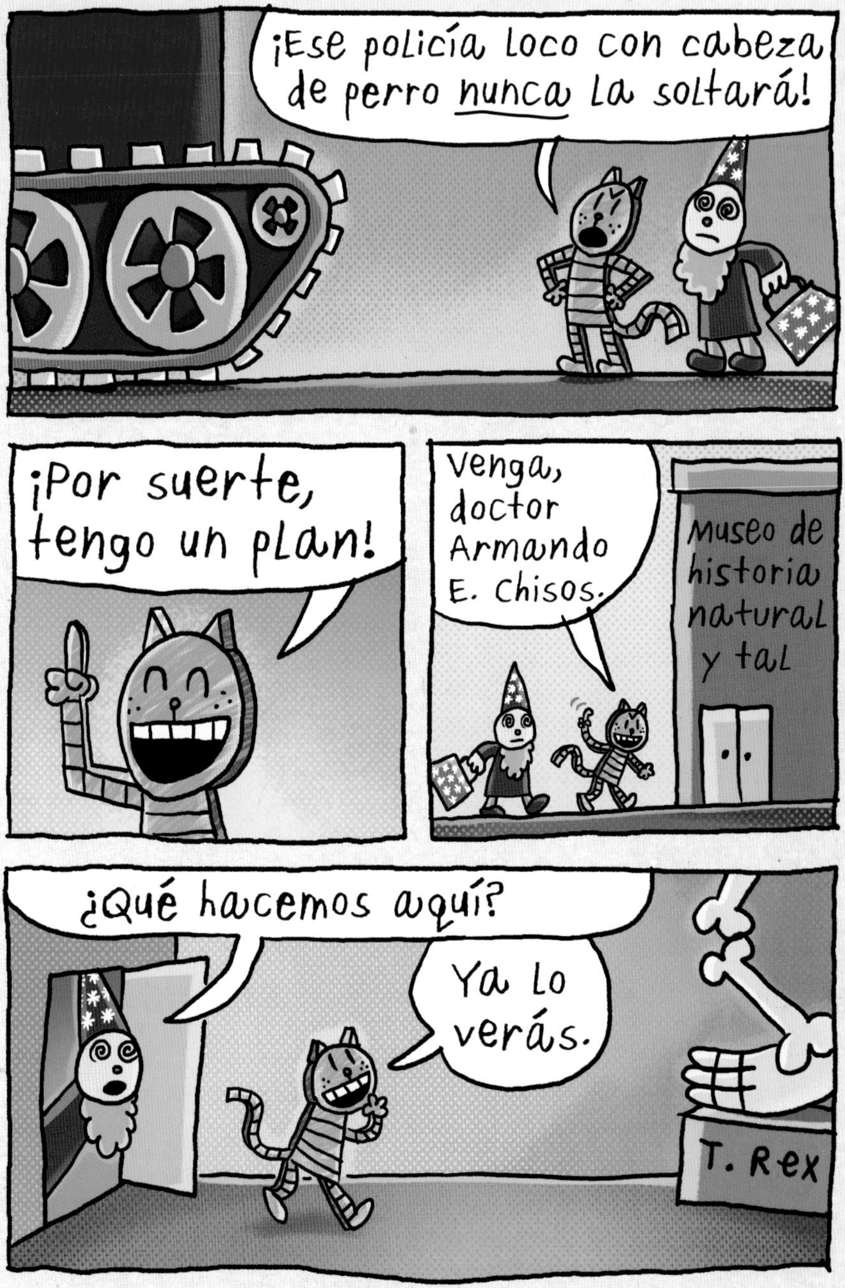
¡Ese policía loco con cabeza de perro nunca la soltará!
¡Por suerte, tengo un plan!
Venga, doctor Armando E. Chisos.
Museo de historia natural y tal
¿Qué hacemos aquí?
Ya lo verás.
T. Rex

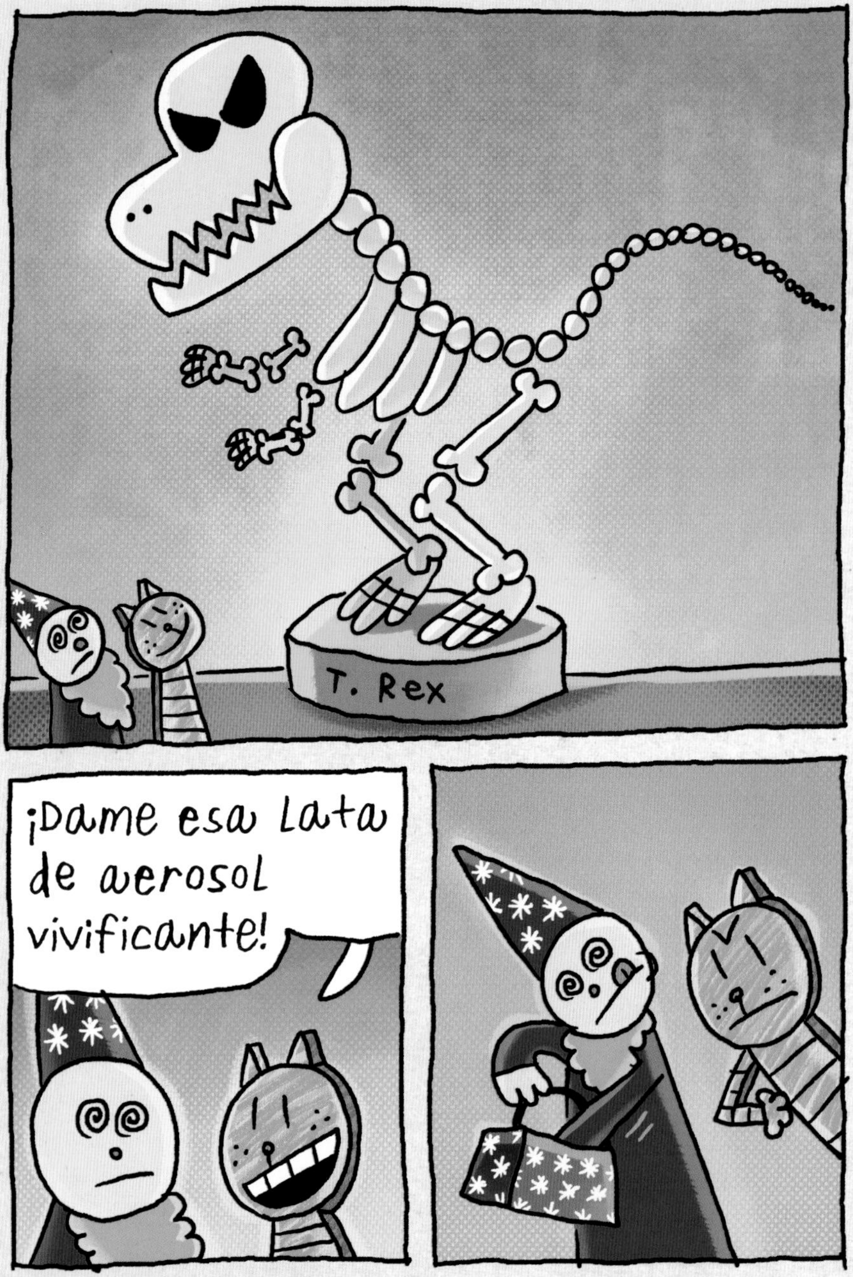
T. Rex
¡Dame esa lata de aerosol vivificante!

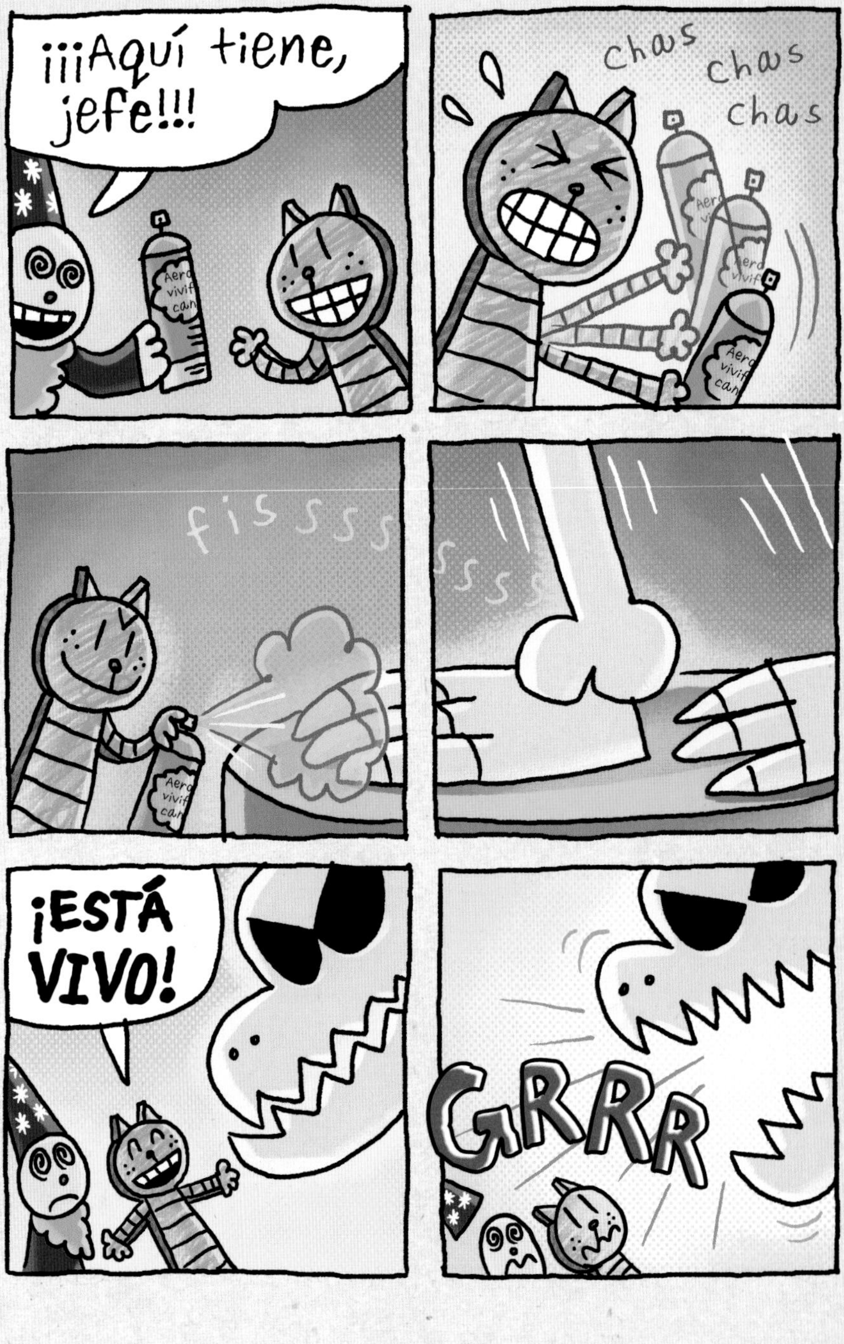
¡¡¡Aquí tiene, jefe!!!
Chas
Chas
Chas
fissss
ssss
¡ESTÁ VIVO!
GRRR

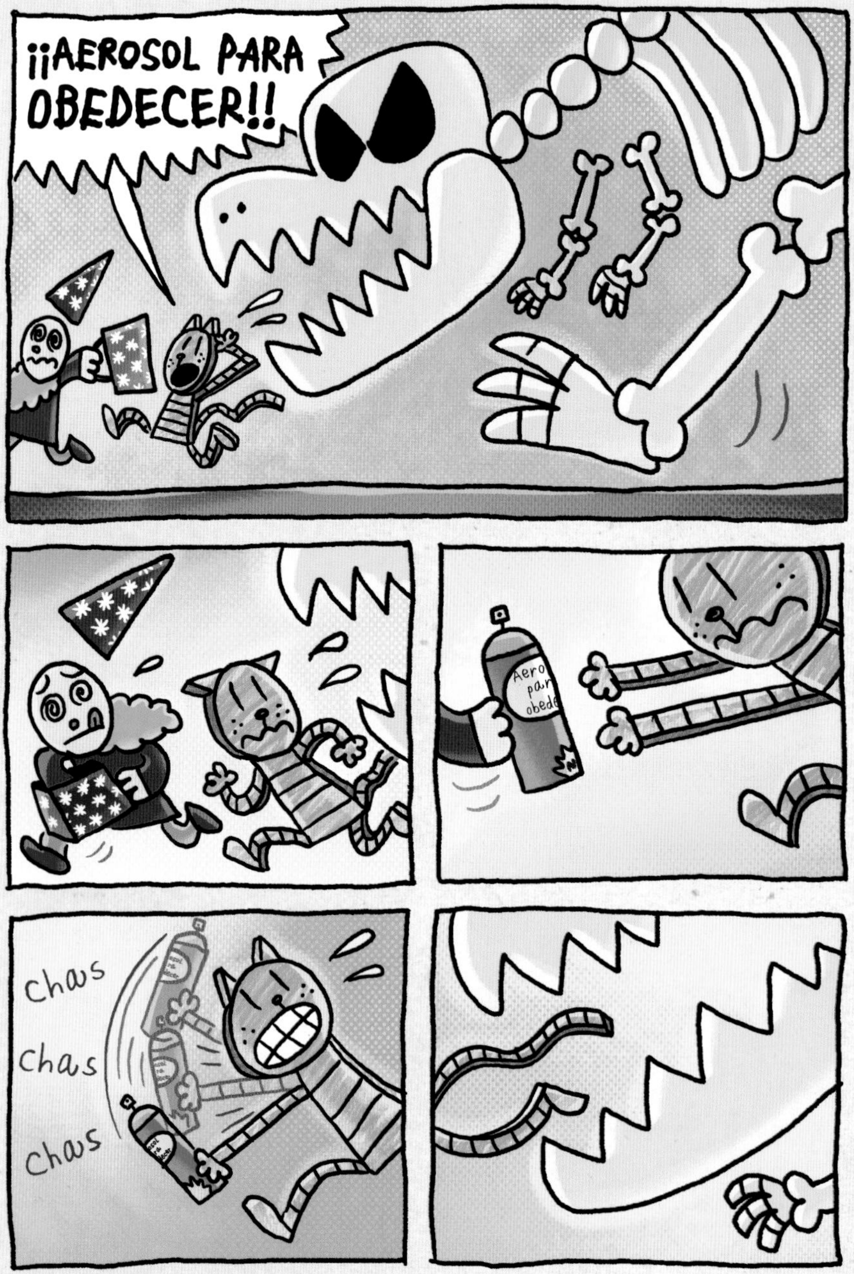
¡¡AEROSOL PARA OBEDECER!!
Aero para obede
Chas
Chas
Chas

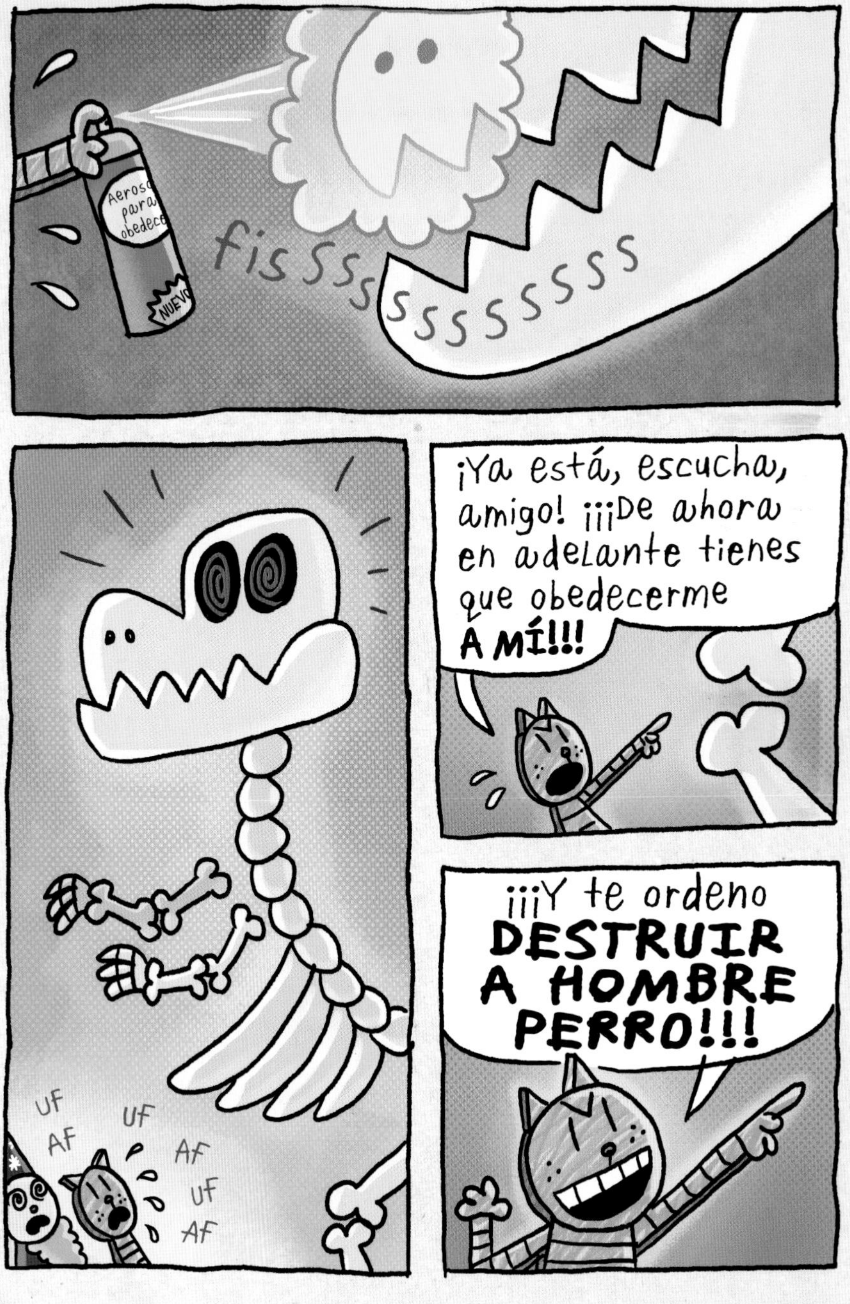
NUEVO
fisSSsssssssssss
¡Ya está, escucha, amigo! ¡¡¡De ahora en adelante tienes que obedecerme A MÍ!!!
UF AF UF AF UF AF
¡¡¡Y te ordeno DESTRUIR A HOMBRE PERRO!!!

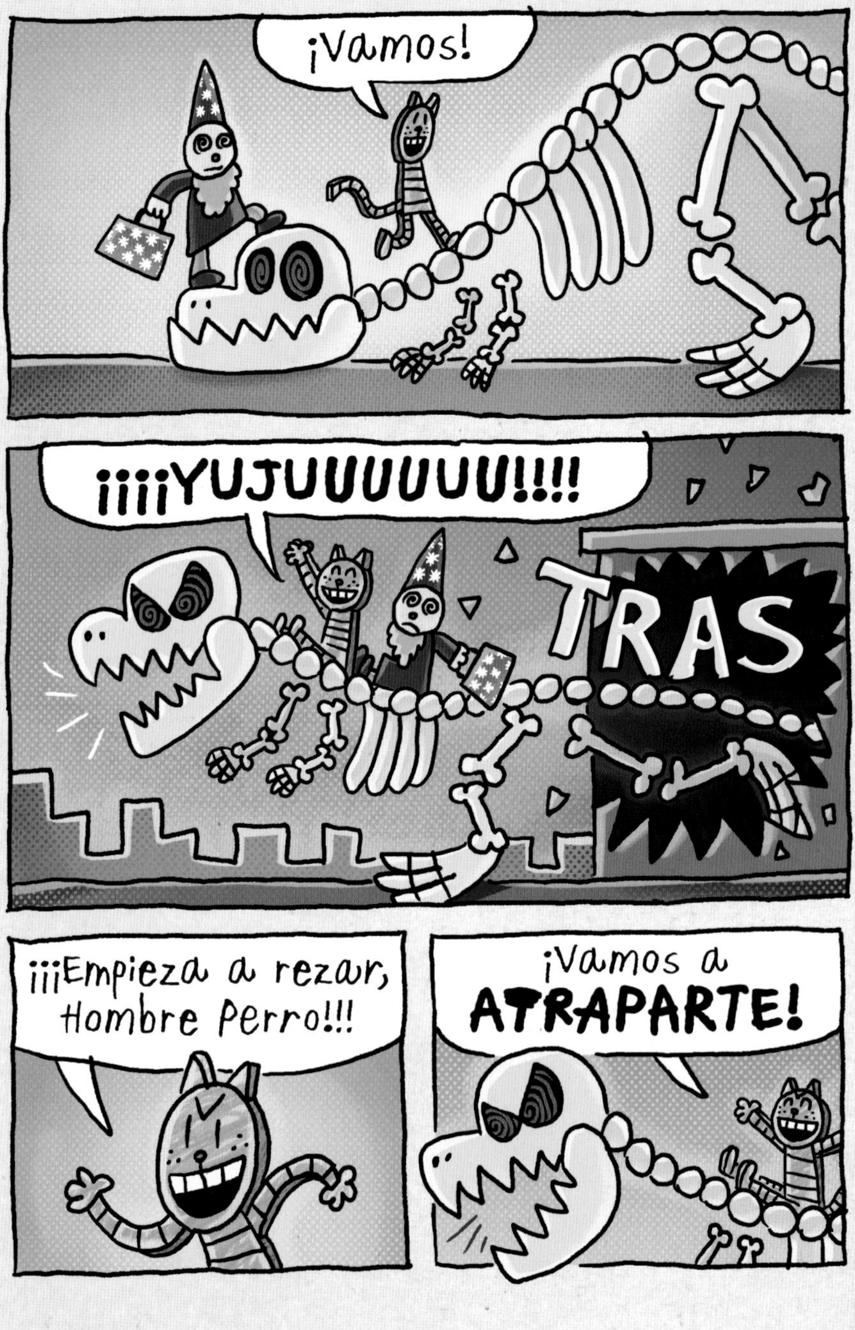

¡Vamos!
¡¡¡¡YUJUUUUUUU!!!!
TRAS
¡¡¡Empieza a rezar, Hombre Perro!!!
¡Vamos a ATRAPARTE!

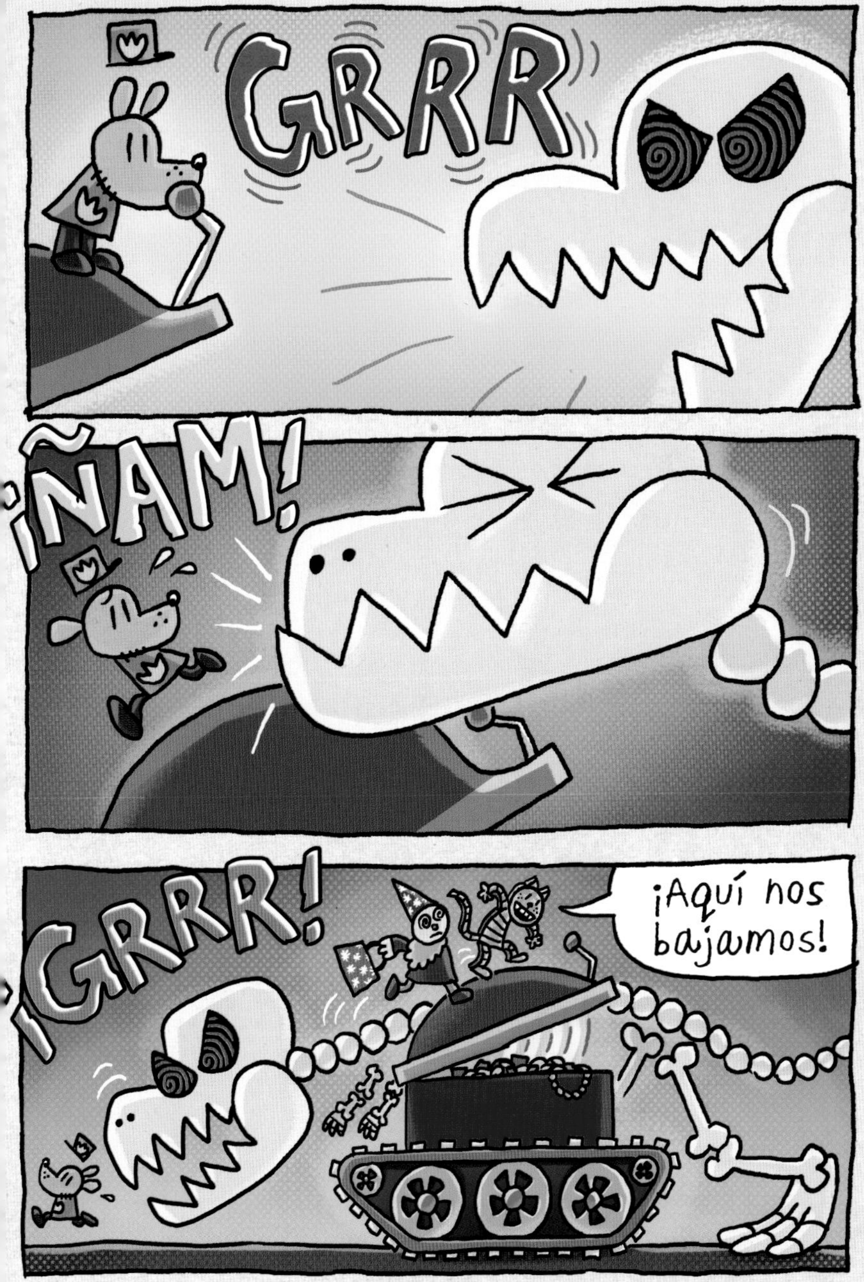
GRRR
¡ÑAM!
¡GRRR!
¡Aquí nos bajamos!

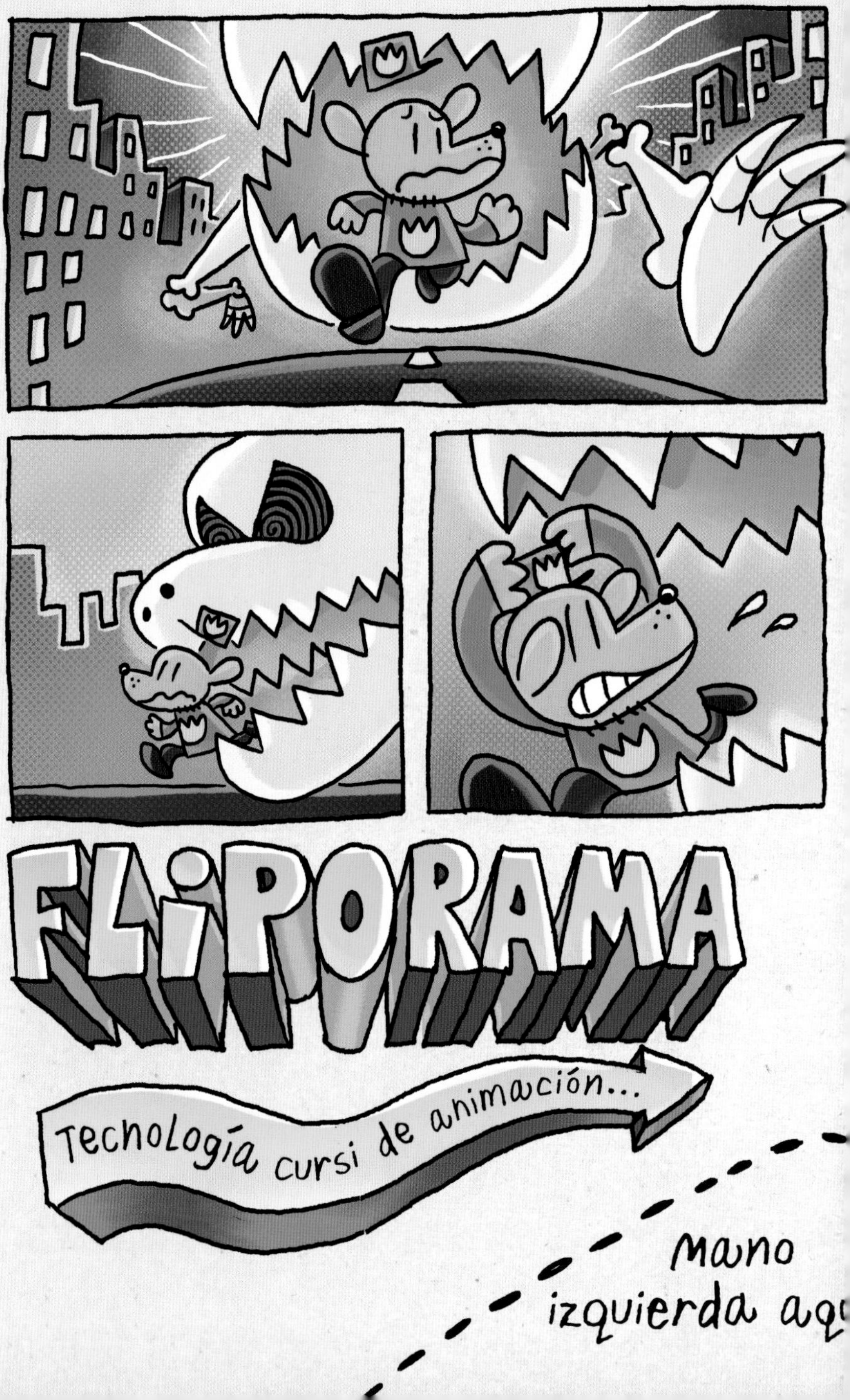
FLIPORAMA
Techología cursi de animación...
Mano
izquierda aq

Rugido jurásico

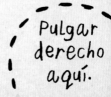
Pulgar derecho aquí.

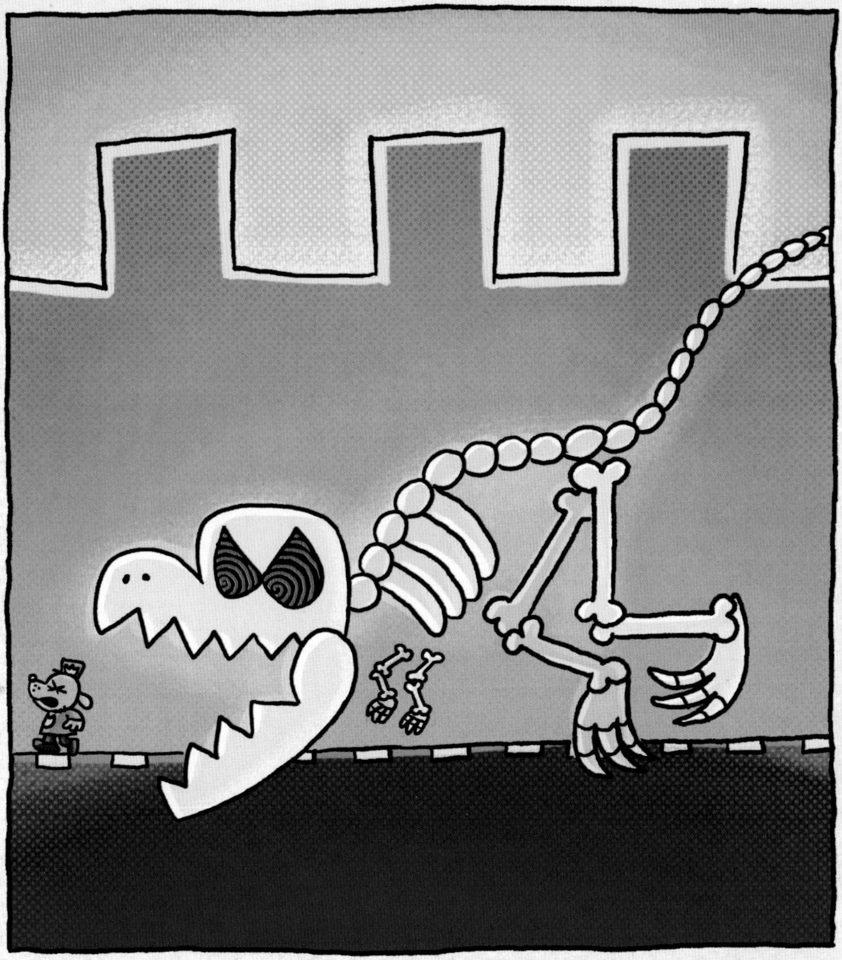

Rugido jurásico

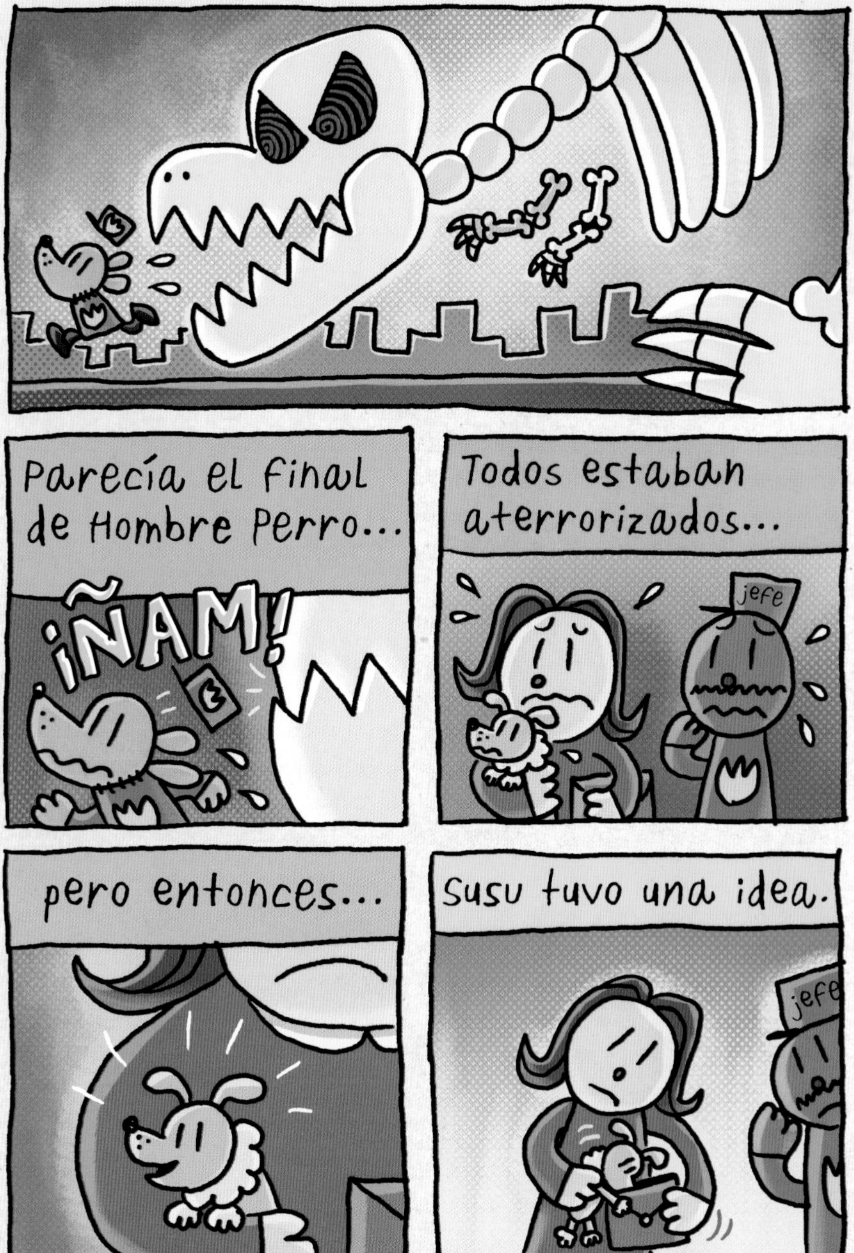
Parecía el final de Hombre Perro...
¡ÑAM!
Todos estaban aterrorizados...
jefe
pero entonces...
Susu tuvo una idea.
jefe

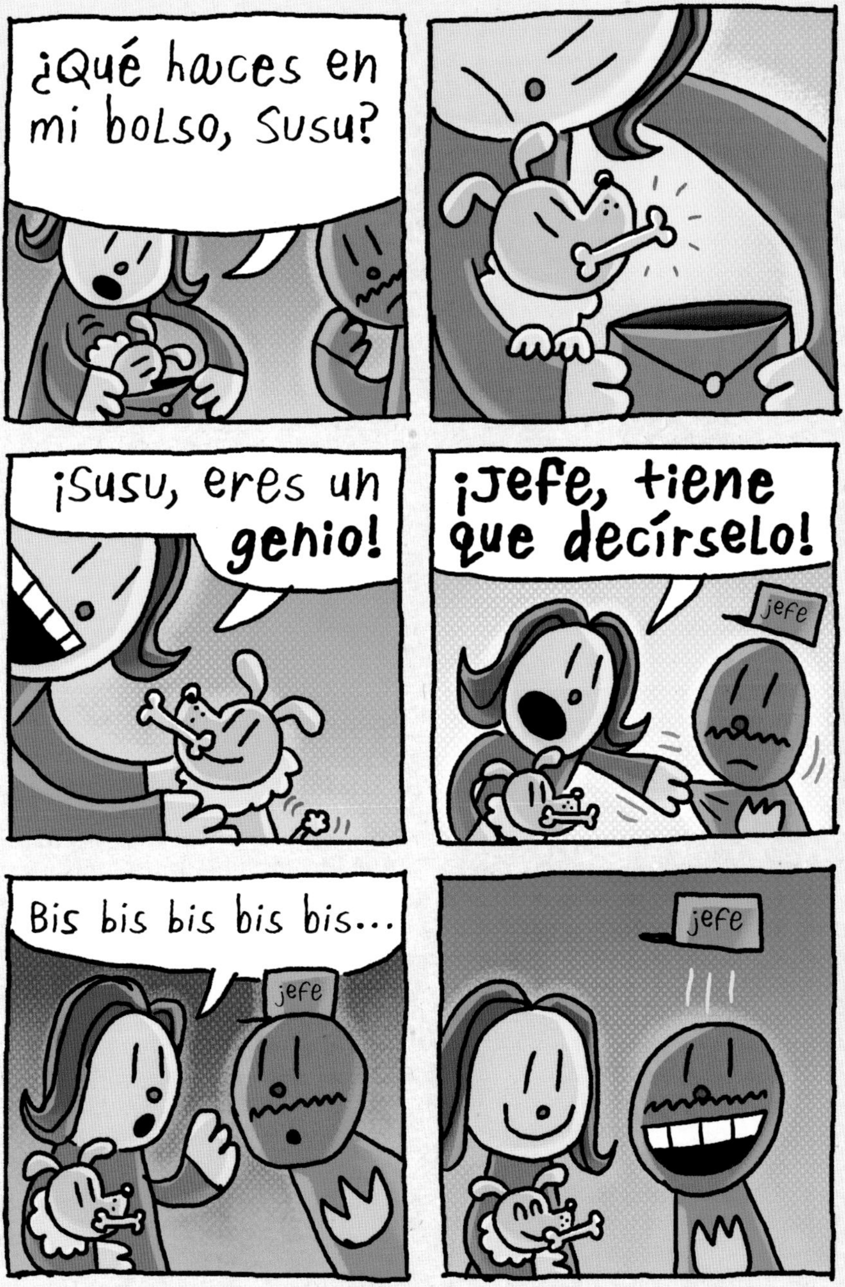
¿Qué haces en mi bolso, Susu?
¡Susu, eres un genio!
¡Jefe, tiene que decírselo!
jefe
Bis bis bis bis bis...
jefe
jefe

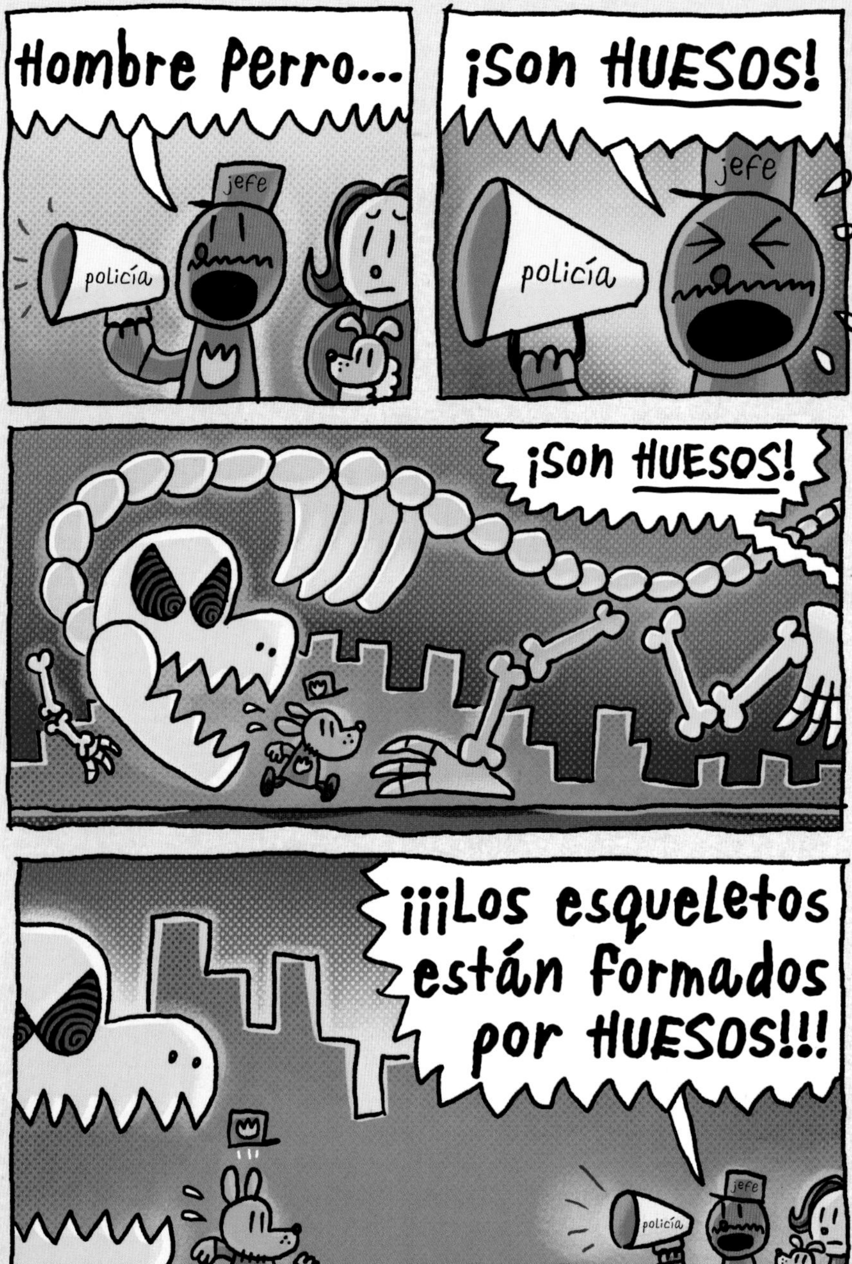
Hombre Perro...
jefe
policía
¡Son HUESOS!
jefe
policía
¡Son HUESOS!
¡¡¡Los esqueletos están formados por HUESOS!!!
jefe
policía

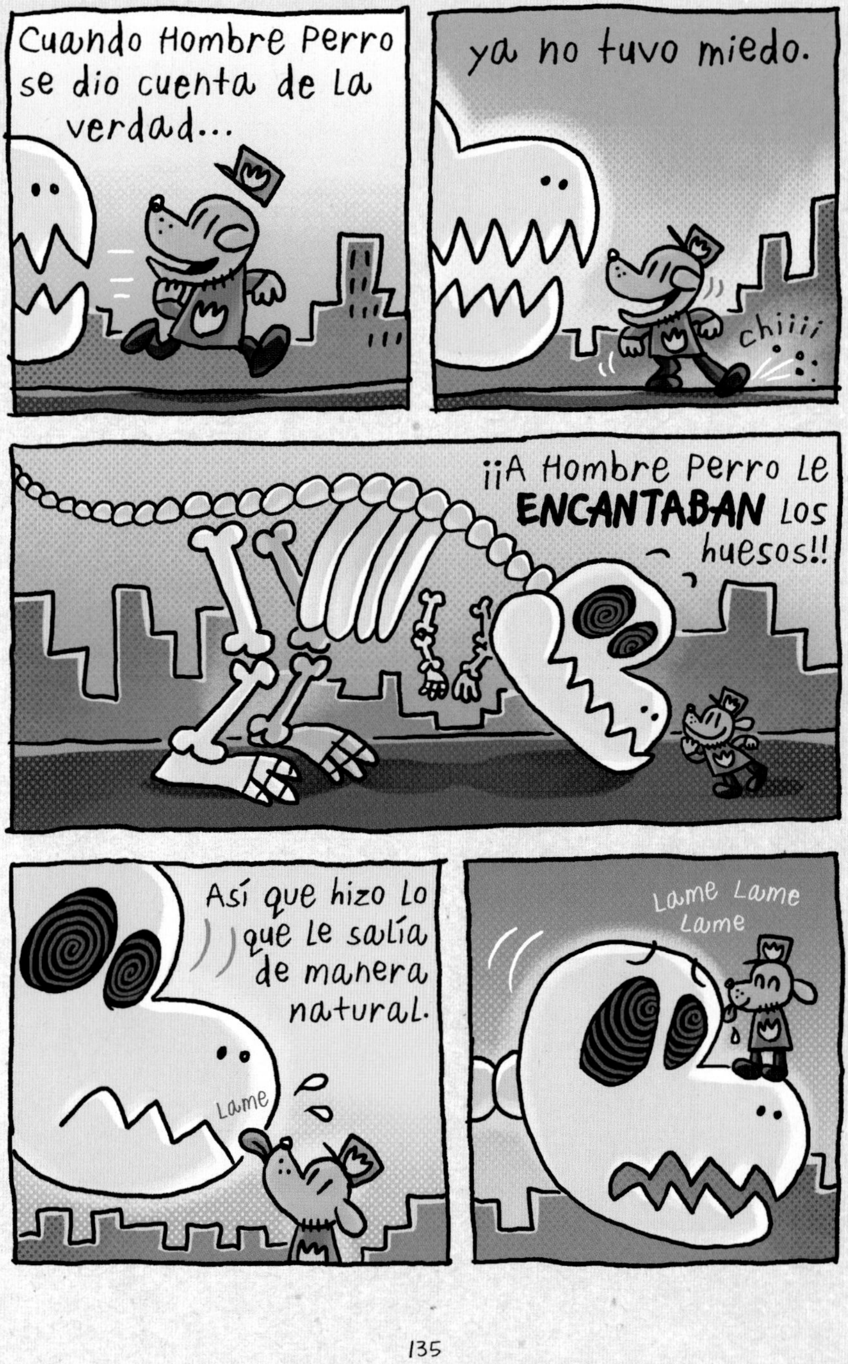
Cuando Hombre Perro se dio cuenta de la verdad...
ya no tuvo miedo.
chiiiii
¡¡A Hombre Perro le **ENCANTABAN** los huesos!!
Así que hizo lo que le salía de manera natural.
Lame
Lame Lame Lame

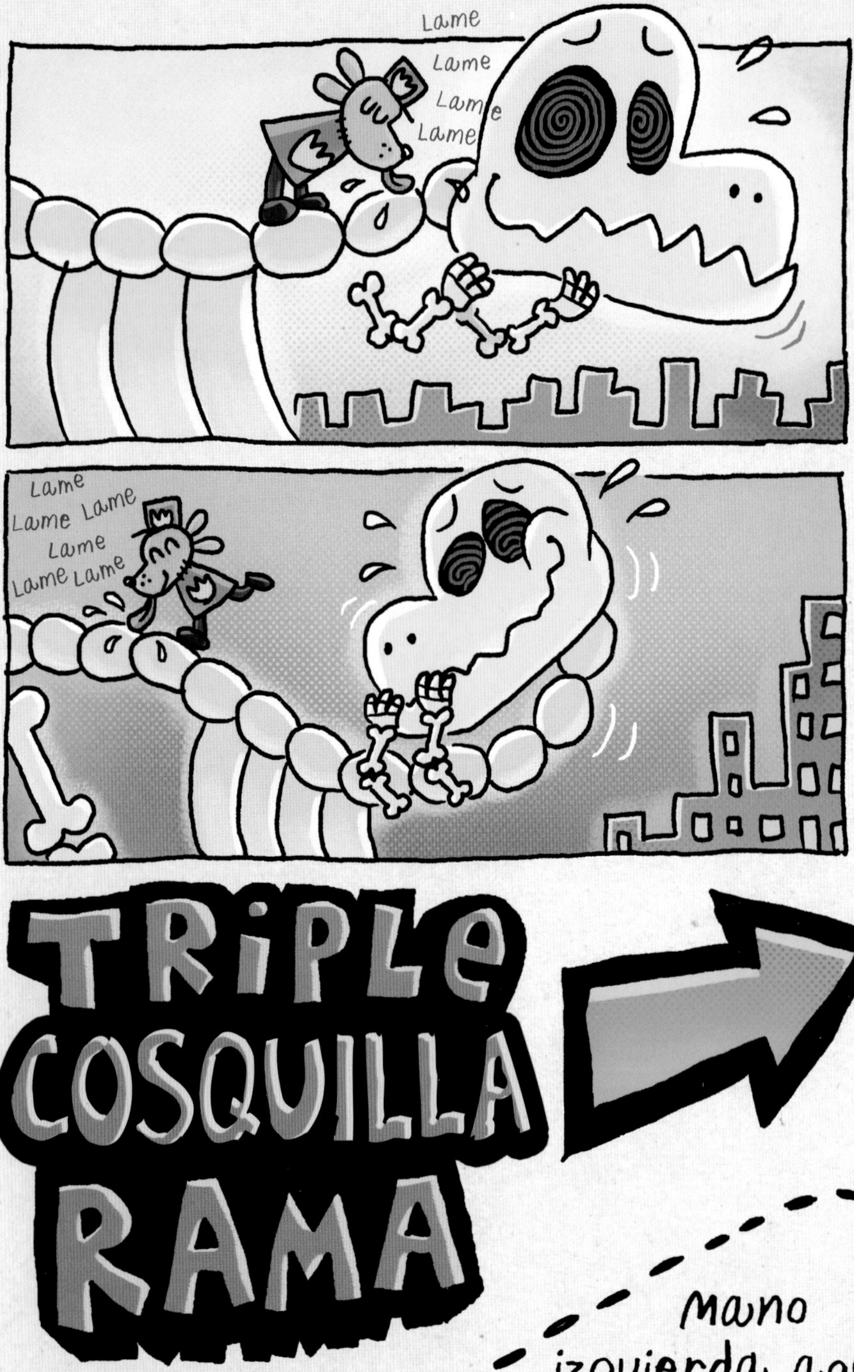
Lame
Lame
Lame
Lame
Lame
Lame Lame
Lame
Lame Lame

TRIPLE COSQUILLA RAMA

Mano izquierda aqu

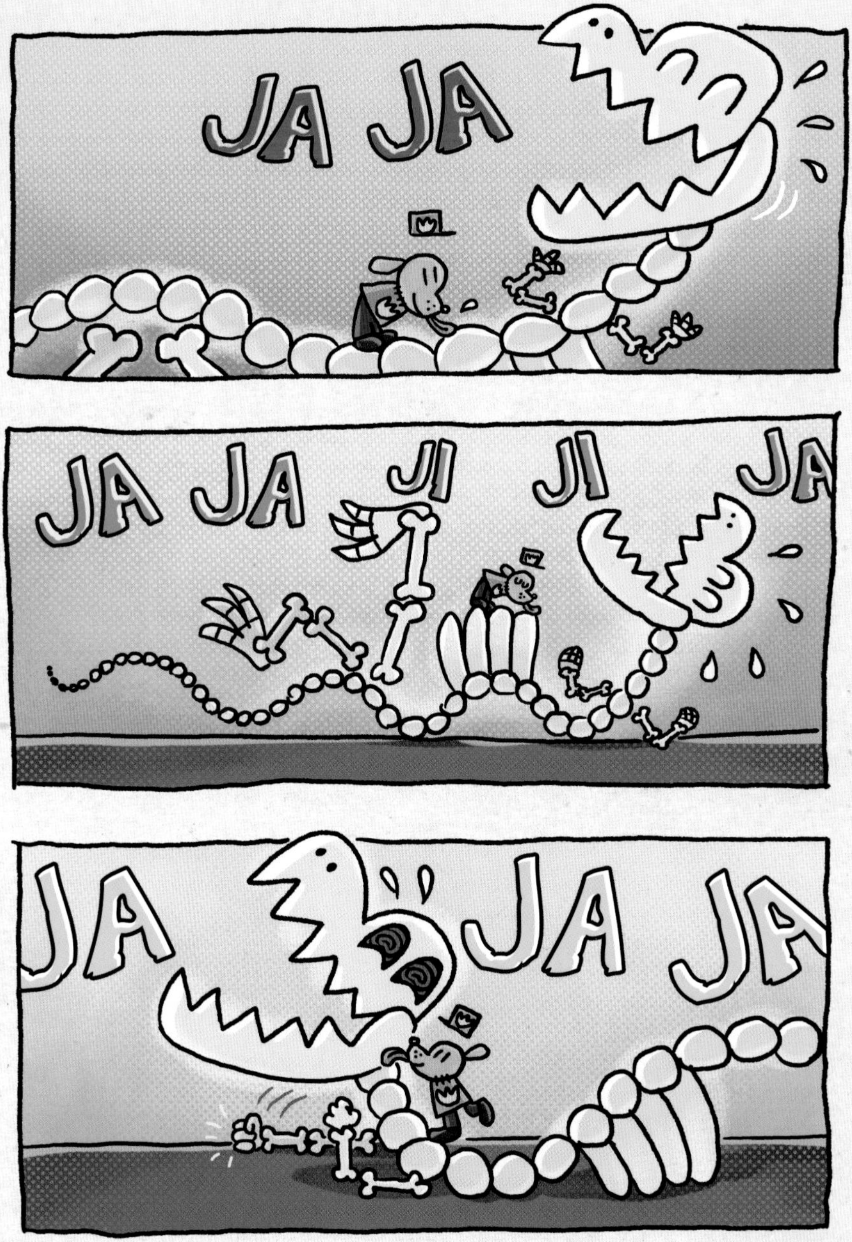
JA JA
JA JA JI JI JA
JA JA JA

Pulgar derecho aquí.

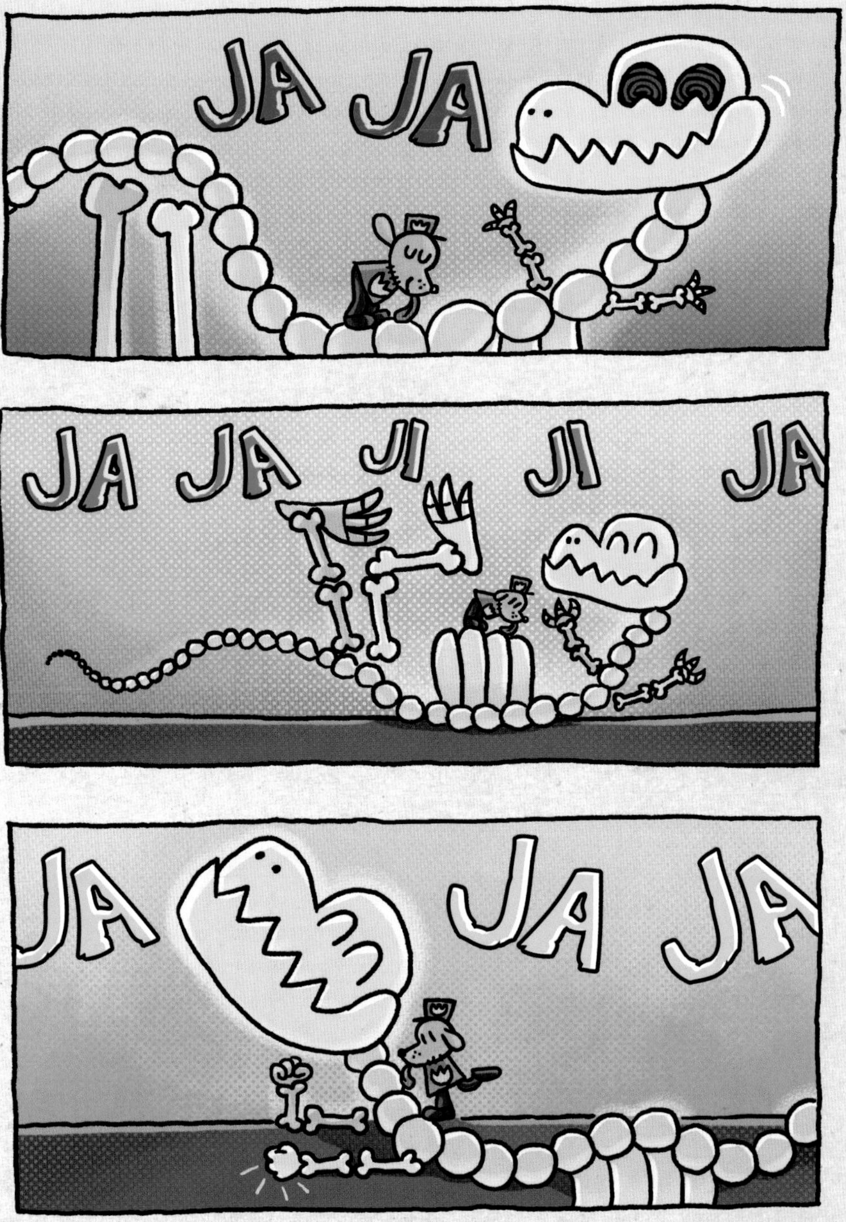
JA JA
JA JA JI JI JA
JA JA JA

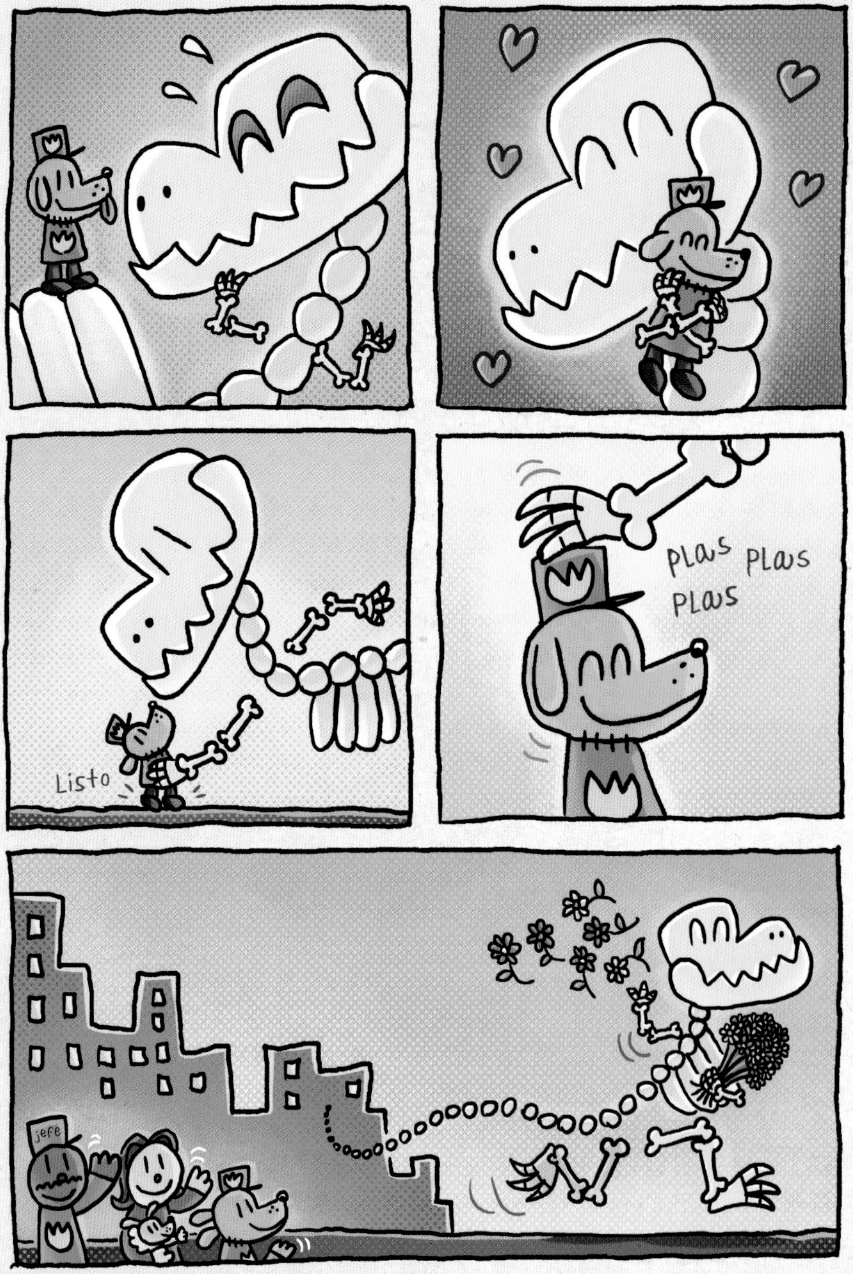
Listo
Plas Plas
Plas
jefe

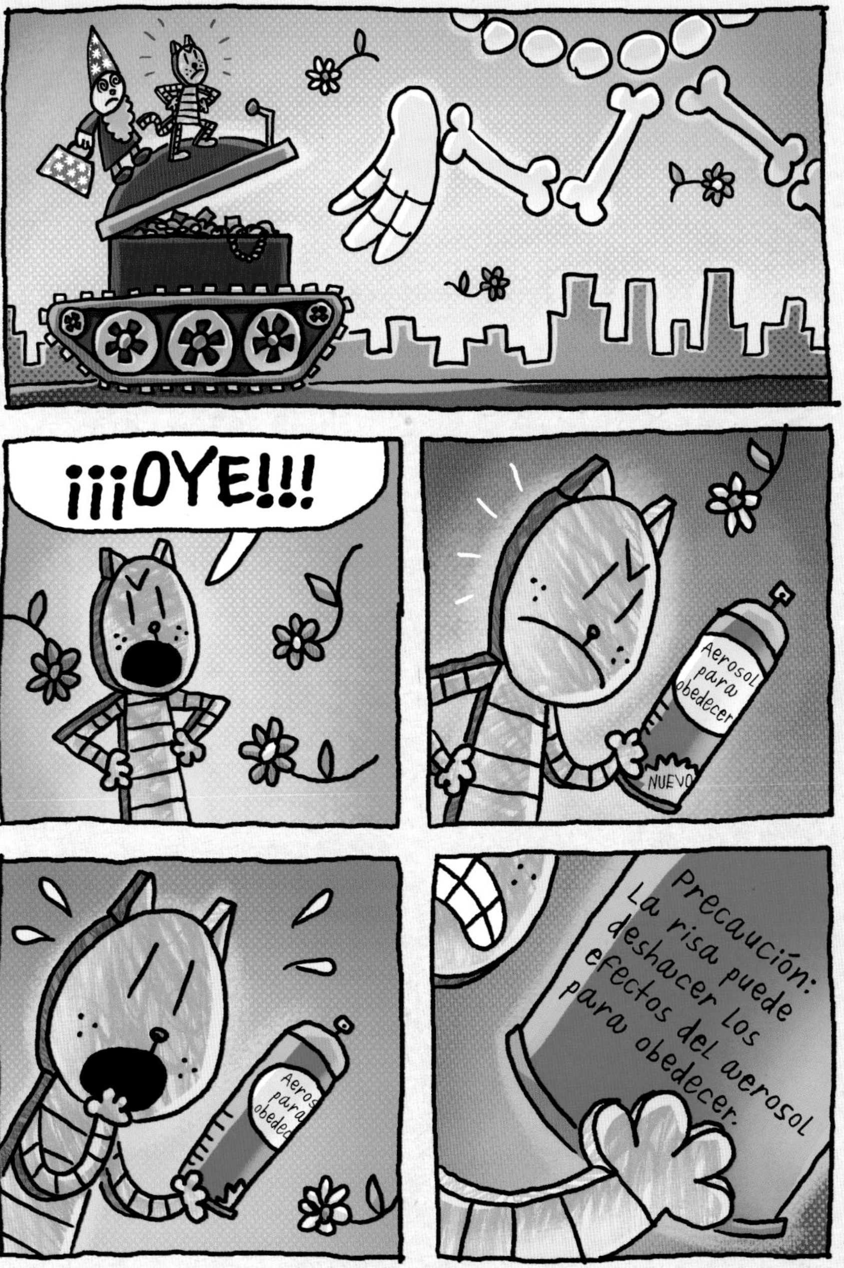
¡¡¡OYE!!!
Aerosol para obedecer
NUEVO
Precaución: La risa puede deshacer los efectos del aerosol para obedecer.

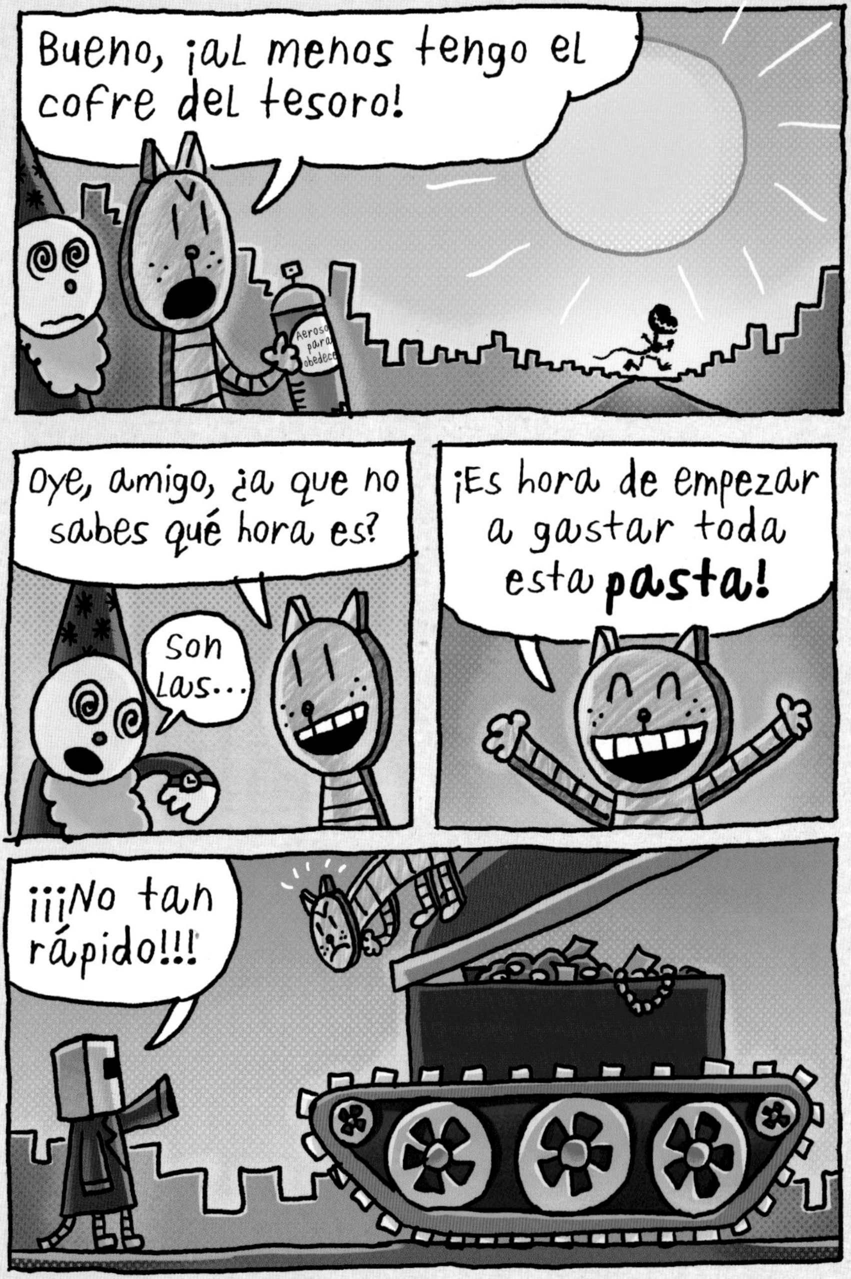
Bueno, ¡al menos tengo el cofre del tesoro!
Aeroso
para
obedece
Oye, amigo, ¿a que no sabes qué hora es?
Son las...
¡Es hora de empezar a gastar toda esta **pasta**!
¡¡¡No tan rápido!!!

Capítulo 9
El misterioso desconocido reaparece

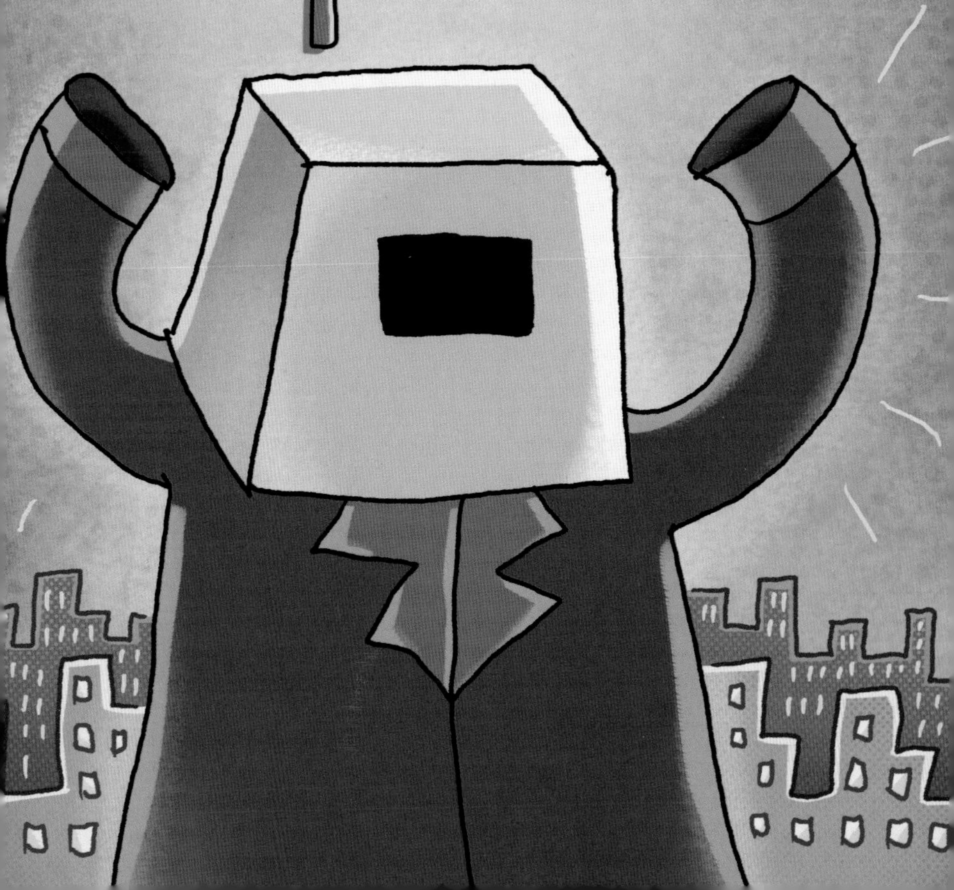

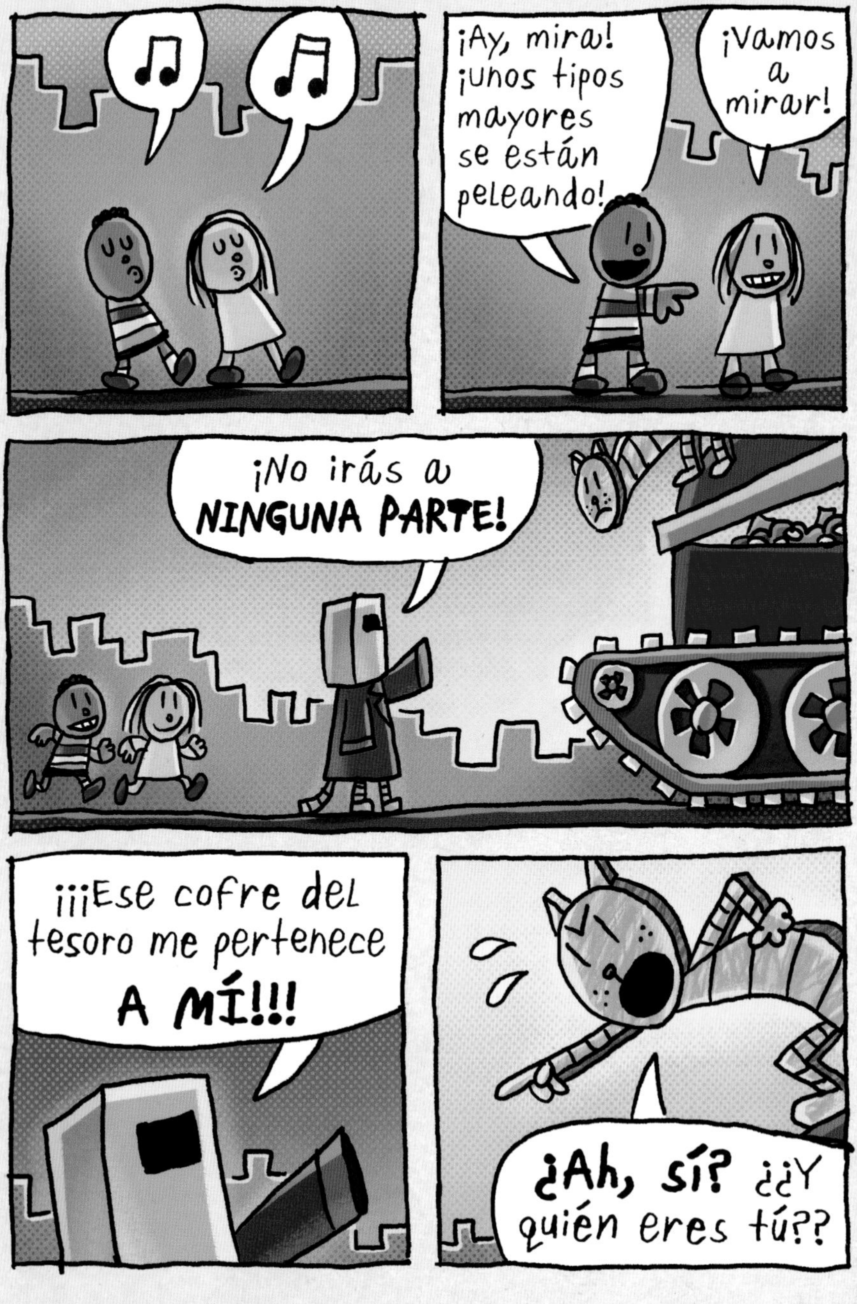
¡Ay, mira! ¡unos tipos mayores se están peleando!
¡Vamos a mirar!
¡No irás a NINGUNA PARTE!
¡¡¡Ese cofre del tesoro me pertenece A MÍ!!!
¿Ah, sí? ¿¿Y quién eres tú??

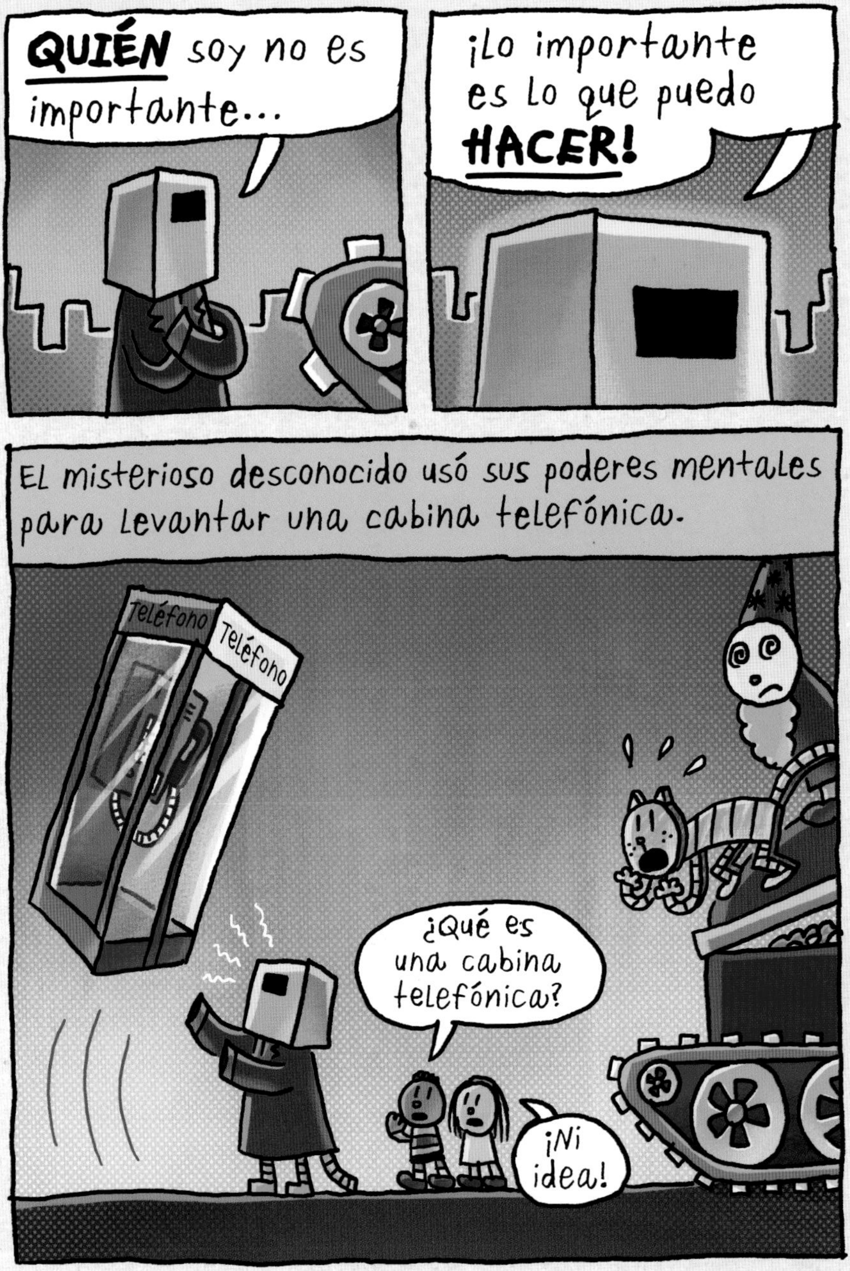
QUIÉN soy no es importante...
¡Lo importante es lo que puedo HACER!
El misterioso desconocido usó sus poderes mentales para levantar una cabina telefónica.
Teléfono
Teléfono
¿Qué es una cabina telefónica?
¡Ni idea!

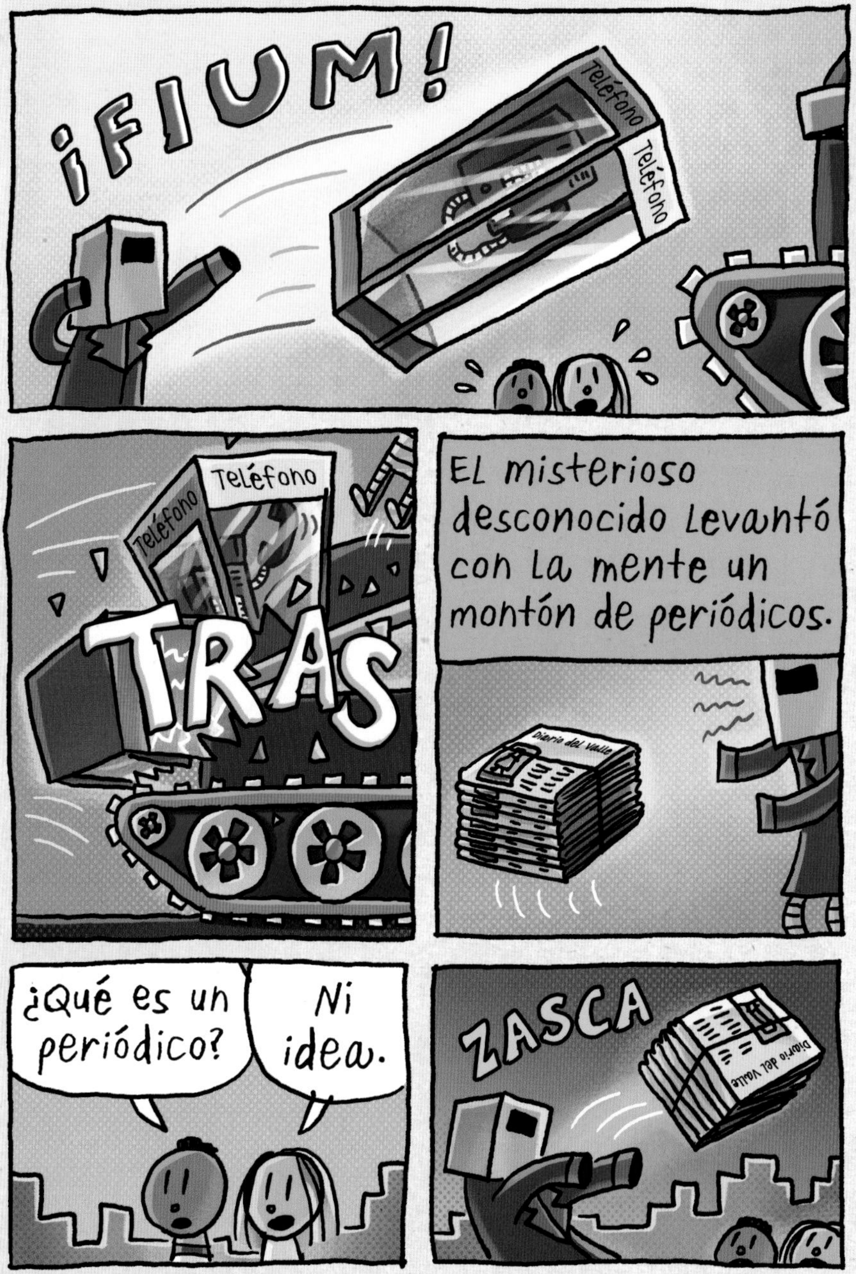
¡FIUM!
Teléfono
Teléfono
Teléfono
Teléfono
TRAS
El misterioso desconocido levantó con la mente un montón de periódicos.
Diario del Valle
¿Qué es un periódico?
Ni idea.
ZASCA
Diario del Valle

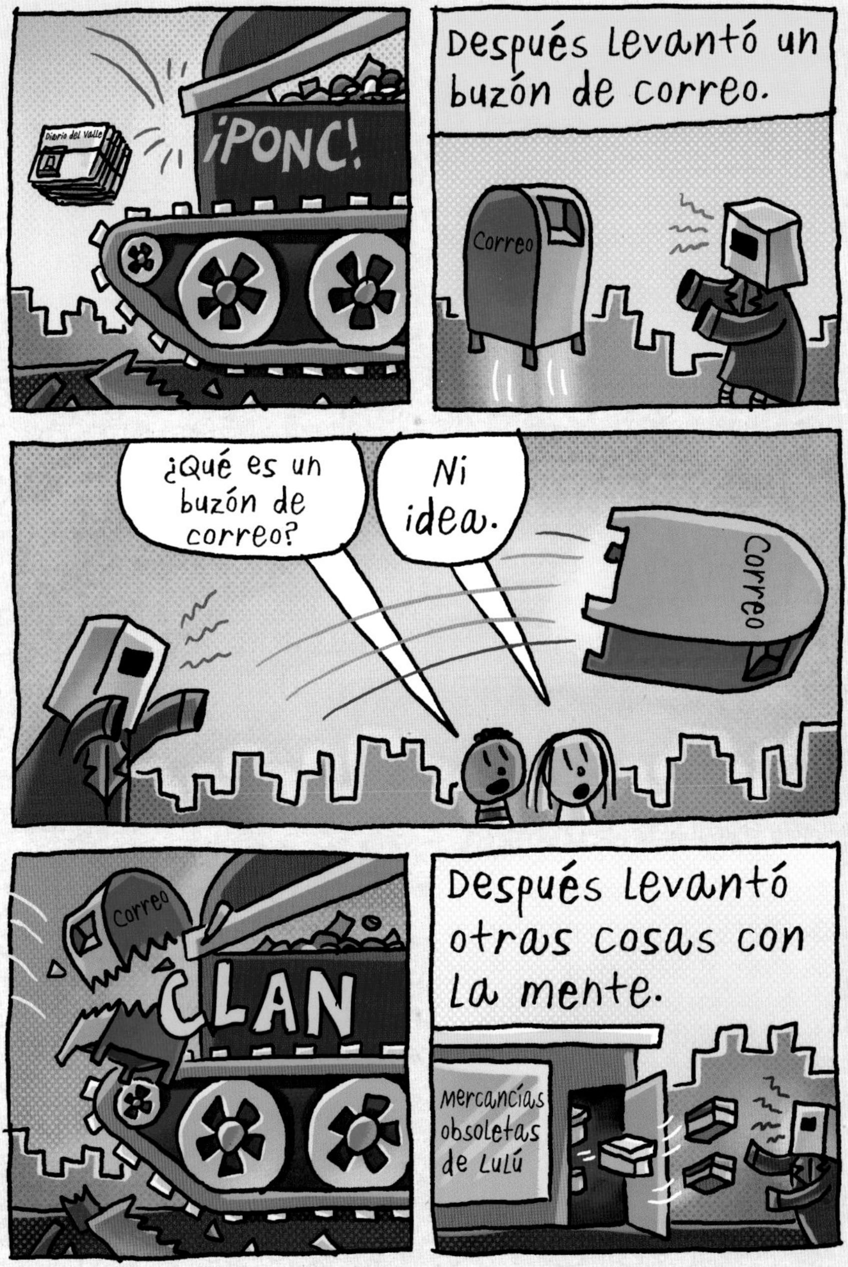
Diario del Valle
¡PONC!
Después levantó un buzón de correo.
Correo
¿Qué es un buzón de correo?
Ni idea.
Correo
Correo
CLAN
Después levantó otras cosas con la mente.
Mercancías obsoletas de Lulú

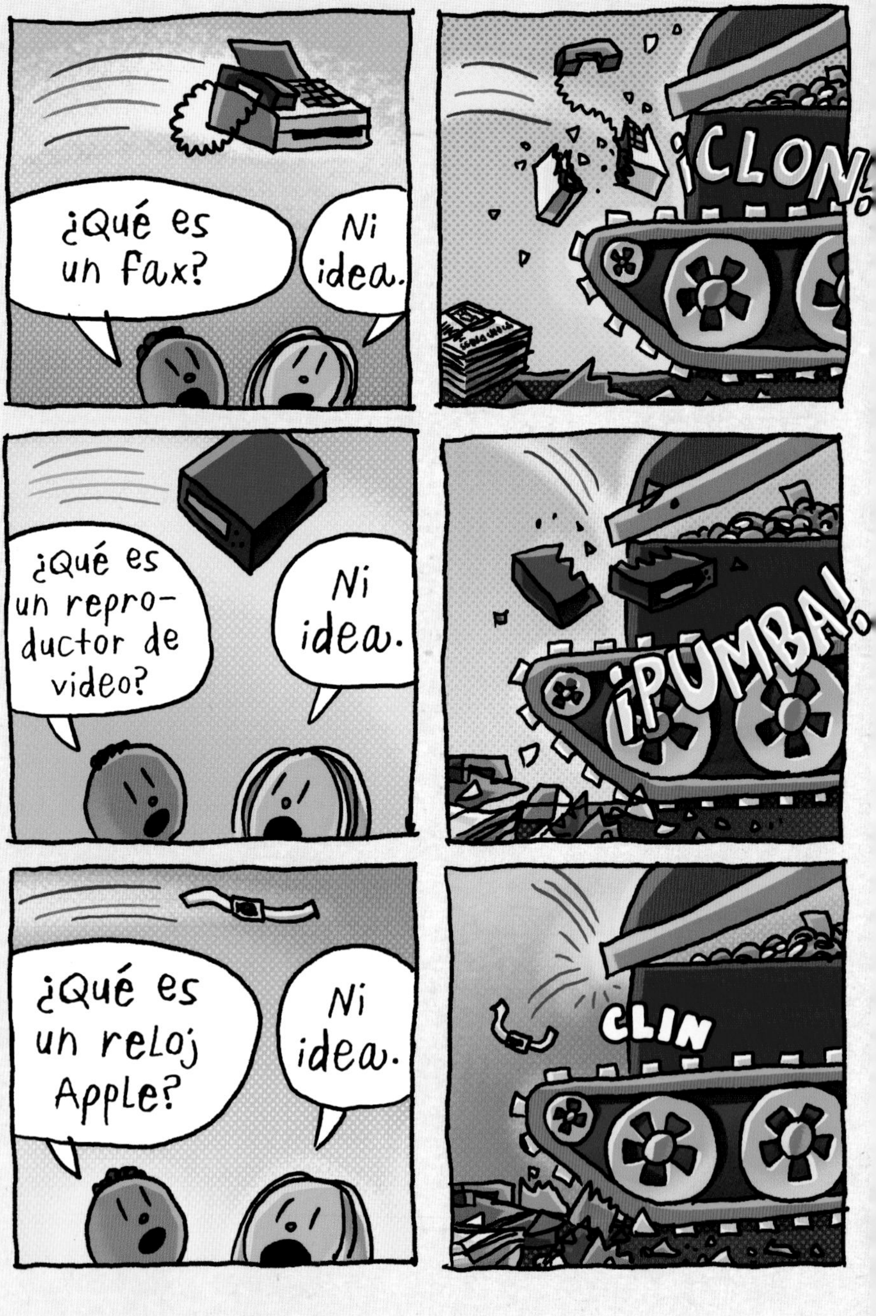
¿Qué es un fax?
Ni idea.
¡CLON!
¿Qué es un reproductor de video?
Ni idea.
¡PUMBA!
¿Qué es un reloj Apple?
Ni idea.
CLIN

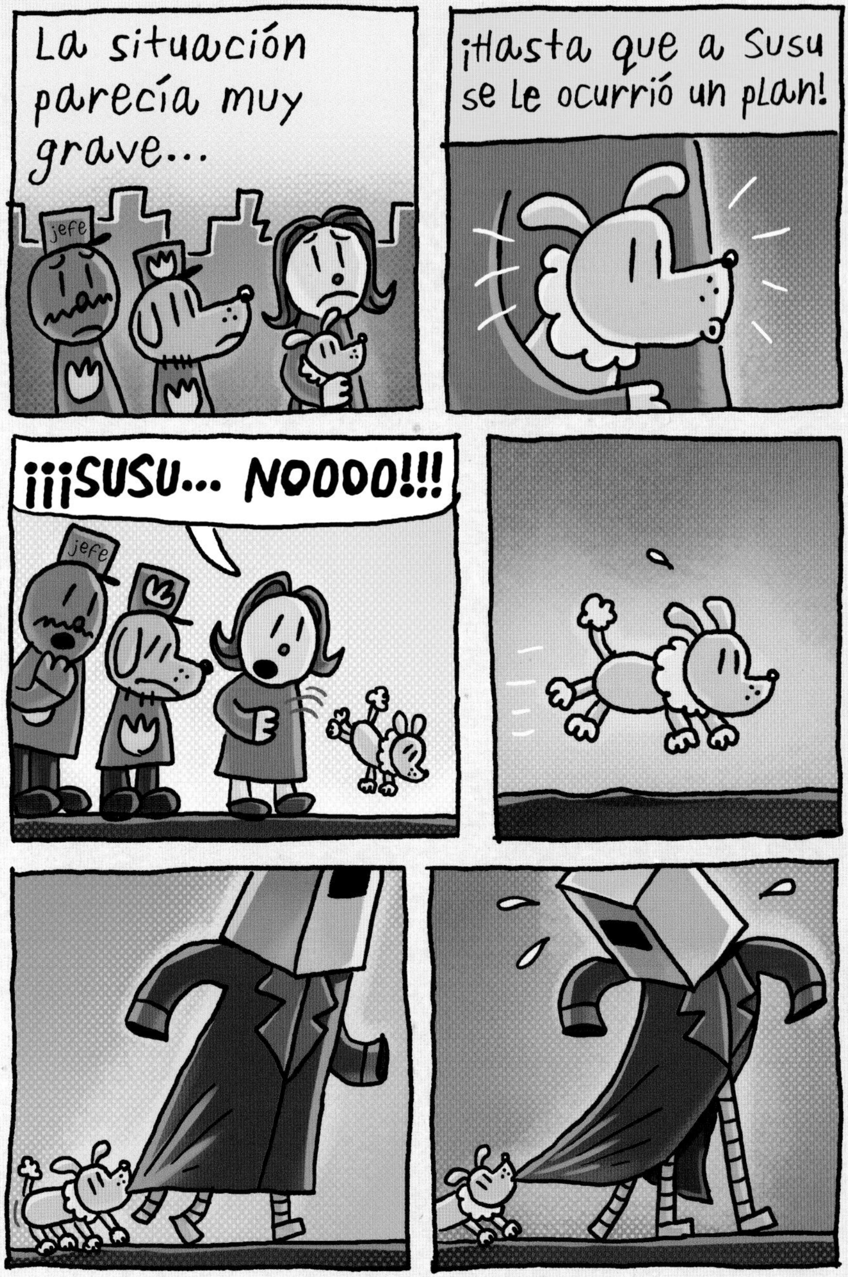
La situación parecía muy grave...
jefe
¡Hasta que a Susu se le ocurrió un plan!
¡¡¡SUSU... NOOOO!!!
jefe

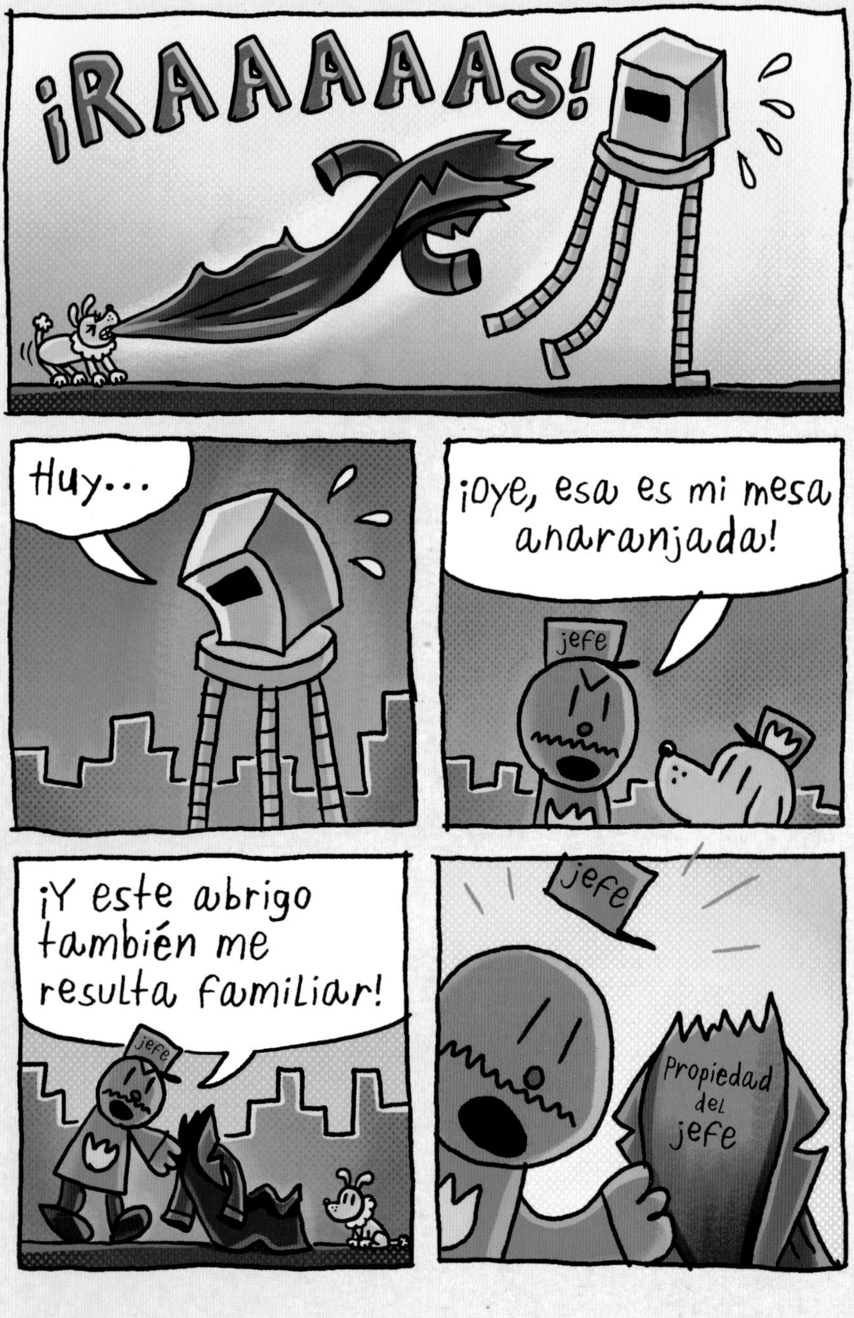
¡RAAAAAS!
Huy...
¡Oye, esa es mi mesa anaranjada!
jefe
¡Y este abrigo también me resulta familiar!
jefe
jefe
Propiedad del jefe

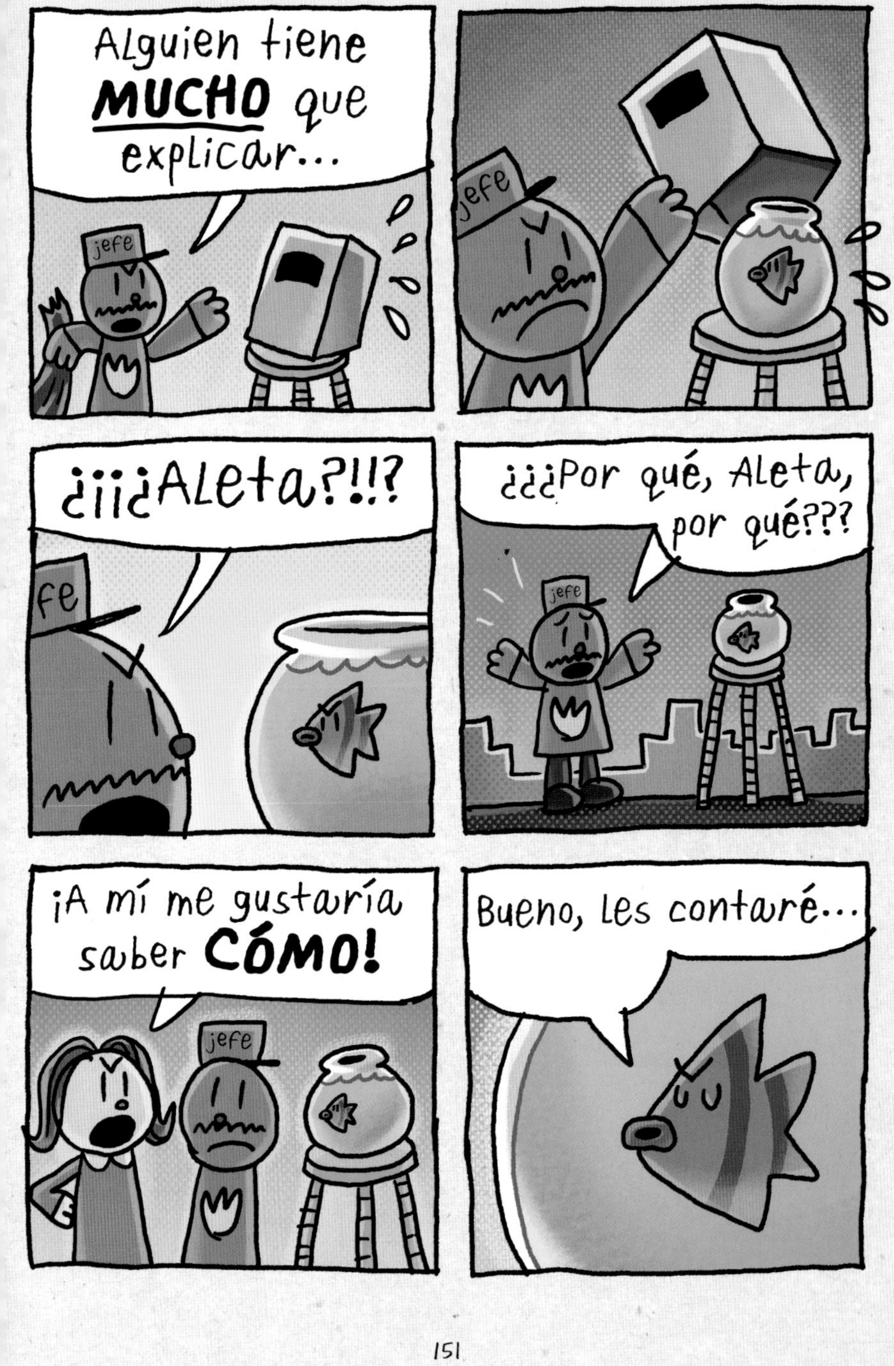
Alguien tiene **MUCHO** que explicar...
jefe
jefe
¿¡¡¿Aleta?!!?
fe
¿¿¿Por qué, Aleta, por qué???
jefe
¡A mí me gustaría saber **CÓMO**!
jefe
Bueno, les contaré...

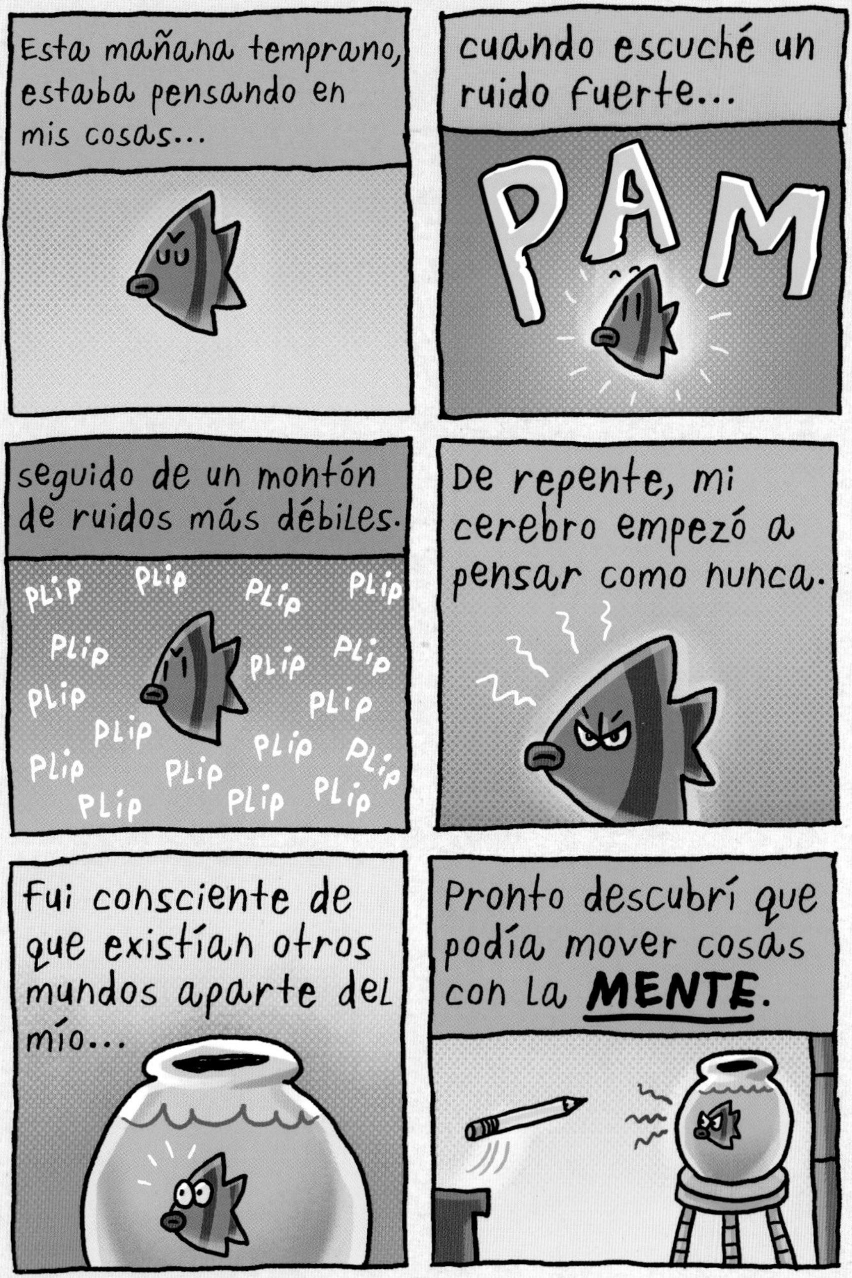
Esta mañana temprano, estaba pensando en mis cosas...
cuando escuché un ruido fuerte...
PAM
seguido de un montón de ruidos más débiles.
PLIP PLIP PLIP PLIP PLIP PLIP PLIP PLIP PLIP PLIP PLIP PLIP PLIP PLIP PLIP PLIP PLIP
De repente, mi cerebro empezó a pensar como nunca.
Fui consciente de que existían otros mundos aparte del mío...
Pronto descubrí que podía mover cosas con la MENTE.

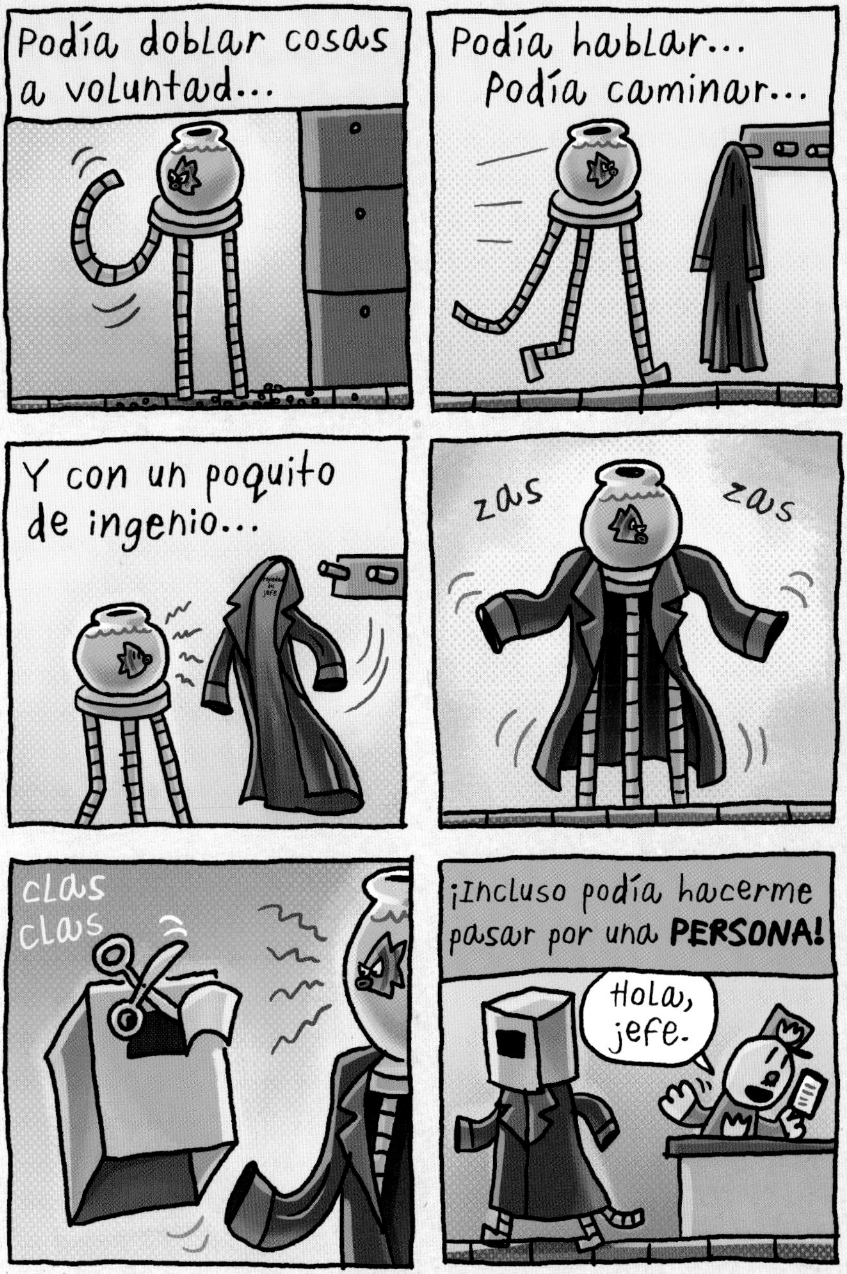
Podía doblar cosas a voluntad...
Podía hablar... Podía caminar...
Y con un poquito de ingenio...
zas zas
clas clas
¡Incluso podía hacerme pasar por una **PERSONA**!
Hola, jefe.

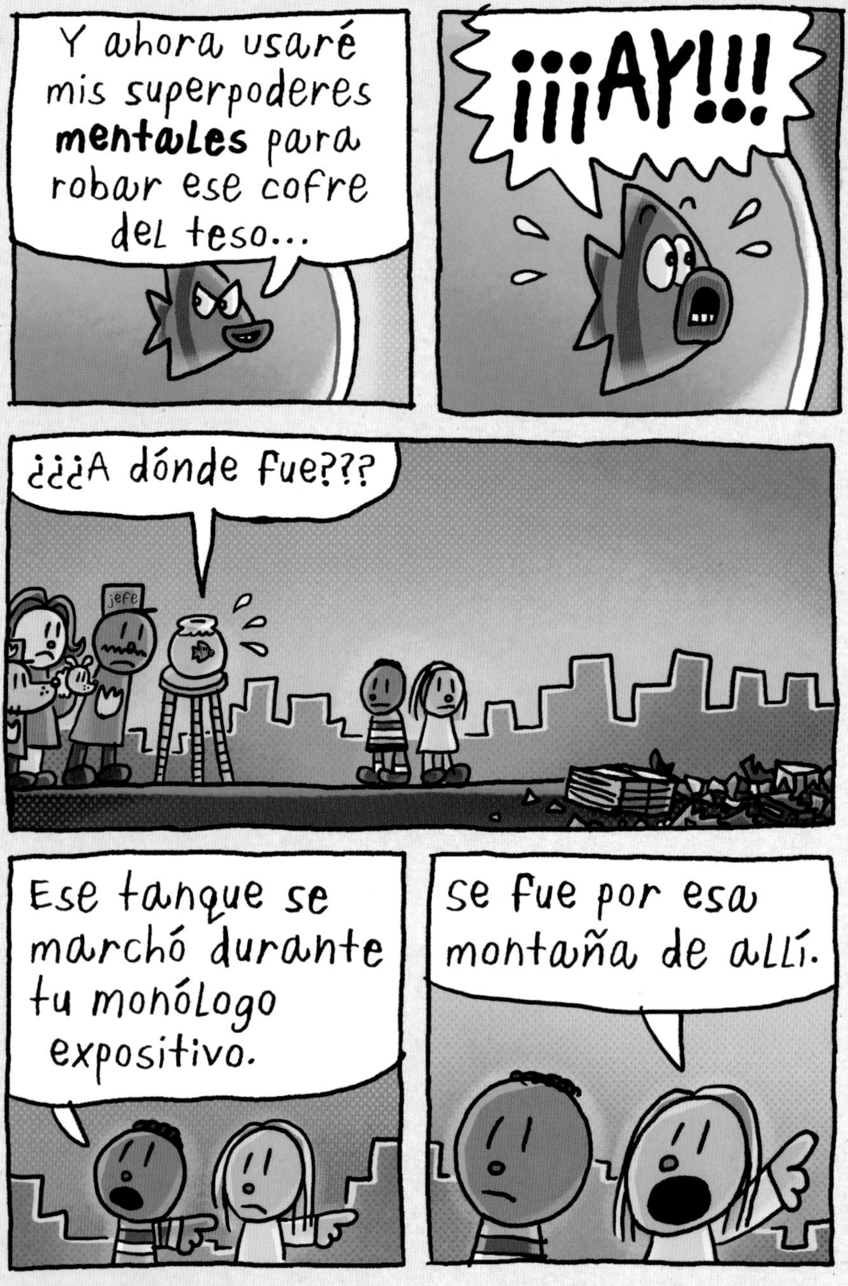
Y ahora usaré mis superpoderes **mentales** para robar ese cofre del teso...
¡¡¡AY!!!
¿¿¿A dónde fue???
jefe
Ese tanque se marchó durante tu monólogo expositivo.
se fue por esa montaña de allí.

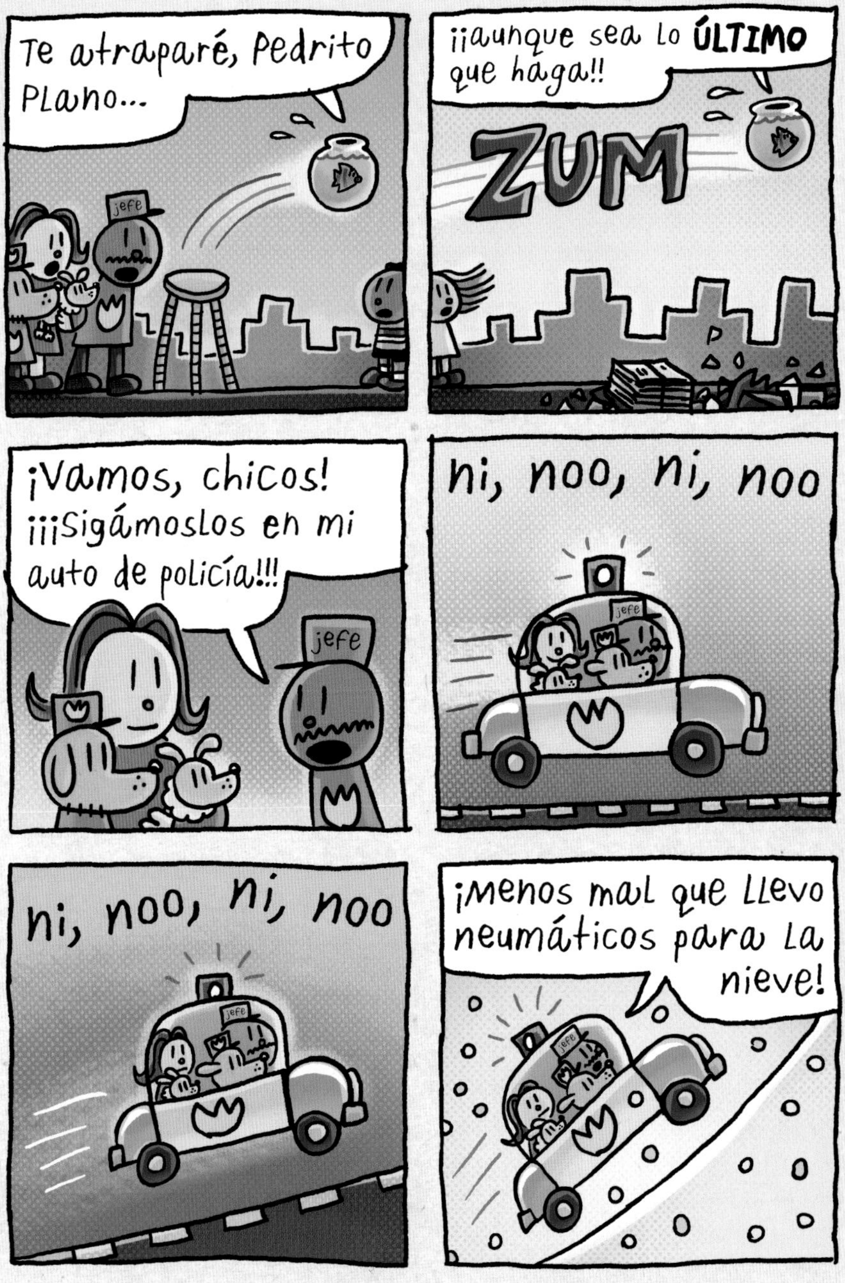
Te atraparé, Pedrito Plano...
¡¡aunque sea lo ÚLTIMO que haga!!
ZUM
jefe
¡Vamos, chicos! ¡¡¡Sigámoslos en mi auto de policía!!!
jefe
ni, noo, ni, noo
jefe
ni, noo, ni, noo
jefe
¡Menos mal que llevo neumáticos para la nieve!
jefe

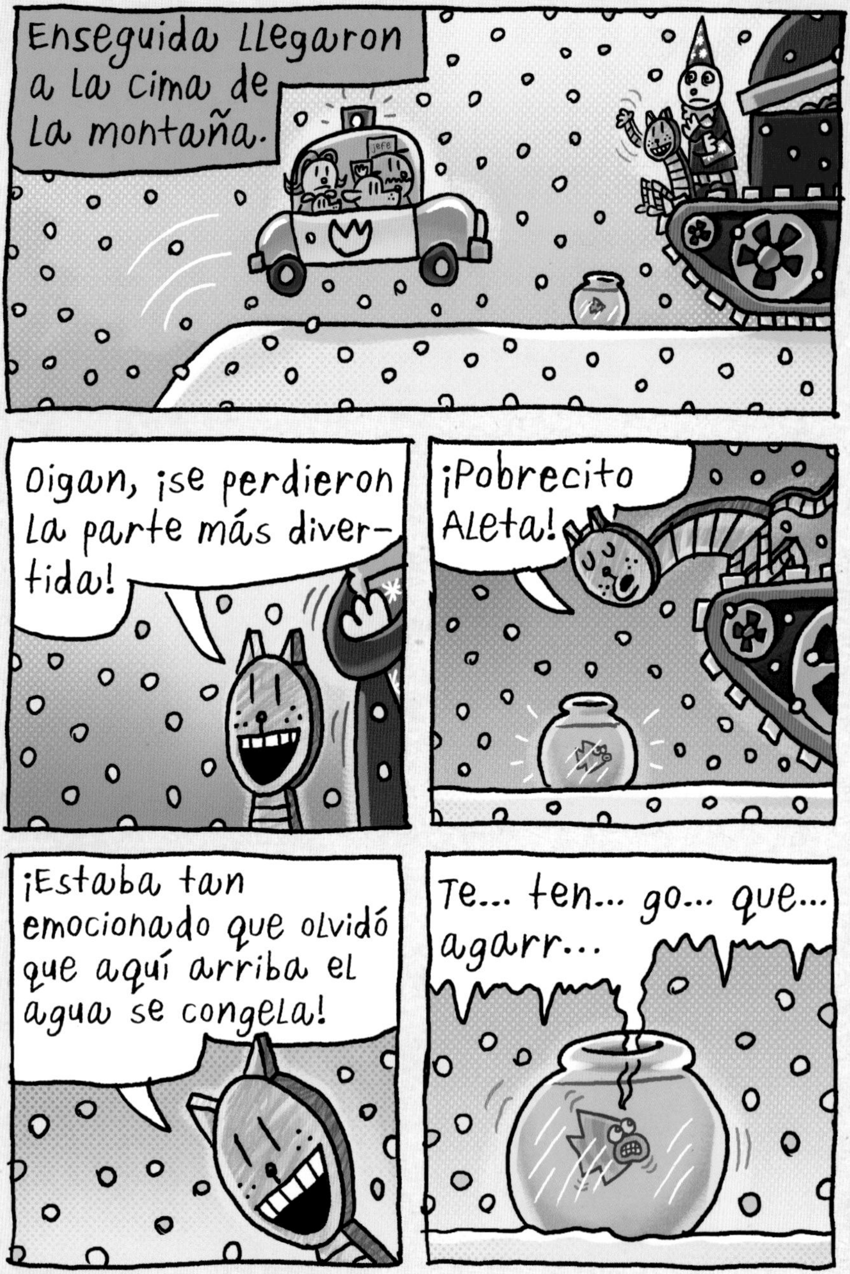
Enseguida Llegaron a La cima de La montaña.
jefe
Oigan, ¡se perdieron La parte más divertida!
¡Pobrecito Aleta!
¡Estaba tan emocionado que olvidó que aquí arriba el agua se congela!
Te... ten... go... que... agarr...

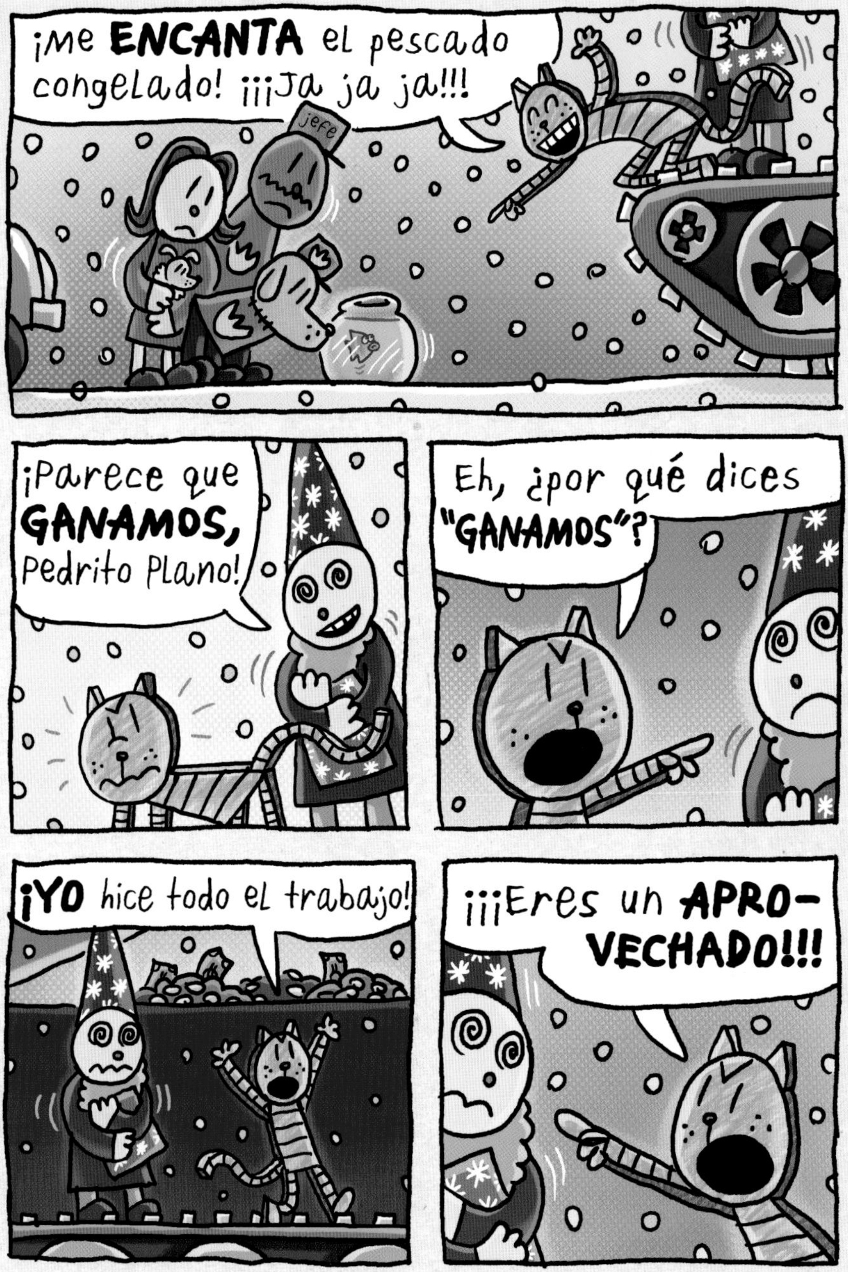
¡Me ENCANTA el pescado congelado! ¡¡¡Ja ja ja!!!
jefe
¡Parece que GANAMOS, Pedrito Plano!
Eh, ¿por qué dices "GANAMOS"?
¡YO hice todo el trabajo!
¡¡¡Eres un APROVECHADO!!!

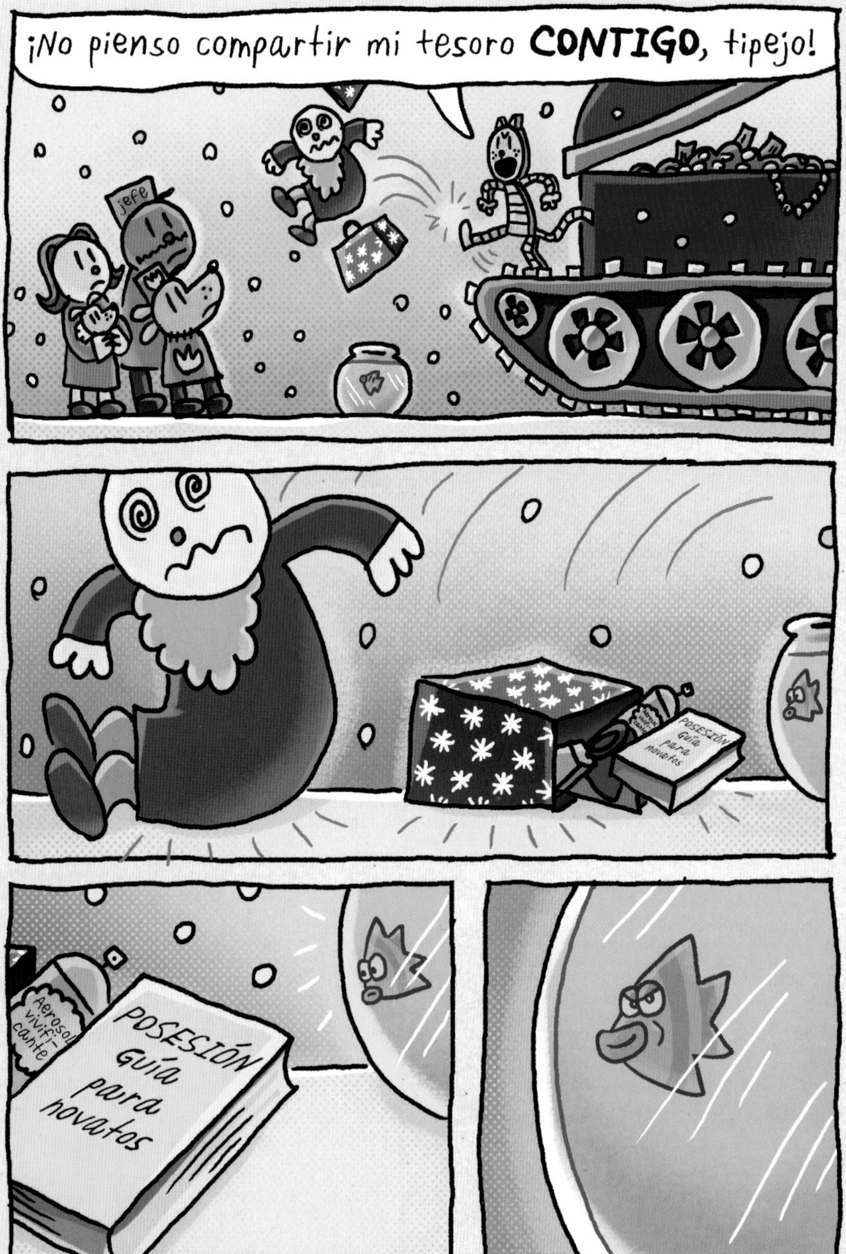
¡No pienso compartir mi tesoro **CONTIGO**, tipejo!
jefe
POSESIÓN Guía para novatos
Aerosol vivificante
POSESIÓN Guía para novatos
Aerosol vivificante

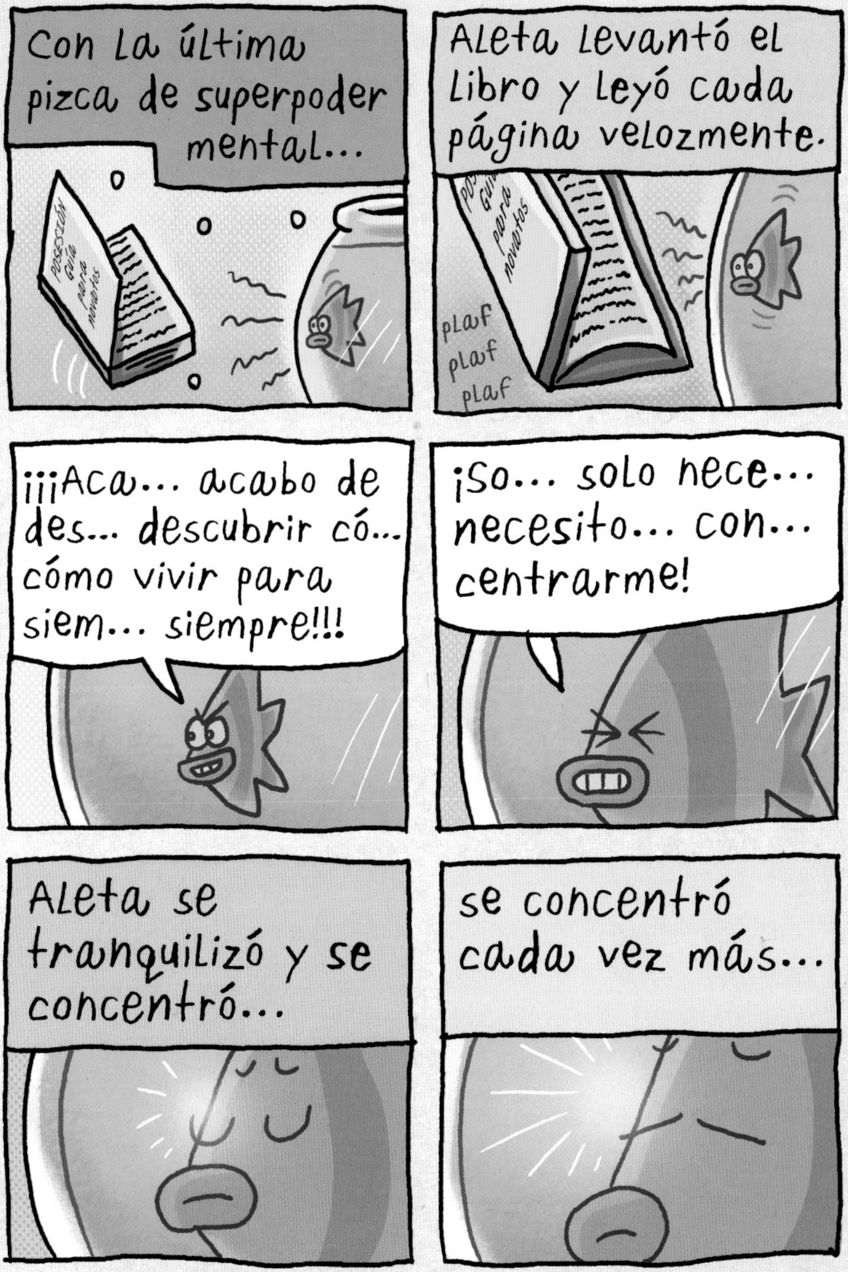
Con la última pizca de superpoder mental...
POSESIÓN Guía para novatos
Aleta levantó el libro y leyó cada página velozmente.
POSESIÓN Guía para novatos
plaf plaf plaf
¡¡¡Aca... acabo de des... descubrir có... cómo vivir para siem... siempre!!!
¡So... solo nece... necesito... con... centrarme!
Aleta se tranquilizó y se concentró...
se concentró cada vez más...

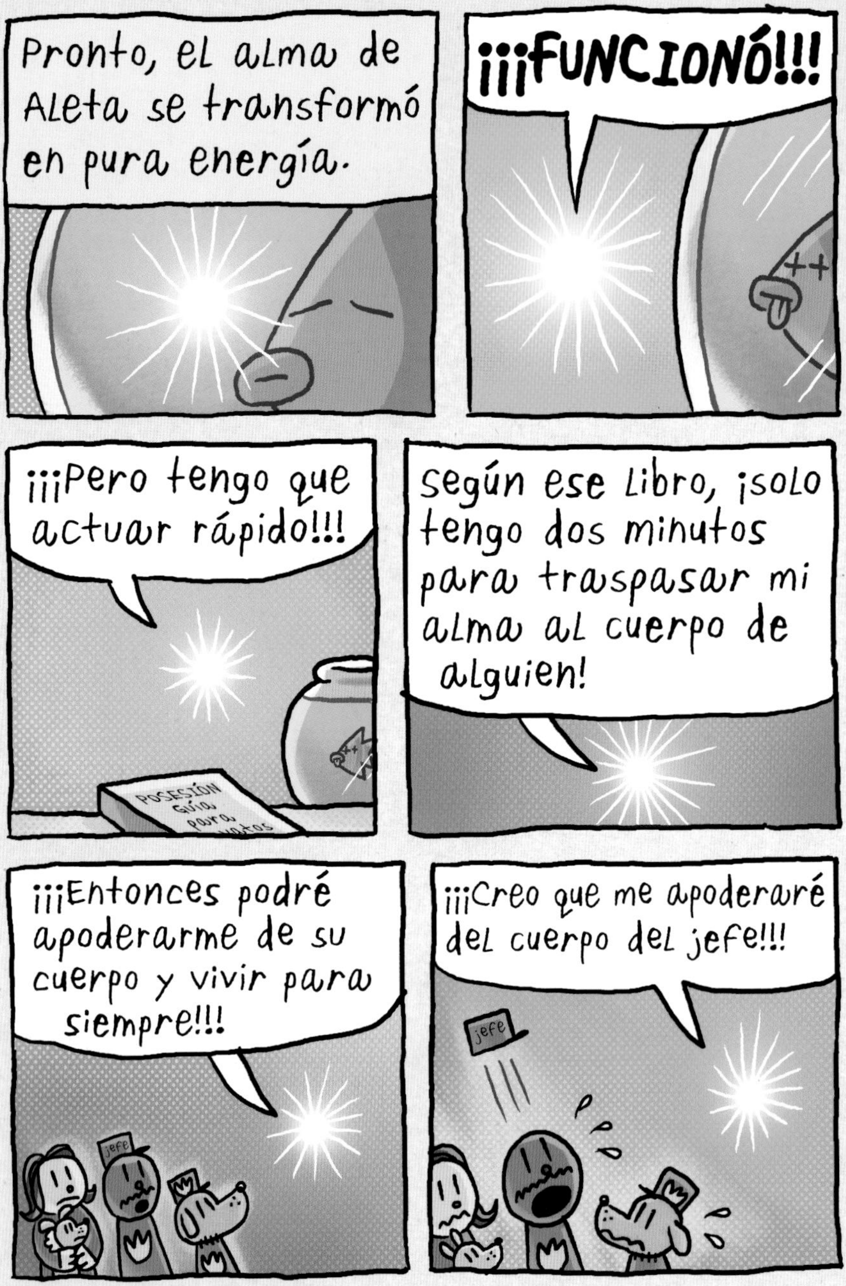
Pronto, el alma de Aleta se transformó en pura energía.
¡¡¡FUNCIONÓ!!!
¡¡¡Pero tengo que actuar rápido!!!
POSESIÓN
Según ese libro, ¡solo tengo dos minutos para traspasar mi alma al cuerpo de alguien!
¡¡¡Entonces podré apoderarme de su cuerpo y vivir para siempre!!!
jefe
¡¡¡Creo que me apoderaré del cuerpo del jefe!!!
jefe

¡Corra, jefe, corra!

¡¡¡Anda, inténtalo!!!

¡¡¡No puedes correr más rápido que una pelota de pura energía!!!

Cuando Hombre Perro escuchó la palabra "pelota"...

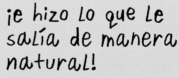

se le quitó el miedo...

¡e hizo lo que le salía de manera natural!

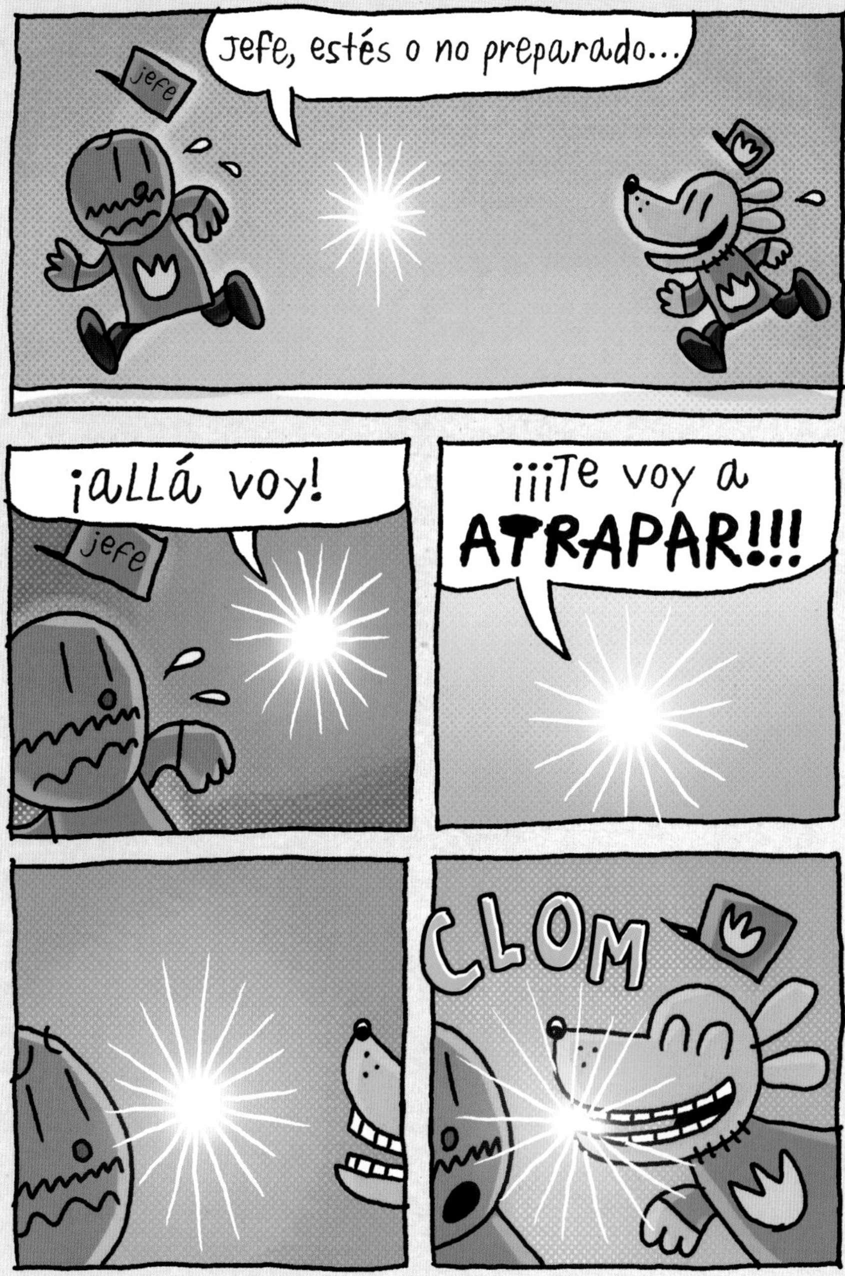
Jefe, estés o no preparado...
jefe
¡aLLá voy!
jefe
¡¡¡Te voy a ATRAPAR!!!
CLOM

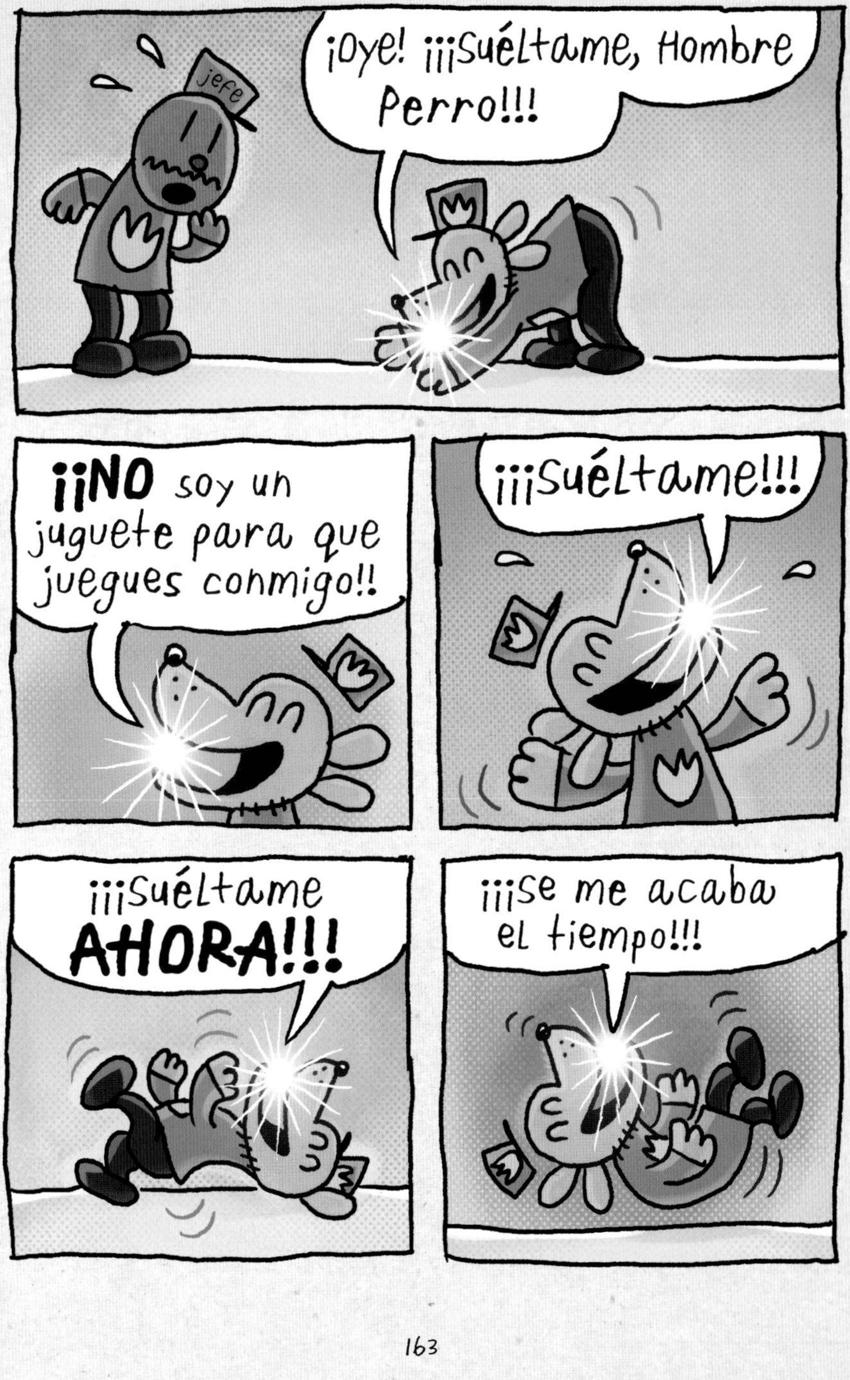
jefe
¡Oye! ¡¡¡Suéltame, Hombre Perro!!!
¡¡NO soy un juguete para que juegues conmigo!!
¡¡¡Suéltame!!!
¡¡¡Suéltame AHORA!!!
¡¡¡Se me acaba el tiempo!!!

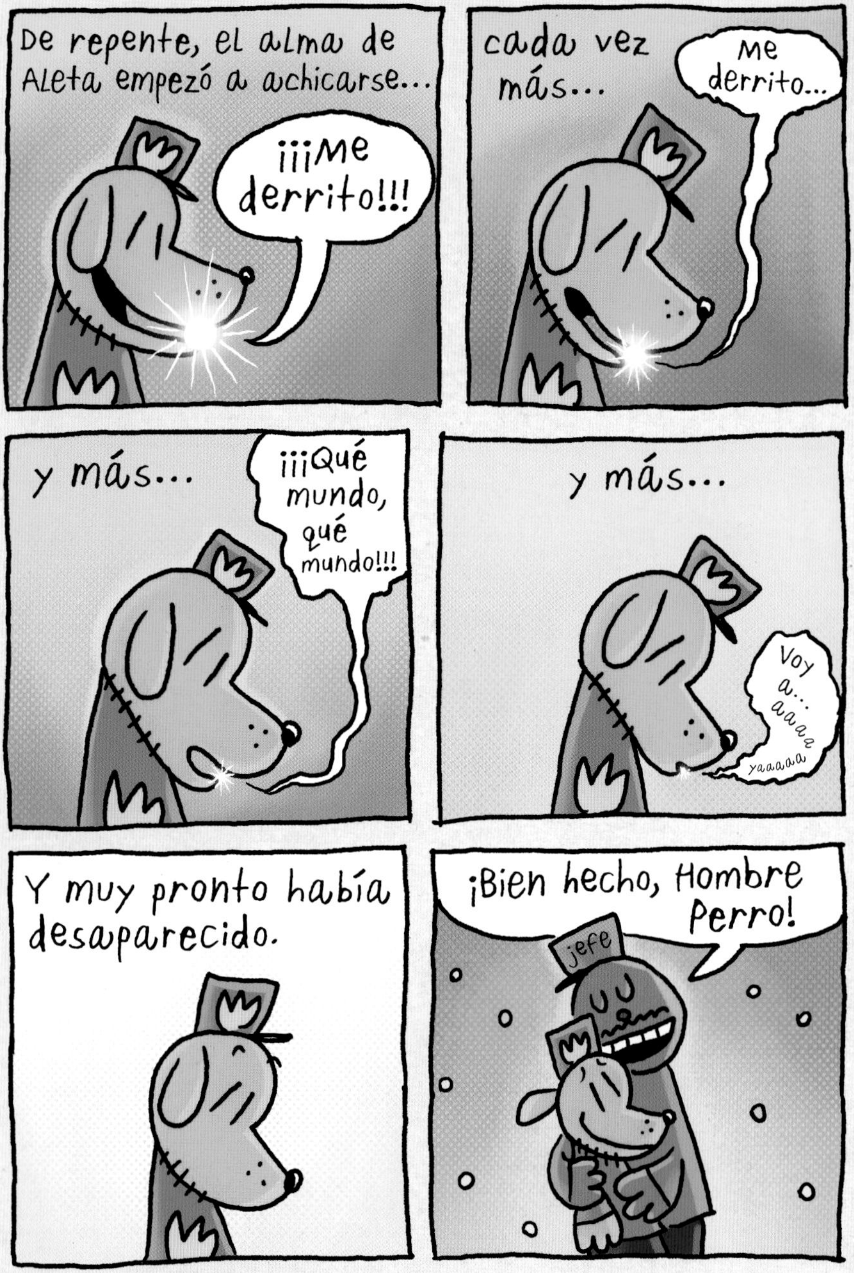
De repente, el alma de Aleta empezó a achicarse...
¡¡¡Me derrito!!!
cada vez más...
Me derrito...
y más...
¡¡¡Qué mundo, qué mundo!!!
y más...
Voy a... aaaa yaaaaa
Y muy pronto había desaparecido.
¡Bien hecho, Hombre Perro!
jefe

Capítulo 10
Un final de hielo

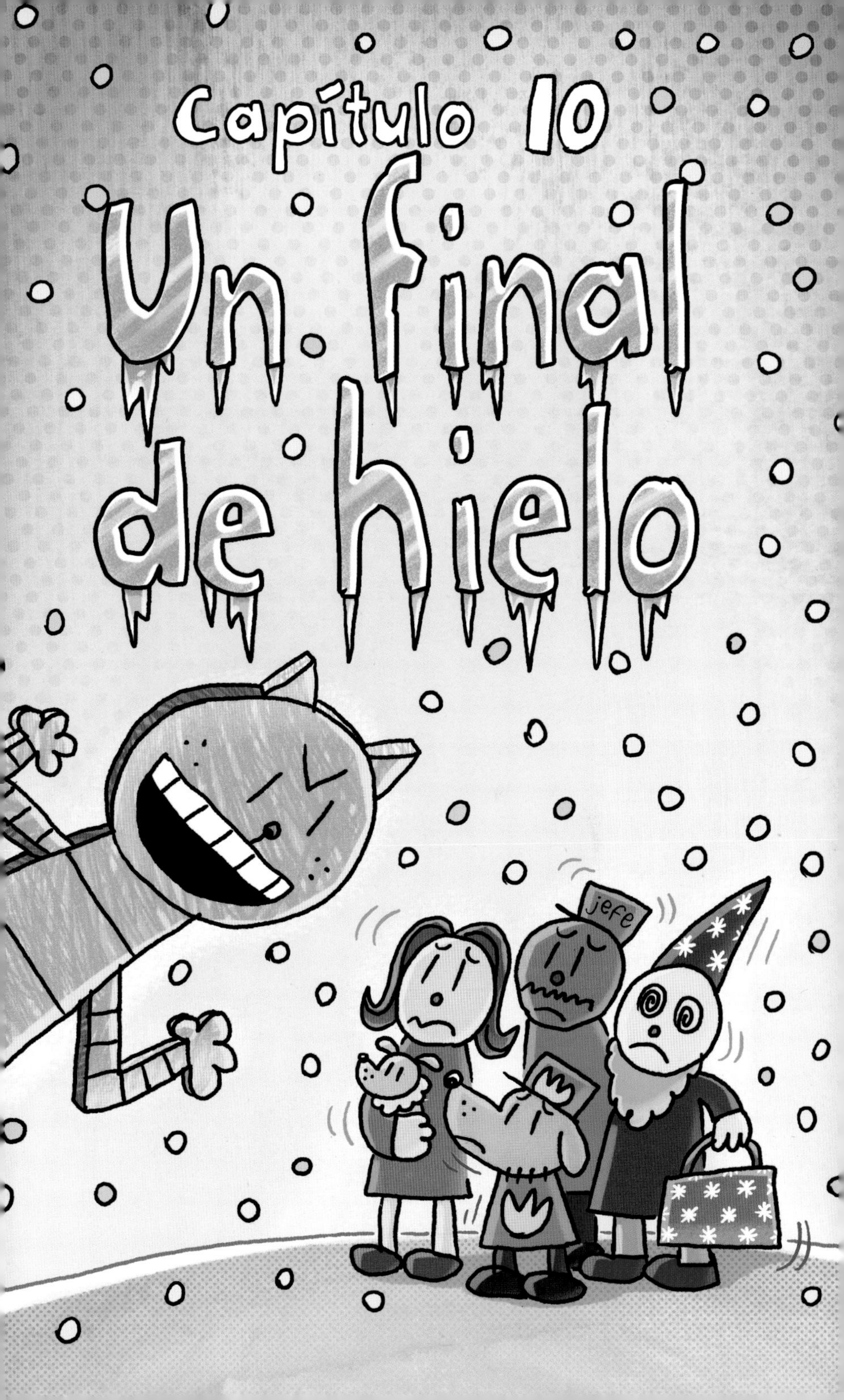
jefe

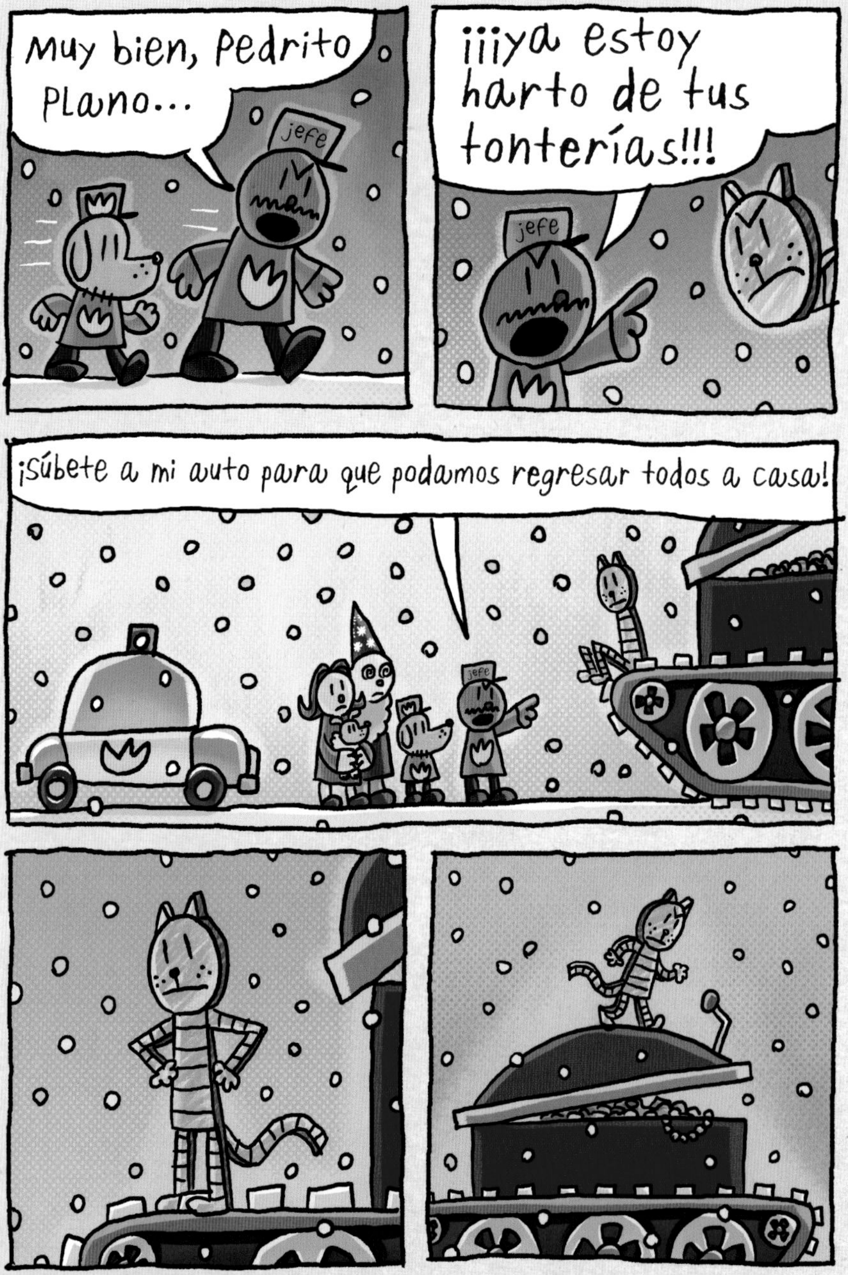
Muy bien, Pedrito Plano...
jefe
¡¡¡Ya estoy harto de tus tonterías!!!
jefe
¡Súbete a mi auto para que podamos regresar todos a casa!
jefe

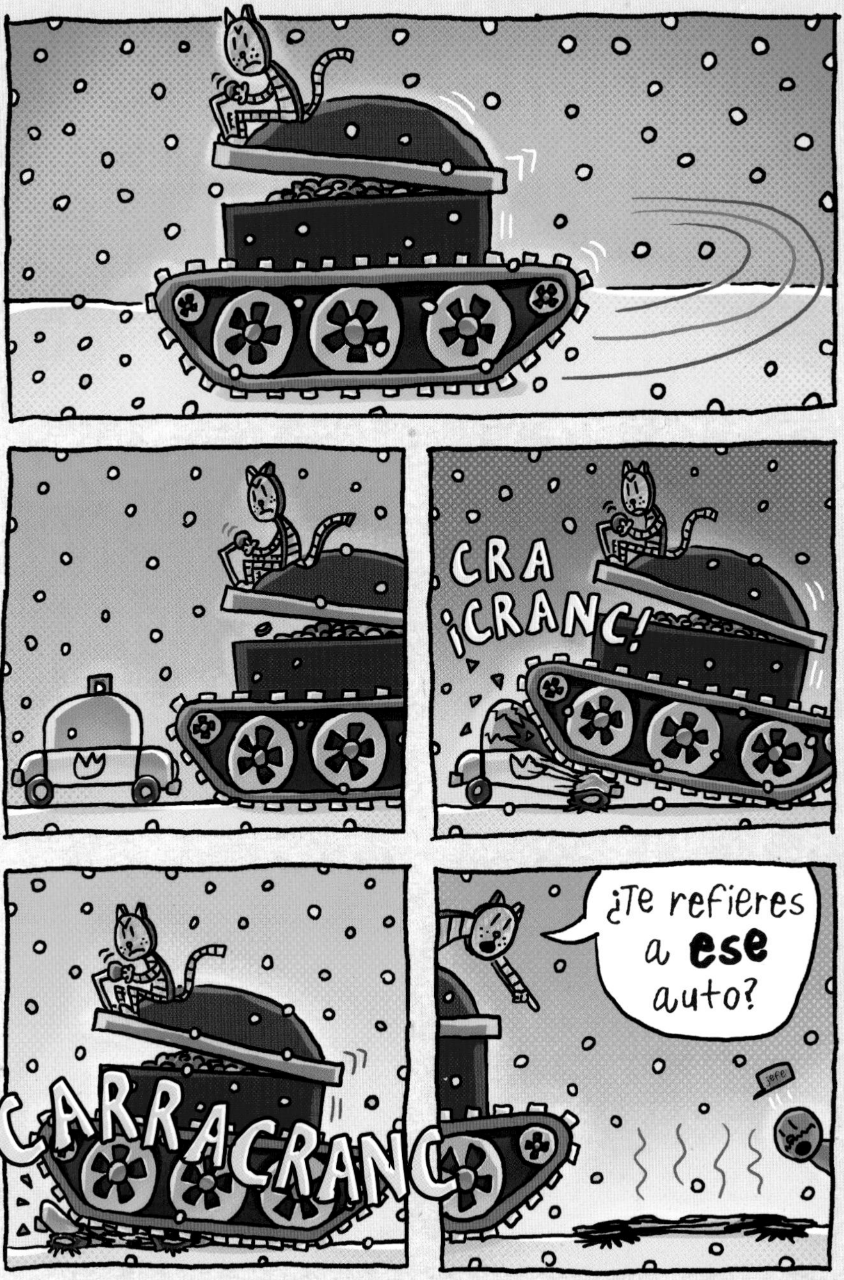
CRA
¡CRANC!
CARRACRANC
¿Te refieres a **ese** auto?
jefe

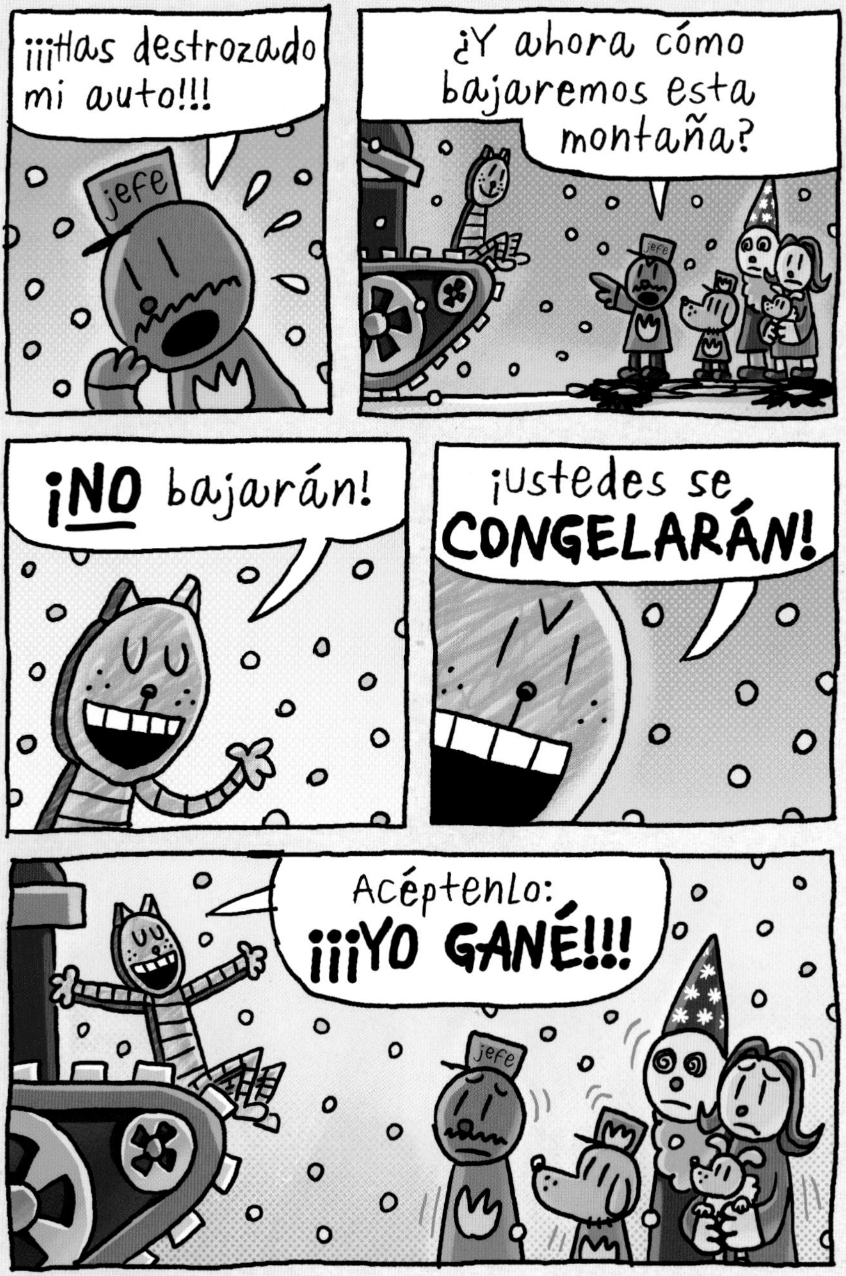
¡¡¡Has destrozado mi auto!!!
jefe
¿Y ahora cómo bajaremos esta montaña?
jefe
¡NO bajarán!
¡Ustedes se CONGELARÁN!
Acéptenlo: ¡¡¡YO GANÉ!!!
jefe

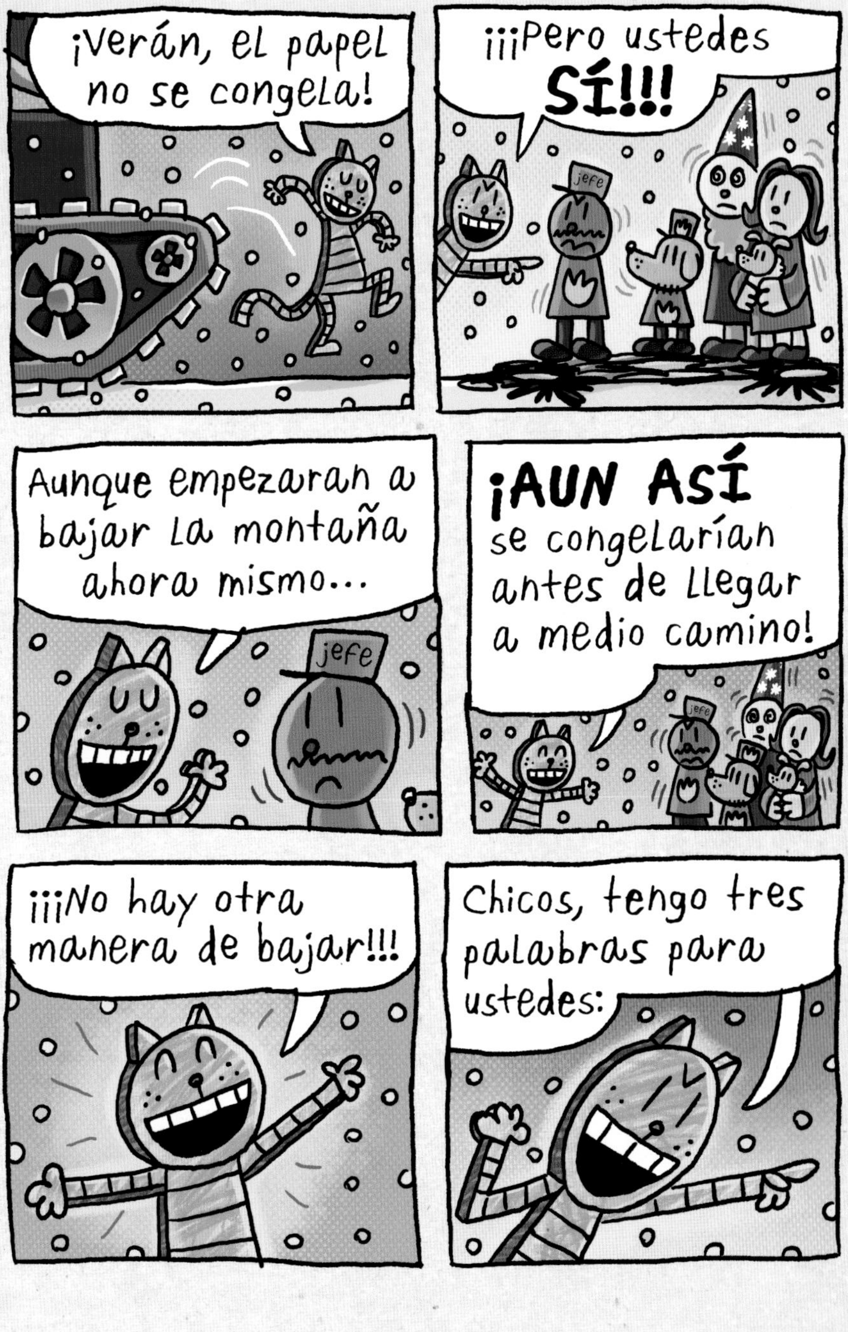
¡Verán, el papel no se congela!
¡¡¡Pero ustedes SÍ!!!
jefe
Aunque empezaran a bajar la montaña ahora mismo...
jefe
¡AUN ASÍ se congelarían antes de llegar a medio camino!
jefe
¡¡¡No hay otra manera de bajar!!!
Chicos, tengo tres palabras para ustedes:

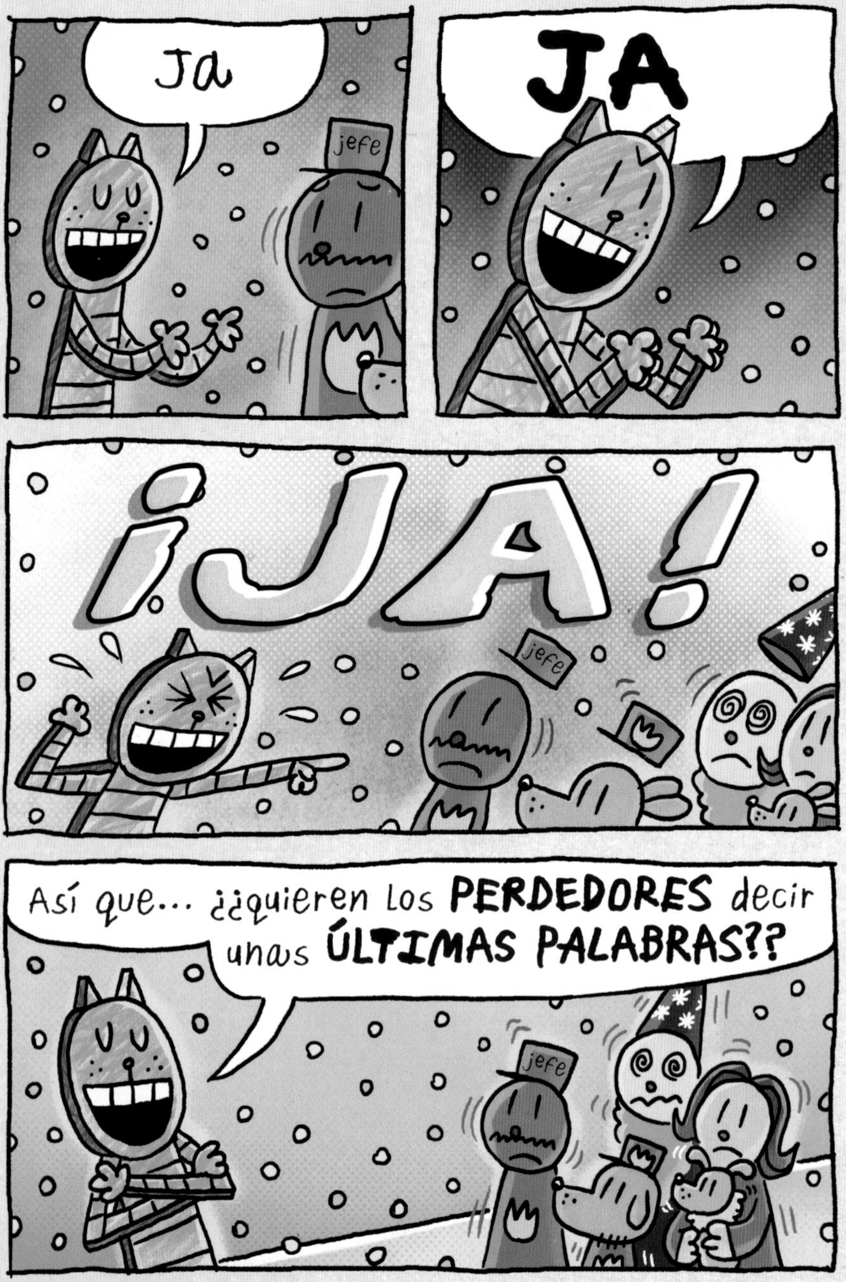
Ja
jefe
JA
¡JA!
jefe
Así que... ¿¿quieren los PERDEDORES decir unas ÚLTIMAS PALABRAS??
jefe

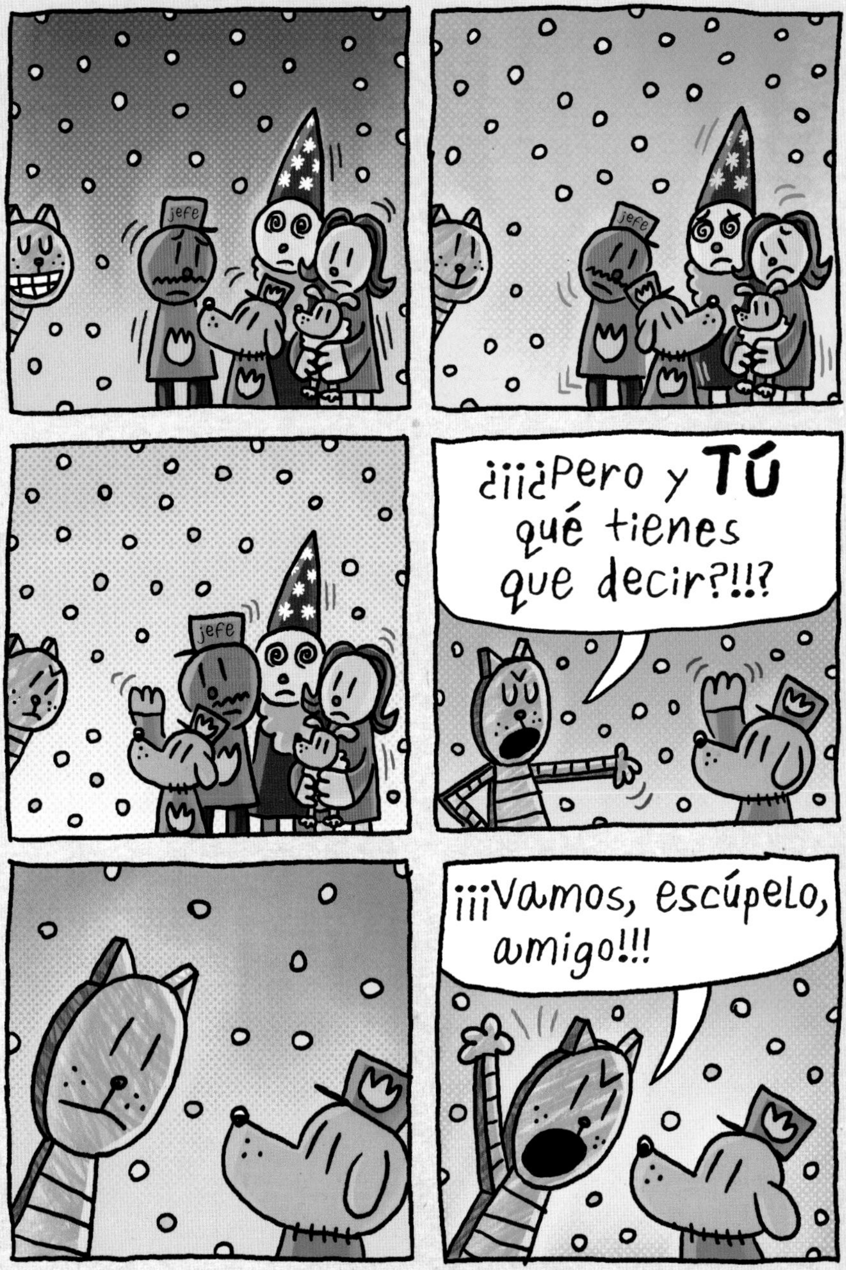
jefe
jefe
jefe
¿¡¡¿Pero y TÚ qué tienes que decir?!!?
¡¡¡Vamos, escúpelo, amigo!!!

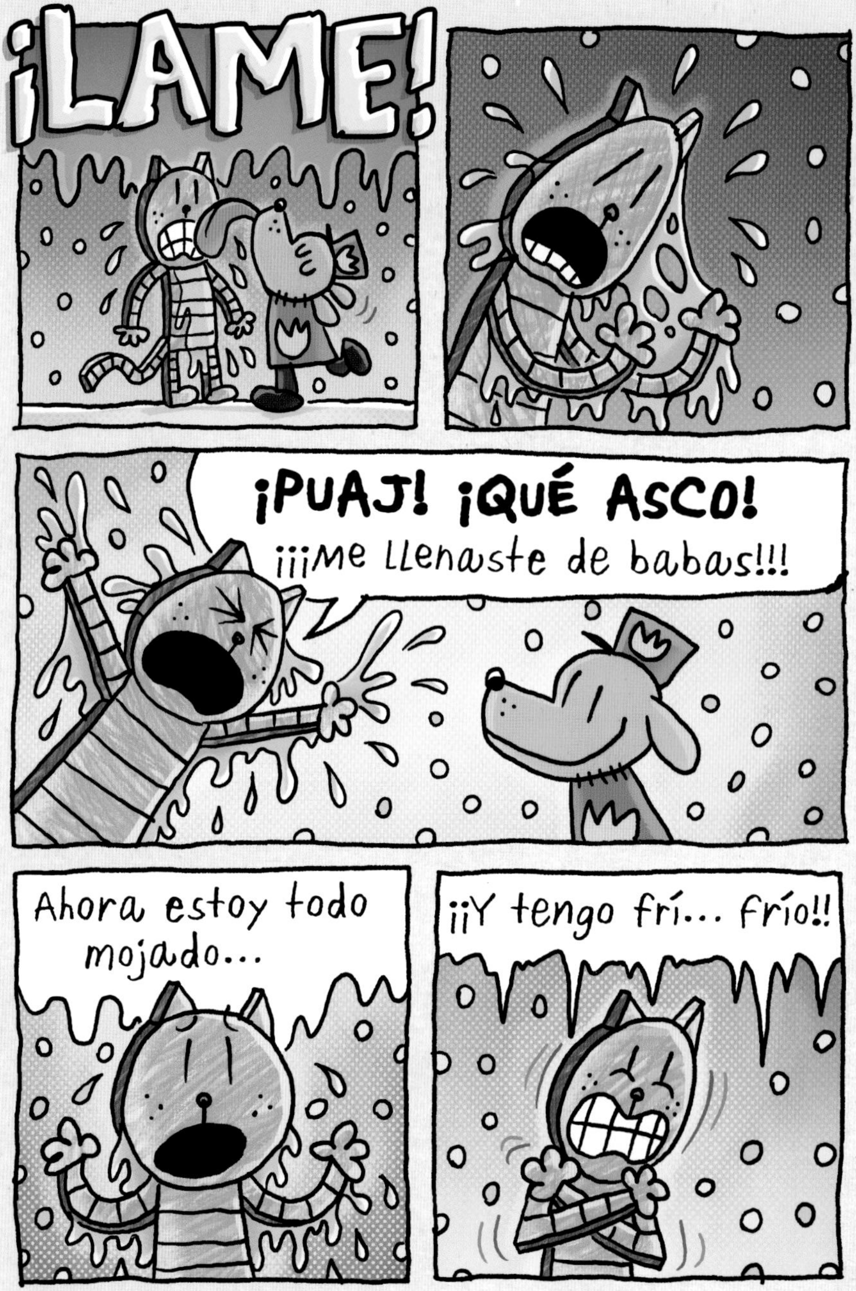
¡LAME!
¡PUAJ! ¡QUÉ ASCO!
¡¡¡Me llenaste de babas!!!
Ahora estoy todo mojado...
¡¡Y tengo frí... frío!!

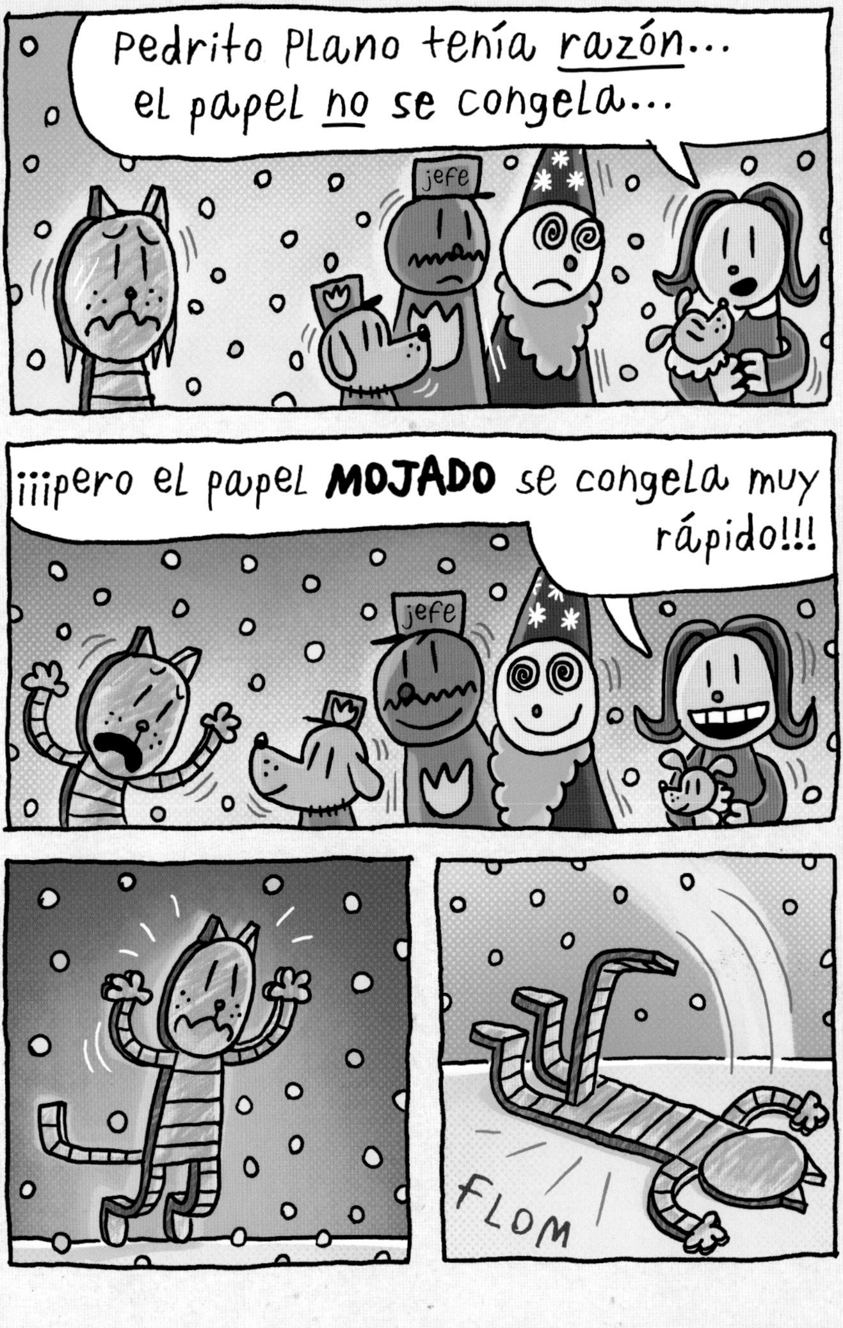
Pedrito Plano tenía razón... el papel no se congela...
jefe
¡¡¡pero el papel MOJADO se congela muy rápido!!!
jefe
FLOM

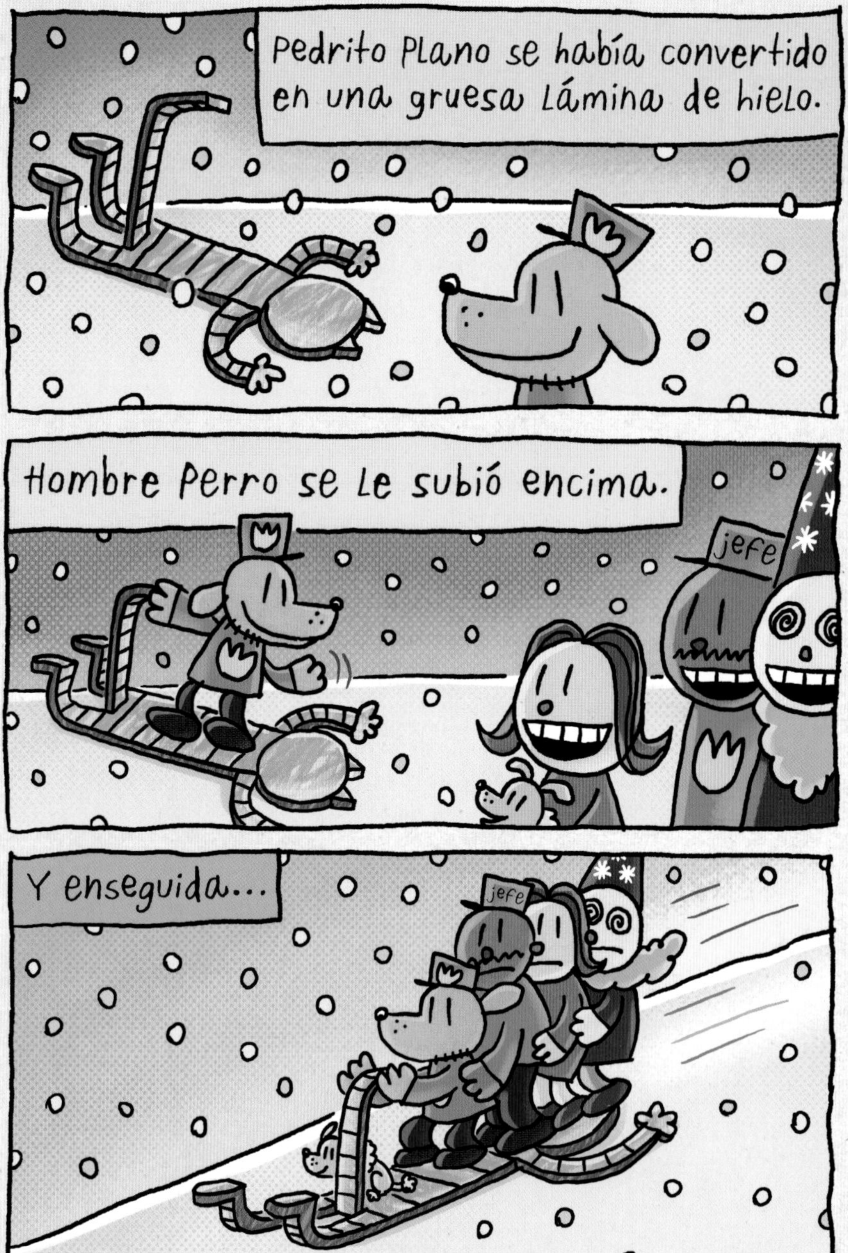
Pedrito Plano se había convertido en una gruesa lámina de hielo.
Hombre Perro se le subió encima.
jefe
Y enseguida...
jefe

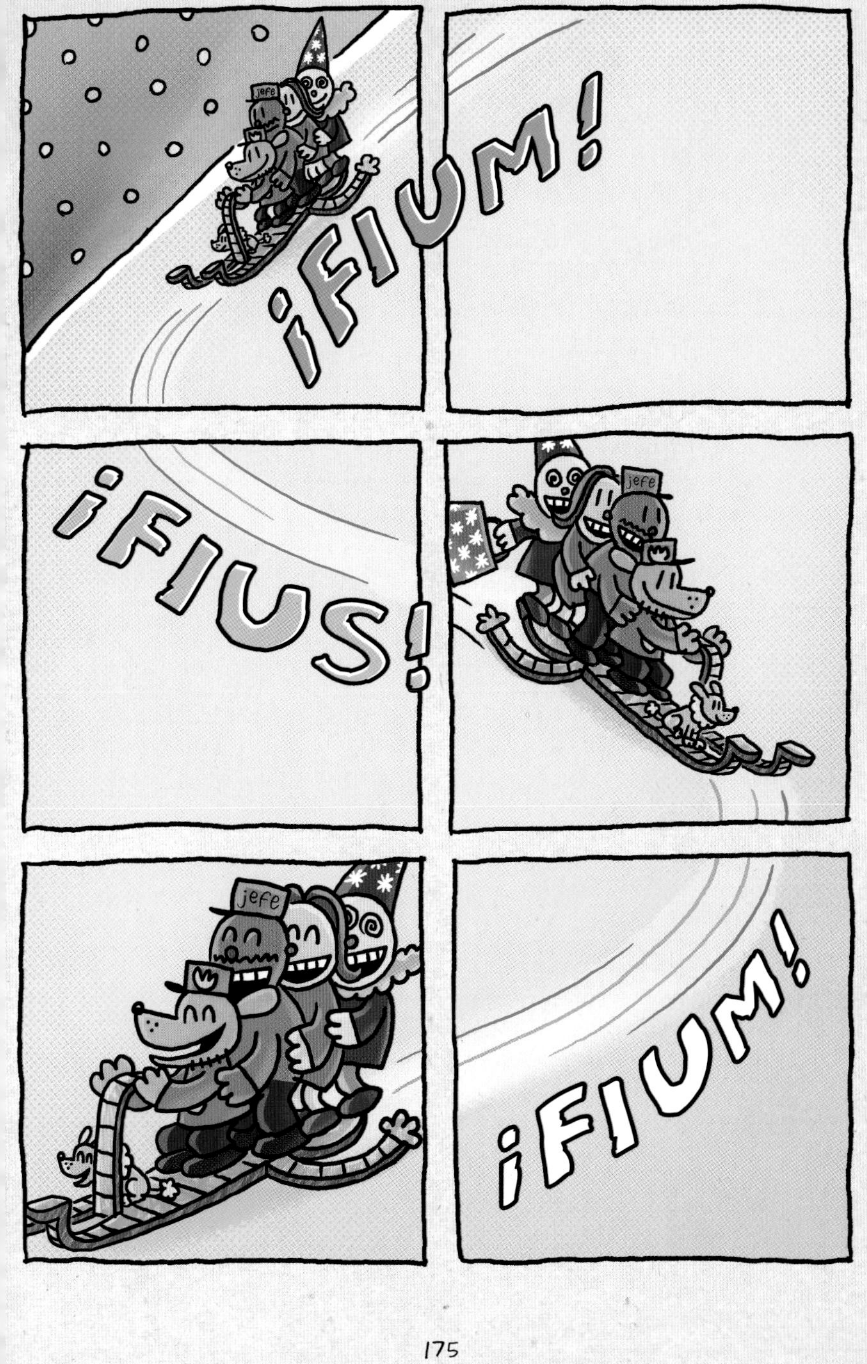
jefe
¡FIUM!
¡FIUS!
jefe
jefe
¡FIUM!

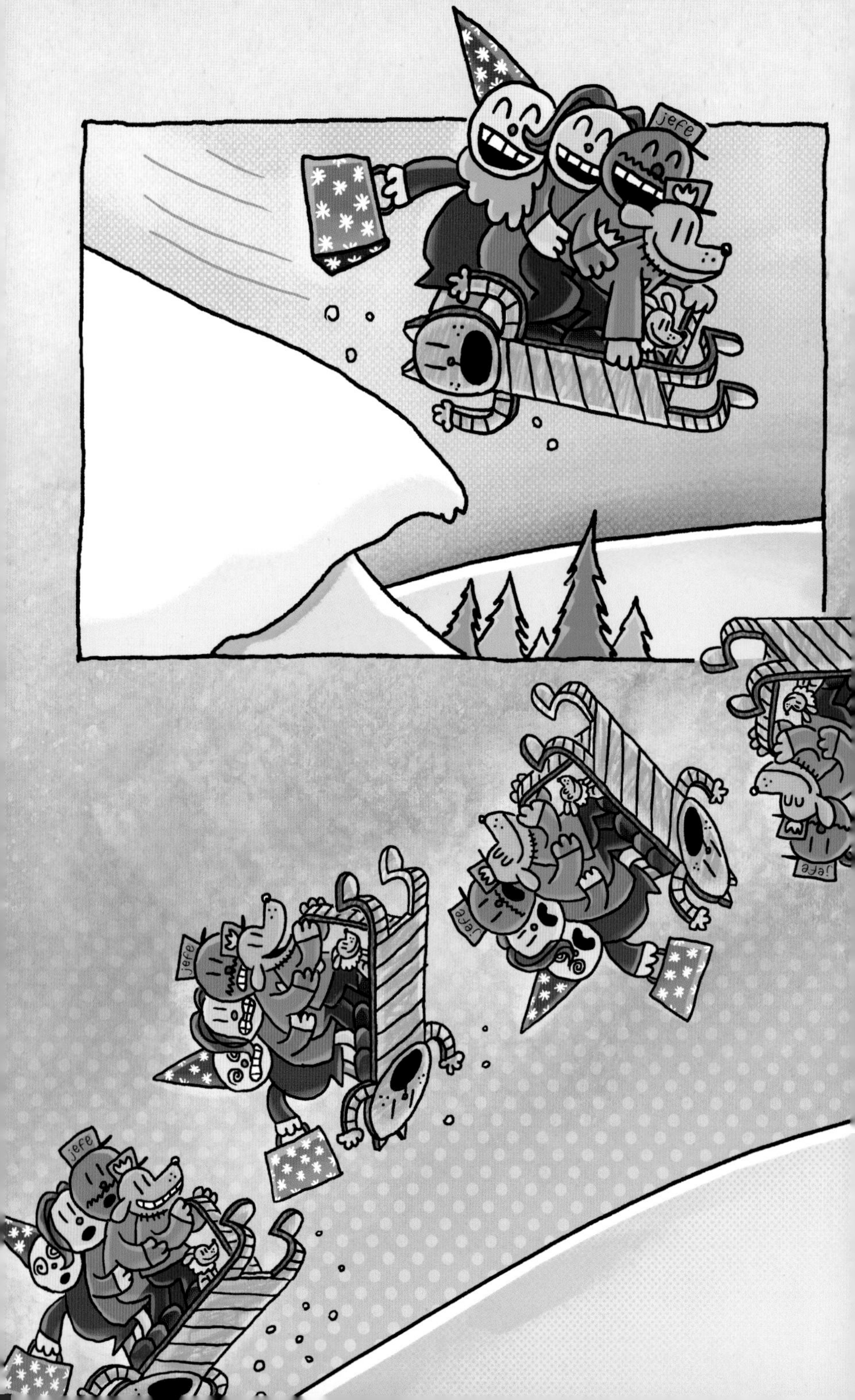
jefe
jefe

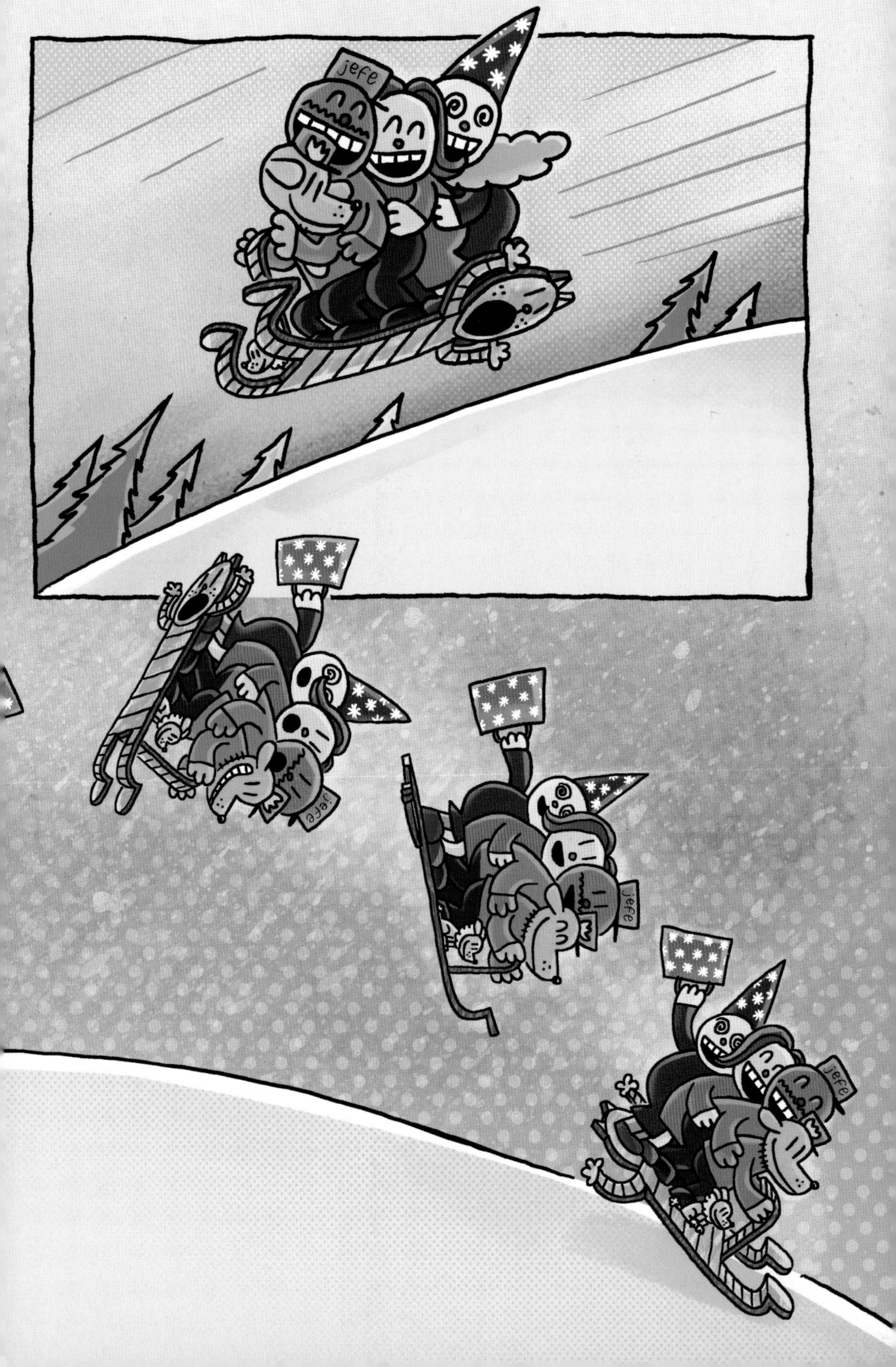
jefe

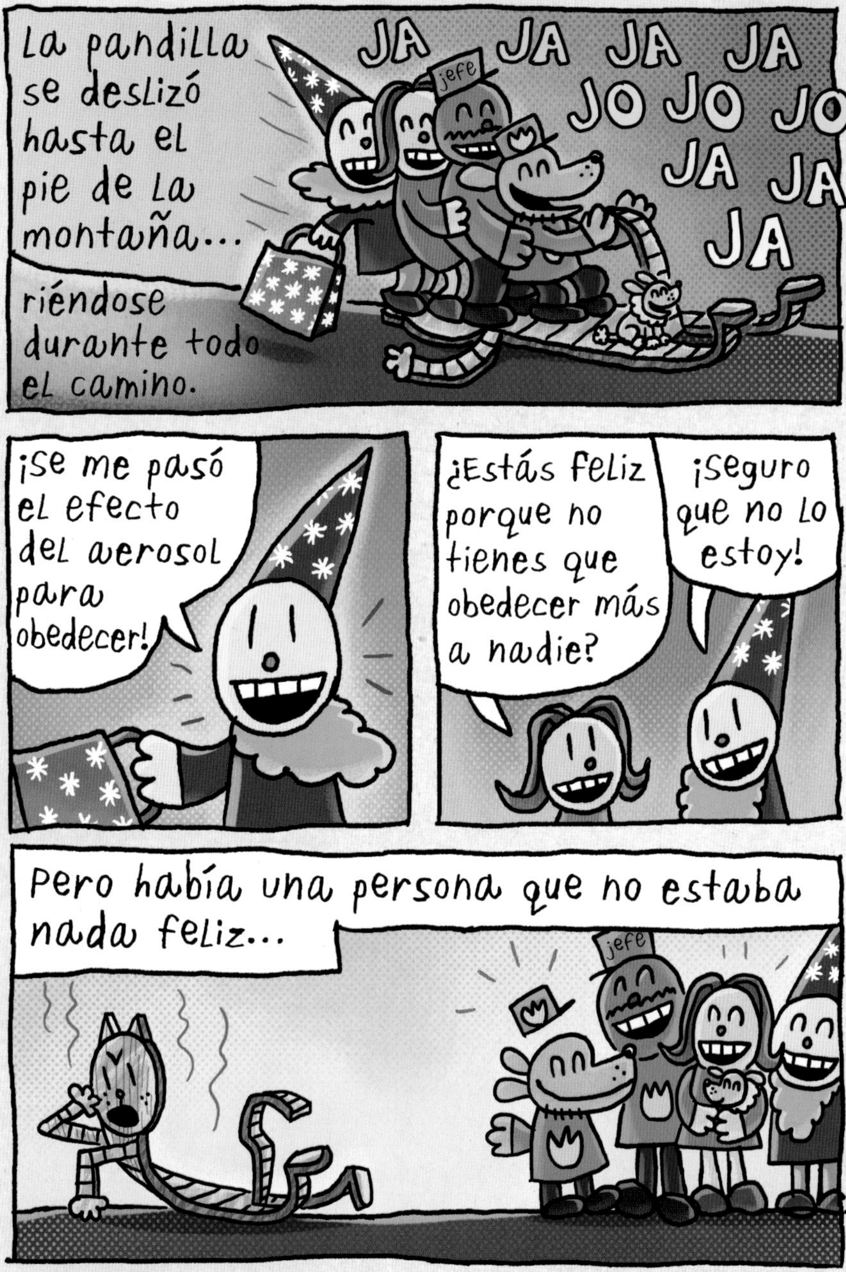
La pandilla se deslizó hasta el pie de la montaña...
JA JA JA JA JO JO JO JA JA JA
jefe
riéndose durante todo el camino.
¡Se me pasó el efecto del aerosol para obedecer!
¿Estás feliz porque no tienes que obedecer más a nadie?
¡Seguro que no lo estoy!
Pero había una persona que no estaba nada feliz...
jefe

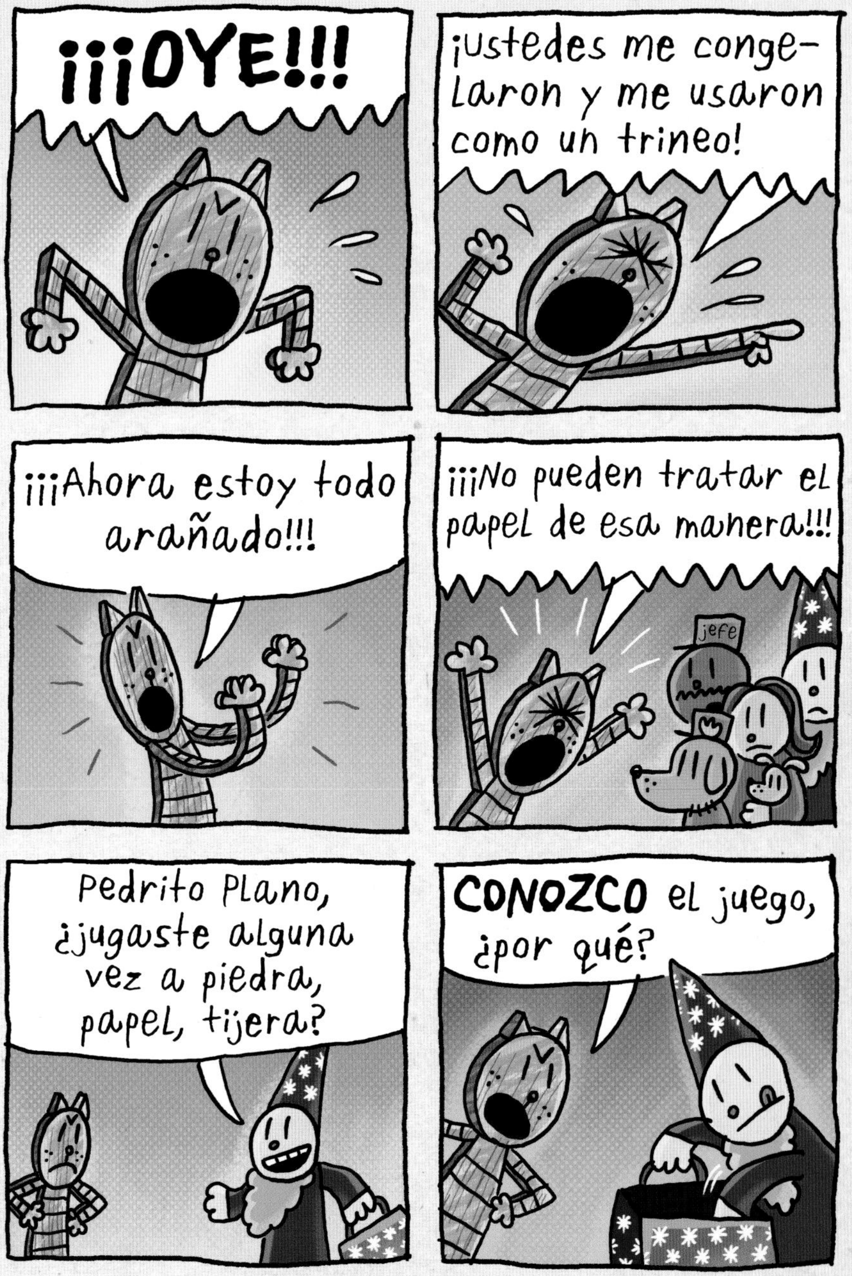
¡¡¡OYE!!!
¡Ustedes me congelaron y me usaron como un trineo!
¡¡¡Ahora estoy todo arañado!!!
¡¡¡No pueden tratar el papel de esa manera!!!
jefe
Pedrito Plano, ¿jugaste alguna vez a piedra, papel, tijera?
CONOZCO el juego, ¿por qué?

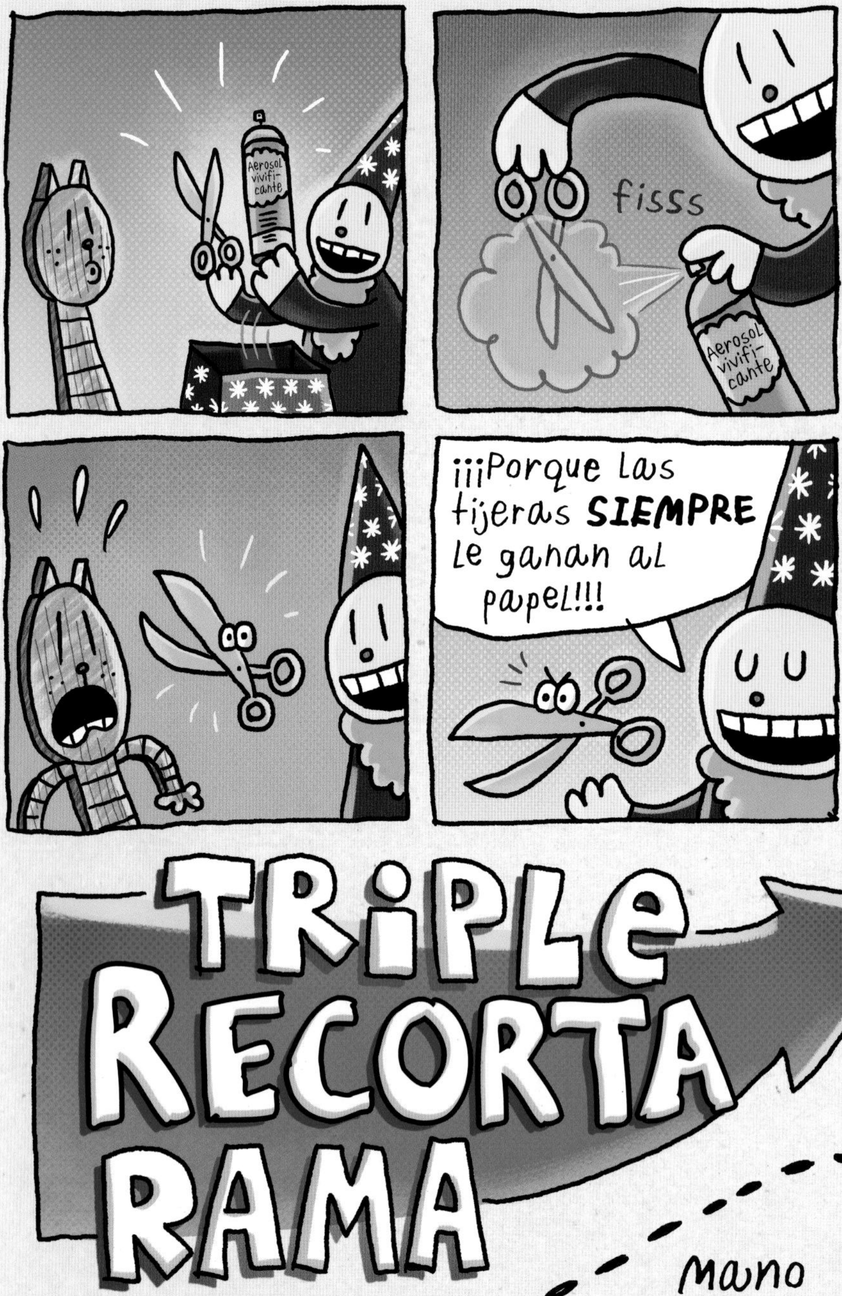
Aerosol vivificante
fisss
Aerosol vivificante
¡¡¡Porque las tijeras **SIEMPRE** le ganan al papel!!!

TRIPLE RECORTA RAMA

Mano izquierda aq

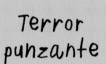
Terror punzante

¡No seas cortante!

me gusta cortar bastante.

Pulgar derecho aquí.

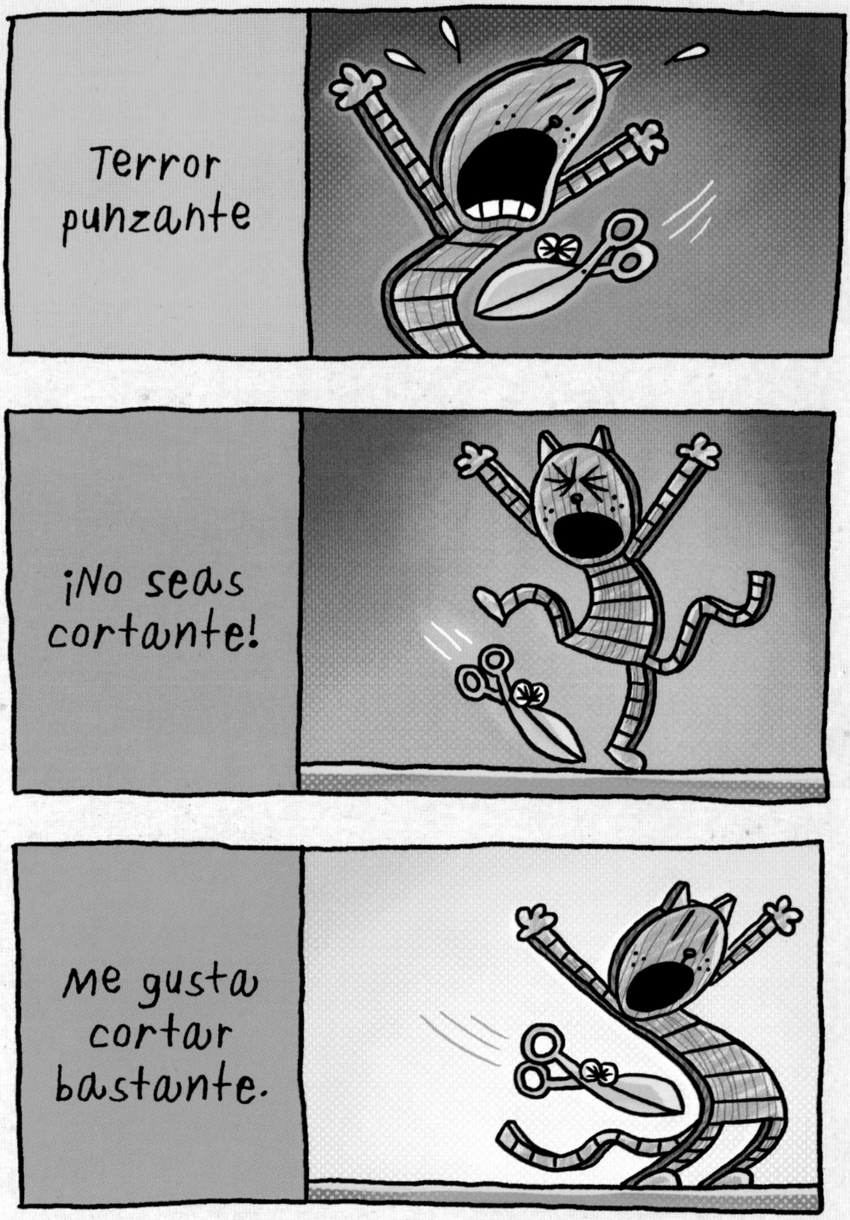
Terror punzante
¡No seas cortante!
Me gusta cortar bastante.

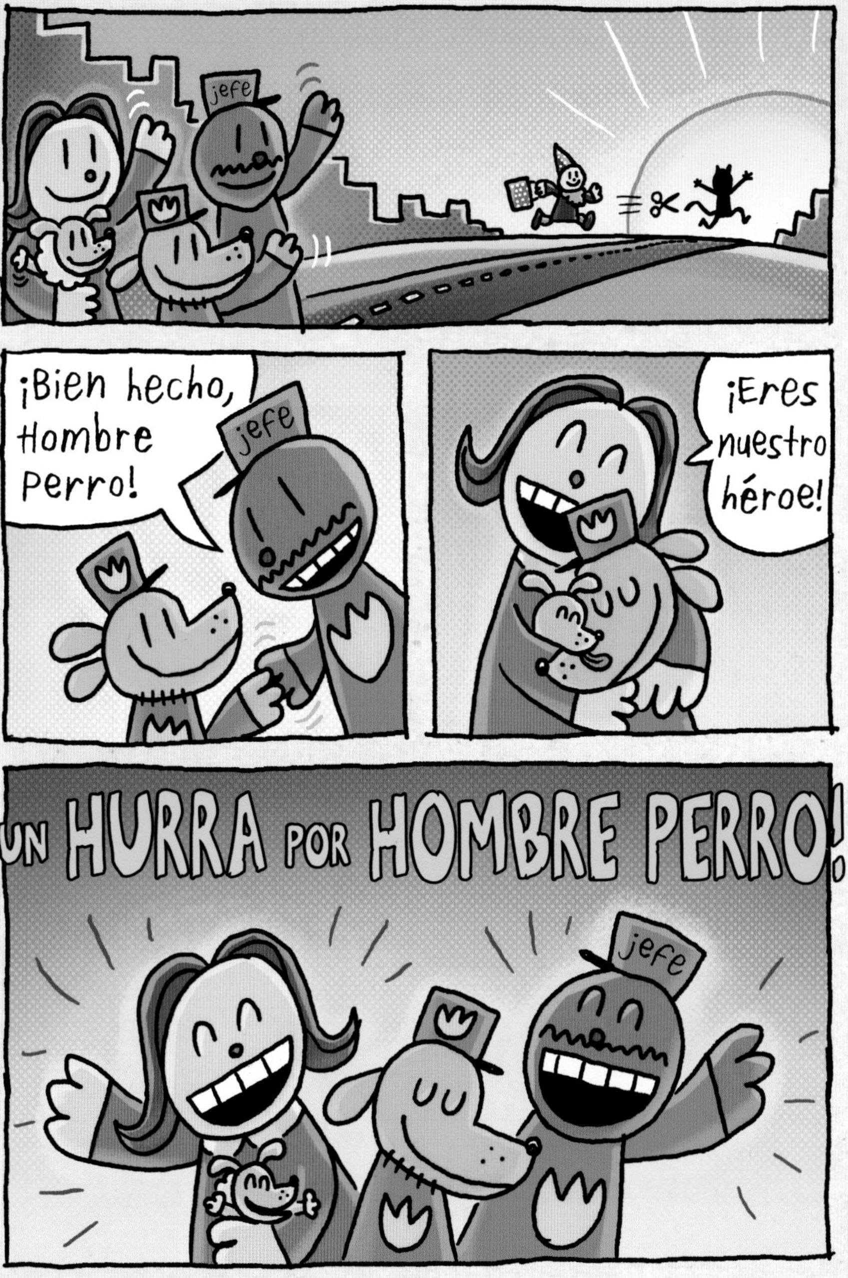
jefe
¡Bien hecho, Hombre Perro!
jefe
¡Eres nuestro héroe!
¡UN HURRA POR HOMBRE PERRO!
jefe

EPÍLOGO

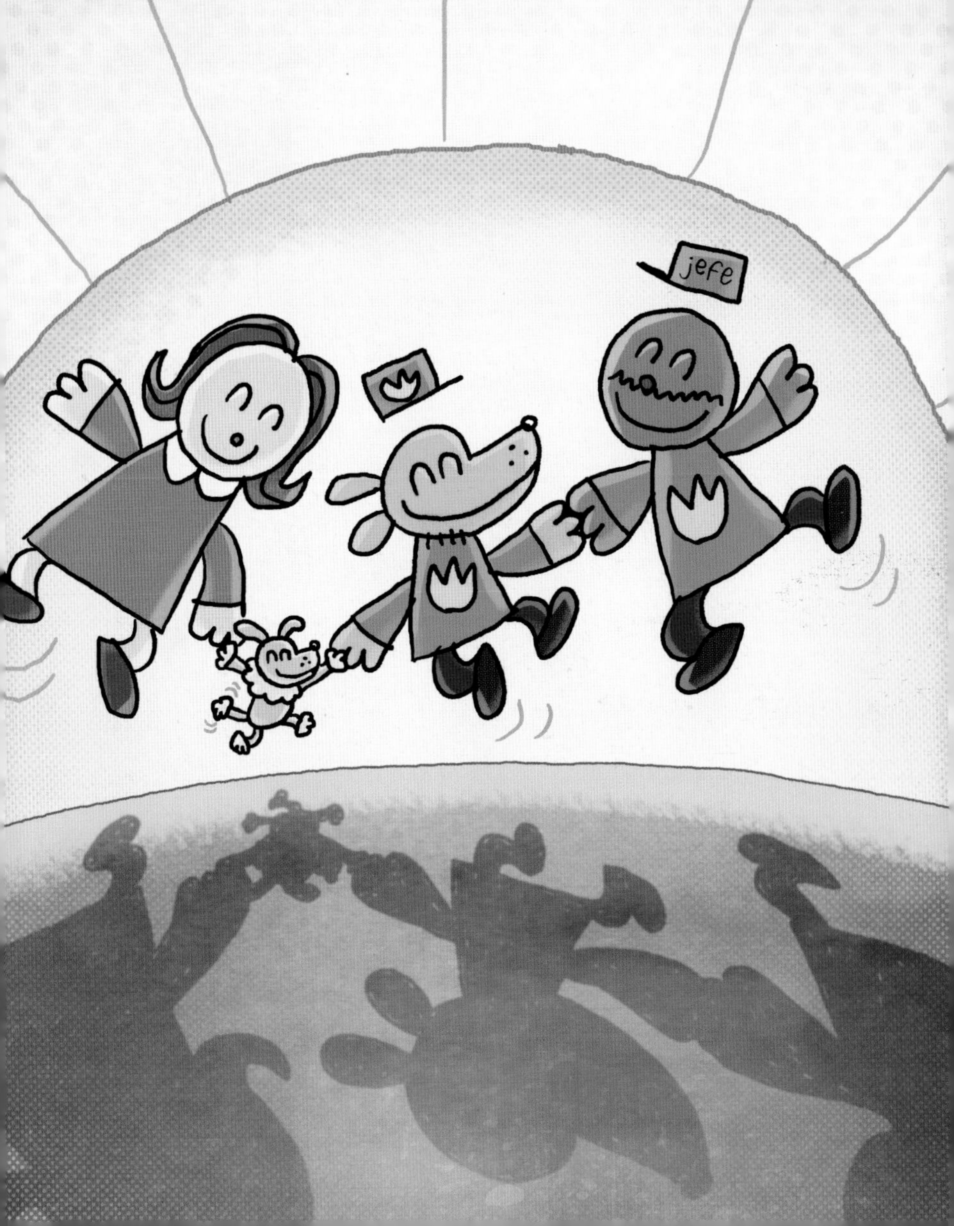
jefe

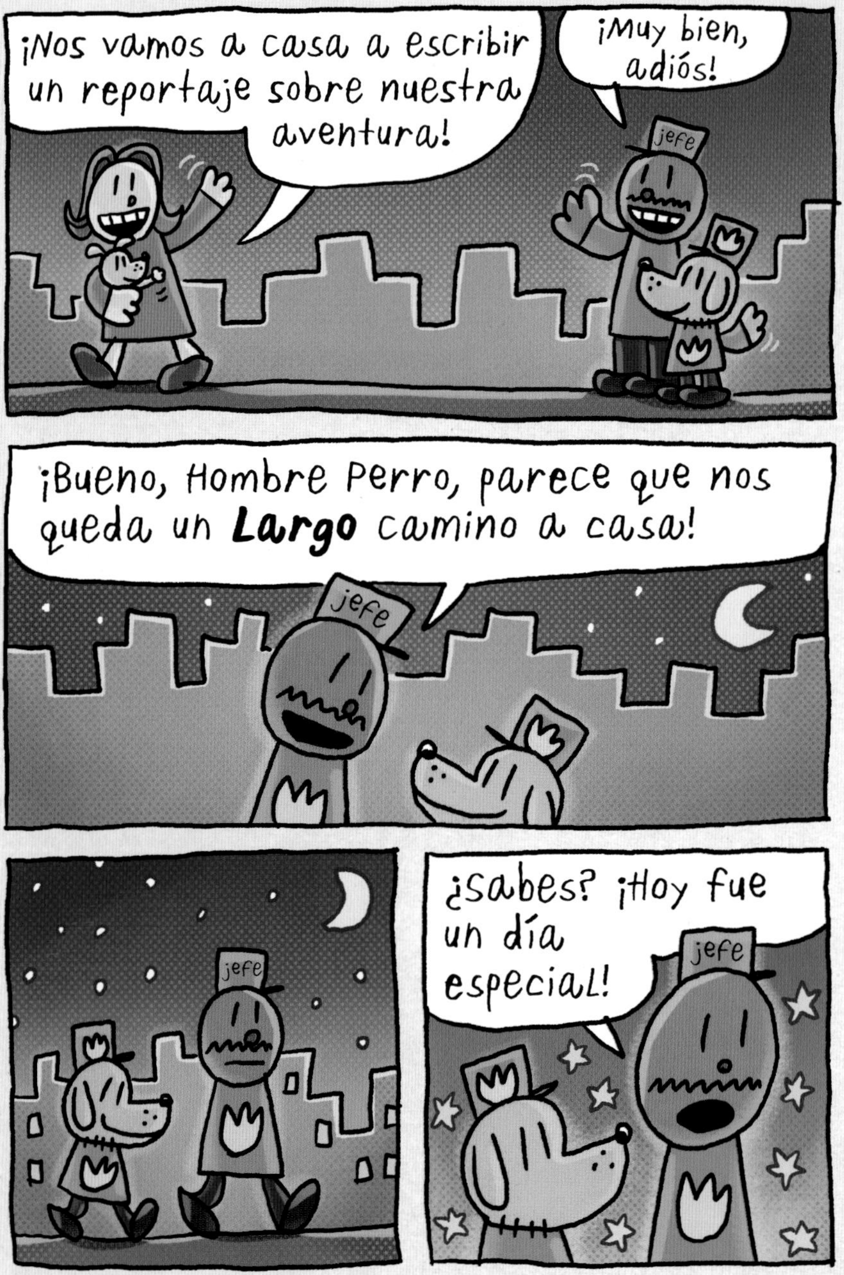
¡Nos vamos a casa a escribir un reportaje sobre nuestra aventura!
¡Muy bien, adiós!
jefe
¡Bueno, Hombre Perro, parece que nos queda un **Largo** camino a casa!
jefe
jefe
¿Sabes? ¡Hoy fue un día especial!
jefe

Nadie aprendió nada...

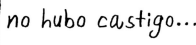

no hubo castigo...

ni renacer... no hubo una revelación...

y ni una pizca de maduración o de superación personal.

¡Nada más que un montón de acción sin sentido y pura suerte!

Lo que quiero decir es que hoy fue...

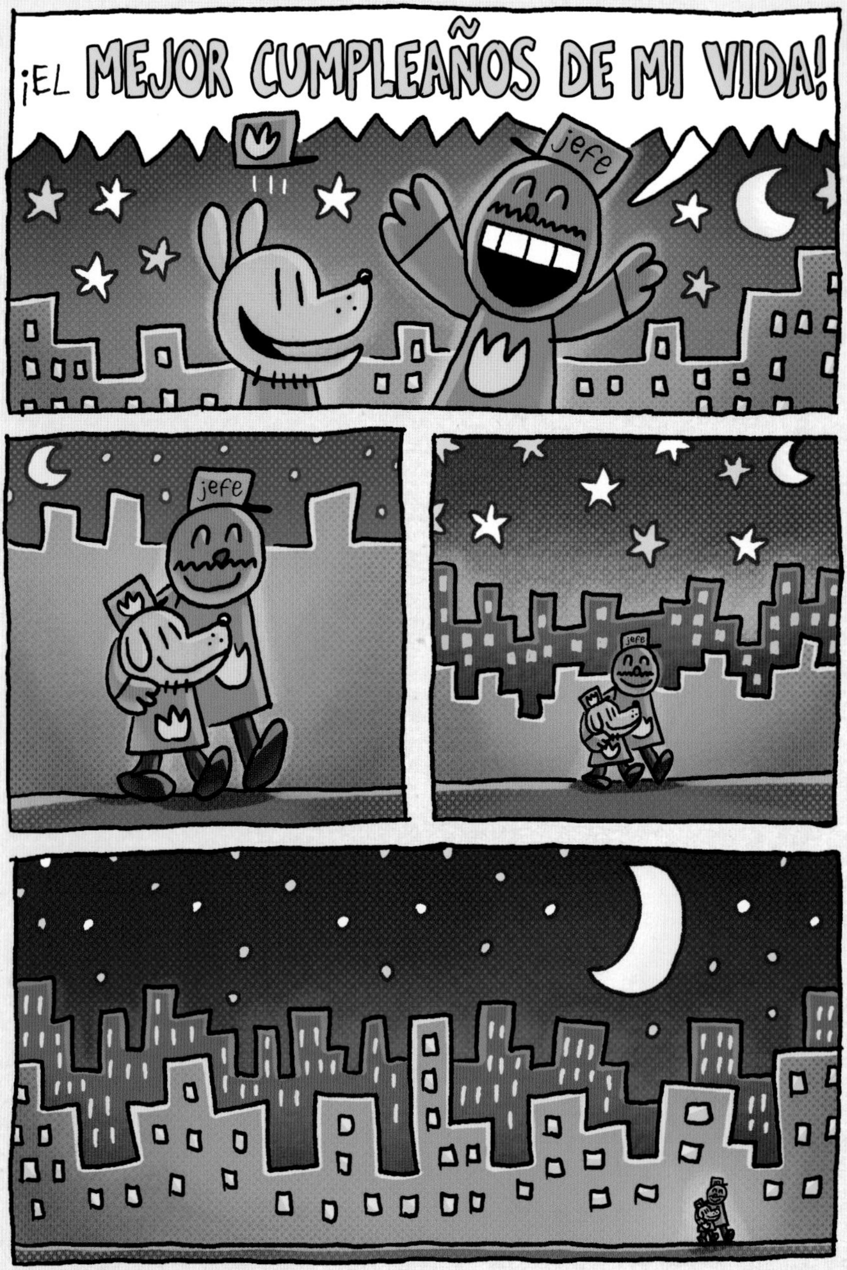

¡EL MEJOR CUMPLEAÑOS DE MI VIDA!
jefe
jefe
jefe

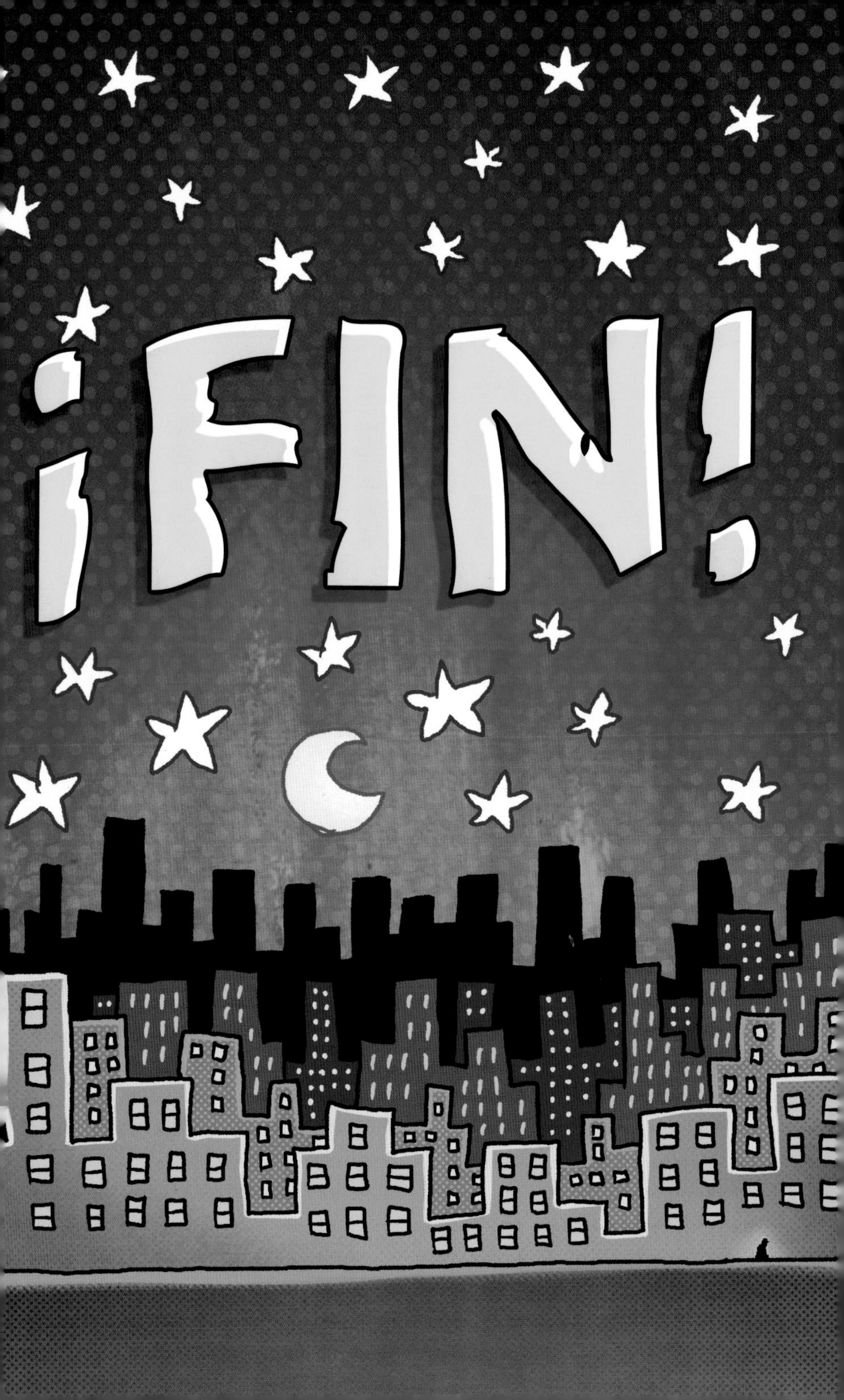
¡FIN!

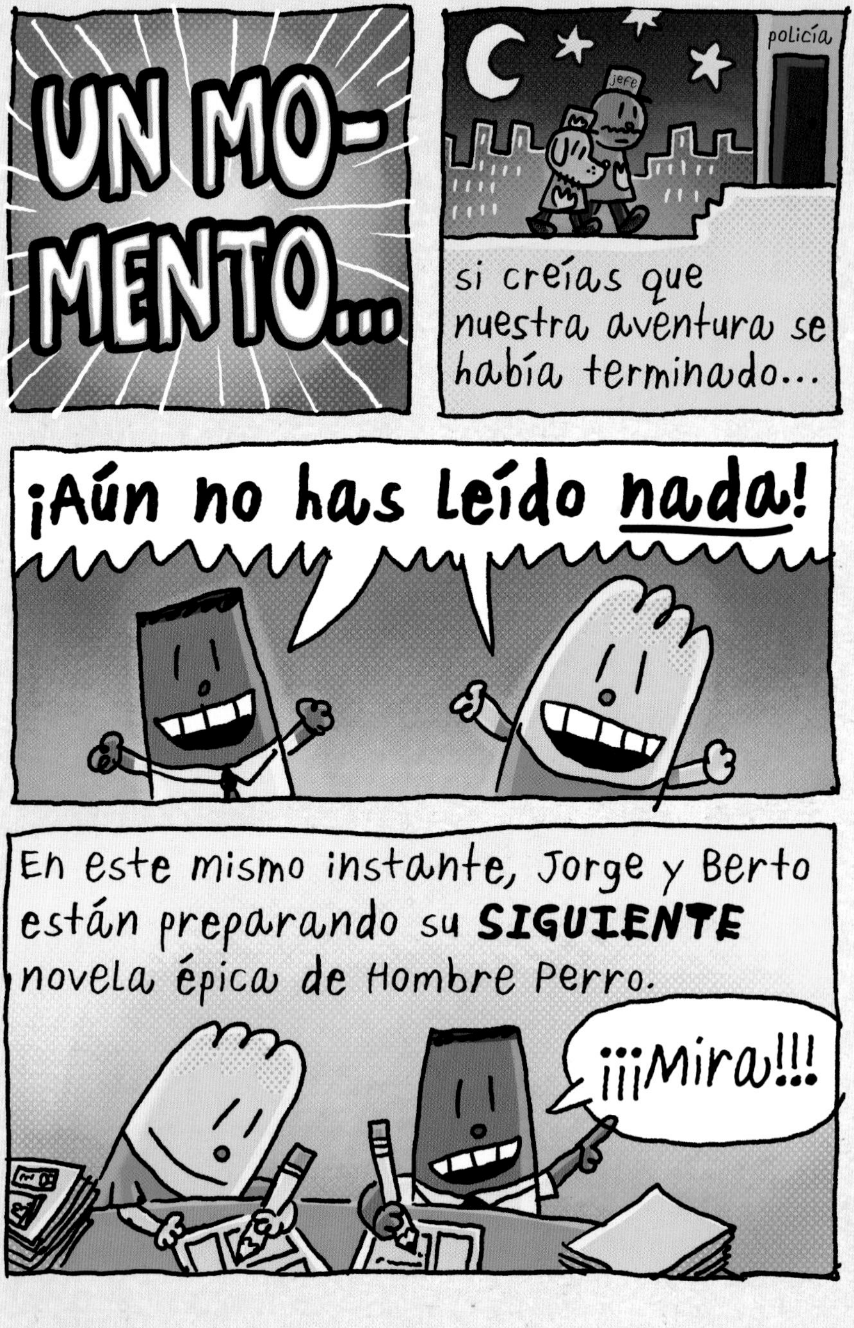
UN MO-
MENTO...
policía
jefe
si creías que nuestra aventura se había terminado...
¡Aún no has leído nada!
En este mismo instante, Jorge y Berto están preparando su SIGUIENTE novela épica de Hombre Perro.
¡¡¡Mira!!!

HOMBRE PERRO
HISTORIA DE DOS GATITOS
Era el mejor de los perros...
jefe
era el peor de los perros.
jefe
Era la época de los inventos...
TÚ puedes clonarlos
NUEVO
y la era de la sorpresa.

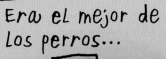

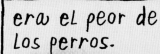

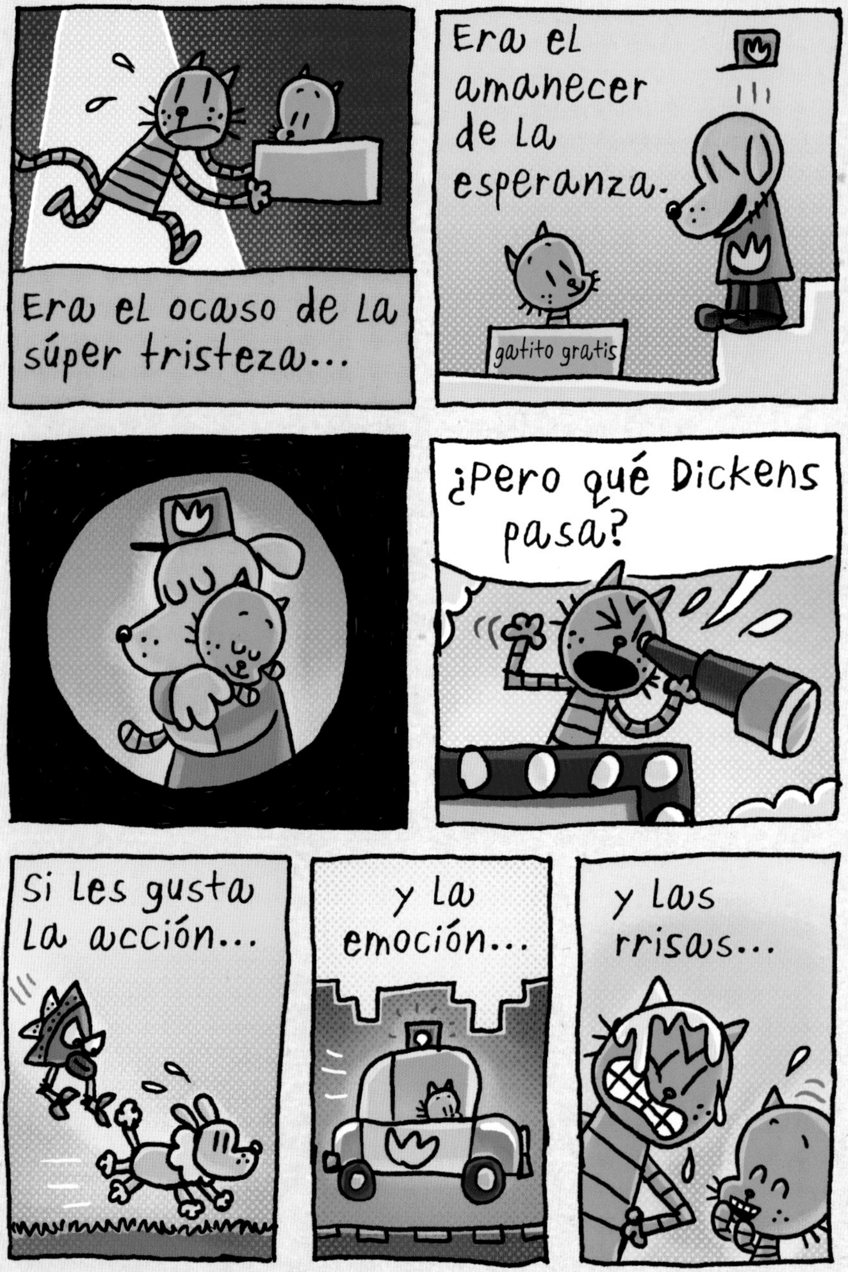
Era el ocaso de la súper tristeza...
Era el amanecer de la esperanza.
gatito gratis
¿Pero qué Dickens pasa?
Si les gusta la acción...
y la emoción...
y las rrisas...

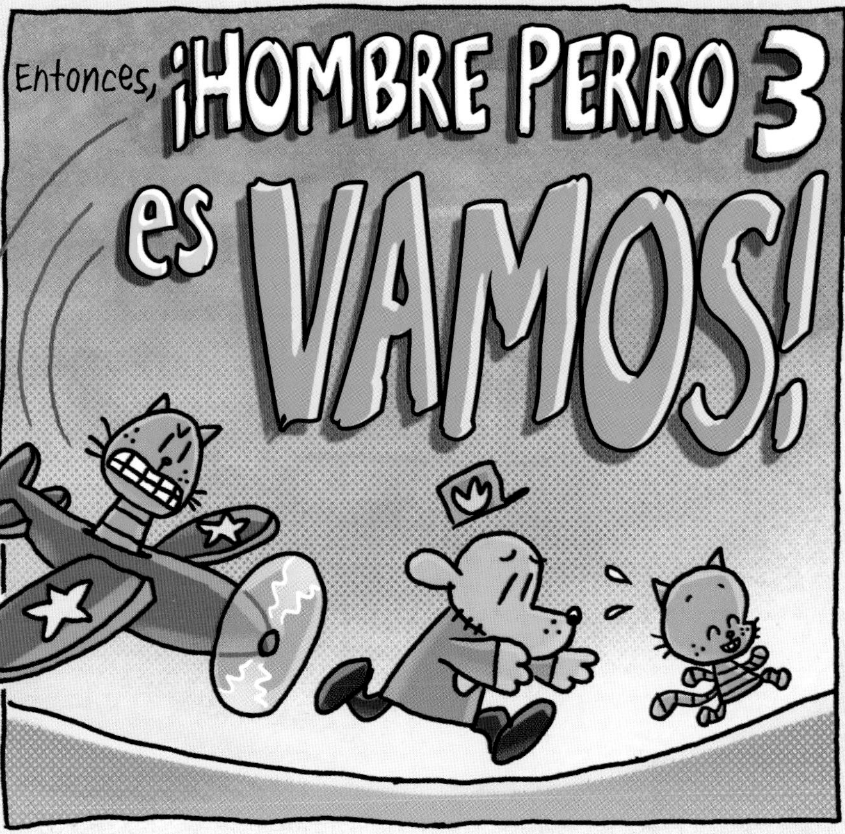
Entonces, ¡HOMBRE PERRO 3
es VAMOS!

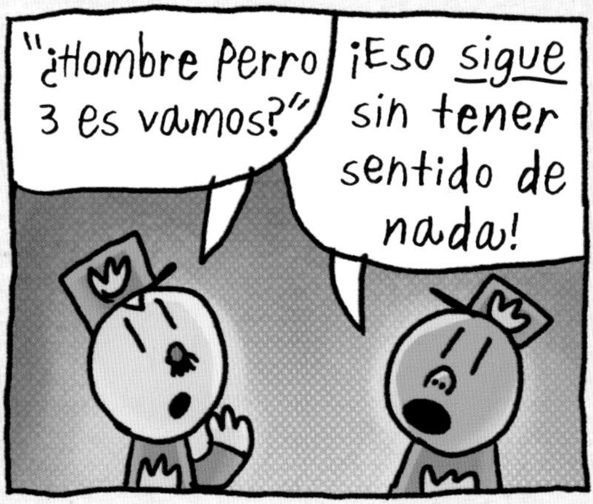
"¿Hombre Perro 3 es vamos?"
¡Eso sigue sin tener sentido de nada!

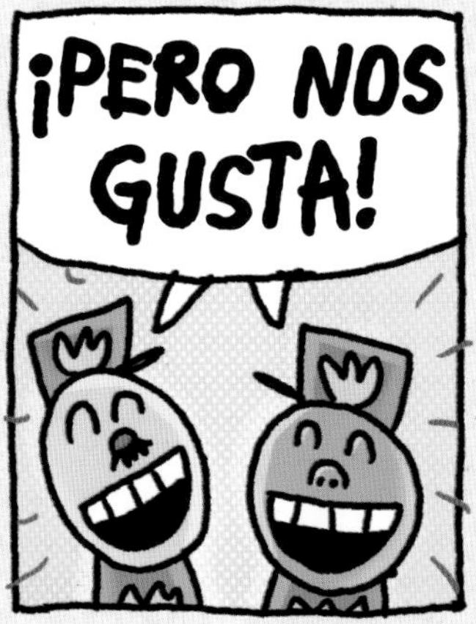
¡PERO NOS GUSTA!

CÓMIC EXTRA

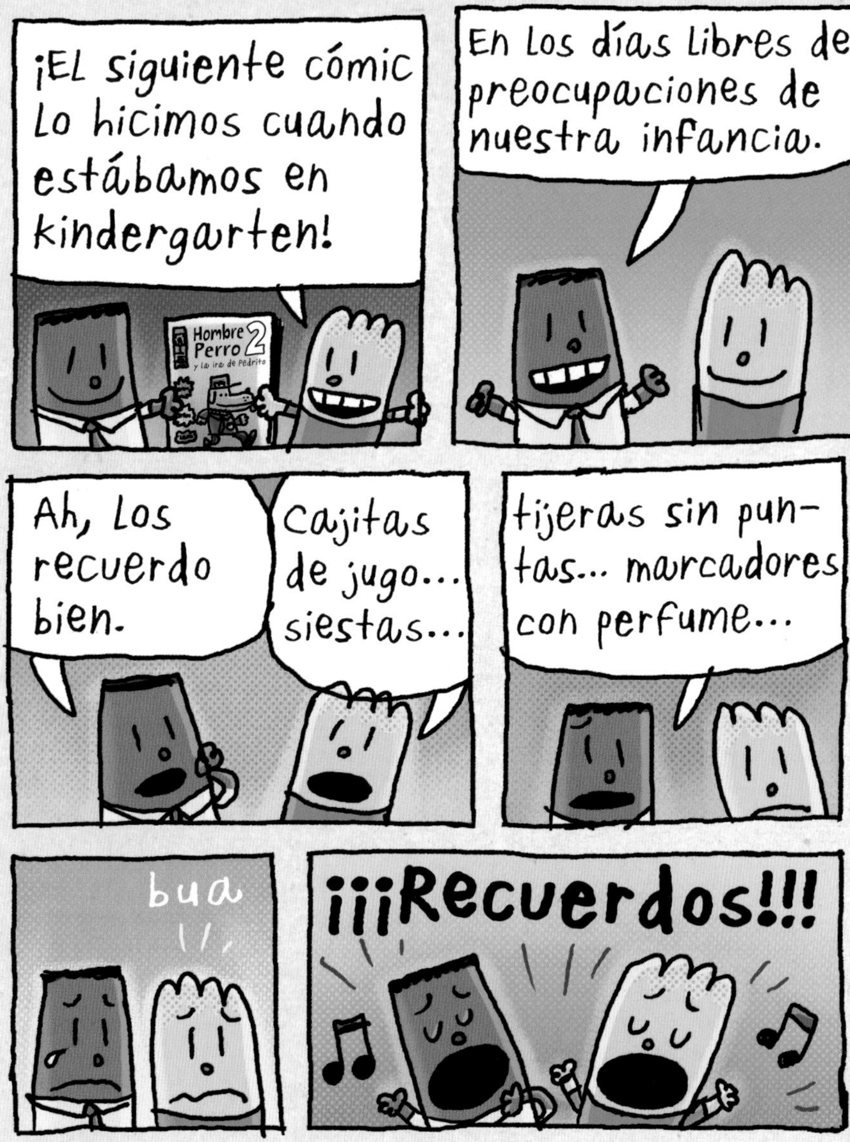

¡EL siguiente cómic lo hicimos cuando estábamos en kindergarten!
Hombre Perro 2 y la ira de Pedrito
En los días libres de preocupaciones de nuestra infancia.
Ah, los recuerdo bien.
Cajitas de jugo... siestas...
tijeras sin puntas... marcadores con perfume...
bua
¡¡¡Recuerdos!!!

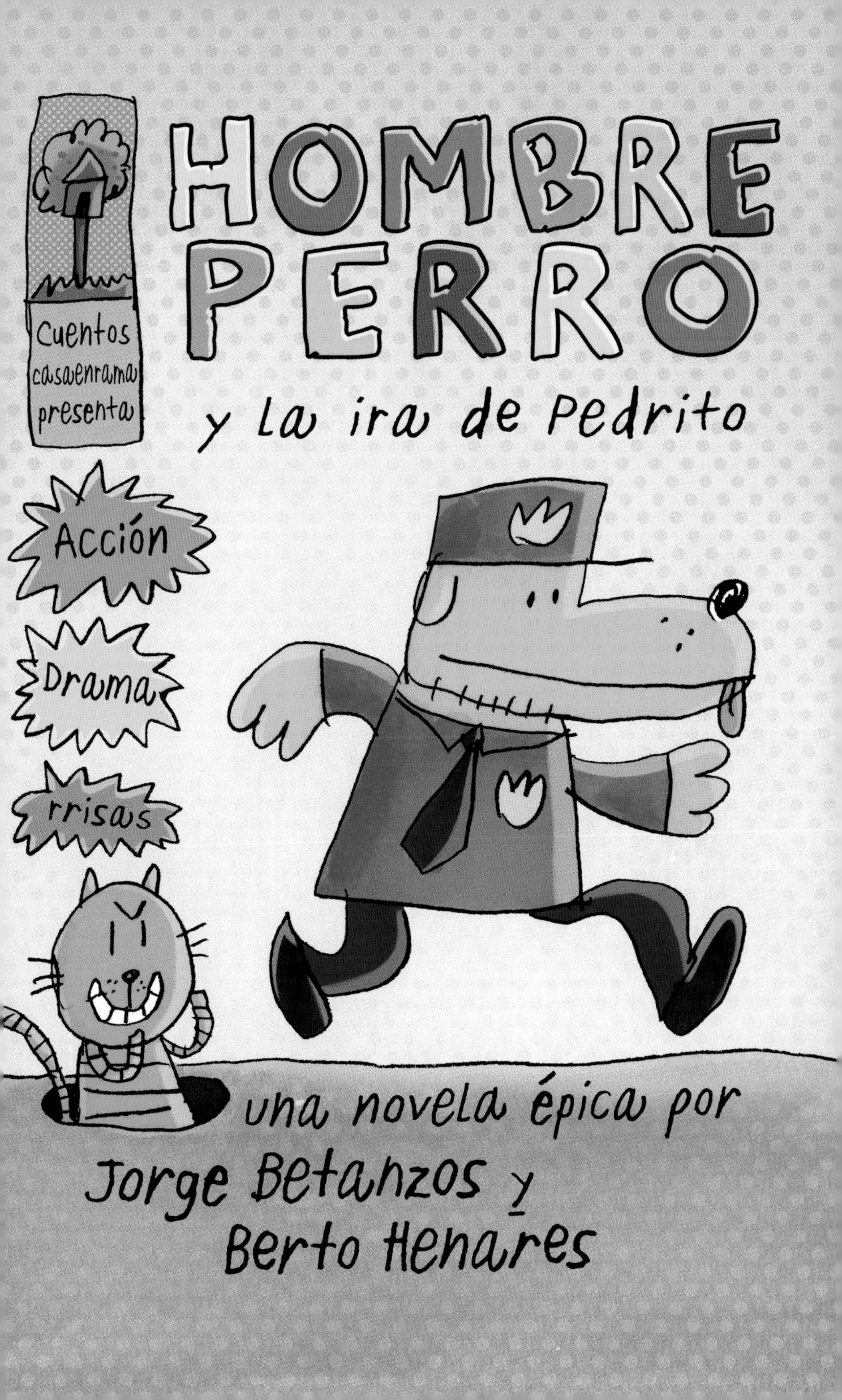

Cuentos casaenrama presenta
HOMBRE PERRO
y la ira de Pedrito
Acción
Drama
rrisas
una novela épica por
Jorge Betanzos y
Berto Henares

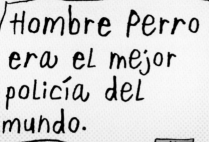

Hombre Perro era el mejor policía del mundo.

Te queremos, Hombre Perro.

Pero tenía una debilidad.

Basura

¡Oye, Hombre Perro, deja de comer de la basura!

ñam ñam

¡Y deja de revolcarte en los restos de pescado!

Y deja de olfatear a ese perro ~~perro~~

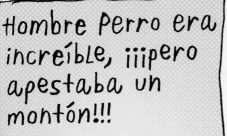

Hombre Perro era increíble, ¡¡¡pero apestaba un montón!!!

PUAJ

¡Necesitas un baño, Hombre Perro!

AUUUUUUUUUUUUUUUUUUUUU

¿?

¿Por qué salió corriendo?

¿No lo sabes? ¡¡Todos los perros odian bañarse!!

Es verdad, lo había olvidado.

197

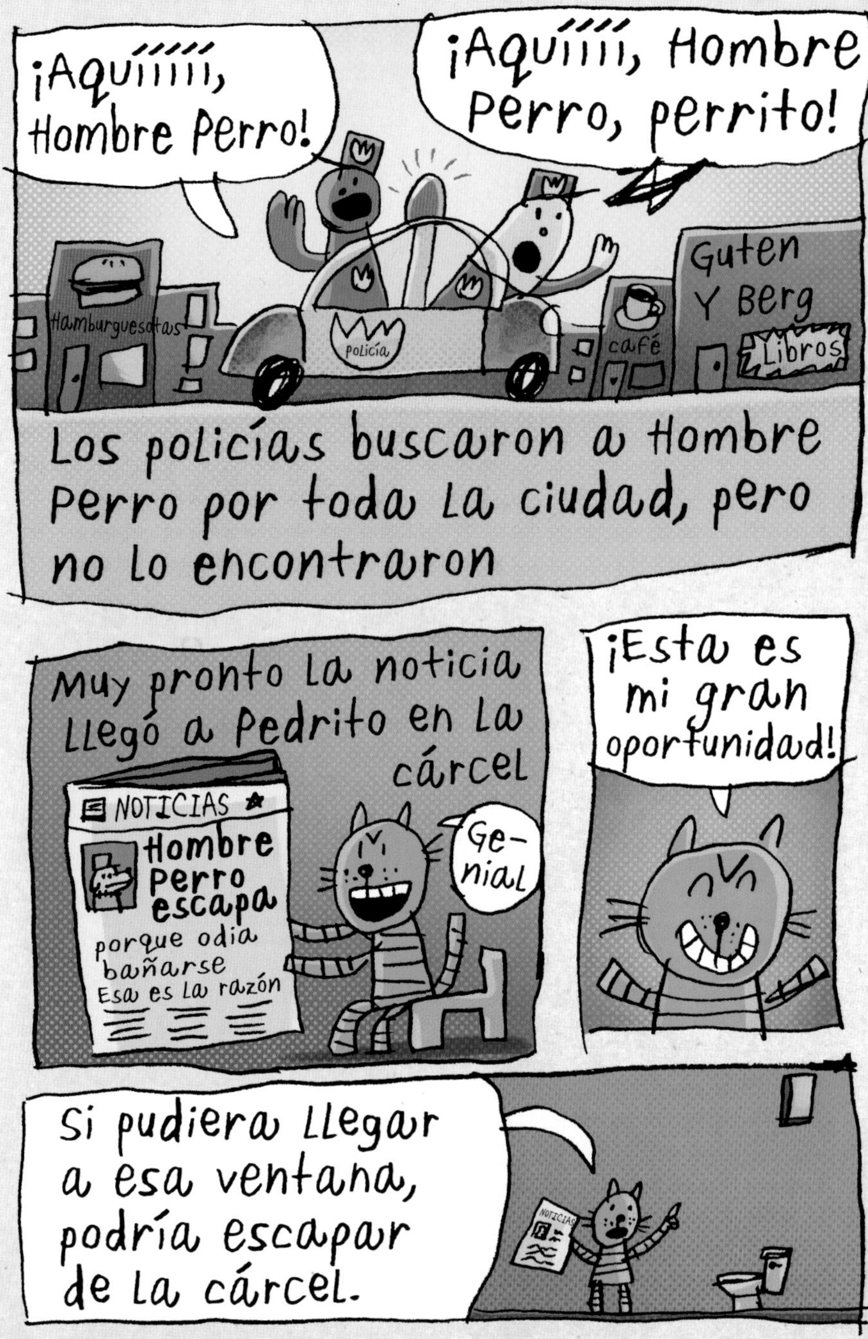

¡Aquííííí, Hombre Perro!
¡Aquííííí, Hombre Perro, perrito!
Hamburguesotas
policía
café
Guten Y Berg
Libros
Los policías buscaron a Hombre Perro por toda la ciudad, pero no lo encontraron
Muy pronto la noticia llegó a Pedrito en la cárcel
NOTICIAS
Hombre Perro escapa
porque odia bañarse
Esa es la razón
Ge-nial
¡Esta es mi gran oportunidad!
Si pudiera llegar a esa ventana, podría escapar de la cárcel.

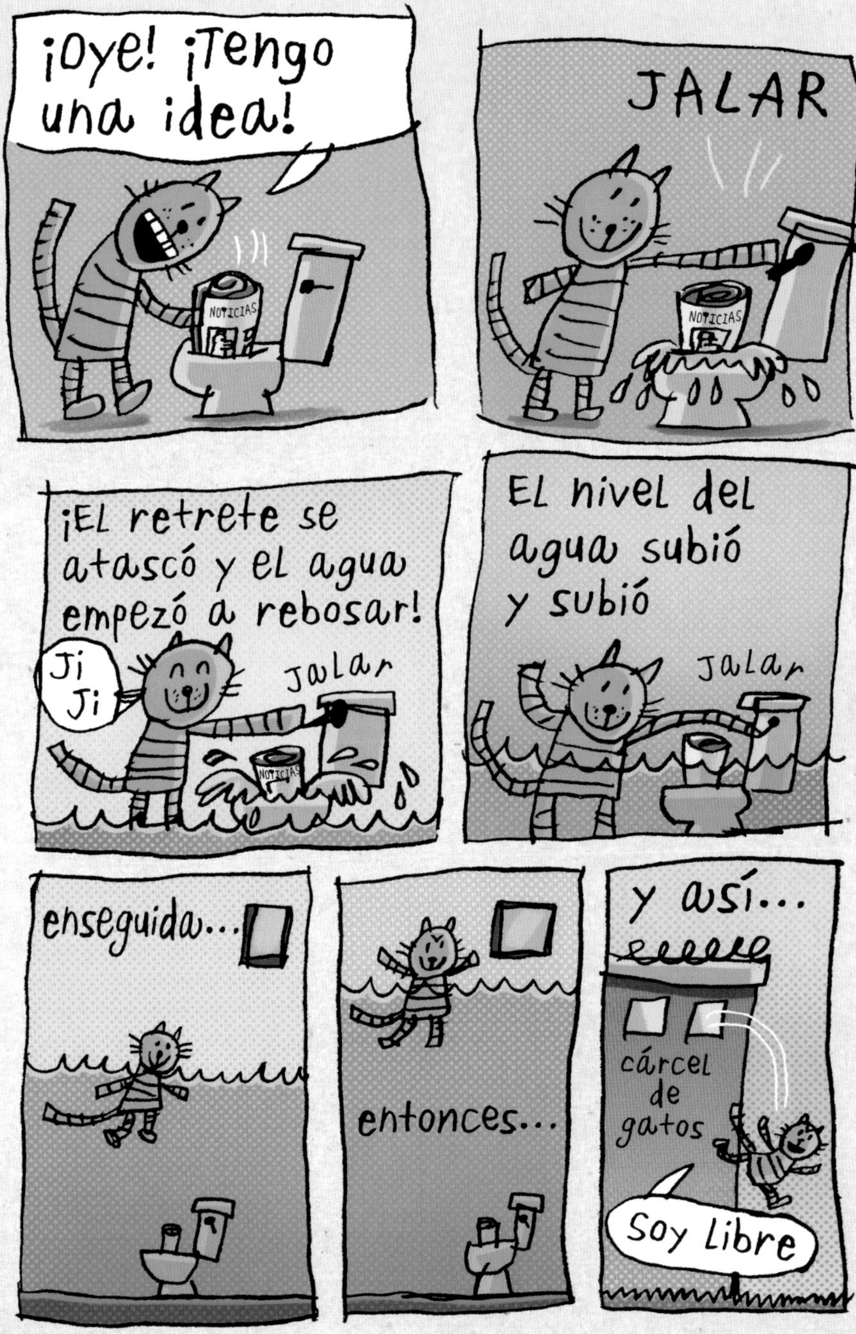
¡Oye! ¡Tengo una idea!
NOTICIAS
JALAR
NOTICIAS
¡EL retrete se atascó y eL agua empezó a rebosar!
Ji Ji
Jalar
NOTICIAS
EL nivel del agua subió y subió
Jalar
enseguida...
entonces...
y así...
cárcel de gatos
Soy Libre

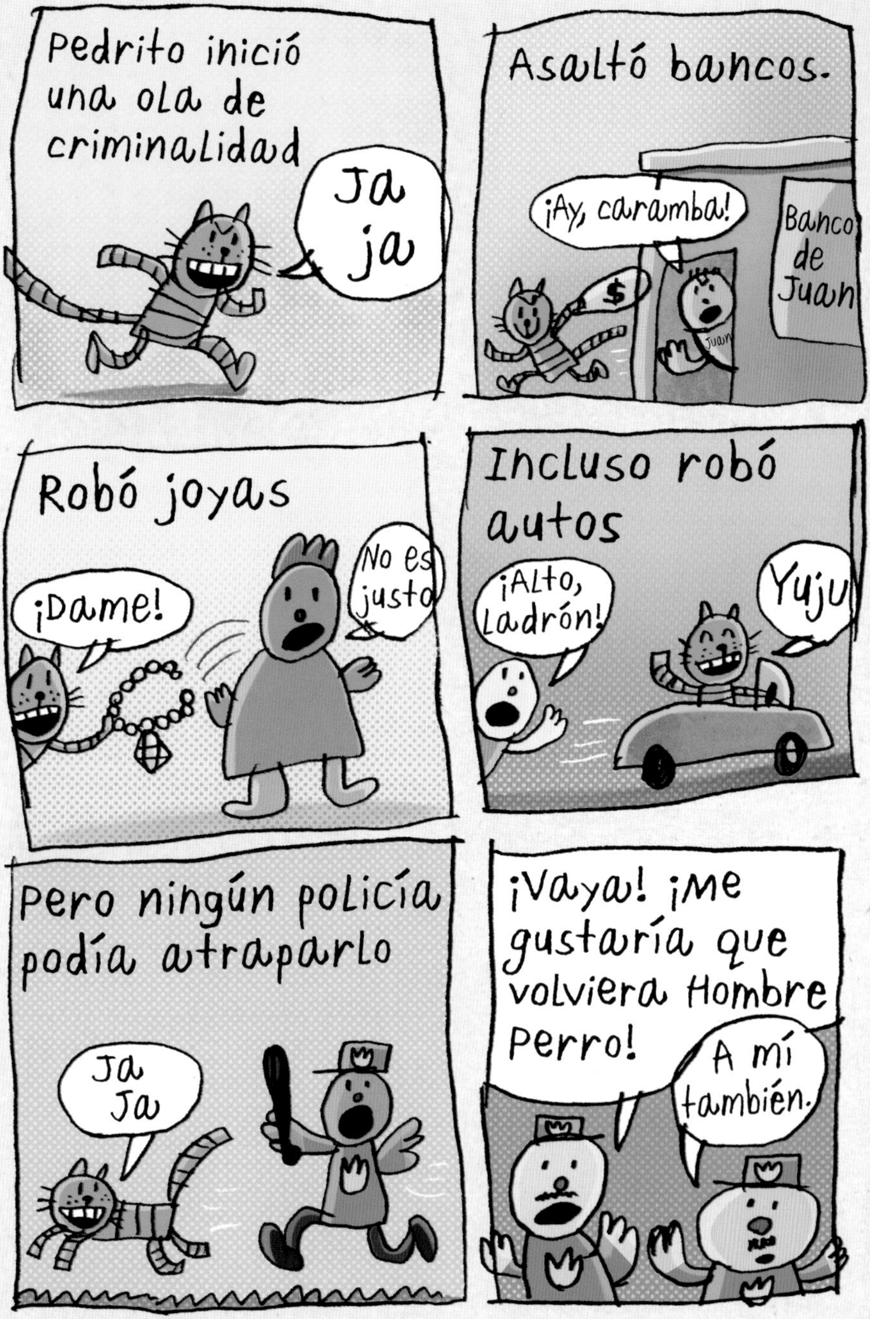
Pedrito inició una ola de criminalidad
Ja ja
Asaltó bancos.
¡Ay, caramba!
Banco de Juan
Juan
Robó joyas
¡Dame!
No es justo
Incluso robó autos
¡Alto, Ladrón!
Yuju
Pero ningún policía podía atraparlo
Ja Ja
¡Vaya! ¡Me gustaría que volviera Hombre Perro!
A mí también.

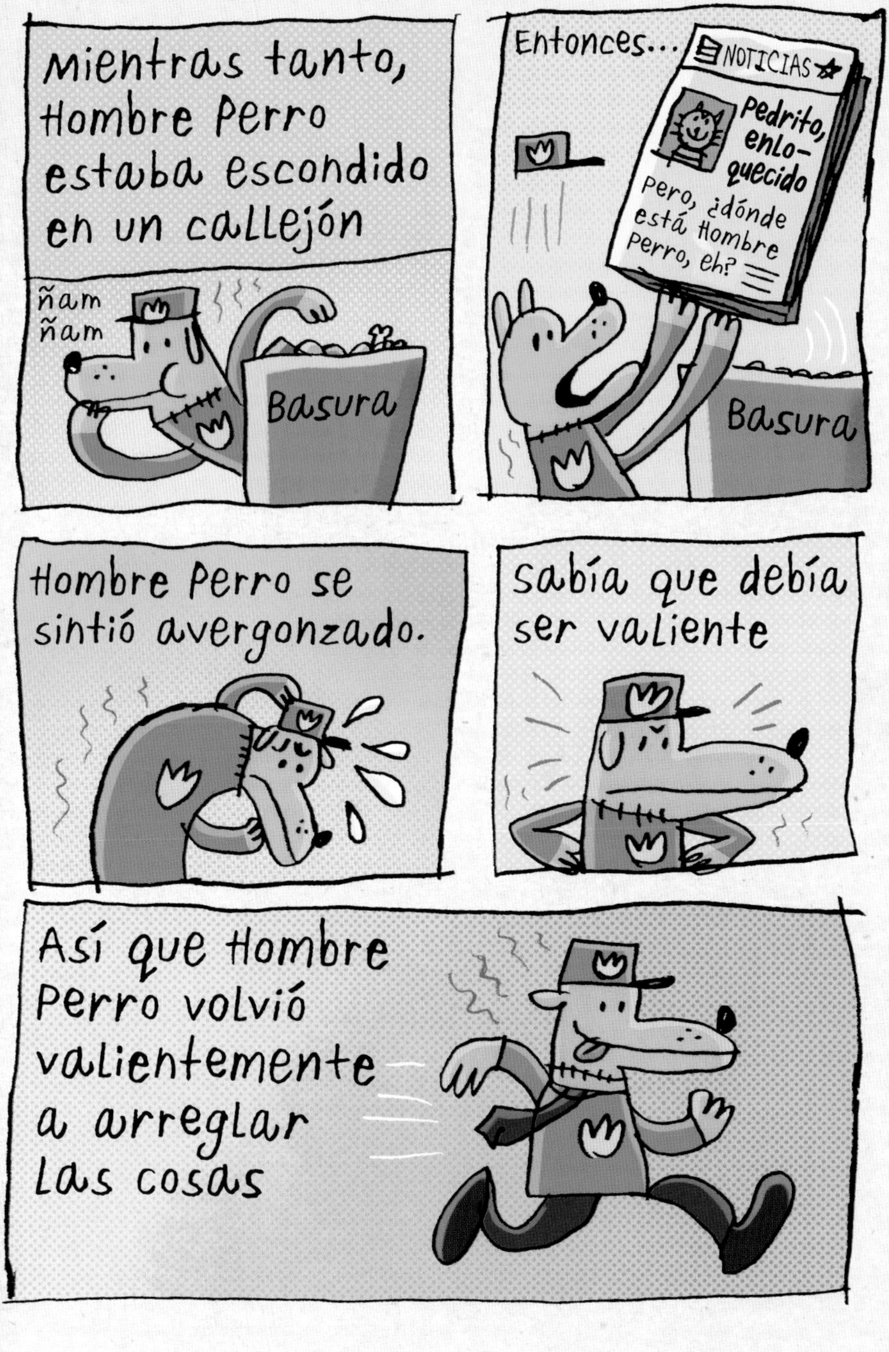
Mientras tanto, Hombre Perro estaba escondido en un callejón
ñam ñam
Basura
Entonces...
NOTICIAS
Pedrito, enloquecido
Pero, ¿dónde está Hombre Perro, eh?
Basura
Hombre Perro se sintió avergonzado.
Sabía que debía ser valiente
Así que Hombre Perro volvió valientemente a arreglar las cosas

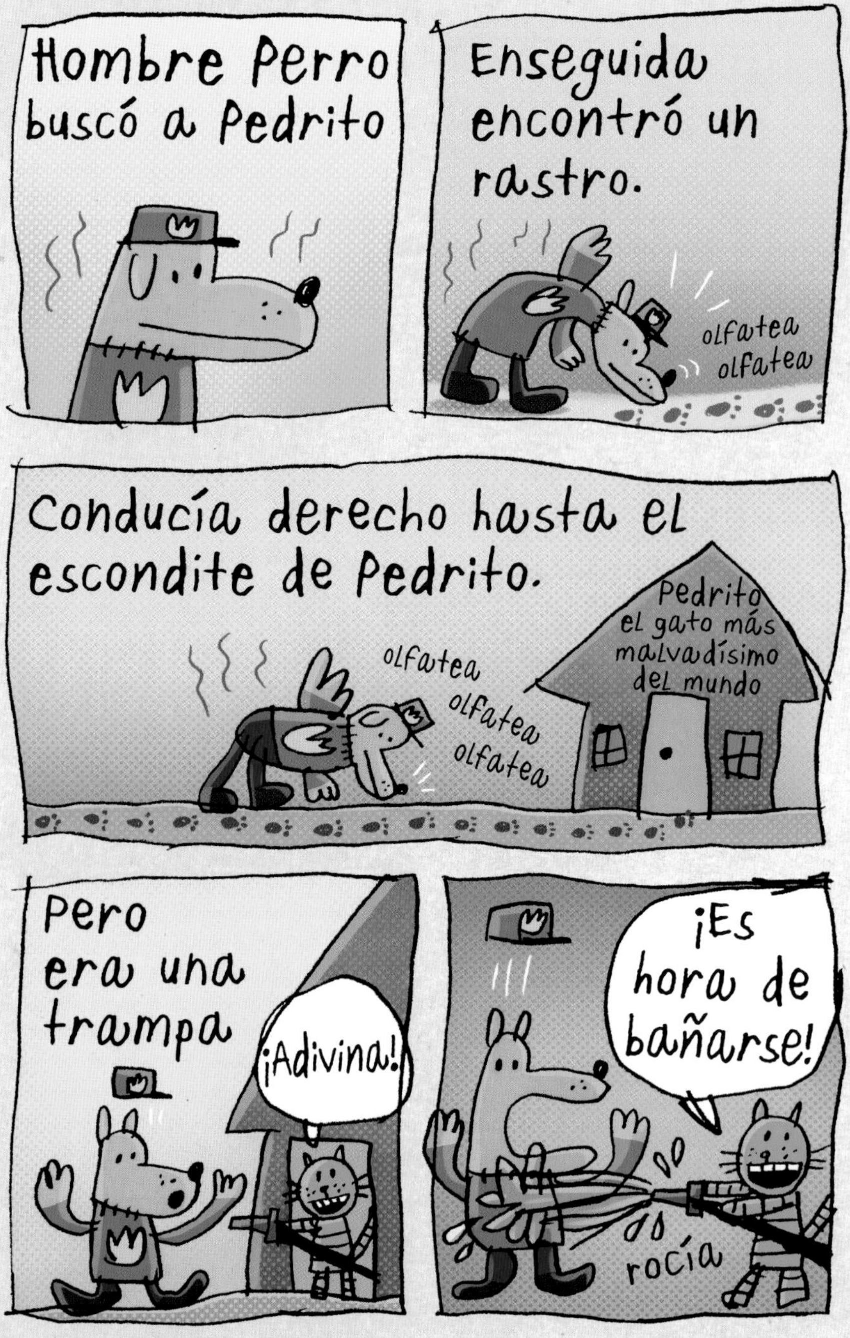
Hombre Perro buscó a Pedrito
Enseguida encontró un rastro.
olfatea
olfatea
Conducía derecho hasta el escondite de Pedrito.
olfatea
olfatea
olfatea
Pedrito el gato más malvadísimo del mundo
Pero era una trampa
¡Adivina!
¡Es hora de bañarse!
rocía

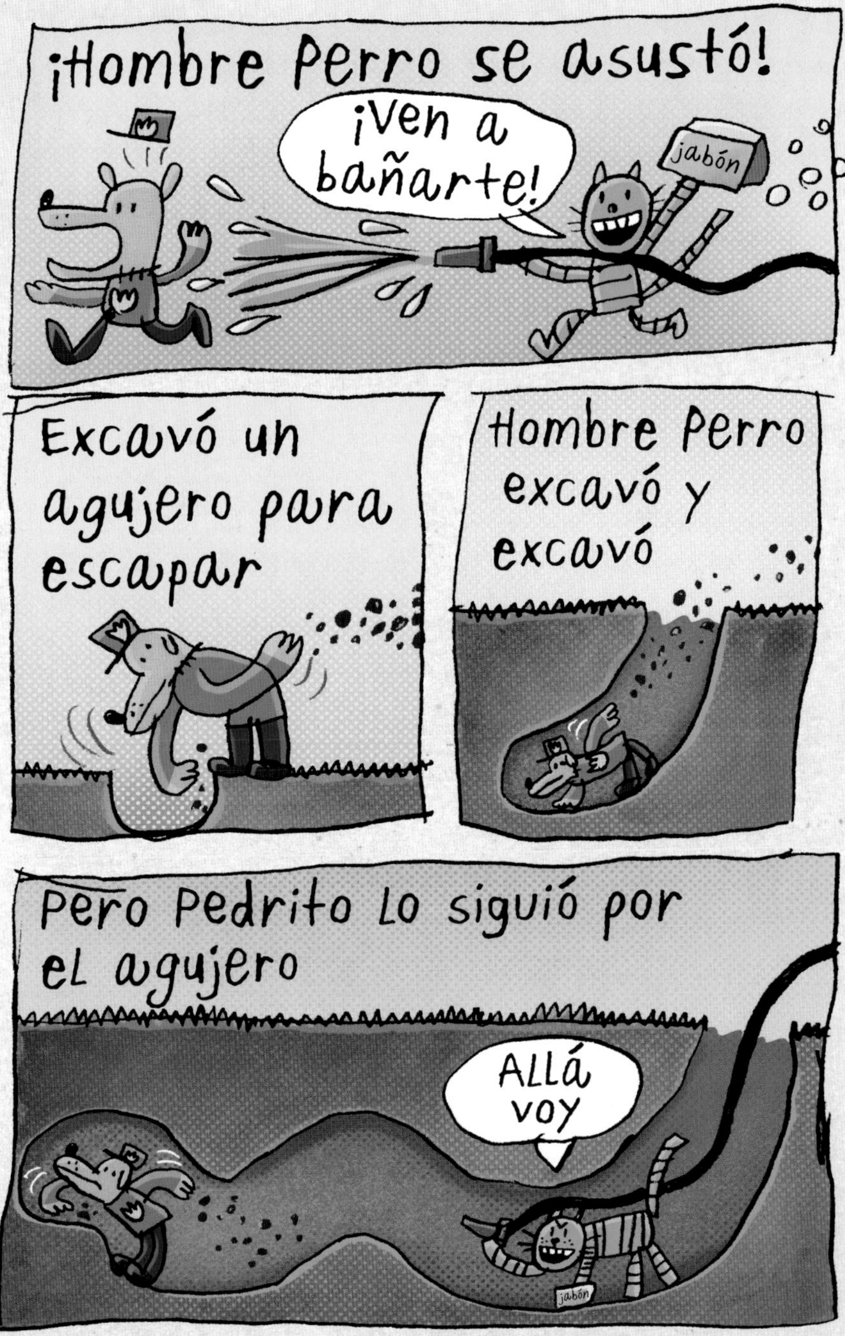
¡Hombre Perro se asustó!
¡Ven a bañarte!
jabón
Excavó un agujero para escapar
Hombre Perro excavó y excavó
Pero Pedrito lo siguió por el agujero
ALLÁ voy
jabón

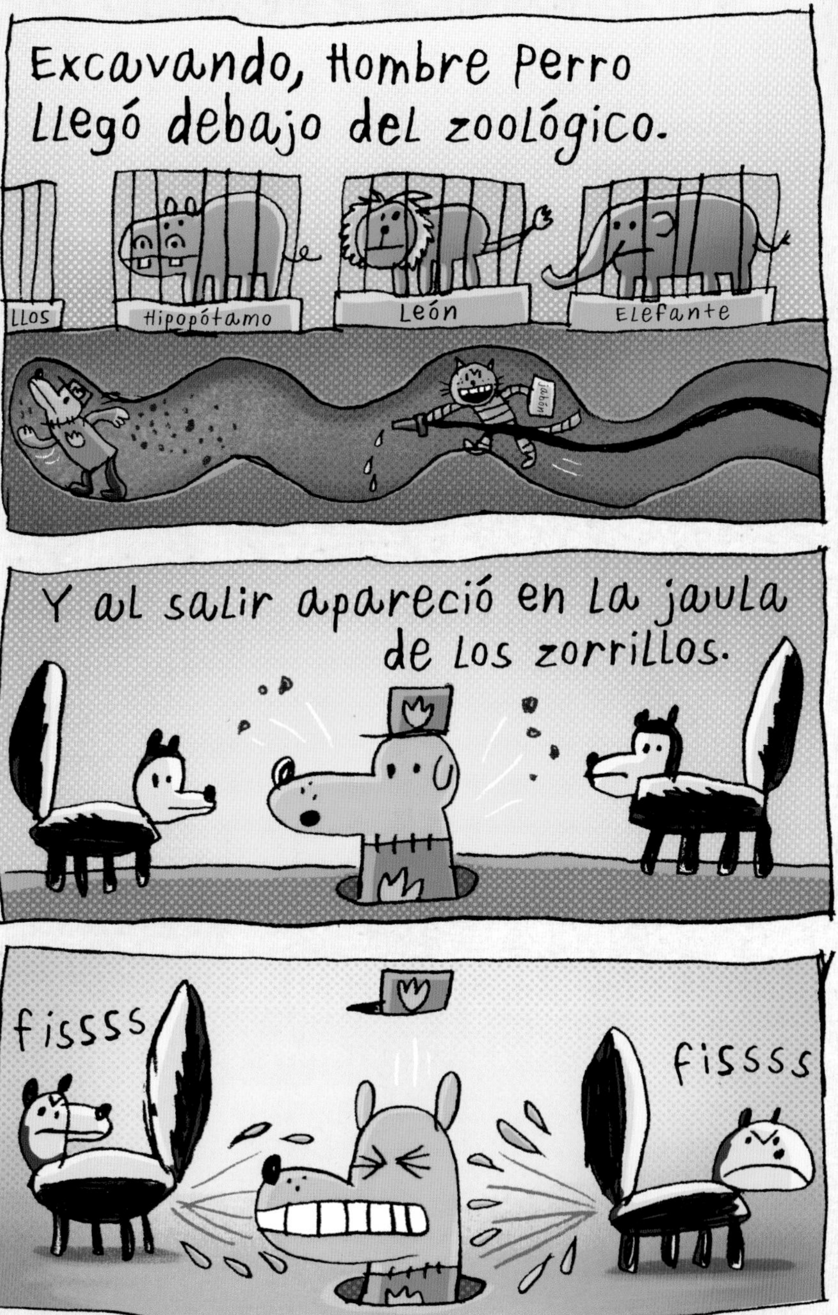
Excavando, Hombre Perro llegó debajo del zoológico.
llos
Hipopótamo
León
Elefante
jabón
Y al salir apareció en la jaula de los zorrillos.
fissss
fissss

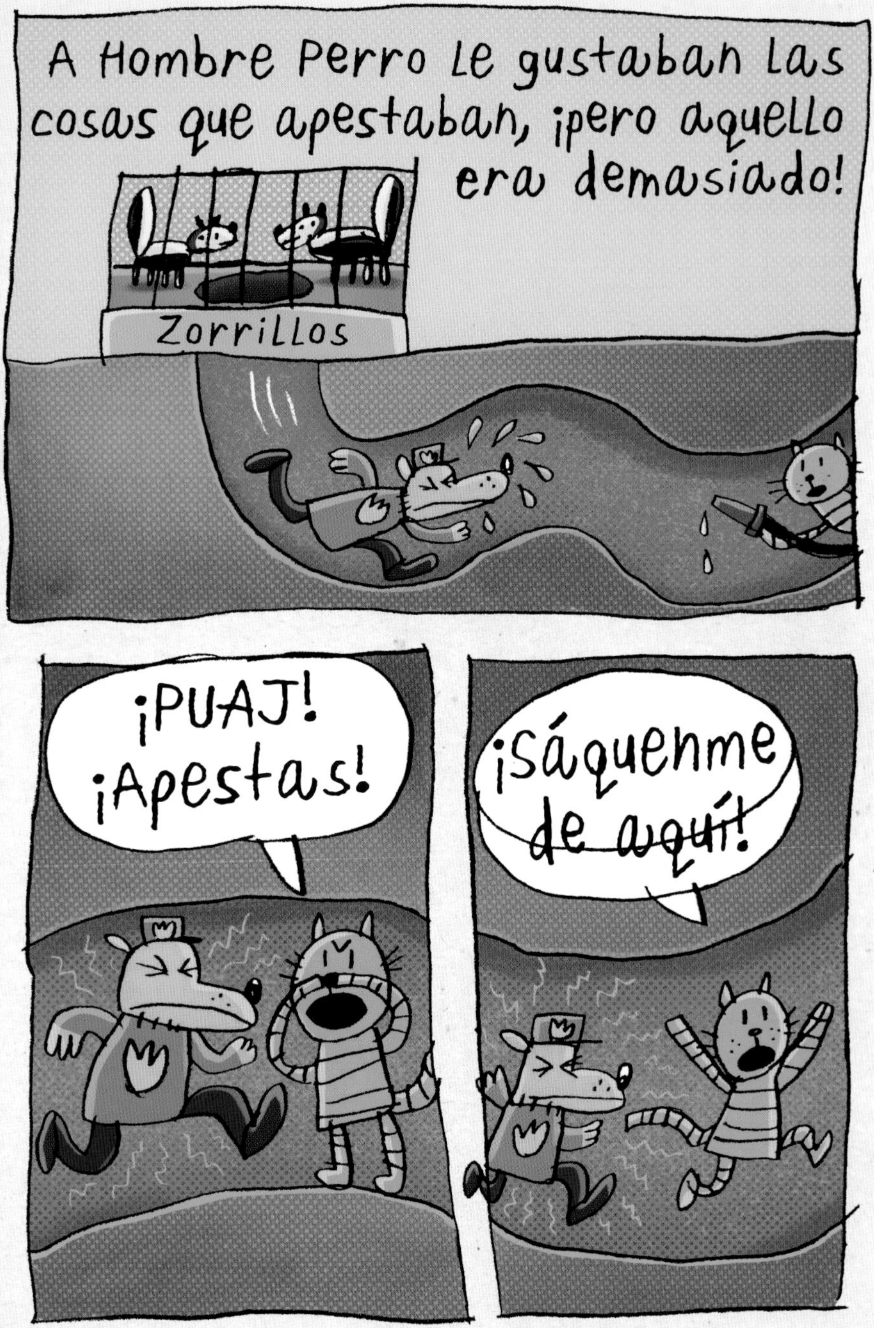
A Hombre Perro le gustaban las cosas que apestaban, ¡pero aquello era demasiado!
Zorrillos
¡PUAJ! ¡Apestas!
¡Sáquenme de aquí!

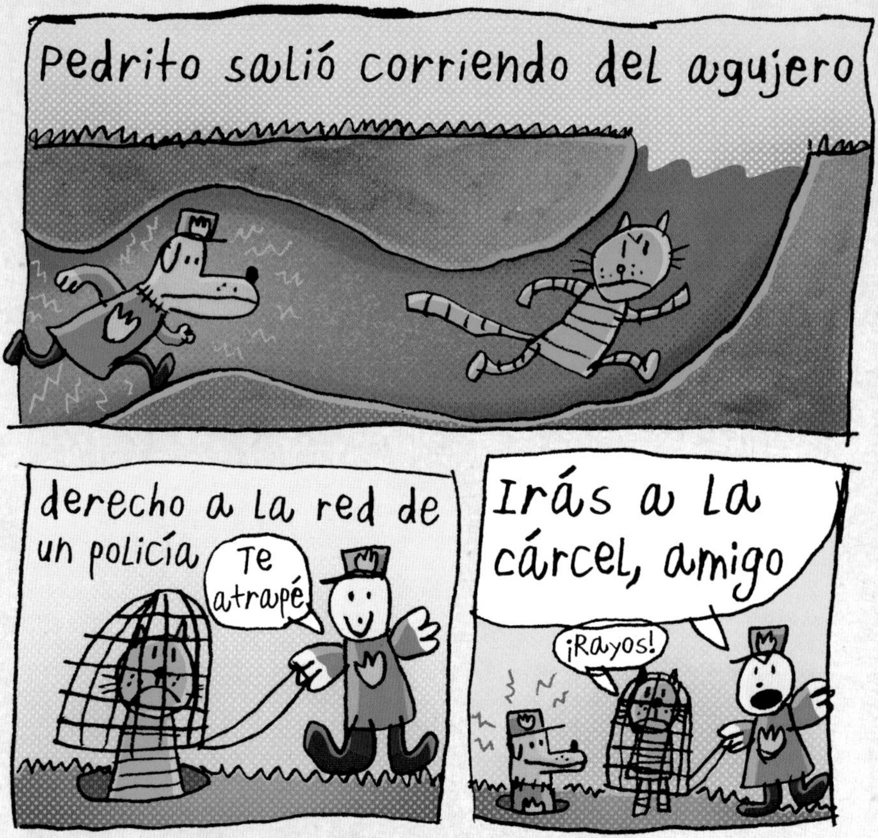
Pedrito salió corriendo del agujero
derecho a la red de un policía
Te atrapé
Irás a la cárcel, amigo
¡Rayos!

Fliporama

Así se hace.

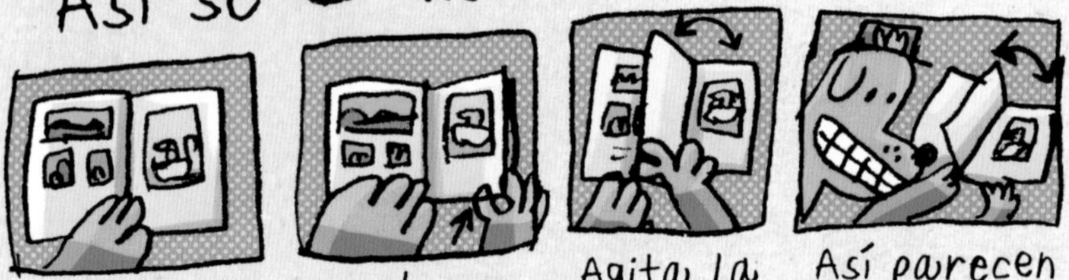

Coloca la mano izquierda ahí, en la línea de puntos

Sujeta la otra página con el pulgar

Agita la página para delante y para atrás

Así parecen dibujos animados

Mano izquierda aquí

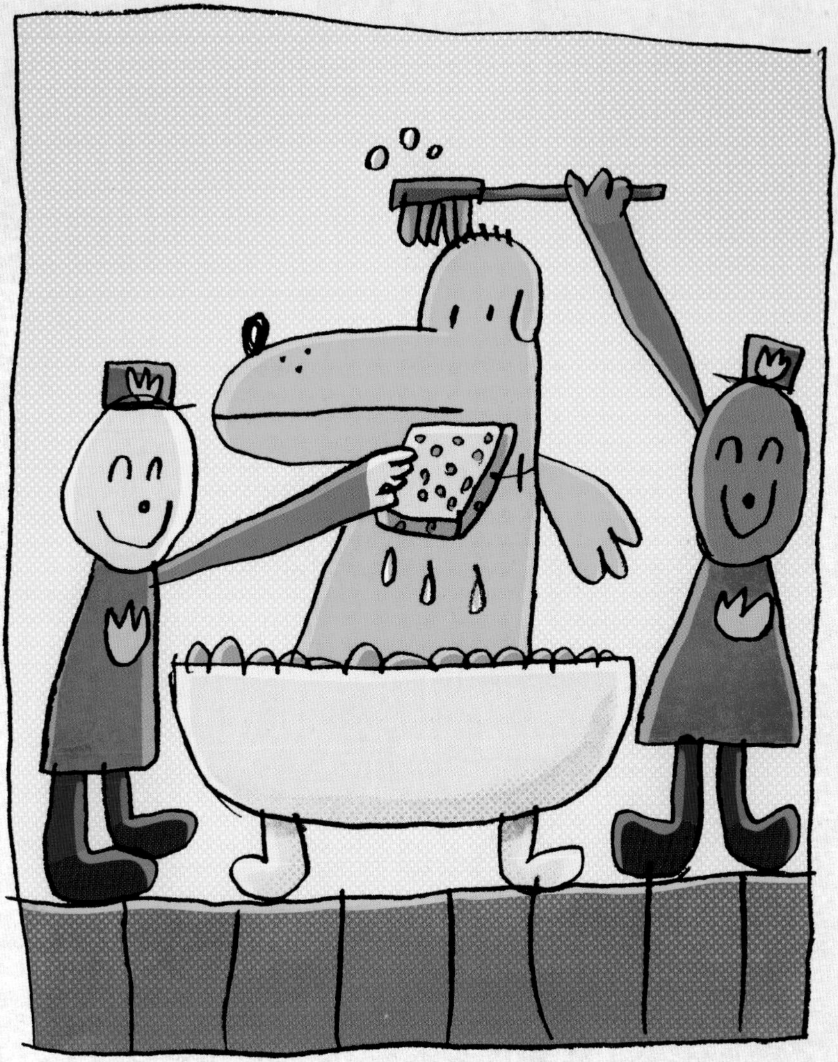

EL baño de Hombre Perro

Pulgar derecho aquí

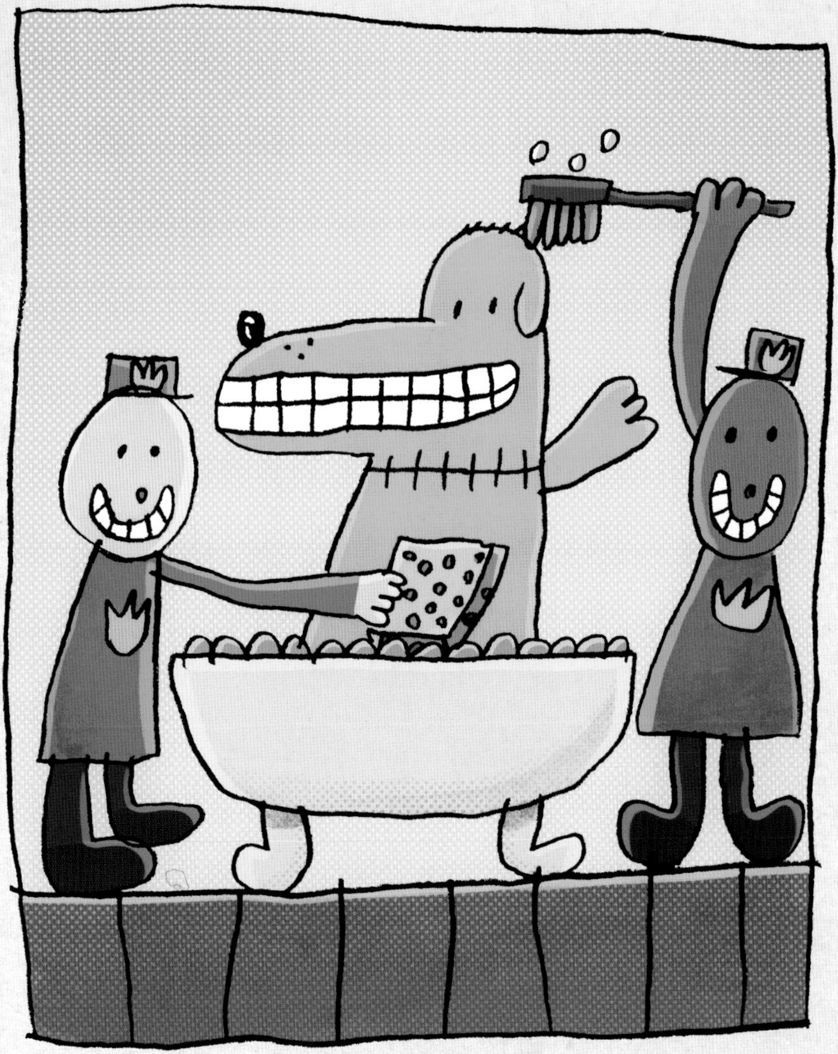

EL baño de Hombre Perro

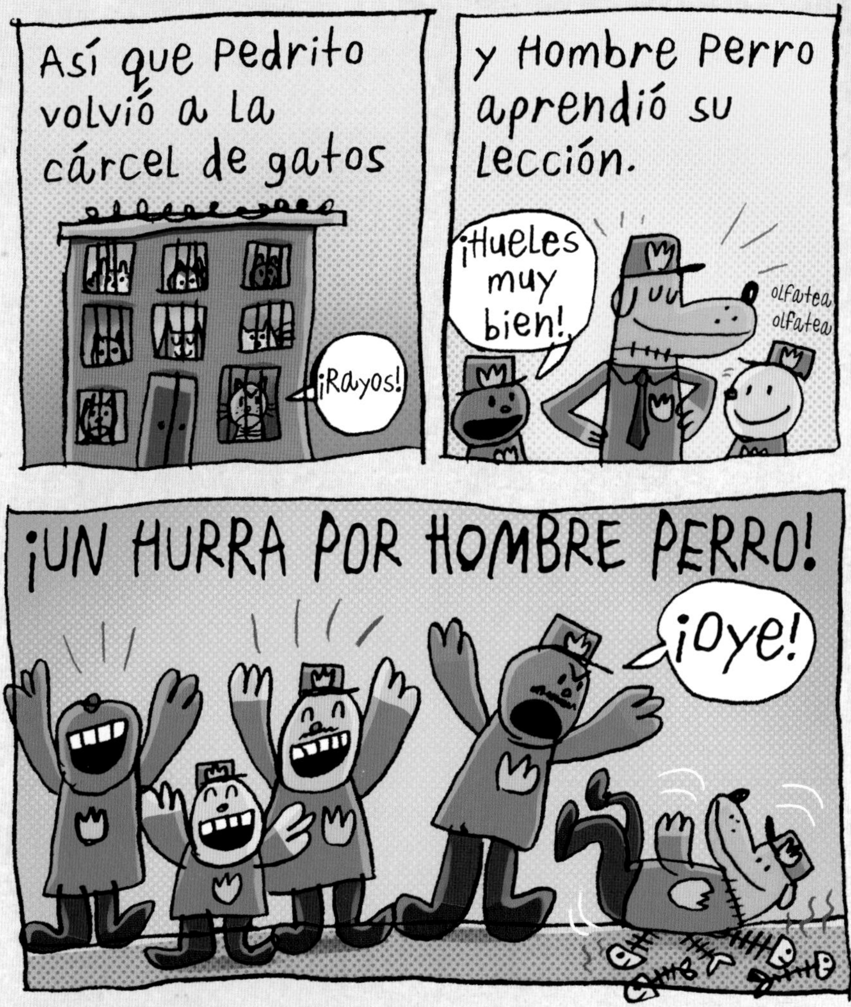
Así que Pedrito volvió a la cárcel de gatos
¡Rayos!
y Hombre Perro aprendió su lección.
¡Hueles muy bien!
olfatea olfatea
¡UN HURRA POR HOMBRE PERRO!
¡Oye!

Fin

Esta ha sido una presentación de cuentos Casaenrama.

CÓMO DIBUJAR HOMBRE PERRO

¡En 41 pasos increíblemente fáciles!

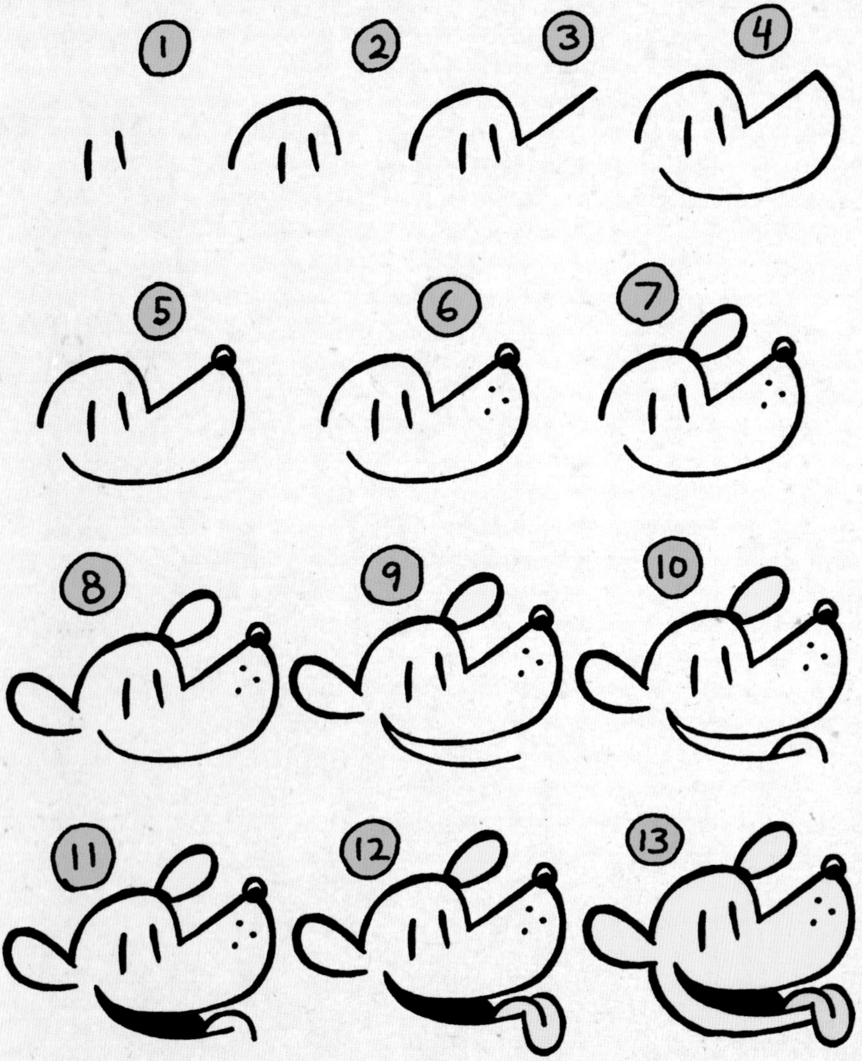
1
2
3
4
5
6
7
8
9
10
11
12
13

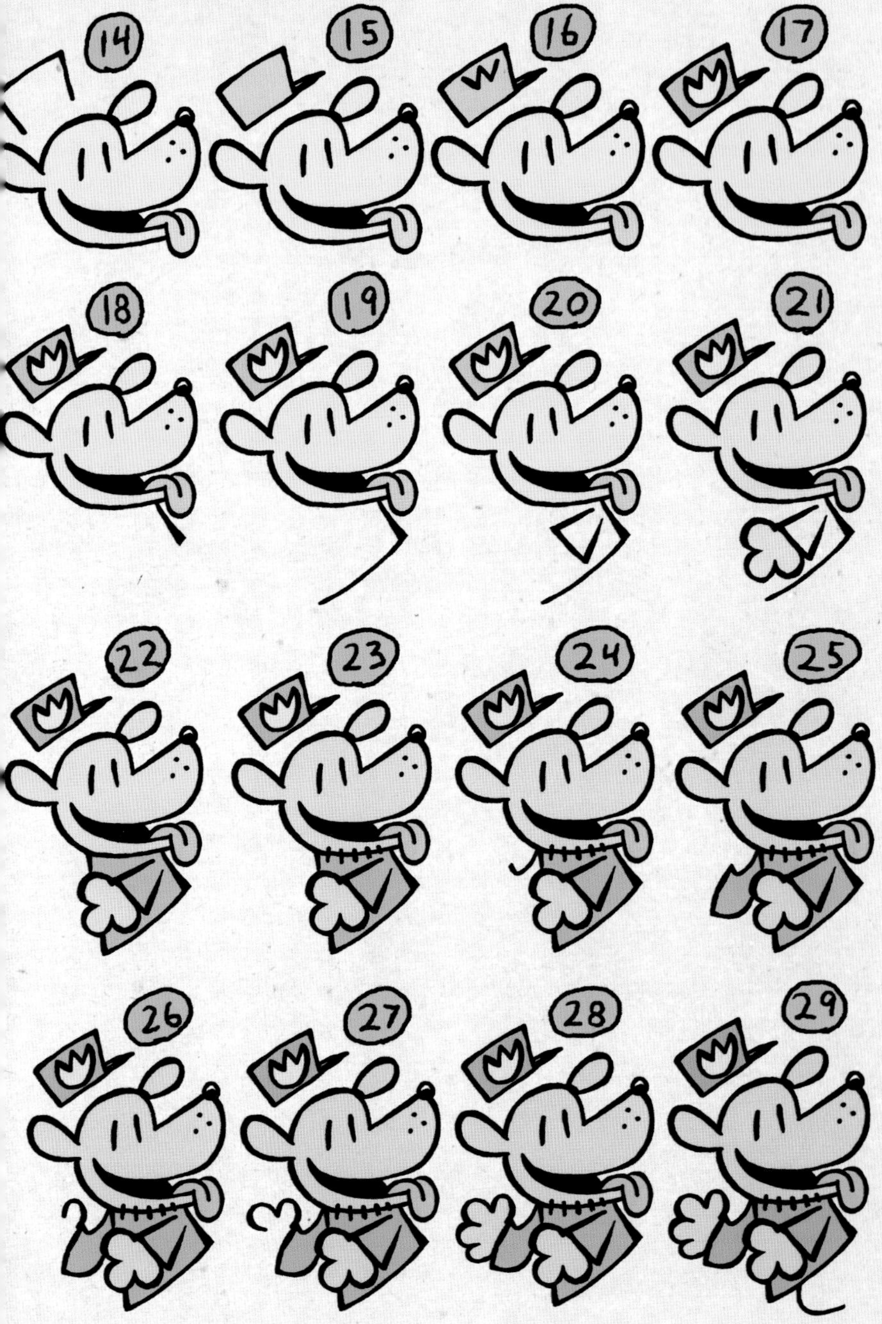
14
15
16
17
18
19
20
21
22
23
24
25
26
27
28
29

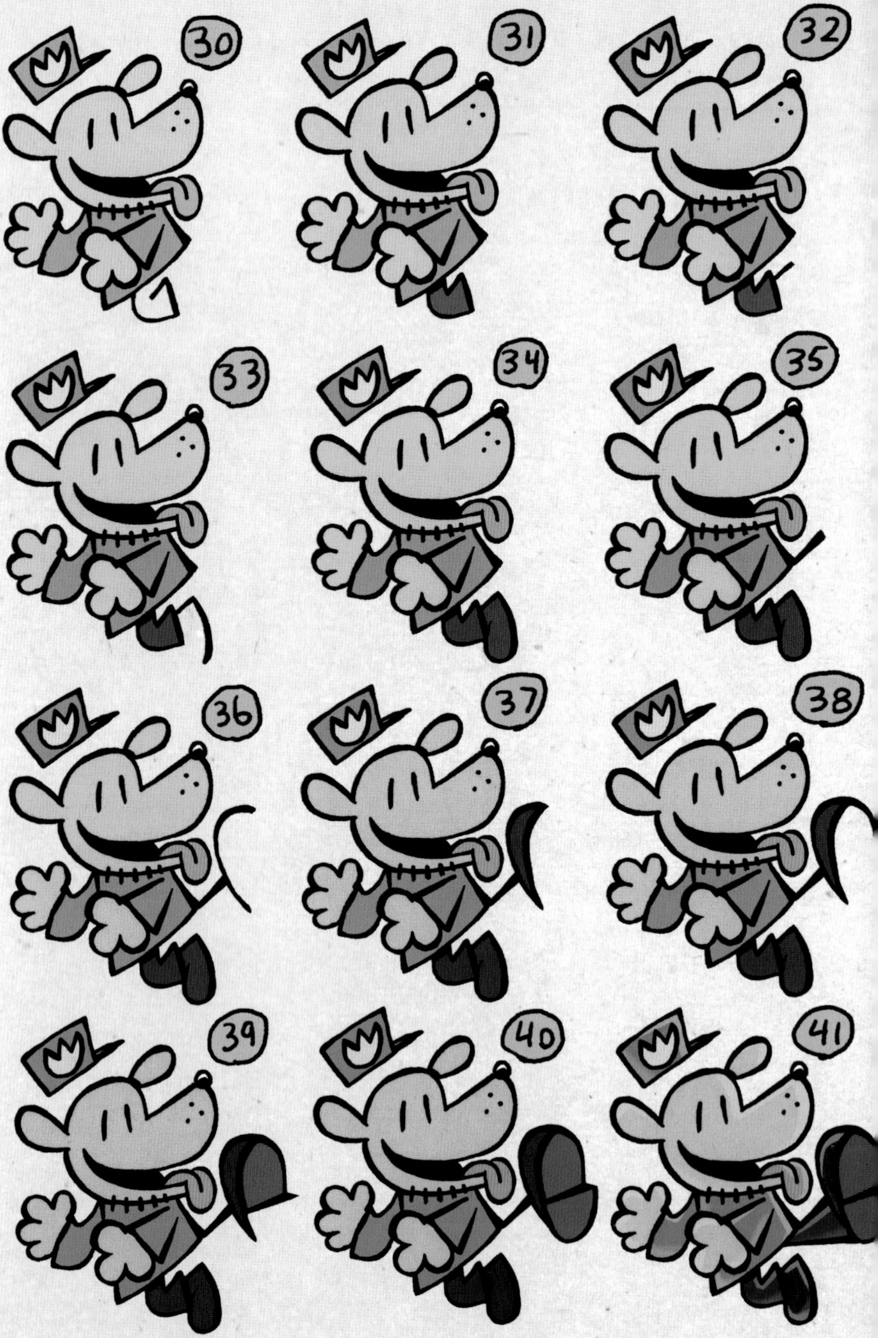
30
31
32
33
34
35
36
37
38
39
40
41

CÓMO DIBUJAR PEDRITO

¡En **28** pasos increíblemente fáciles!

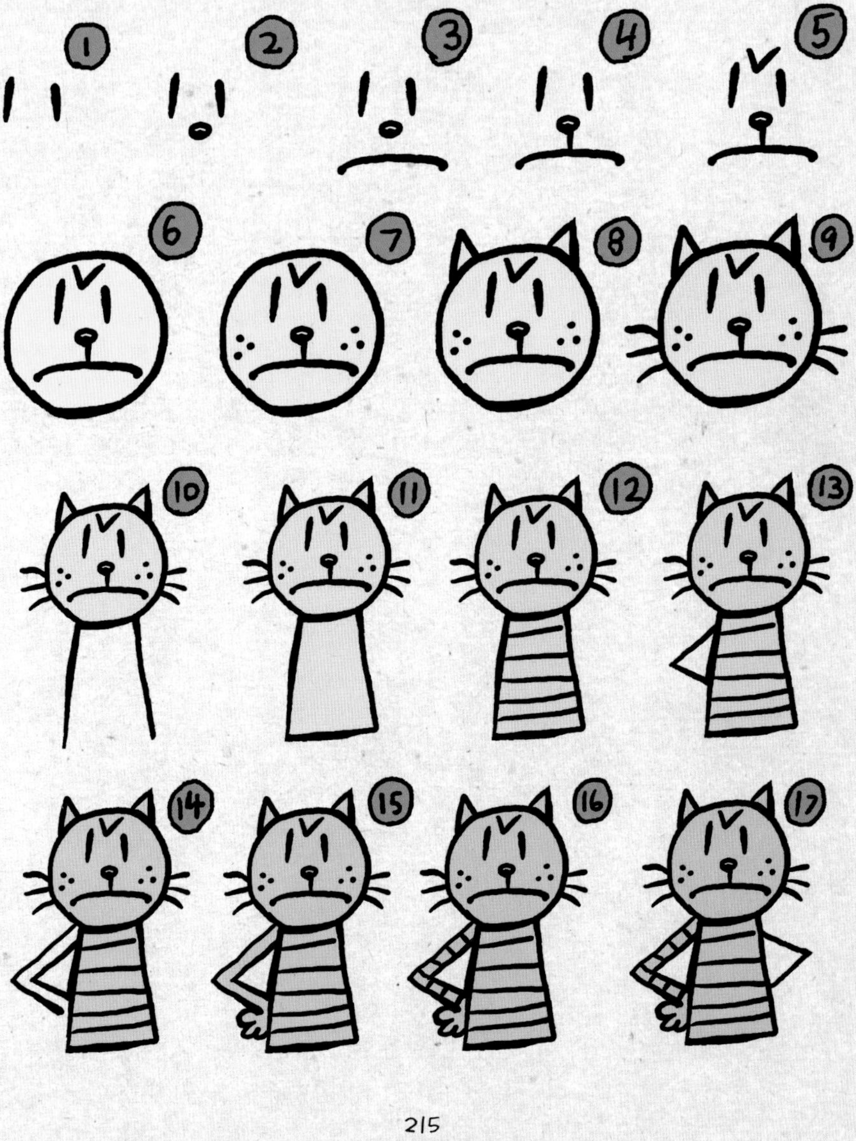

1
2
3
4
5
6
7
8
9
10
11
12
13
14
15
16
17

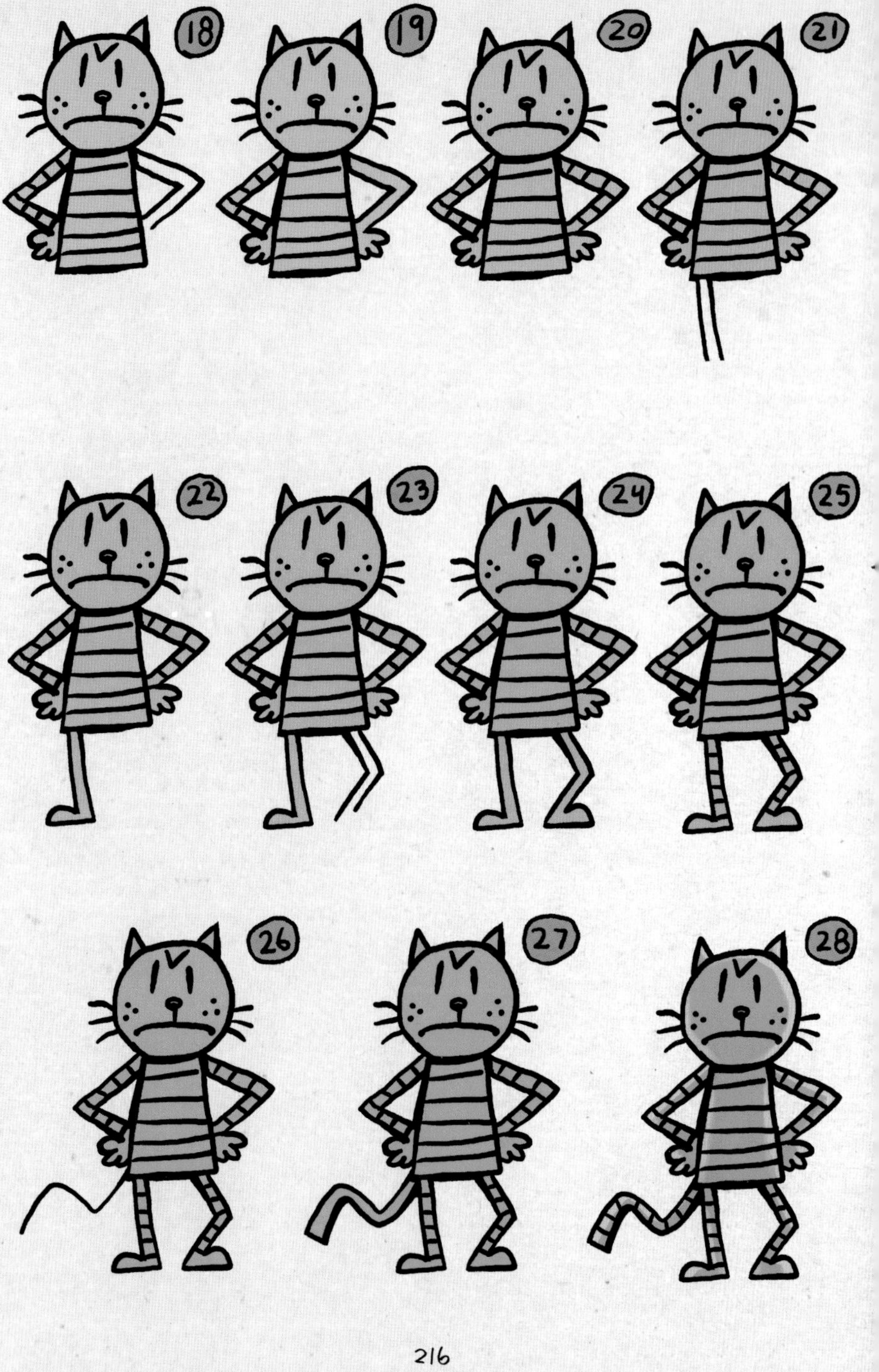
18
19
20
21
22
23
24
25
26
27
28

CÓMO DIBUJAR PEDRITO PLANO

¡En **8** pasos aún más increíblemente fáciles!

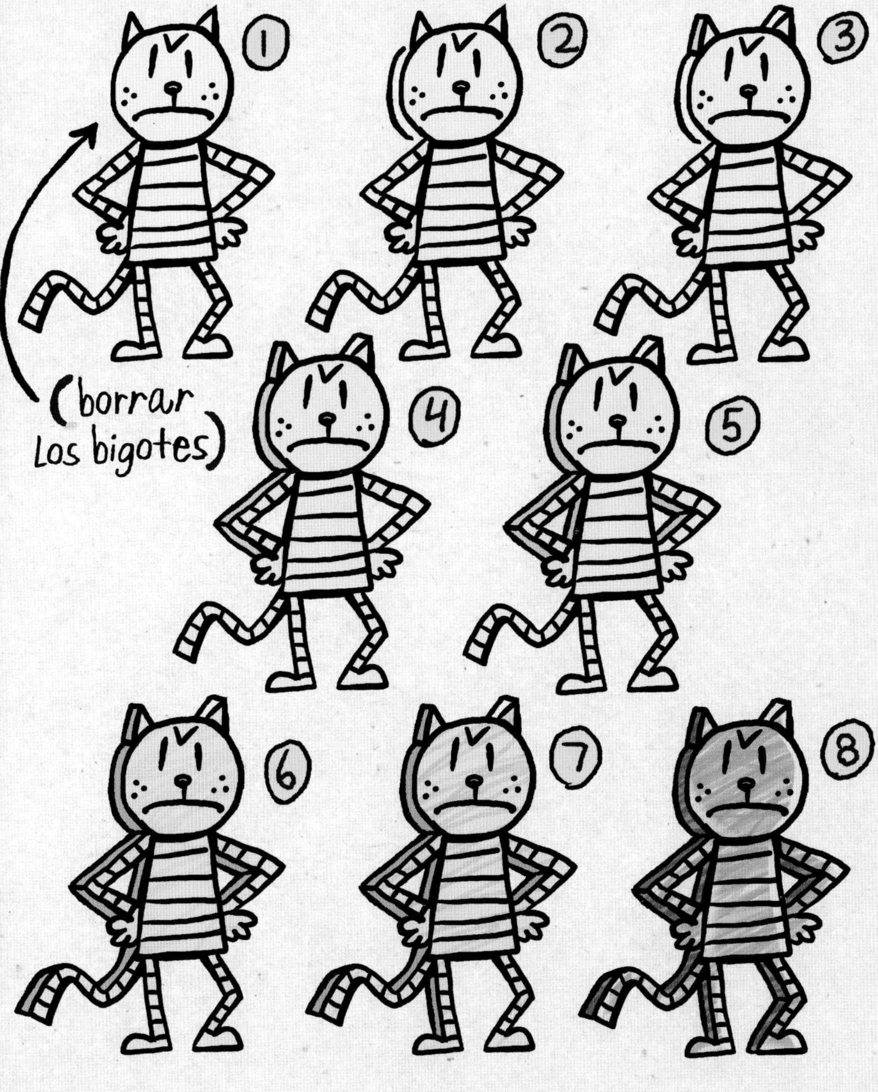
1
2
3
(borrar los bigotes)
4
5
6
7
8

CÓMO DIBUJAR ALETA

¡En 16 pasos increíblemente fáciles!

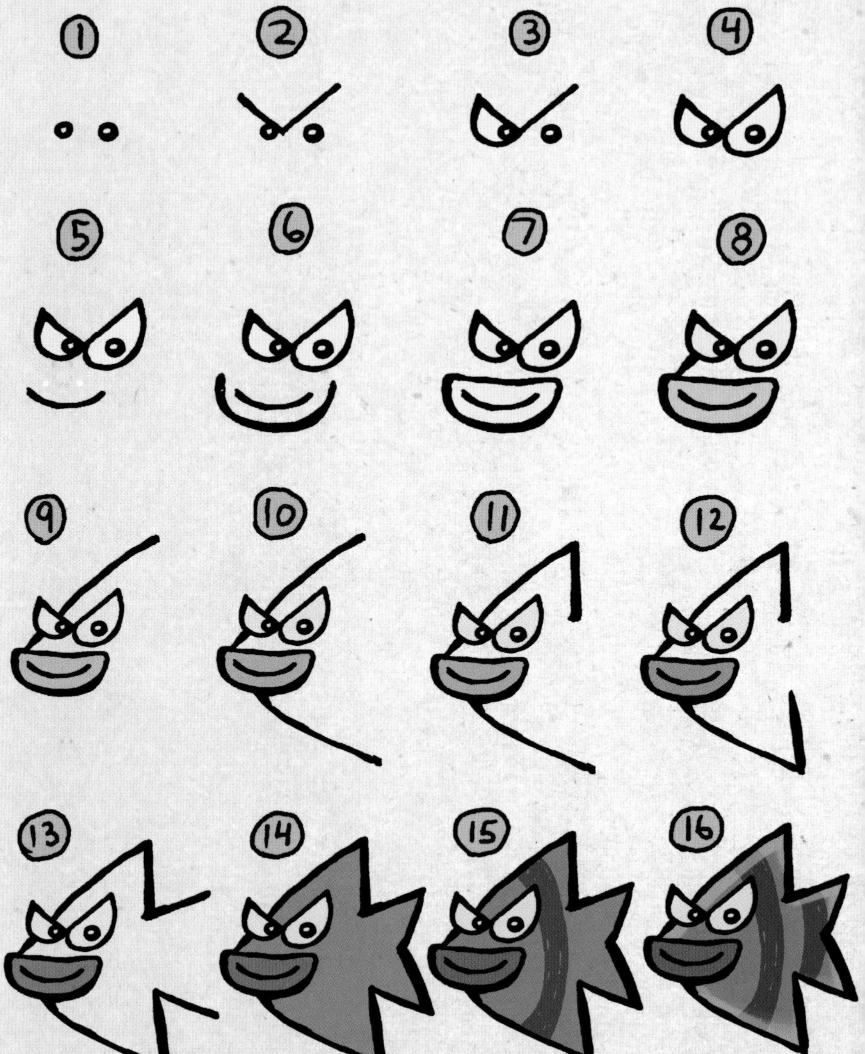

1
2
3
4
5
6
7
8
9
10
11
12
13
14
15
16

CÓMO DIBUJAR SUSU

¡En 24 pasos increíblemente fáciles!

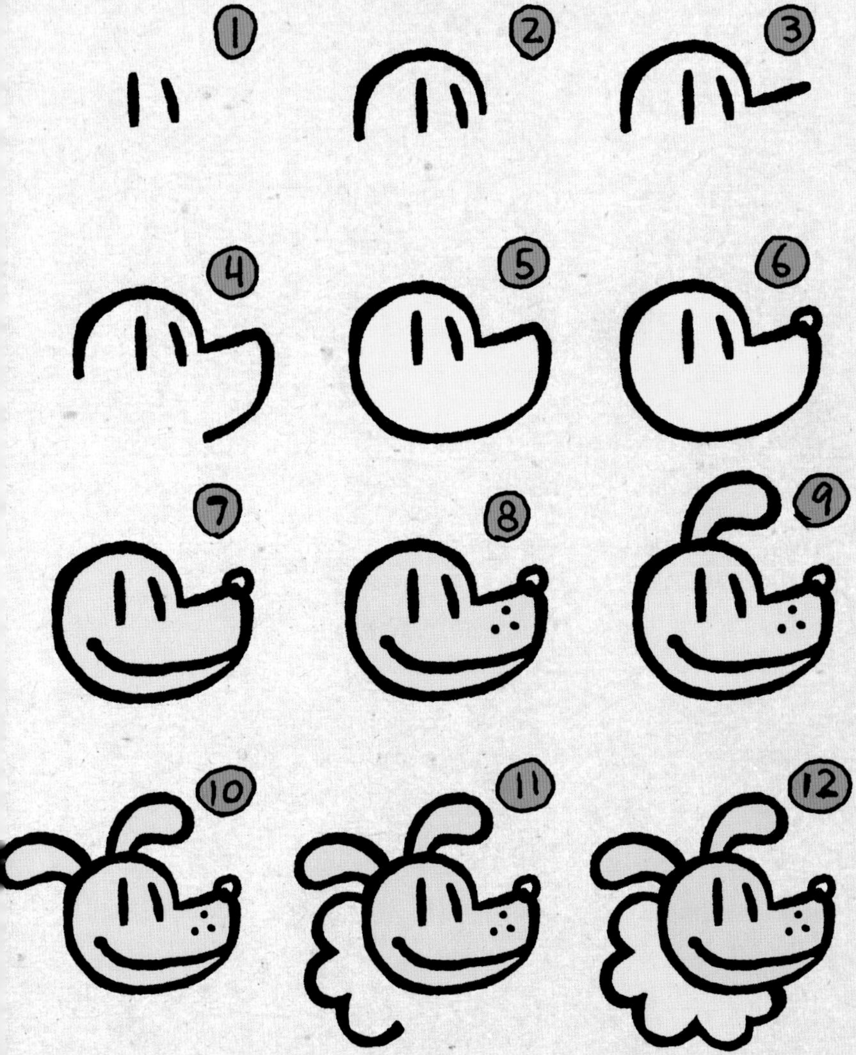

1
2
3
4
5
6
7
8
9
10
11
12

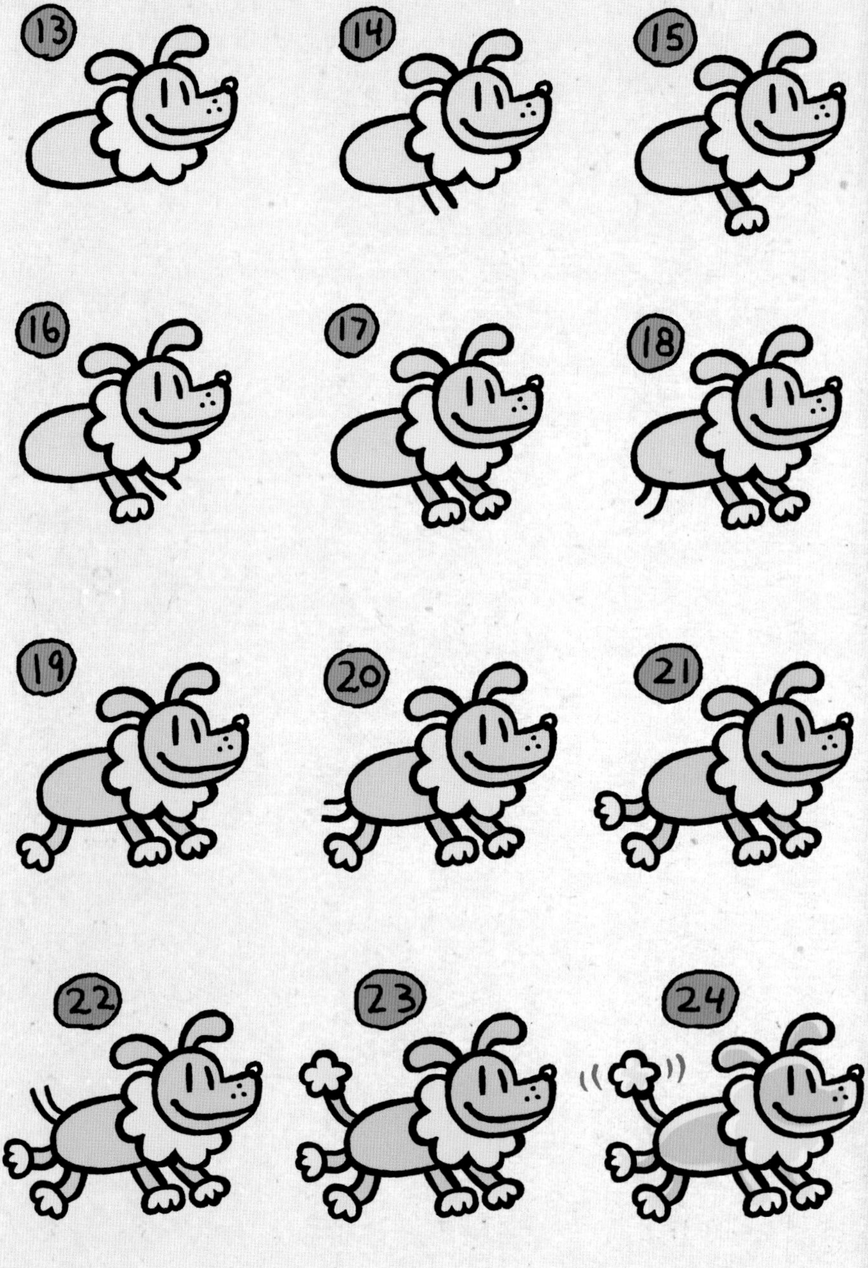
13
14
15
16
17
18
19
20
21
22
23
24

¡ESPERA!

¡¡¡La diversión continúa en internet!!!

JUEGOS

¡Haz tus propios FLIPORAMAS!

Videos

MANUA-LIDADES

Aprende a dibujar a SARA, al JEFE ¡y MÁS!

en PLANETPiLKeY.COM

¡A LEER CON

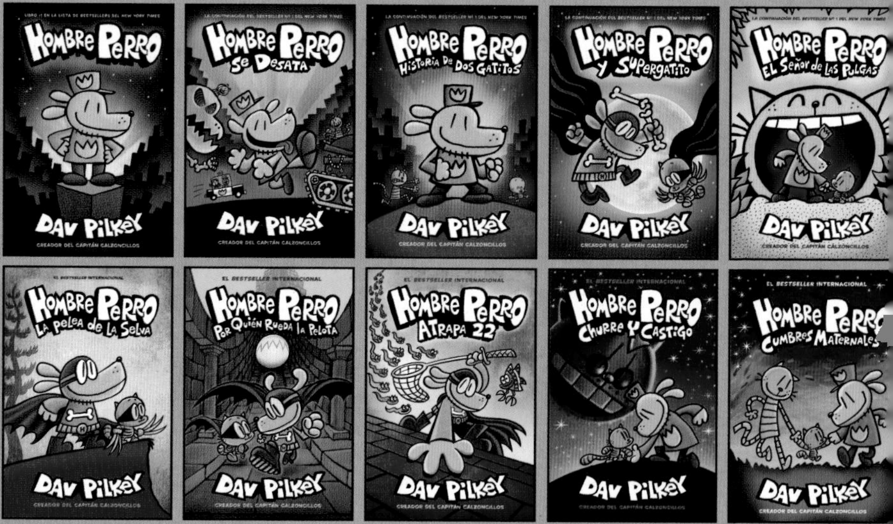
HOMBRE PERRO
DAV PILKEY
CREADOR DEL CAPITÁN CALZONCILLOS
HOMBRE PERRO SE DESATA
DAV PILKEY
CREADOR DEL CAPITÁN CALZONCILLOS
HOMBRE PERRO HISTORIA DE DOS GATITOS
DAV PILKEY
CREADOR DEL CAPITÁN CALZONCILLOS
HOMBRE PERRO Y SUPERGATITO
DAV PILKEY
CREADOR DEL CAPITÁN CALZONCILLOS
HOMBRE PERRO EL SEÑOR DE LAS PULGAS
DAV PILKEY
CREADOR DEL CAPITÁN CALZONCILLOS
EL BESTSELLER INTERNACIONAL
HOMBRE PERRO LA PELEA DE LA SELVA
DAV PILKEY
CREADOR DEL CAPITÁN CALZONCILLOS
EL BESTSELLER INTERNACIONAL
HOMBRE PERRO POR QUIÉN RUEDA LA PELOTA
DAV PILKEY
CREADOR DEL CAPITÁN CALZONCILLOS
EL BESTSELLER INTERNACIONAL
HOMBRE PERRO ATRAPA 22
DAV PILKEY
CREADOR DEL CAPITÁN CALZONCILLOS
EL BESTSELLER INTERNACIONAL
HOMBRE PERRO CHURRE Y CASTIGO
DAV PILKEY
CREADOR DEL CAPITÁN CALZONCILLOS
EL BESTSELLER INTERNACIONAL
HOMBRE PERRO CUMBRES MATERNALES
DAV PILKEY
CREADOR DEL CAPITÁN CALZONCILLOS

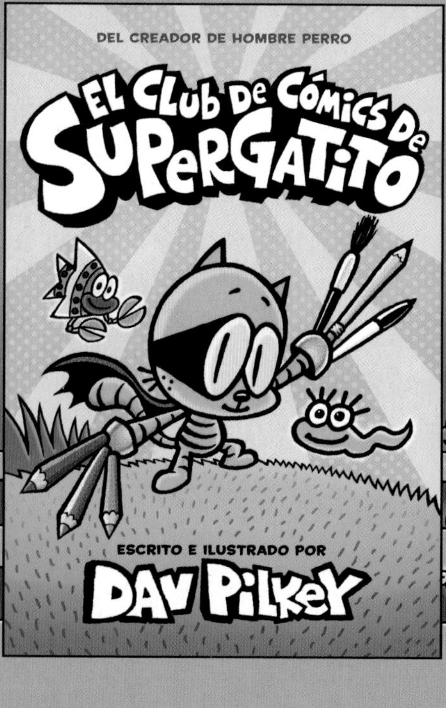
DEL CREADOR DE HOMBRE PERRO
EL CLUB DE CÓMICS DE SUPERGATITO
ESCRITO E ILUSTRADO POR
DAV PILKEY

★ "Irreverente, para reírse a carcajadas y... francamente conmovedor".
— Publishers Weekly, reseña estelar

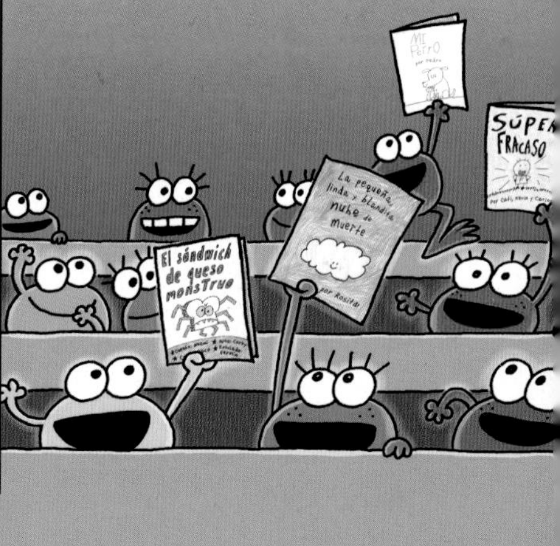
El sándwich de queso monstruo
La pequeña, linda y blandita nube de muerte
SÚPER FRACASO

DAV PILKEY!

Las aventuras del Capitán Calzoncillos
Una novela épica de Dav Pilkey
El Capitán Calzoncillos y el ataque de los inodoros parlantes
Otra novela épica de Dav Pilkey
El Capitán Calzoncillos y la invasión de los horribles señoras del espacio sideral
Dav Pilkey
El Capitán Calzoncillos y el perverso plan del Profesor Pipicaca
La cuarta novela épica de Dav Pilkey
El Capitán Calzoncillos y la furia de la Supermujer Macroelástica
La quinta novela épica de Dav Pilkey
El Capitán Calzoncillos y la feroz batalla contra el Niño Mocobiónico
La sexta novela épica de Dav Pilkey
El Capitán Calzoncillos y la feroz batalla contra el Niño Mocobiónico
La séptima novela épica de Dav Pilkey
El Capitán Calzoncillos y la ridícula historia de los seres del inodoro morado
La octava novela épica de Dav Pilkey
El Capitán Calzoncillos y el terrorífico retorno de Cacapipí
Dav Pilkey
El Capitán Calzoncillos y la asquerosa venganza de los Robocalzones Radiactivos
La décima novela épica de Dav Pilkey

El Capitán Calzoncillos y el diabólico desquite del Inodoro Turbotrón 2000
Dav Pilkey
El Capitán Calzoncillos y la sensacional saga del Señor Sohediondo
Dav Pilkey

DOG MAN
The Musical
Original Cast Recording

¡La épica aventura musical está ahora disponible en inglés en Broadway Records!

PLANET PILKEY

¡Visita planetpilkey.com para leer capítulos, hacer cómics, ver vídeos, jugar y descargar actividades divertidas!

Consíguelo en el App Store

HOME BASE
SCHOLASTIC

DISPONIBLE EN Google Play

ACERCA DEL
AUTOR-ILUSTRADOR

Cuando Dav Pilkey era niño fue diagnosticado con Trastorno por Déficit de Atención con Hiperactividad (TDAH) y dislexia. Dav interrumpía tanto las clases que sus maestros lo obligaban a sentarse en el pasillo todos los días. Por suerte, le encantaba dibujar e inventar historias. El tiempo que pasaba en el pasillo lo ocupaba haciendo sus propios cómics: las primeras aventuras de Hombre Perro y el Capitán Calzoncillos.

En la universidad, Dav tuvo un profesor que lo animó a escribir e ilustrar. Dav ganó un concurso nacional en 1986 y el premio fue la publicación de su primer libro, WORLD WAR WON. Creó muchos otros libros antes de recibir el premio California Young Reader Medal en 1998 por ALIENTO PERRUNO, publicado en 1994, y en 1997 ganó el Caldecott Honor por THE PAPERBOY.

LAS AVENTURAS DE SUPERBEBÉ PAÑAL, publicada en 2002, fue la primera novela gráfica completa derivada de la serie del Capitán Calzoncillos y apareció en el #6 de la lista de libros más vendidos de USA Today, que incluía libros tanto para adultos como para niños; también estuvo en la lista de libros más vendidos del New York Times. La siguió EL SUPERBEBÉ PAÑAL 2: LA INVASIÓN DE LOS LADRONES DE INODOROS, también en la lista de libros más vendidos de USA Today. El estilo poco convencional de estas novelas gráficas tiene el objetivo de alentar la creatividad desinhibida de los niños.

Las historias de Dav son semiautobiográficas y exploran temas universales que celebran la amistad, la tolerancia y el triunfo de aquellos de buen corazón.

A Dav le encanta montar kayak por el noroeste del Pacífico junto a su esposa.

Descubre más en el sitio en inglés Pilkey.com.